Ursúa

William Ospina

Ursúa

ALFAGUARA

© 2005, William Ospina

© De esta edición:
2005, Distribuidora y Editora Aguilar, Altea, Taurus, Alfaguara, S. A.
Calle 80 N° 10-23
Teléfono (571) 6 35 12 00
Fax (571) 2 36 93 82
Bogotá - Colombia

• Aguilar, Altea, Taurus, Alfaguara S. A.
Av. Leandro N. Alem 720 (C1001AAP), Buenos Aires

• Santillana Ediciones Generales, S. A. de C. V.
Avda. Universidad, 767, Col. del Valle,
México, D.F. C. P. 03100

• Santillana Ediciones Generales, S. L.
Torrelaguna, 60. 28043 Madrid

ISBN: 958-704-340-5
Impreso en Colombia - Printed in Colombia

Primera edición en Colombia, septiembre de 2005
Primera reimpresión, octubre de 2005
Segunda reimpresión, octubre de 2005

Diseño: Proyecto de Enric Satué

© Diseño de cubierta: Nancy Cruz

© Imagen de cubierta: *Pizarro suelta a los perros.* Grabado a color. *Historia Americae,*
Théodore de Bry, Francfort, 1602

Mapa interior: Rafael Yockteng y David Niño

A Mario Flórez y Darío Barberena

El marino no puede ver el norte
pero sabe que la aguja sí.

EMILY DICKINSON

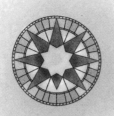

MAR CARIBE

CARTAGENA
DE INDIAS

Portobelo

Nombre De Dios

Turb

GOBERNACIÓN
DE
CARTAGENA

CASTILLA DE ORO

Panamá

ZENÚES

Santa María
La Antigua
Del Darién

Ayapel ⊛

Bojayá

Santafé De
Antioquia

EMBERAS

⊛

Medellín

MAR DEL
SUR

ABURRAES

El Poro

San
De

CATÍOS

GOBERNACIÓN
DE SAN JUAN

San Jorge
De Cartago

Santa Agu
Del Gua

Delta Del San Juan

Ibagué

Buena Ventura ⊛

RÍO CAUCA

⊛ Cali

RÍO MAGDALENA

PANCHES

⊛Neyva

Isla Del Gallo

GOBERNACIÓN DE
POPAYÁN PATÍA

POPAYÁN

Reyno
De Los
Incas

Almaguer ⊛

⊛ Pasto

Región De
Las Estatuas
De Piedra

⊛ Mocoa

Cabo De La Vela

Riohacha

TAYRONAS

Coro

Sierra Nevada
De Santa Marta

Ciudades de Piedra

GOBERNACIÓN
DE
VENEZUELA

Maracaibo

Relámpago
Del
Catatumbo

Tamalameque

Tierra De Los Alemanes

Otanga

Chinácota

CHITAREROS

Pamplona

Cañón Del Chicamocha

Los Llanos Inmensos

GUANES

UZOS

Véle

Tunja

IES

Sabana De Los Muiscas

SANTAFÉ

o Del
ndama

NUEVO REINO
DE GRANADA

Selva De Las Amazonas

Cincuenta años de vida en estas tierras llenaron mi cabeza de historias. Yo podría contar cada noche del resto de mi vida una historia distinta, y no habré terminado cuando suene la hora de mi muerte. Muchos saben relatos fingidos y aventuras soñadas, pero las que yo sé son historias reales. Mi vida es como el hilo que va enlazando perlas, como el indio que veo animando al metal en ranas y libélulas, en collares de pájaros, en grillos y murciélagos dorados. Tengo historias de perlas y de esmeraldas. Sé cómo perdió su ojo Diego de Almagro en la desembocadura del San Juan y cómo perdió el suyo fray Gaspar de Carvajal junto a las playas del gran río. Sé cómo escondió Tisquesusa en las cavernas del sur el tesoro que perseguía en vano el poeta Quesada, y sé cómo los incas llenaron de piezas de oro una cámara grande de Cajamarca para pagar el rescate del emperador. Conozco el misterio de las esferas de piedra enterradas en las selvas de Castilla de Oro y el origen de las cabezas gigantes que tienen musgo en las pupilas. Conozco la historia del hombre que fue amamantado por una cerda en los corrales de Extremadura y que tiempo después se alimentaba de salamandras en las islas del mar del sur. Sé de los doscientos cuarenta españoles que remontaron los montes nevados y cruzaron los riscos de hielo llevando cuatro mil indios con fardos y dos mil llamas cargadas de herramientas, dos mil perros de presa con carlancas de acero y dos mil cerdos de hocico argollado, para ir a buscar el País de la Canela, y conozco la historia del primer barco que bajó de las montañas brumosas de los Andes y navegó ocho meses entre selvas desconocidas que *crecían. Sé quiénes descubrieron el mar del sur, quiénes exploraron la montaña de plata, quiénes descubrieron la selva de las mujeres guerreras. Conozco las penas de los que construyeron el primer bergantín en los ríos encajonados de la cordillera, de los que convirtieron centenares de viejas herraduras en millares de clavos. Conozco historias de herraduras de oro con clavos de plata. Sé el relato del hombre que después de tragarse un sapo enloqueció para siempre, y el del capitán que repartió entre sus soldados como alimento un caimán descompuesto. Conozco la guerra en la que se enfrentaron dos viejos amigos, y que terminó con uno de ellos ahorcado lentamente por el garrote infame y el otro muerto en un palacio por doce conjurados. Puedo contar la historia de los diez mil hombres desnudos que remontaron diez años el curso de un río para buscar en las montañas el origen de un barco. Tengo historias para llenar las noches del resto de mi vida y busco a quién contárselas, pero ésa es mi desgracia. En estas tierras ya nadie sabe oír las historias que cuento. Todos están demasiado ausentes, o demasiado hambrientos o demasiado muertos para prestar atención a los relatos, aunque sean tan hermosos y terribles como los que yo sé. Otros hablan mil lenguas distintas y no entienden la mía. Y a otros no les gustan las narraciones de hombres de guerra, ni de barcos perdidos, ni de batallas libradas en los mares estrechos de Europa, ni de conventos aferrados a las paredes de las serranías. Pero también conozco otras historias: de animales que caminan por el cielo, de árboles que piensan y de magos que se transforman en jaguares. Sé de la enfermedad de la belleza y sé de la canción para curar la locura, sé del modo como llegaron los hijos de las águilas y sé del modo como los embera se cubren el cuerpo de nogal y de achiote para celebrar sus alianzas con el río y el árbol. Mis historias son tantas que ni el más hondo cántaro podría contenerlas.*

Ahora quiero contar sólo una: la historia de aquel hombre que libró cinco guerras antes de cumplir los treinta años y

*de la hermosa mestiza que hizo palidecer de amor a un ejér-
cito. Es la historia asombrosa del hombre que fue asesinado
diez veces, y del tirano cuyo cuerpo fue dividido en diez partes. Y tal vez pueda entonces enlazar las historias, una detrás
de otra como un collar de perlas, y anudar en su curso una leyenda de estas tierras, la memoria perdida de un amigo muerto, los desconciertos de mi propia vida, y una fracción de lo que
cuenta el río sin cesar a los árboles. Contar cómo ocurrió todo
desde el momento en que el hombre amamantado por la cerda
abandonó la isla de las salamandras para ir a saquear un país
de niebla, hasta el momento de crueldad y de alivio en que la
cabeza triste del tirano se ennegreció en la jaula.*

1.

No había cumplido diecisiete años,
y era fuerte y hermoso

No había cumplido diecisiete años, y era fuerte y hermoso, cuando se lo llevaron los barcos. Tenía el mismo nombre de la tierra que sería suya, en las colinas doradas de Navarra, donde siglos atrás sus mayores alzaron un castillo para resistir a franceses y godos y merovingios. Arizcún es el pueblo más cercano. Una aldea belicosa en la vecindad enorme de Francia, cerca de una línea fronteriza inestable y vibrante, como esas cuerdas sobre las que saltan los niños. Ante los hombres diminutos en el paisaje las colinas susurraban preguntas y las nubes formulaban enigmas, porque toda frontera está tejida de incertidumbre y de hierro. Pero la fortaleza era vieja como su linaje sangriento: un fortín impenetrable con troneras y barbacanas, ceñido por un foso, con saeteras verticales para disparar las ballestas, ranuras por las que sólo caben una flecha y una estría de luz, y, al frente de una ermita milagrosa, muros nunca vencidos, hechos con piedra gris traída de las canteras del norte, de allá donde las vacas rumian en los acantilados mirando un mar frío que a veces se llena de niebla.

Yo nunca vi esas cosas, pero aquí estoy copiando sus recuerdos. Su padre se llamaba Tristán, Tristán de Ursúa. Y si el muchacho viajó temprano a tierras desconocidas es porque sabía que la fortaleza familiar estaba destinada a Miguel, su hermano mayor, y nunca imaginó que éste se desangraría batiéndose por una hembra en calles de Tudela. Él ya estaba muy lejos cuando ocurrió aquel duelo, y después heredó en vano el castillo y los campos, porque otros espejismos se habían apoderado de su mente. Por ello fue el tercer hermano, Tristán, como su padre, una espada obediente en las guerras del emperador, quien recibió finalmente el señorío con su ermita y sus murallas. Hubo también hermanas, aunque Ursúa nunca me dijo cuántas, que fueron vientres dóciles para los burdos y ricos señores de aquellos condados, y madres del futuro; y un hermano menor al que le asignaron un lugar en la Iglesia, para que la familia cumpliera con todos los poderes de la tierra y del cielo.

Apenas le asomaba en la cara una pelusa de cobre, y no fue la pobreza lo que lo lanzó a la aventura. Si hubiera decidido quedarse en su tierra, confiando en los favores del amo del mundo, cuyo abuelo Fernando de Aragón tuvo siempre en la casa de Ursúa un aliado invariable, y cuyo camarlengo era primo de uno de sus mayores, sin duda habría obtenido algún cargo menor en la corte. Pero el mismo Dios que puso belleza en su rostro, y rabia y diablura en la muñeca de su brazo derecho para maniobrar la daga hacia arriba y la espada hacia toda la estrella del espacio, sembró inquietud en su pensamiento y avidez en sus entrañas, y al muchacho le aburrían los trabajos del campo, y soñaba con lances de sangre y con ciudades de oro.

Los criados ordeñaban las vacas enormes y mansas de pelaje encendido, las criadas cargaban en cubos de madera el agua de cristal y la leche espumosa, las ancianas salpicaban los quesos fragantes con pimienta y tomillo, y con alguna oración dicha entre dientes, los pastores andrajosos empujaban nubes de ovejas por las lomas, los toscos oficiantes de la vendimia pisaban a gritos las uvas y llenaban con mosto los grandes barriles, sus propios primos iban de negocios a Flandes y al norte de Francia, a comprar piezas de seda y grana, hilos para entorchados y bramantes, holanda para sábanas y lencería, y pesados paños de Ruán, pero él prefería demorarse en las posadas riesgosas de la costa, en

Andaya, en Donostia y hasta en Saint Jean de Luz, detrás
de la frontera (donde una vez de niño vio un pequeño barco encantado flotando en las naves de la catedral) y oír los
relatos asombrosos de los veteranos del mar. Desde muy joven frecuentaba esas fondas de rufianes y gritos, y mientras
sus oídos bebían los relatos exagerados e inventivos de los
aventureros, él adivinaba al fondo de sus narraciones de sal
y de vientos salvajes, de selvas descomunales atravesadas por
grandes pájaros de colores, de sirenas viejas fatigadas en los
escollos y de un cielo de cántaro azul cuyas constelaciones
formaban figuras de leones y de serpientes, un sedimento
de verdad, un alcohol de mundos nuevos y de peligros más
punzantes que los trabajos insípidos de la aldea.

Alguien me contó que en un mesón de Tudela había dejado malherido a un hombre, y que ésa fue la causa
de que abandonara sus tierras y se atreviera a cruzar el océano, contrariando las costumbres de sus mayores, que sólo
amaban la hierba y los montes, y la caza del jabalí de curvos
colmillos, y que, agazapados a la sombra de las montañas,
miraban al mar con desconfianza. Pero es probable que mi
informador haya confundido los lances del muchacho con
los tropeles de su hermano mayor y se dejara inspirar por
el hecho de que Ursúa, en una de sus guerras, fundó en el
nuevo mundo una ciudad a la que llamó Tudela en recuerdo de su remoto país. Pero la Tudela de España es una vieja ciudad de campanarios, que recibe y despide siempre las
aguas desbordadas del Ebro, y la que Ursúa fundó en tierra de los muzos era un fuerte fantástico, llamado a ser con
los siglos la Ciudad de las Esmeraldas, si no hubieran torcido su destino los astros, que nadie gobierna.

Es verdad que su linaje era vasco, pero su familia cercana estaba más ligada a la tierra que al agua, y no se asomaba a los puertos ni husmeaba en las naves que buscan el
revés del mundo. Y eso suena extraño, porque aunque los

vascos tengan la costumbre de hablar con los árboles, y sean capaces de dar vino dulce a las abejas en invierno para que no se mueran de frío, y protejan las cosechas sembrando avellanos rezados, nadie ignora su destreza con el viento y las olas, y tal vez no miente quien dice que esos hombres tensos, en auroras lejanas, les enseñaron a navegar a los vikings. Los Ursúa, en cuyo nombre hay una parte de agua y una parte de fuego, habían sido los primeros pobladores de todo el valle, y nadie recordaba una época en que no estuvieran allí con sus lebreles y sus palomas, ni siquiera el poeta Arbolante, que cantó las dinastías de España desde la creación del mundo, y la edad en que pastaban bisontes rojos en las llanuras. Se dice que uno de los primeros Ursúas de los tiempos antiguos se encolerizó cuando otra familia plantó tiendas a leguas de distancia hacia el sur, porque sintió que le robaban el aire y la luz. Con los siglos se hicieron más corteses, y la familia se envanecía en recordar que alguna vez mozos de su sangre fueron aceptados como rehenes para garantizar un convenio entre Pedro el Ceremonioso y Carlos el Malo, en tiempos de las guerras entre Aragón y Navarra.

Yo sólo sé que Pedro de Ursúa no había tenido nunca relación con barcos y navegaciones, y que, más allá de sus fantasías juveniles, no había deseado de veras viajar hacia tierras lejanas antes de aquel mediodía de marzo de 1542. Era apenas un muchacho de quince años que volvía con su criado de los mesones de San Sebastián, cuando vio a la distancia la polvareda que se alzaba por el camino de Elizondo, y no podía saber que esa polvareda indiferente iba a desviar su vida. Porque lo que levantaba el polvo eran los cascos de los caballos de Miguel Díez de Aux, pariente cercano de su madre, que venía rodeado de guardias y sirvientes, de fortaleza en fortaleza, recorriendo las tierras de su familia después de más de treinta años de ausencia. Era el tío legendario y un poco increíble que tiempos atrás, cuando el mundo era joven, había viajado a las Indias Occidentales enrolado en la inmensa expedición de Pedrarias Dávila, y que para los pequeños de aquel país lleno de Ursúas y de Aux y de Armendáriz, todos parientes entre sí, herederos de viejas batallas y de viejos contratos matrimoniales, ya parecía menos un hombre que un cuento. Venía por primera y por última vez de visita, en plena ancianidad, cumplidos ya veinte años de ser regente de Borinquen, una isla enclavada en el esternón del mar de los caribes, comedores de hombres.

En el patio central de la fortaleza de Ursúa, el viejo Díez de Aux fue saludado por cuernos de caza. Caminó con Tristán, acompañado por otros patriarcas de la familia, mirando el valle de Baztán desde las murallas, y el perfil difuso de los montes que ocultan para siempre la tierra francesa. En la casa se respiraba el clima atónito de las ocasiones solemnes, y los niños nunca olvidaron el momento en que, ya en la mesa familiar junto al fuego, el viejo regente les contó a sus sobrinos adultos, y al grupo de muchachos silenciosos enrojecido por la luz de las llamas, entre grandes sombras que se movían sobre los muros, a veces exagerando y a veces inventando, sus muchas aventuras en el nuevo mundo. Tristán, el señor de la casa, lo escuchaba con atención, tratando de formarse una imagen de los territorios desconocidos, calculando el poderío de las poblaciones, asimilando las tareas de los enviados que tenían el deber de hacer prevalecer la Corona en orillas tan lejanas de Dios, y al mismo tiempo sondear las riquezas, recoger los tesoros. Él mismo había viajado a cumplir tareas guerreras, pero nunca tan lejos. Y escudriñaba el rostro del anciano para entender de qué modo lo habrían cambiado los soles crueles y las tierras bárbaras. Su regencia era un favor enorme del emperador, quién lo dudaba, no sólo a su pariente, sino a todo su linaje, pero al señor de Ursúa lo inquietaban la lejanía agobiante y los desmesurados peligros.

Miguel Díez de Aux lo escuchó sonriente, y le habló de las tierras conquistadas. Grandes islas ya firmes en manos del imperio, fuertes de la Española, ciudades principales en Isabela, en Fernandina, las domadas arenas de las Antillas. Todo iba tan de prisa en las Indias que hasta había ciudades muertas ya... Él mismo recordaba como un hecho de su borrosa juventud la nube de alcatraces sobre Santa María la Antigua del Darién, cuando llegaron a sus playas los veintidós barcos de la flota real. Y le costaba pensar que sobre esa ciudad, de donde salió Balboa a buscar detrás de las sierras no un río ni un lago sino otro océano, en donde habitaron miles de hombres y mujeres a la orilla de un río tempestuoso, la selva había empujado de nuevo y ya estaban en ruinas, estrangulados por las lianas y apenas habitados por los lagartos, la bella catedral y el hospital y las costosas fortalezas blancas.

Pero el tesoro de México, la plata del Perú, las perlas de las costas de Tierra Firme, no eran más que el comienzo. Aquello era un mundo entero por explorar, con más canela aromada que Arabia, con más zafiros que Cipango. Los pueblos se asentaban sobre montañas que tenían espinazos de oro. El metal corría en arenas por los ríos, se encontraban bolas doradas en el buche de los caimanes y plumas de oro en las alas de los pájaros, y en un lugar secreto de los nuevos dominios, juraban los nativos, estaba bien guardada una ciudad de oro.

Yo puedo ver la luz que brillaba en los ojos de Pedro de Ursúa ante aquellos relatos. Era como si todos sus sueños de adolescencia se estuvieran volviendo realidad de repente, y desde aquella hora no pensó en otra cosa que en viajar a las tierras que gobernaba Miguel Díez de Aux, y avanzar más allá, a la conquista de las tierras grandes. No lo embriagaba más la codicia de riquezas que la promesa abierta de las batallas, las licencias sangrientas y las crueles excitaciones de la guerra. Porque él era un guerrero desde siempre, como Tristán, su padre, que malhirió franceses en las guerras de frontera pero atacó también en tierras vascas el castillo de Maya, y como su trasabuelo francés Hugo de Aux, hijo del señor de Aquitania, que en un amanecer del siglo XII, cerca a Jerusalén, mató a dieciséis moros y los marcó en su escudo con dieciséis rayos que brotaban de una centella roja.

Sin duda, oyendo a Miguel Díez, Pedro sintió latir su sangre guerrera. Debieron despertarse en sus venas los abuelos dormidos, las espadas sangrantes, bosques avanzando contra las fortalezas, ráfagas de jinetes con turbantes sobre caballos agilísimos cortando el viento con sus sables torcidos, y algo que imaginaba sin saber por qué desde niño, el rostro de un hombre soplando un cuerno de marfil con tanta fuerza que se le agrietaban las sienes, y más allá sudorosos legionarios atrincherados en fila tras los escudos, y últimas oleadas de una tinta roja con cráneos humanos en lo alto de las lanzas, bajo cielos de incendio empavesados de buitres.

Una noche, años después, en el barco que nos llevaba a saltos hacia la Ciudad de los Reyes de Lima, me dijo que fue esa tarde cuando descubrió lo que quería, y que oyendo a aquel viejo de barbas blancas que gobernaba unos mares remotos comprendió por qué llevaba meses frecuentando las posadas de los puertos, armando ociosas tropelías en su mente, oyendo hablar de tierras deformes y de hallazgos deslumbrantes, delirando a solas en las tabernas, y ejercitando la ciencia de la espada y la daga en las ferias de los embarcaderos. Que por ello le preguntó de pronto a su anciano pariente, con un entusiasmo desafiante: «¿Y cómo se llama ese país a donde vamos?», y que Miguel Díez de Aux, quien sabía apreciar esos gestos de audacia, pareció comprender al oírlo su propio pasado. Por qué había salido tan

pronto de aquellos muros familiares, qué sed gobernaba la
fatalidad de su sangre, qué avidez de tierra y cielo crecía en
las almas de aquellos muchachos atascados en las ruedas
del tiempo. Tal vez era su propio destino, destilado en sangre nueva, lo que había venido a interrogar en ese viaje último, en las viejas fortalezas de su familia.

«Tú no vas a ninguna parte, Pedro», le dijo Leonor,
intentando impedir lo inevitable, mientras descuidaba el
estofado de ovejo con manzanas que le ofrecía un sirviente.
«Aquí está tu casa, y tu herencia, y no necesitas ir a correr peligros en tierras salvajes».

Miguel Díez de Aux celebró que Pedro quisiera venir con él a las tierras nuevas, y declaró con voz de seda que
por supuesto no se lo llevaría sin el consentimiento de sus
padres, pero en adelante se dirigió más al muchacho que a
los otros parientes. Y se sintió en sus palabras mucho menos el deseo de relatar a la familia las sorpresas del nuevo
mundo, que el afán de ilustrar al joven sobre sus maravi-
llas y peligros. Tampoco él conocía bien los grandes reinos
de Tierra Firme, pero fue tan florido y minucioso en la descripción de esas cosas que no había visto, y por momentos
habló con tanta alarma de tigres hambrientos y de reptiles
descomunales, que la madre de Pedro creyó de verdad que
el propósito del anciano era disuadir al muchacho de su antojo de cruzar el océano. Pero Miguel Díez de Aux conocía
su sangre: la mejor manera de atraer a un mozo de su estirpe no sería atenuando el peligro sino pintando bien los
reinos desconocidos con colores de aventura y de riesgo. Ellos
se comprendían desde el comienzo.

«Lo que hizo Cortés fue someter más por la astucia
que por las armas a una ciudad inmensa», dijo, «una ciudad
de templos bárbaros y de altares sangrientos, alzada sobre
una laguna que atravesaban barcas llenas de flores, y que gobernaba un reino de millones de indios. Y siguiendo su ejem-

plo, este hombre de Extremadura, Francisco Pizarro, al que acaban de matar sus propios amigos, encontró hace apenas doce años una cordillera con ciudades laminadas de oro, el país de Atahualpa, en las montañas del Perú, y la ciudad del Cuzco, llena de momias de reyes guardadas en cofres de oro. Pero allá queda todo por descubrir. Basta ver al licenciado Quesada, que anda derrochando oro por España. Hace cuatro años sometió otro reino en las montañas muy adentro de Tierra Firme, y muy pronto el emperador tendrá que unificar las gobernaciones que están creciendo al ritmo de esas campañas de conquista, en un territorio salpicado de hordas nativas, cada cual con sus jefes y sus guerreros. Al sur del mar de los caribes son todavía escasas las poblaciones españolas, y las separan provincias enteras llenas de sierras sin nombre y de ejércitos sin Dios. Los enclaves del imperio son como islas pequeñas y desamparadas, en tanto que los fortines nativos son incontables».

Entonces Pedro soñó también con irse a fundar ciudades en esas sierras bárbaras, nuevas Pamplonas y Tudelas y Olites amasadas con el barro y la plata de los infieles, para que el Cristo de Navarra abriera sus brazos sangrantes y abrazara al mundo, para que sonaran también en lo alto de esos reinos de tigres las campanas piadosas de las iglesias, y para que los cazadores que dormían a la intemperie conocieran por fin los zaguanes y las puertas que dejan afuera al mundo y custodian el sueño.

El señor Tristán le preguntó al anciano cuántas veces había estado allí, y Díez de Aux evocó sus viajes de los primeros tiempos, cuando iba al azar de las expediciones, antes de echar raíces en las islas. Colón había bordeado las costas medio siglo atrás; Alonso de Ojeda y Diego de Nicuesa habían fundado puertos en ellas; pero tierra adentro aquello era un país desconocido, con montañas más grandes y abismales que los Pirineos, con nieves más altas que los Picos de Europa, con valles húmedos y ardientes y cordilleras selváticas, con ríos infestados de cocodrilos y poblaciones feroces para el combate, pero también con pueblos industriosos que cultivaban la tierra, y tejían mantas de algodón. Añadió que todos malgastaban el oro, que era mucho, y el tiempo, que era todo, en hacer figuritas de animales y adornos para sus cuerpos desnudos.

La madre de Ursúa se santiguó y se fue a la cocina, pero Pedro se sentía más a gusto por primera vez en la mesa familiar que en las fondas de Saint Jean de Luz, y a lo mejor ya se veía a sí mismo descabezando reyes y recogiendo tesoros. Acostumbrado a vivir en un mundo donde las criaturas salvajes, los jabalíes hirsutos y las urracas habladoras, se habían convertido en parte doméstica del escudo de su familia, y donde la aventura de los días parecía limitarse al paso de las bandadas de palomas migratorias, que eran una sola paloma de sombra sobre los prados, soñaba con ver aquellos animales fantásticos. No necesitaba muchas razones para intentar la aventura, y empezó a hablar de su viaje como de un hecho cumplido. Ésa era siempre su manera de lograr lo que se proponía. Bastaba una obsesión en su mente y ya no hablaba de otra cosa; sus palabras les daban a los presentimientos la forma de hechos concluidos, de hazañas realizadas, cosas irreparables como si ya estuvieran en la memoria. No me cuesta entender que las decisiones se tomaran tan pronto. Su padre temía por él, pero lo halagaba la idea de que fuera a la aventura en unas tierras donde ya era regente en nombre del Imperio un pariente cercano. Todo ello rebajaba los riesgos a un nivel tolerable, y lo que había sido un capricho absurdo horas antes, se fue cambiando en esperanza y poco después en promesa.

Fue así como empezó a tomar su forma el destino de Pedro de Ursúa. Sigo pensando en él como en un muchacho, porque era seis años más joven que yo. Cuando lo conocí, ya treinta y cinco me pesaban sobre los huesos, y él estaba siempre comenzando a vivir, cada día inventado por un proyecto nuevo, más delirante y más sugestivo que el anterior. Por los tiempos en que inicié, sin quererlo, mi primer viaje, en busca del País de la Canela, él tendría apenas trece años, todavía recogido en la casa familiar, custodiado por muros de piedra, bendecido su sueño por ancianas diligentes, llamado a los días bulliciosos por el metal de las campanas y por el mugido maternal de las vacas. Yo iba arrojado al azar de las expediciones entre varones brutales, mientras él todavía se arrullaba recordando las gestas de sus mayores. Abuelos que se batieron en las guerras de Navarra y que le habían dejado a su padre una ristra de títulos demasiado larga y solemne: Tristán, señor de Ursúa, Rico-hombre de Navarra con escaño en las Cortes, barón de Oticorén, señor de Gentheyne, bayle del Baztán, potestad de Soule, gobernador de la Villa y castillo de San Juan de Pie del Puerto... Sombras que se perdían hacia atrás en el tiempo, un brumoso tropel de capitanes y de príncipes; varones insolentes que ya habían devastado la tierra antes de que pasara Carlomagno combatiendo a los hijos de la luna; antes de que sonara el cuerno de Roldán allá, detrás de su casa, en las gargantas de Roncesvalles; antes de que su trasabuelo Orsuba se convirtiera en el decimonono rey de España; antes de que los bandos de Corbis y de Orsúa, representados por los cuervos y las picazas, y empujados por los Escipiones romanos, se disputaran los reinos que alientan a la sombra de los Pirineos, y la gruta mágica donde Hércules buscaba en vano a la ninfa Pirene. Pasaba los días embelesado por esas imágenes antiguas, y no podía saber que en su destino lo esperaban las batallas bestiales y las flechas emponzoñadas, que llegaría a ser el hombre más poderoso de un reino indescifrable, que él mismo se trenzaría en cinco guerras tratando de alcanzar un espejismo, que tendría en sus brazos a la mujer más bella de una raza nueva, y que finalmente la selva se cerraría sobre él como se cierra el agua sobre los pobres náufragos.

Así que Miguel Díez de Aux se alejó de la casa de Ursúa dejando la promesa de solicitar al emperador una recomendación para que el muchacho pudiera viajar a Borinquen, donde le prometió techo y muralla, o a cualquier otro destino en el continente. El joven Ursúa dedicó desde entonces sus días a contactar en tabernas de la costa a todo aventurero, averiguar las condiciones de los viajes, los calendarios de las flotas, a convencer a algunos de sus vecinos, a Juan Cabañas, un mozo de su edad, a Johan el cantero, al licenciado Balanza, para que viajaran con él a las tierras desconocidas.

Y pocos meses después, con una avanzada de muchachos navarros, Pedro, hijo principesco del Castillo de Ursúa, ni siquiera lloró al despedirse de su madre en el portal familiar, prometiéndole volver muy pronto cargado de tesoros y de historias gloriosas. Tristán sabía mejor que su hijo que el mar es muy grande y que el mundo no está hecho a nuestra medida, pero no dijo nada que pudiera malograr el entusiasmo de los viajeros. Y Leonor Díaz de Armendáriz lloró con razón en aquella mañana, porque a pesar de los buenos augurios que llevaba la expedición, a pesar del poder de su pariente Díez de Aux sobre la lejana Borinquen, ella no podía ignorar que el muchacho se estaba despidiendo para siempre del viejo solar de los Ursúa, bañado en la sangre generosa de sus abuelos; que su hijo no vería más los rebaños de ovejas por las lomas, y no dormiría nunca más a la sombra de los montes que asediaron sus antepasados de Aquitania. Ella sentía cosas crueles en el fondo de la mente: unos mares amargos le estaban ocultando a su hijo, unos barcos temibles se lo estaban llevando, unas selvas espesas se iban cerrando sobre la caravana que apenas se alejaba. Ese alegre jinete, cada vez más pequeño por el camino de Elizondo, no encontraría jamás la ruta del regreso al país que allá arriba se borraba en las lágrimas.

2.

No tomaron el barco en los puertos brumosos del Cantábrico

No tomaron el barco en los puertos brumosos del Cantábrico, frente a las tabernas de gente de avería donde Pedro sintió llegar a su vida la inquietud de las navegaciones y el llamado lejano de las caracolas de guerra. Cruzaron a caballo de extremo a extremo el reino, dejando atrás entre sus fantasmas de hierro las colinas de la infancia y la plaza de vientos cruzados de Arizcún, a la sombra del golfo de Vizcaya. Vivieron noches turbias en las tabernas del camino, bebieron una locura fugaz en el vino negro de Logroño, y frecuentaron una posada de mujeres en Burgos, donde los más veteranos procuraban curarse en pocas noches de todas las soledades futuras e iniciaron a los muchachos en las licencias de la madurez. Pedro sentía que le estaban llegando de una vez todas las cosas, y las tabernas de Saint Jean de Luz, con sus aventureros locuaces y sus piratas borrachos, le parecieron juegos de niños al lado de estos vértigos inesperados. Estar lejos de las murallas paternas parecía poner a su alcance todas las puertas del mundo, y, entre la luz ondeante de las antorchas y el vino que hace temeraria la mente, las pantorrillas firmes y los senos opulentos de las gitanas pudieron más que sus risas cariadas y su lenguaje de carreteros. Una mujer de silueta magnífica, que se fue volviendo desmesurada y sin forma precisa cuando acabó de desatar el entramado laborioso de sus encajes, lo llevó de la mano por los últimos pasadizos de la noche, y lo dejó en la orilla segura y casi sin placeres de su virilidad confirmada. Al comienzo de la ebriedad de la carne todo parece amor, pero tardaría mucho en enamorarse de verdad.

Cabalgaron hablando en tumulto hasta oír en el viento el vuelo de campanas de Valladolid. Allí, en un salón penumbroso y solemne, al final de un vértigo de escaleras, Ursúa recogió de manos de otro solícito pariente, el chambelán de la corte, una carta con las insignias de la casa de Austria repujadas en rojo y espeso lacre imperial, que declaraba que el joven pertenecía a una familia principal y reconocida por su lealtad a la Corona, y que el emperador vería con buenos ojos que fuera bien recibido y ocupado en asuntos dignos de su sangre y su mérito. No era el propio Carolus quien la había escrito, pero sí sus secretarios autorizados, mientras el emperador seguía su rutina de país en país, de guerra en guerra y de castillo en castillo, procurando abarcar con su mente y sujetar a su voluntad la turbulencia de las naciones, el furor espinoso de los ejércitos.

Curiosamente, por los días en que Ursúa salió de su casa, la corte imperial cabalgaba rumbo a Navarra, después de visitar el castillo de Olmillos de Sasamon, hermoso como un sueño en los campos de Burgos, y los sobrios castillos de Leiva, en Logroño. No tardaría Carlos V en dejar el gobierno de España en manos de Felipe, el hijo que había engendrado en la hermosa Isabel de Portugal, y entonces esa corte empuñó las riendas de las Indias Occidentales, ante ella se recabaron los títulos y se rindieron los informes, ante ella respondieron después por sus andanzas los varones de Indias.

Valladolid era una colmena de afanes y de ceremonias: la Corona acababa de nombrar como virrey del Perú, el país de los incas, a Blasco Núñez de Vela, antiguo corregidor en Ávila y en Cuenca, y victorioso capitán de la armada. Una penumbra de cortesanos inquietaba el palacio; un tropel de caballos y de peones esperaba en las plazas a quienes iban a emprender el gran viaje. Pedro se sentía parte de la aventura, y no le fue difícil improvisar amigos en el séquito del virrey. Allí estaban los hermanos Cepeda y Ahumada, cuya familia tenía algún vínculo con los piadosos obispos de Navarra, sus parientes.

Y algo nuevo estaba confiando el poder imperial a los capitanes que salían con rumbo a Sevilla y a los reinos de Indias, ese vistoso tropel de guerreros entre cuyas estampas de filigrana y armaduras de acero se movía fino y alegre Pedro de Ursúa; algo que con los años llegó a ser el mayor surtidor de discordias y la semilla de unas guerras salvajes al otro lado del océano. Serían portadores de buenas noticias para los nativos de ultramar, y eso significaba, por desgracia, de malas noticias para los conquistadores: las Nuevas Leyes de Indias, la minuciosa malla de restricciones que acababa de proclamar el emperador bajo el consejo vehemente del obispo Las Casas, buscando proteger a los nuevos súbditos de la ferocidad de sus propios soldados.

Los primeros cincuenta años de estos reinos ya habían visto el exterminio de pueblos enteros. Las granjerías de perlas reventaron los pulmones de los jóvenes en las costas de Cumaná y de Cubagua, de Margarita y del Cabo de la Vela; las minas hambrientas de las Antillas devoraron por millares a los nativos; los guerreros acorazados fueron a cazar indios en los litorales y los bosques abatidos se abrieron en hogueras para quemar a los que se mostraron rebeldes. Los conquistadores doblegaron a muerte en la guerra y las minas a miles de aztecas, sin contar los millones que mataron las plagas nuevas en las regiones más pobladas. Los naturales de las costas de Tierra Firme, amorosos y pródigos al comienzo, fueron maltratados de tal manera por las sucesivas hordas de exterminio, que se vieron obligados a cambiarse en feroces defensores de sus aldeas. Pronto de todas las costas llovían flechas contra las expediciones, y tan desesperadamente combatían los nativos desnudos, que entraban saltando en el mar con sus armas, sin protección alguna, a rociar en vano de dardos el vientre de los bergantines.

Ello trajo expediciones cada vez más feroces, aceros más crueles, cañones, más pólvora en la bodega de los barcos mercantes y perros hambrientos que sabían saltar sobre los indios y arrancarles el sexo a la primera embestida. Todavía se habla de los rancheos de Pedro de Heredia, que despojaron a los pueblos vivos del Sinú y después a los príncipes muertos, en las llanuras sembradas de tumbas, pero antes de ello, en Santa Marta, una expedición tras otra diezmaron a los indios de Tierra Firme, porque a los aventureros no se les ocurría otra cosa que robar y esclavizar, y cuando tenían hambre no pensaban jamás en sembrar una espiga ni en empuñar un arado, sino en cargar sobre las poblaciones pacíficas que cultivaban algodón y maíz, y cifrar su salvación en la perdición de los otros. En diez años se habían acabado los tres millones que poblaban la isla de mi madre, La Española, y yo oí de niño la historia interminable de aquellos a quienes les quemaban las manos por su desobediencia, a quienes les cortaban las orejas por su indiscreción, a quienes marcaron con hierros candentes como signo de propiedad y a quienes castigaron con látigos hasta la muerte.

Los hombres de Francisco Pizarro (no puedo olvidar que mi padre era uno de ellos en esa tarde infame) masacraron a siete mil incas lujosos del cortejo real en las montañas de Cajamarca, extenuaron en sus encomiendas a los indios de la sierra y empezaron a encerrarlos en noche eterna en los socavones del Potosí. La vida de los indios de Castilla de Oro fue un purgatorio desde cuando llegaron los barcos de Nicuesa, y un infierno desde el momento en que Pedrarias Dávila llegó a disputarle a Balboa sus pueblos y sus títulos. Los guerreros alemanes sometieron a guanebucanes y caquetíos en las florestas de Maracaibo, y Ambrosio Alfínger dejó por el Valle de Upar y las orillas del río Grande las tierras arrasadas, las familias destruidas, y un rastro de cuerpos y cabezas de indios que cebaba a las bestias y hacía correr tras su expedición una plaga de tigres. Gonzalo Pizarro, harto lo sé yo mismo, persiguió por las selvas del río Coca a los miles de indios serranos que habían sido sus siervos y sus guías y se los dio como alimento a sus miles de perros, y por los mismos días Martínez de Irala enseñaba el terror en el Chaco y en sus avances hacia el Alto Perú. Desde el río Magdalena hasta las alturas heladas de la cordillera del Este, todas las mercaderías de España se llevaban a lomo de indio por las pendientes de barro y los peñascos de musgo, y a veces también iban sobre ese mismo lomo los obispos y los negociantes. Y allá arriba, en la sabana de los muiscas, donde más tarde se instaló con sus tropas Pedro de Ursúa, los súbditos de Aquimín y de Tisquesusa padecían años de hierro entre el coro de ranas de la diosa de la laguna.

Viendo de qué manera decrecían por millones los indios, cuán difícil era para los miles de buitres gordos y negros alzar vuelo después del hartazgo, y cómo en las llanuras blanqueaban cantidades de esqueletos humanos, el obispo Las Casas salió de Guatemala con plegarias latinas en sus labios, cruzó los valles de México cabalgando espantado hasta el mar, se embarcó un día de vientos fríos en el puerto de la Vera Cruz, donde lo despidieron enjambres de indios cubiertos con mantas de colores, cruzó rezando y escribiendo las cuatro lunas anchas del mar borrascoso, y corrió atormentado hasta el palacio del emperador para exigir leyes severas que moderaran la crueldad de los guerreros y salvaran a los millones que sobrevivían de milagro en las inmensidades del nuevo mundo. Pero el emperador no estaba jamás en su palacio, aquí y allá lo llevaban por sus reinos de Europa las guerras y los asuntos de la corte, y el cura desvelado tuvo que cruzar una y otra vez el océano, y esperar por años en las antesalas del poder hasta cuando Carlos V tuviera oídos para los tormentos de un fraile.

No era fácil para el amo del mundo resistir la presión de sus hombres, las embajadas con cara de piedra de sus acreedores alemanes y genoveses, el hechizo del oro que amontonaban a sus pies los adelantados de Indias, pero fray Bartolomé, escuálido como un eremita y con los ojos llenos de luz interior como un visionario, contaba, además de su elocuencia de arcángel, con el mejor argumento para convencerlo: la diadema ceñía una frente marchita, Carlos tenía más de cuarenta años, una edad avanzada, lo afligían la gota y las fiebres cosechadas en la intemperie, los riñones maltratados por las cabalgatas de invierno y los ardores del vientre ulcerado por la diplomacia y por la teología, de modo que sentía cercano el momento de comparecer ante el único tribunal capaz de juzgarlo. Él, que lo tenía todo y que era el sostén de la cristiandad, ¿no estaría poniendo en peligro su alma en vísperas de acudir ante aquellos estrados con ángeles? El argumento era invencible, y el emperador confió las Leyes Nuevas a los galeones dorados, las entregó al influjo de los vientos del nordeste, para que las llevaran sobre el abismo en las manos fieles del oidor Vaca de Castro y del virrey Blasco Núñez de Vela, sin ignorar que esto despertaría malestar y rencor en los violentos varones de Indias, cada vez más ávidos del oro de los cuerpos y de las minas, de la plata de los socavones, de las largas vetas verdes de cristal que serpentean bajo las montañas, y del fondo arenoso de perlas del mar de diversos colores. Todos seguían borrachos de proyectos con los reinos de caoba, de canela y de especias que todavía se escondían en las regiones inexploradas, y estaban dispuestos a macerar hasta el polvo a esos millones de criaturas sin nombre, con piel de barro y corazón de arcilla, que Dios había destinado para su servidumbre.

Ninguna esperanza podía tener la corte de que se acataran unas leyes que los encomenderos leían rabiando y gruñendo, dando puñetazos de hierro en las toscas mesas de las posadas y en las mesas finamente servidas de las haciendas, y hasta escupiendo sobre el águila de dos cabezas de la casa de Austria, pero emitirlas salvaba la conciencia de los reyes y de las altas potestades por la brutalidad de estos hombres que no vacilan ante el crimen y que ven en los pueblos de indios manadas odiosas: carne de servidumbre si se someten, cercos de sediciosos si se resisten, y, cuando se alzan en selvas de plumajes y en estruendo de cascabeles para la rebelión, criaturas de la estirpe de los demonios. De esos demonios que España aprendió a temer a la luz de unas hogueras en cuyo corazón alguien grita, al avance de garfios que escarban en la carne viva y al soplo de alaridos que brotan de la boca de las mazmorras. Santificaron el odio con oficios solemnes en una lengua de eruditos, le dieron cuerpo al miedo entre seres de incienso y trenos sobrenaturales, y hoy encuentran en todas partes ese mal al que odiaron por herencia, adoctrinados por el fierro y la brasa.

Ursúa conoció así las Nuevas Leyes de Indias antes de que empezaran a gobernar las voluntades, y adhirió a ellas con la alegría y la inconsciencia de su juventud, sin pensar que estaban hechas para contrariar la fiebre que sentía palpitar en sus venas. Aquellas normas, redactadas por hombres cuyas armas eran la pluma y la tinta, prometían refrenar a los guerreros codiciosos y a los encomenderos violentos, y ése era el bando al que, aún sin batallar, él ya pertenecía.

Con Lorenzo de Cepeda, quien se uniría de nuevo al virrey en Sevilla, cabalgó seguido por sus hombres hasta las murallas de Ávila, y de allí cruzaron la sierra hacia el sur, pasando por la villa de Cebreros, donde los sorprendieron las lluvias casuales de agosto. Me contó que un día, por el confín de la sierra de Gredos, vieron cuatro toros de piedra abandonados en medio del campo. Apenas habrían prestado atención a las figuras, ya sin cuernos y borrosas de siglos junto a los charcos de la lluvia, de no ser porque un anciano que había cerca invitó a Ursúa a bajar del caballo y tocar a los toros. «En ti se siente el toro» le dijo, «debes cuidarte de sus rayos». Aunque no las entendió, nunca pudo olvidar esas palabras, y era tarde ya para él cuando, años después, ante su cuerpo ensangrentado y cruzado de hierros, volvió a mi mente aquel recuerdo suyo de unos toros inmóviles en un campo de España.

Cabalgando en busca de tierras que eran todavía imaginarias cruzaron en días ansiosos las vegas del Tajo, los montes de Toledo y los llanos pedregosos de Castilla, sobresaltados por hileras de molinos de aspas enormes; hicieron resonar cascos de hierro sobre las plazas contrahechas; y después de muchos días y de muchas posadas llegaron a la ciudad de tumultos que el muchacho no había visto jamás. Allí estaba Sevilla, por fin, la abigarrada capital del mundo, sus callejones entorpecidos por gentes de todas las razas, su comercio de lenguas confundidas, los miasmas asfixiantes de palacios y de antros, el blanco cegador de los muros detrás de un hormigueo de colores, cada balcón quemándose en el fuego falso de sus geranios, y muchachos que roban y mujeres que esperan y viejos en muletas con aros de oro en los lóbulos, y ante la catedral de cien agujas el penumbroso pasillo ascendente de la Giralda, por cuyas ventanas de fortaleza es posible ver ampliándose como en un sueño el horizonte de los mástiles.

No sé cuántos meses debió soportar a los mendigos embusteros de la Torre del Oro, que cambian palabras por monedas, y arrodillarse lleno de peticiones ante los retablos fantásticos de la catedral, que mezclan plata y caoba en sus enjambres de vértigo, y gozar de los patios ardientes aliviados por los azahares, y vigilar con esos ojos rapaces los muelles a donde se precipita el tesoro de ultramar y de donde zarpan con un sudor helado en la espalda los que no han sentido miedo jamás.

No me contó nunca cómo fue su viaje, aunque no lo imagino muy distinto de los míos: largos meses de encierro en una prisión ondulante, en un galeón solemne y fétido, oyendo las canciones bestiales de los marineros, sus oraciones a gritos cuando se desatan los temporales, viendo el vuelo milagroso de los peces y el fulgor sobrenatural que se apodera en la noche de las lanzas o de los calderos, oyendo el merodeo de las ratas y de los marinos difuntos en las bodegas, y el crujido doloroso de las velas ansiosas de viento, cuando la noche sopla con fuegos fatuos sobre los viajeros desvelados y uno está solo con el mundo inmenso y con la polvareda misteriosa del cielo.

Sé que el galeón dejó a Ursúa y a sus hombres en Borinquen, y que el muchacho fue recibido cordialmente por su viejo pariente Díez de Aux. Pero la prestigiosa regencia que lo había embelesado en Arizcún en realidad no existía. El viejo regía, sí, hondas hileras de indios y negros encorvados bajo el implacable sol antillano, pero no era regente de la isla, y aunque se alegró de ver a su pariente, no parecía dispuesto a brindar hospitalidad a toda una tropa. A Ursúa lo seguía el bullicio de doce muchachos navarros que no querían separarse por ningún motivo y que tasaban como pan escaso sus ahorros familiares hasta que aparecieran las grandes riquezas, y el joven comprendió pronto que esta isla, ya conquistada y ya bien repartida, no sería la región del tesoro que todos soñaban. Alojó parte de sus hombres en la hacienda del viejo, a cambio de un trabajo extenuante y poco rentable, buscó para los otros hospedaje y oficio en el puerto, y recomenzó su labor de bebedor de rumores y de comparador de versiones en las fondas del muelle.

Un andaluz que volvía con fiebres de Tierra Firme lo inició en un nuevo estilo de leyendas. Si en España todos los relatos situaban la riqueza en las islas, las islas señalaban siempre más lejos. Detrás de los mares había un país de sepulcros de oro; en el viento marino volaban con las gaviotas los rumores acerca de una ciudad dorada; un cuarto de siglo después, aún llenaban el aire fantásticas variantes de la hazaña de Cortés en Tenochtitlan, y había versiones encontradas sobre la caída de la ciudad de las momias en las cordilleras distantes. Pero una vez acomodado el viajero en las bancas del puerto los relatos se multiplicaban y eran como bandadas de pájaros de colores en las que uno no sabía a cuál mirar. Había una canoa con doscientos hombres cruzando con oro las aguas de un lago; había un avance de varones intrépidos preparados para todo menos para los cuchillos de hielo de la montaña; había mares de perlas, flechas con la muerte pintada de azul en la punta y peces carnívoros cuyo extraño nombre era tiburones, que a leguas de distancia descubrían el olor deleitable de los naufragios; había bosques de árboles descomunales en los que siempre era de noche, hombres cubiertos de plumas que hablaban con los peces de los lagos y que se transformaban en tigres, y tiendas de indios llenas de pieles secas de indios vencidos; había raíces que enloquecían a los hombres, niños que pescaban con largas flechas en los raudales, ancianos capaces de cruzar a nado ríos turbulentos; había muchachas bellísimas que se alimentaban de piojos, bestias de largas lenguas a las que se adherían las hormigas, grasa de peces inteligentes que producía locura de amor, pájaros que hacían complicados nidos de arcilla, animales esféricos recubiertos de púas, ranas más venenosas que diez mil indios, serpientes en el fondo de los lagos que tenían alianzas con el trueno, y moscas que producían llagas incurables; había indias que eran mujeres en la noche y serpientes al amanecer, ríos de una sola orilla, pueblos que juraban ser hijos de las águilas y de los lagartos; había muchedumbres guerreras más silenciosas que la niebla, ciudades de mujeres valientes y desnudas que reducían a esclavitud a los enemigos, mujeres irresistibles que devoraban al macho durante la cópula, y legiones de cristianos avanzando con el credo en los labios entre aldeas de brujos y selvas mortales. Se veía en los puertos el fluir incesante de los aventureros, el desfile de las compañías nuevas hacia tierras desconocidas, porque el Imperio se ensanchaba de hora en hora y al parecer las riquezas brotaban como surtidores al paso de las expediciones.

El hacendado de barbas blancas y negros esclavos brindaba más seguridad que fortuna, un sosiego que Ursúa sólo precisaba en sus primeros días, para curarse del vaivén del mar desmesurado, para disipar los miedos de la travesía y el vértigo de abrumadoras distancias que lo separaban de su tierra de origen. Pero pronto el viento salado desdibujó los valles nativos, el cielo de astros nuevos señaló otros caminos, el horizonte marino frente a ellos se hizo más deseable que la infancia a su espalda. Y el hijo del barón de Oticorén y de la potestad de Soule saltó de nuevo a las cubiertas de los barcos seguido por sus fieles amigos, recomenzó su viaje hacia el sur, en busca de las selvas de Tierra Firme, y recordando a sus amigos de Ávila y de Sevilla, su primer impulso fue buscar el Perú, donde vivían aún los destructores del imperio Inca, donde dioses depuestos embrujaban todavía las montañas y no acababa de secarse la sangre sobre las piedras tatuadas de historias.

3.

Qué no daría yo por ver ese Perú
al que llegó Ursúa

¡Qué no daría yo por ver ese Perú al que llegó Ursúa en 1543! De allí habíamos salido un par de años atrás, bajo el mando de Gonzalo Pizarro, dos centenares de españoles y miles de indios, entre el ladrido enloquecedor de los perros de presa, a buscar el País de la Canela. Después de muchas aventuras y desventuras, también en el Perú habían quedado los huesos de mi padre bajo un metro de tierra, y bajo una leyenda en latín sobre la tosca cruz de madera, que le prometía a su alma un sitio entre los ángeles. Mi padre, el converso, fue parte del ejército que sometió a los incas y destruyó su reino. Pero no sólo él se había refugiado en la muerte.

Desde nuestra partida tantas cosas cambiaron que no parecían haber pasado dos años sino dos décadas. Cuando remontamos la cordillera hacia el norte guerreaban los buitres con los buitres: los viejos socios de la conquista, Pizarro el marqués y Diego de Almagro, se disputaban feroces el reino. Más tardó en acabar la guerra con los indios, ahora apaciguados ante el invasor, que en arreciar la guerra entre españoles. La sangre del Inca se vengaba haciendo reñir a sus verdugos. El tuerto Almagro subió al patíbulo por orden de Hernando Pizarro, y los amigos del hijo mestizo de Almagro fueron a dar muerte al marqués a las puertas de su palacio. De los desacuerdos habían pasado a los crímenes y de los crímenes pasarían a las deformes batallas.

Sólo hablando con Ursúa, años después, pude atar muchos cabos sueltos de aquellos tiempos. Los que fuimos a buscar la canela derivábamos todavía por la selva cuando

Vaca de Castro, el oidor, se enteró en Panamá del asesinato de Pizarro y se apresuró a viajar al Perú para asumir la gobernación. Muy pronto se enredó su camino, porque las naves, corriendo por el mar del sur, se extraviaron en una tormenta ante las costas de Buenaventura, y el barco en que viajaba se habría estrellado en la niebla contra los acantilados de no ser por la aparición misteriosa del gobernante del puerto, el hábil cosmógrafo Juan Ladrilleros, a quien extrañamente le gustaba navegar por la bahía cuando hacía mal tiempo. El barco inesperado guió al otro a través de los escollos, y Ladrillero se asombró al descubrir que estaba salvando al nuevo señor del Perú. Pero el oidor impaciente, varado en un puerto húmedo y solitario, y enfermo por el recuerdo del extravío en el mar, se empeñó en alcanzar por tierra la región de los incas: remontó con pocos soldados montañas lluviosas, atravesó farallones llenos de bestias, vadeó ríos de fango y lidió como pudo con el hambre y las plagas hasta llegar a las praderas inundadas de Cali, donde se enteró de que el mestizo Almagro se había proclamado gobernador del Perú.

Después de infinitos trabajos, Vaca de Castro llegó por fin a la Ciudad de los Reyes de Lima, y casi movía a lástima ver a aquel hombre consumido por viajes y desgracias tomando posesión del gran reino en nombre del emperador. Pero lo hizo: enfrentó a los asesinos de Pizarro y libró la batalla de Chupas, donde el joven Almagro perdió al final tropa y cabeza.

Todo aquello ocurrió mientras nosotros bajábamos por el río. Mientras Ursúa, de quince años, apenas salía de la crisálida en su casa de piedra de Arizcún. Quién nos hubiera dicho que todas las cosas terminan uniéndose tarde o temprano. Quién nos dirá en qué momento el verdugo y la víctima, desde regiones muy distantes, empiezan a moverse hacia el sitio prefijado donde tendrá lugar el encuentro. Por los mismos días en que Ursúa soñaba con salir de su casa en Navarra, y yo escapaba por milagro de un río imposible, ya en el Perú el oidor Vaca de Castro llevaba, en la batalla de Chupas, al infame Aguirre, un soldado tortuoso y maldiciente que sometía caballos en haciendas antes de entrar a la milicia real, y al que no supieron detener a tiempo ni las flechas de los indios, ni las espadas de los almagristas, ni los saltos de los potros salvajes.

Fue entonces cuando Gonzalo Pizarro, el capitán bestial en la pesadilla de mi juventud, salió de la selva donde lo abandonamos (ya tendré tiempo de explicar que no fue una traición, que aquello fue tan sólo un doloroso accidente), y se encontró con la noticia de que el reino de los incas, que sus hermanos habían conquistado, era ahora la tumba de Francisco Pizarro. Había perdido una fortuna en el viaje, había perdido a su poderoso hermano, y, como las desgracias nunca llegan solas, acercándose apenas a la ciudad, harapiento y enfermo, oyó decir que el emperador había designado un virrey para el Perú, y que ese virrey no era él.

Tal fue el mundo que encontraron Ursúa y sus amigos cuando llegaban buscando el reino de fábulas que les habían pintado en las islas. Gonzalo Pizarro alzado en rebelión, proclamándose heredero del reino; Blasco Núñez de Vela destituyendo al oidor Vaca de Castro sólo para hacer sentir la importancia de su nuevo cargo; los viejos socios que saquearon el país de Atahualpa entrando en las tabernas del infierno a pelear como perros el resto de la eternidad; los otros asesinos de Pizarro, como Francisco Núñez Pedrozo, huyendo en desbandada en busca de refugio; y el pasado misterioso envolviendo todavía las montañas con sus miles de rostros de niebla.

No había en las tierras del Inca promesas de reinos por descubrir ni de nuevos tesoros. La expedición de Gonzalo Pizarro en busca del País de la Canela era una aventura fracasada, y nadie pensaba en asomarse de nuevo por aquellas selvas malsanas. En el ejército real el joven y alegre Ursúa alcanzó a cruzarse con el astuto y renqueante Lope de Aguirre, pero está claro que no presintió nada de su suerte. Ursúa lo olvidó, pero Aguirre nunca olvidaba un rostro, y años después debió sentir la extrañeza de que ese hombre mucho más joven que él, al que había conocido como un vagabundo, que se hacía notar más por sus manos finas que por sus rasgos de guerrero, se hubiera convertido en un gran capitán de conquista.

Crecía en la atmósfera la indignación de los encomenderos ante la terquedad del virrey, que hizo entrar en vigencia las Nuevas Leyes, prohibiendo la esclavitud y el trabajo excesivo para los indios, y reglamentando con severidad la creación de encomiendas. Pero Gonzalo Pizarro estaba más indignado: si a los otros les quitaban sus propiedades, a él le estaban quitando su reino. Y si la Corona tenía otros proyectos con el país que a él le pertenecía por herencia, una idea más ambiciosa empezaba a abrirse paso en su mente, algo que a nadie se le había ocurrido antes y menos a hombres crecidos con los cerdos en los corrales de una aldea: forjar una corona con el oro de las Indias y ponerla sobre sus propias sienes.

Ursúa no pudo advertir todo lo que germinaba en el reino: las primeras semanas en un mundo tan distinto apenas permiten percibir las variaciones del clima, la diferencia de los árboles, los cambios de la alimentación. Ya no había a voluntad estofado de ovejo ni quesos de hierbas, el vino al que acababa de aficionarse escaseó desde entonces, y los veteranos hablaban de una dieta mortal con plantas lánguidas y con la insípida carne azul de unos pájaros desconocidos en las travesías de la cordillera.

Vio la vida de los incas vencidos, el equilibrio gracioso de las llamas en los altos pasos de la sierra, la altivez de los encomenderos, las ciudades de piedras monumentales encajadas como mecanismos de precisión; oyó la alegre tristeza de las flautas del Inca y vio rostros hermosos de mujeres indias que tiempo después recordaría. Para los nativos, muchos de los cuales vestían impecablemente de luto, lo que había sido el reino de sus padres era ahora la tumba de sus dioses vencidos, y alguno le dijo que ya no había sol en el cielo, que el sol se había retirado a la oscuridad y al silencio.

Pensaba que iba a cambiar de lugar en el mundo, pero había cambiado de mundo. El suelo se hizo otro suelo y el viento se hizo otro viento, cambiaron de gritos los pájaros en las ramas y cambiaron de forma los seres presentidos en la tiniebla; el aire entre los cuerpos se llenó de palabras incomprensibles, la carne se mostraba a la vez más impúdica y más inocente, y la mente se fue llenando de recuerdos desconocidos y de túneles caprichosos. Porque para el viajero sosegado lo que quedó a lo lejos se vuelve más grande y más bello, pero al que viaja entre marejadas y peligros los tigres del camino no le dejan espacio para las dulzuras perdidas.

Le hervía la sangre por guerrear y llegó a una región donde se preparaban grandes combates, pero aquéllas no eran guerras contra los indios, en busca de los tesoros ocultos de la montaña, sino enfrentamientos entre los propios españoles, y él había venido a buscar otra cosa. Para combatir con hombres blancos habría podido quedarse en su tierra, donde por esos días el emperador llevaba sin tregua sus tropas a repintar con sangre y ceniza las fronteras. Ursúa buscaba adversarios distintos, guerras asombrosas, y todavía me revuelve las entrañas pensar que las armas que lo mataron no fueron flechas con veneno de hierba en la punta, ni lanzas con embrujos y cascabeles, sino aceros templados en Toledo y en Ávila. En los umbrales de su aventura no presentía que unos años después sería juzgado bajo el rigor de las Nuevas Leyes por sus crueldades con los indios, ni que sería su propio tío materno, tan devoto de leyes y de reyes, quien lo iba a empujar a esas campañas de exterminio que aquí se llaman siempre de pacificación.

Intentó en vano sacar provecho de su amistad con los jóvenes asistentes del virrey, soñando con algún cargo en la corte virreinal. Pero Núñez de Vela no le mostró su rostro jamás, porque estaba dedicado a porfiar con gentes indóciles: las Nuevas Leyes aumentaban cada día la ira de los encomenderos; el tiempo se le iba en hablar a oídos sordos y en tratar de hacerse visible ante ojos y voluntades empeñados en ignorarlo. Por el solo gusto de contrariar a la Corona, los conquistadores ahora esclavizaban a los indios con más furia y gastaban cuerpos humanos en los socavones como quien gasta cañas en los molinos.

La carta del emperador que Ursúa llevaba resultó menos extraordinaria de lo previsto, pues otros recién llegados exhibieron folios con los mismos lacres heráldicos, y Ursúa comprendió que su propia situación iba a empeorar con los días. Sus amigos navarros empezaban a sentirse nerviosos en una atmósfera de guerreros exaltados y tensos: les estaba llegando la hora de alinearse en uno de los bandos.

Venía la guerra y los días se ensombrecían; pero cuando todo se había vuelto oscuro y ya no quedaba a qué recurrir, la estrella de Ursúa se encendió de repente, porque una carta enviada por su madre desde el solar de Navarra, una de las poquísimas cartas de su tierra que habría de recibir en las Indias, le trajo la noticia de que otro varón de su sangre acababa de obtener nombramiento, y no en las islas sino en Tierra Firme, y en realidad no muy lejos de allí.

El título del viejo Díez de Aux había resultado ser una fábula. Pero Ursúa leyó con alivio que, esta vez sin duda alguna, el hermano de su madre, Miguel Díaz de Armendáriz, un jurista brillante, aunque nada ejercitado en los rigores de la guerra, había sido asignado por sorpresa a uno de los cargos más exigentes de aquel tiempo: juez de residencia encargado de cuatro territorios distintos. En su carta Leonor Díaz no le hablaba sólo de riñas familiares y del vacío de su ausencia, abundando en noticias del valle de Baztán, la sordera de la tía Rebeca, el parto accidentado de una prima en Tudela, las inundaciones del Ebro, sino que le aconsejaba un inaplicable régimen de nutrición y de prudencia, antes de pasar a transcribirle cosas que ella misma no entendía: que su hermano el juez iba a aplicar la ley del Imperio en cuatro gobernaciones nuevas, por el mar del norte y por el mar del sur, «en esos mismos países salvajes donde ahora te encuentras».

Díaz de Armendáriz acababa de recibir el nombramiento. Debía juzgar a Pedro de Heredia, fundador de Cartagena y conquistador del país de los zenúes; a Alonso Luis de Lugo, gobernador del Nuevo Reino de Granada; a Sebastián de Belalcázar, que fundó a Quito en el norte del reino de los incas, después a Cali en las llanuras que orillan el río Cauca, y finalmente a Popayán, a la sombra de un volcán humeante; y a Pascual de Andagoya, explorador de las costas del mar del sur y gobernador de San Juan. Eran territorios contiguos pero de límites difusos, y de ellos Ursúa sólo había visto los lluviosos confines de la selva donde Balboa perdió la cabeza, donde Almagro perdió el ojo derecho y donde Pizarro casi perdió la esperanza.

Lo que ambos ignoraban es que Armendáriz no recibiría un reino sino una maraña de gobernaciones donde la imprecisión de las fronteras cobra diarios tributos de sangre, y donde la tierra indomable, con sus riquezas y sus indios, se vuelve objeto de enemistad aun entre hermanos.

Ursúa se apresuró a averiguar en qué consistían los juicios de residencia, para formarse una idea del papel que podría cumplir en las tierras encargadas a su tío. Buscó para ello a Lorenzo de Cepeda y Ahumada, el muchacho con el que había viajado por España, y que estaba cerca del virrey por una razón ajena a las intrigas políticas: su familia vivía frente a la casa de los Núñez de Vela, en Ávila. Le parecía una promesa para su propio futuro el ejemplo de esos hermanos que conocían al virrey desde niños, y habían venido con él a la aventura. Antonio, el mayor, estaba al lado de Núñez de Vela desde cuando era corregidor en su ciudad natal; Teresa, la segunda, habría terminado siendo la esposa del virrey si no fuera porque, apasionada por las novelas de caballería, huyó muy joven con otro hermano en busca de aventuras, y fue recluida en el convento de Santa María de Gracia. Todos los varones de la familia terminaron viviendo en las Indias.

Lorenzo le informó a Ursúa que los jueces debían examinar con detalle la actuación de capitanes y funcionarios. «Deben seguir el rastro de sus travesías, calificar sus acciones sobre los pueblos indios, inspeccionar los libros de la tierra y del oro, comparar los tributos declarados con los metales y las piedras que encuentran asentados en las cajas del rey». Ursúa lo escuchaba con atención, y al mismo tiempo imaginaba a su tío inspeccionando grandes libros y contando diamantes en cofres de metal. «Un juez», siguió Lorenzo, «es revisor de sangres y de predios, calibrador de minas, guardián de los quintos reales, repartidor de encomiendas, y ahora sin remedio protector de los indios de acuerdo con la manda de las Nuevas Leyes». Y siguió enumerando los menudos asuntos que competen a un juez: desde dirimir querellas entre conquistadores, definir lindes, aprobar con autoridad notarial los traspasos de haciendas y siervos, y validar las firmas de los señores, hasta aprobar las marcas que fijan al rojo vivo la propiedad sobre reses y esclavos. A Ursúa le pareció que, si todo eso fuera cierto, no se necesitaría ningún otro funcionario, pero lo que más lo animó fue la noticia de que, en caso de descubrir anomalías o actos contra la ley, un juez podía asumir provisionalmente las gobernaciones. Sonrió satisfecho, ensanchando las fosas de su nariz como cuando el sabueso ventea la presa: era evidente que las Indias le tenían reservado un gran destino.

Cuando el Perú había apagado sus promesas, cuando ya nada en aquel reino era tentador a sus ojos y todo parecía haber quedado inmóvil, allí estaba otra vez la señal de la sangre poniendo todo en movimiento: una carta del juez Miguel Díaz de Armendáriz lo incorporaba a sus tropas en Cartagena de Indias. Lo emocionó el llamado: enteró a sus amigos, siempre listos a seguirlo; se embarcó con siete de ellos, prometiendo esperar al resto en Panamá, y el Perú desapareció de su alma sin dejar otra huella que la certeza de que allí germinaba una guerra entre españoles.

Volvió sobre las olas del mar del sur. Si una polvareda le anunció su destino y un anciano visitante prefiguró su rumbo, fue el nombramiento de su tío, el juez, lo que marcó el verdadero comienzo de su vida en las Indias. Mientras creía correr al ritmo de su antojo sobre llanos salados y plazas empedradas, los hilos que gobernaban su destino se movieron de prisa. Ursúa tenía cierta razón en fantasear que manos poderosas firmaban decretos definitivos en su beneficio, que manos recias gobernaban para él los grandes timones salpicados de espuma, y que al amparo de las atribuciones de su tío un mundo de conquistas y fundaciones se abría para él en las tierras salvajes. En ese momento de euforia juvenil no le importó que la Corona estuviera confiando con celo especial la nueva legislación en las manos de Armendáriz, para que sujetara a sus letras de hierro a los conquistadores de aquellos países desconocidos.

También para Armendáriz fue grata la noticia de que uno de sus sobrinos andaba probando la suerte en el

Perú. El robusto y lujoso juez de residencia no podía saber a qué clase de reino lo enviaban cuando recibió los sellos y los lacres, las armas y los símbolos de su dignidad, con instrucciones minuciosas, complicadas como la firma de un canciller, para las muchas tareas que debía cumplir en el otro hemisferio. Oía hablar por primera vez del reino de ceibales del Sinú, de la costa de perlas de Manaure, de la sabana de maizales de los muiscas, de las llanuras anegadas del Cauca y de las costas que azota el mar del sur, donde alfareros minuciosos modelaron en barro todas las circunstancias de la vida, pero la verdad es que nunca entendió los reinos que estuvieron bajo su mando; ni siquiera años después de haber gobernado los altiplanos fríos y el abismo con nubes, el desierto de polvo y la borrasca, cuando ya era un clérigo anciano, lleno de recuerdos y de remordimientos, en un sombrío monasterio de España. Las tierras aturden a los hombres con la ilusión de ser sus dueños, y a veces les conceden el duro don de verse despojados, para que la extrañeza del mundo se haga más completa con su pérdida. Pero al comienzo el juez tampoco presintió cuán importante iba a ser para él ese sobrino casi desconocido, el hijo de Tristán y Leonor, el cachorro travieso que al otro lado del mar ya olisqueaba en el viento el olor inseparable de la carroña y del oro.

Puedo decir que la mitad de la sangre que salta por mis venas, y acaso un poco más, es sangre de indios. Y es tal vez esa sangre oculta la que me reprocha haber querido a Ursúa. Más que haberlo querido: haber sido su aliado fiel y casi su sombra hasta la muerte, a pesar de saber que era cruel en la guerra y brutal como pocos. Pero sólo Pedro de Ursúa, enloquecido y violento en sus sueños de riqueza, en su delirio de ciudades doradas y de minas en llamas, me hizo sentir acompañado en un tiempo salvaje y en una campaña brutal, y su muerte me dejó tan vacío y saqueado como si no me hubieran matado a mi amigo sino a mi alma. Tal vez llegue la hora de saber lo que quiere mi corazón con este relato, si es la vida insaciable de Pedro de Ursúa lo que teje, o si es apenas el consuelo de un hombre perdido que nunca entendió su destino, la enredada madeja de azares que me hizo descender dos veces por un río embrujado.

4.

Miguel Díaz de Armendáriz había visto la luz en Pamplona

Miguel Díaz de Armendáriz había visto la luz en Pamplona en 1507. Pertenecía a la rama erudita y sedentaria de una familia que adoctrinó a los nobles de Navarra desde tiempos antiguos. Si el linaje del padre de Ursúa era de insolentes guerreros y de mercaderes codiciosos, el de la madre era de reposados propietarios que tenían molinos a la orilla del Ebro desde el siglo anterior, y que le habían dado a Tudela sus obispos y sus escribanos. Hasta dos santos dudosos había en la memoria de la familia, Dominic de Veráiz, un predicador en harapos que hacía milagros en las aldeas pirenáicas, y el príncipe generoso León de Agramonte, que repartió su fortuna entre los pobres antes de partir hacia Tierra Santa con una corona de espinas sobre su frente, en tiempos de la última cruzada, y que al volver se recluyó en el monasterio de Almanz, que yergue sus agujas góticas entre los pinos de la cordillera.

Desde joven Miguel era estudioso y lascivo, dedicaba la mitad del tiempo al placer y la otra mitad al arrepentimiento, y se habría vuelto clérigo de no haber sido porque después de la adolescencia nunca se acostumbró a dormir solo, pero lo acobardaba la idea del matrimonio. Tal vez atormentado por sus propias inclinaciones se había dedicado al estudio de las leyes: quería comprender el alma humana. Le gustaba juzgarse a sí mismo, aunque por lo general se absolvía, gracias a la prolijidad y sutileza de sus razones, pero a partir de cierto momento ya se sintió capaz de juzgar a los otros. Mientras entraba en carnes, fue haciendo carrera en un medio donde era importante tener argumentos eficaces para defender las políticas del Estado y para hacer tropezar a los adversarios.

Era sin duda el varón más elocuente en una familia de labios de oro, y los nexos de los Veráiz y de los Armendáriz con la corte lo llevaron a atender importantes procesos en los estrados de Pamplona y Valladolid. De algo había valido que sus mayores dieran su sangre por la corona de Aragón, y que dos años antes Carlos V se hubiera hospedado en uno de los castillos de la familia, cuando vino a Navarra a presentar a su heredero Felipe, que acababa de dejar al fin el luto por la emperatriz. El juez Armendáriz recordaba la selva de lanzas de la guardia imperial a las puertas del castillo, y los banquetes malogrados —las jugosas chuletas de cordero, los cuartos de jabalí casi azules, los faisanes con corazón de *foie gras*, los toneles de vino del Duero— porque el emperador no podía probar un bocado. Hubo un ir y venir de médicos angustiados, y al propio juez le correspondió la fortuna de conseguir para Carlos las medicinas que lo aliviaron del ataque de gota que encadenaba su pie, su costado, su cuello y su mano derecha, y que lo había hecho recibir encogido los honores de Aragón, Cataluña y Valencia antes de ir a Pamplona a preparar la defensa contra los vecinos franceses.

Yo digo que Díaz de Armendáriz tenía que haber ganado mucho prestigio cuando lo escogieron como juez de residencia en las Indias, porque fue el primer encargado de justicia al que le asignaron cuatro gobernaciones distintas, y en una región donde se precisaba firmeza y claridad. Mucho sabía ya la Corona acerca de los mundos de aztecas y de incas, algo de la región de Castilla de Oro y de los establecimientos urbanos y comerciales en islas del Caribe, pero de estas regiones de Tierra Firme cada informe contrariaba al anterior, y los chambelanes y el Consejo de Indias jamás estaban seguros a la hora de tomar decisiones.

Cuando se pensaba que el generoso Bastidas había hecho labor perdurable de pacificación y conquista, clérigos alarmados traían el informe de que sus propios hombres lo habían apuñalado y las costas de Santa Marta estaban siendo arrasadas por los conquistadores. Cuando se le reconocían a Jiménez de Quesada sus derechos como fundador de Santafé y se esperaba que sometiera legalmente a los nativos del altiplano, llegaban rumores de las ferocidades de su hermano Hernán Pérez de Quesada, que daba tormento a los reyes indios y destruía provincias enteras buscando tesoros. Cuando se pensaba que don Pedro Fernández de Lugo, gobernador del Nuevo Reino de Granada, había establecido un bastión firme para la Corona desde la costa de las perlas hasta el reino de los muiscas, llegaban las cartas de Gonzalo Suárez de Rendón, un veterano de las guerras de Italia, acusando a Alonso Luis de Lugo, el heredero del gobernador, del robo de perlas y caballos, ejecuciones y encarcelamientos injustos. No acababa de llegar la noticia de que Pedro de Heredia había fundado el puerto de Cartagena en una región propicia para la navegación y el comercio, cuando llegaban los rumores de que sus esbirros habían desenterrado las tumbas de los nativos sin declarar el oro a la Corona. Entonces se pensó que era el momento de dejar a un lado a los guerreros y enviar a un jurista de lengua inspirada que pusiera orden entre los conquistadores y uniera las provincias discordes.

El viejo secretario Juan Sámano, un hombre de rostro de piedra y de barbas de niebla, le contó a Díaz de Armendáriz con más palabras que rigor la historia de las cuatro gobernaciones, pero parecía más empeñado en hablar de los límites de su judicatura y de las tierras que la rodeaban. Sus precisiones, vistas bien, eran vaguedades inútiles. ¿Qué puede saber del mundo desconocido un funcionario encerrado en las ceremonias de una corte distante? Cada gobernación parecía limitar con ciénagas y con neblinas, estaba a medias habitada por caníbales y a medias por fantasmas, porque es imposible imaginar estos rumbos antes de haber estado en ellos. El hombre que recorre una provincia no concibe las otras por cercanas que estén, en un mundo que se diría tan cambiante como las nubes, donde las aldeas vacilan bajo el peso de las avalanchas, donde los montes olvidan los caminos, donde los fuertes ceden a la presión de ejércitos de indios y las ciudades se arrodillan al paso de los huracanes. He visto de un año a otro cómo se alteran las tierras, cómo cambian los ríos de curso, cómo las costas modifican su trazo. Las instrucciones de los peritos de la corte están siempre sujetas a la experiencia de los viajeros, y apenas imagino a Díaz de Armendáriz procurando memorizar, sobre mapas balbucientes, los inasibles límites del reino, la mayor parte de los cuales ni siquiera vería durante su mandato.

Todo en el nuevo mundo pertenece a los reyes, pero sus súbditos se lo disputan con tal ferocidad que siempre importa más, y es más seguro, saber qué territorios obedecen a otros conquistadores, a casas comerciales distintas. Es por eso que la fresca mañana de primavera en que se reunió el Consejo en el palacio de Valladolid para presentar a Armendáriz la lista de sus funciones y el informe detallado del mundo al que se dirigía, el secretario Sámano, sentencioso y locuaz a la vez, se detuvo más en las tierras ajenas y vedadas que en la difusa tierra prometida: el juez debía tener claros los límites de su territorio.

Ante una ventana blanca que mira a los viñedos verdes del Duero oyó hablar de las planicies calurosas que bordean el Orinoco, entregadas a los banqueros Welser de Augsburgo, que prestaron, con los Fugger, el millón de florines con que el niño Carlos V compró la corona del Imperio. Aquellas tierras estaban en poder de los guerreros de Alemania, y para la corte eran el cerco de alabardas de Ambrosio Alfínger, unos trazos con letras e iglesias y el dibujo de un río. Para nosotros fueron llanos enrojecidos de chigüiros, canoas zozobrando en remolinos, amaneceres exaltados como delirios, serpientes cuya testa triangular era tan grande como la cabeza de un potro.

Después le hablaron del brazo de selvas húmedas del oeste, en Castilla de Oro y Panamá, del que Armendáriz ya tenía noticia por las crónicas de los viajeros, tierras donde Pedrarias Dávila destruyó por envidia las conquistas del laborioso Balboa, y donde una partida de hombres cansados y un perro que tenía un collar de oro vieron nacer en sus pupilas el abismo infinito del mar del sur.

Al norte estaba el agua luminosa de las Antillas, surcada por macizos galeones de España y que empezaba a cruzar de tiempo en tiempo en todas direcciones cosas que no se habían visto nunca: navíos oficiales y clandestinos, barcos mercantes como palacios dorados, galeazas ostentando sus gallardetes, carabelas, carracas portuguesas con sus velas infladas como nubes, bergantines, piraguas de dos cascos, remeros de contrabandistas, fragatas artilladas de aventureros y hasta veleros solemnes hechos más para la ostentación que para las olas. Era la región más conocida, el mundo de Colón y de Ojeda, donde brotaban perlas como arena y donde amenazaban sin tregua y sin entrañas los piratas franceses.

Sámano habló finalmente de las regiones del sur donde todo era más seco y más claro, las tierras que fueron de los reyes incas, con su honda cordillera de ciudades de piedra y tumbas rectangulares, las confusas serranías antes sujetas a la férula de Francisco Pizarro, donde ahora se alzaba la rebelión de los encomenderos. De allí llegaban rumores de guerra entre los hombres del emperador, y Armendáriz debió recordar que ése era el peligroso país que estaban viendo en aquel instante los ojos de halcón joven de Pedro de Ursúa.

«Más allá», indicó finalmente el secretario, mirando en una dirección y señalando en otra, «sólo están las selvas escondidas donde Orellana vio a las amazonas».

Si yo hubiera estado presente, habría descrito mejor esos confines que escapaban al mando de Miguel Díaz y que después se apoderaron de los sueños de Ursúa. Allá se había quedado mi juventud, en un infierno rojo y en un río imposible.

«Monseñor», dijo el juez con nerviosa cortesía, «veo con claridad los reinos que no estarán bajo mi jurisdicción, pero aún no sé nada de las tierras donde debo aplicar la ley del Imperio». «Me gusta que lo entienda así», respondió el secretario, «porque hasta ahora ha sido más fácil saber lo que hay alrededor que conocer y unificar esas regiones bajo una sola ley. Ojalá fuera un país como el de los aztecas o el de los incas, unido por una corona de plumas o siquiera por una lengua bárbara, pero el poder de los cuatro gobernadores no ha desarmado todavía a las muchas naciones indias, y al parecer la tierra misma es más rebelde que los nativos que la pueblan. Prefiero decirle qué regiones lo rodean y que usted nos revele finalmente qué reino es aquél».

Armendáriz, tan diestro en cuestiones legales como aprendiz en asuntos de la corte, sintió que recibía más un enigma que un territorio y tuvo que confiar en que el examen de las campañas y el juicio de los capitanes le darían una noción más precisa del país que se le encomendaba. Ese mismo día, con el listado dispendioso de sus tareas, recibió documentos sobre cada una de las cuatro gobernaciones: informes, cartas, testimonios, crónicas y rumores, largas evaluaciones del Consejo de Indias, y memoriales y procesos en marcha copiados por pacientes calígrafos para que cada original pudiera quedar en los archivos de la Corona. Allí encontraría buena parte de la información que necesitaba, y el resto sólo se lo darían los meses y los mares.

Más útil que los informes del secretario Sámano, que los copiosos archivos y que los mapas conjeturales del Imperio, fue para el juez conocer en el palacio real a un capitán noble y apuesto, de bigotes floridos y barba ondulante y aguda, que se movía con pasos inseguros por los salones de la corte y a quien los funcionarios atendían con solicitud. «¿Ha visto con quién anda tan complacida la corte?», le dijo una tarde el asistente del gran tesorero Los Cobos. «Le voy a presentar a alguien cuya suerte depende de los gobernadores que usted juzgará: el mariscal Jorge Robledo. Hace cinco años lo envió Belalcázar al norte del país de los incas, y fueron tan notables sus conquistas que hoy dos gobernadores se disputan las tierras donde fundó ciudades. Estuvo a puertas de morir cerca de la nueva Cartagena hace unos meses, porque Pedro de Heredia lo acusó de invadir sus dominios, pero el Consejo y el príncipe acaban de rehabilitarlo, y le reconocieron sus méritos por medio de un título resonante». Y el secretario del gran Secretario del Tesoro imperial añadió, casi susurrando en los oídos del juez: «Creo que este hombre muy pronto va a poner en manos de la Corona la mayor reserva de oro que guardan las Indias. Tiene usted suerte, excelencia, de ser quien ponga en claro los asuntos de su gobernación».

Armendáriz se sobresaltó: no le parecía adecuado conocer de antemano a un hombre que iba a estar sujeto a sus investigaciones y sus providencias, pero el funcionario no vio problema en ello. «Mi señor de Armendáriz», le dijo, «su labor no será poner reos en el cepo, sino más bien evaluar el trabajo inimaginable de unos abanderados a los que el emperador considera grandes benefactores de la Corona. Un juicio de residencia es la ocasión de rehabilitar a unos hombres sujetos al odio de nuestros enemigos y a la murmuración de sus propios soldados. Robledo aspira a gobernar un quinto territorio, en la frontera imprecisa de las tierras de Belalcázar y de Heredia, y es de esperar que sea la ley y no la espada lo que decida finalmente su suerte».

Añadió que, más que una justicia demasiado puntillosa, la Corona prefería el reconocimiento de quienes enriquecen al Imperio y ensanchan sus dominios. Y Armendáriz fingió no darse cuenta de que para esos cortesanos su tarea como juez era algo más que una cuestión de leyes y códigos. El discurso del hombre, que no afirmaba nada pero insinuaba mucho, era el gorjeo de un asistente de finanzas de la casa real, cuyas prioridades sólo pueden formularse en ducados y maravedíes. Pero aunque a la Corona le importaran mucho las rentas, el juez se dijo que los enviados del Imperio tendrían que atender también a criterios políticos y morales, y buena prueba eran las Nuevas Leyes, pregonadas como un libro de hierro para los capitanes de Indias.

«Permitir que gobierne los reinos el que los ha fundado», continuó el funcionario, «es cuestión de justicia. Y aquí está nítido el tema del que hablábamos: los celos extremos con que los gobernadores manejan allá sus territorios, sus rapiñas frecuentes por la tierra y por el reparto de indios. Robledo es un varón valiente y recto, que tiene problemas de jurisdicción con otros capitanes más ambiciosos».

Armendáriz esperó cortésmente al secretario, que con ceremonias y gestos excesivos había ido a traer a Robledo. Era una fortuna hallar un informante de primera mano, con experiencia no sólo en las Indias sino precisamente en los territorios a los que ahora se dirigía.

Había algo extraño en la mirada de Robledo: sus ojos grandes eran pensativos y ausentes, pero a Armendáriz le bastó oír su voz para entender que aquel hombre no sería su enemigo, y conversar con él fue su mejor adiestramiento como juez de Tierra Firme. Ursúa me habló siempre del mariscal como si lo hubiera conocido, pero estoy seguro de que no se vieron jamás. Se formó una idea de la manera de ser de aquel hombre a partir de las cosas que le ocurrieron. Me dijo que los gestos de Robledo no coincidían con sus palabras; que era prudente en el trato, pero efusivo de repente, y que cuando no decía lo que pensaba, lo traicionaba un movimiento, pero yo sé que estaba tratando de deducir el rostro del hombre por la historia de sus conquistas, que imaginaba sus gestos a partir de sus desgracias.

A Ursúa a veces le ocurrían esas cosas: cuando había pensado mucho en algo, creía haberlo vivido. Quién sabe cuántas cosas de las que me contó, y que yo he repetido en estas páginas, fueron imaginadas o alteradas por él. Un día me dijo, al paso, que a veces tenía sueños tan vívidos, que al despertar le costaba apartarse del mundo que había soñado. Y pensó tanto en Robledo en sus años de Santafé, tal vez lamentando no haberlo auxiliado en la hora de su perdición, que convirtió en recuerdos propios los recuerdos minuciosos de su tío Armendáriz.

Cuando estaba inspirado, Ursúa echaba mano de lo que fuera para darles aire de verdad a sus palabras. Según él, Robledo nombraba con cautela a sus adversarios, pero en las grandes brazadas, en el gesto de la boca y en el arquear nervioso de las cejas largas y negras, se traslucía la exasperación. De todos los hombres que Ursúa me nombró, Robledo era el más misterioso. Nada de lo que conquistaba llegaba a ser suyo, nadie le atribuía los crímenes de sus soldados, nadie le reprochaba sus propios crímenes, era como un fantasma cortés a cuyo alrededor se mezclaban los reinos, se rendían los caciques, se enrojecían las espadas. Y era también un mapa de las provincias la descripción que hacía Robledo del carácter de los capitanes: el egoísmo de Heredia, la codicia de Lugo, la reciedumbre inflexible de Belalcázar. Pedro de Ursúa, que sometió con desprecio y sin escrúpulos muchas naciones, sentía admiración por las campañas de Robledo, mucho más sobrias y eficaces, como admira un dibujante torpe a alguien que pinta paisajes y batallas con gracia y casi sin esfuerzo, hasta el extremo de recordar la lista de las naciones indias que Robledo encontró en su camino.

El mariscal era un hábil narrador de las propias hazañas, empezando por sus acciones en la guerra contra los franceses. Había sido testigo del momento en que el rey Francisco I se vio de pronto solo y a merced de los soldados de Carlos V en la batalla de Pavía, y hablaba de esas cosas con lenguaje elocuente, no con las frases toscas que acostumbran aquí los capitanes. Armendáriz siempre volvía a decir que, para apreciar las maneras de Robledo, bastaban las palabras que cierto día pronunció declarando su lealtad hacia el emperador: «Aunque no fuera mi rey», dijo, «no podría dejar de respetar a un hombre que se deleita con la música de Giorgione, que tiene a Tiziano Vecellio como su pintor de cabecera, y a quien Ariosto le dedicó en Ferrara el Orlando Furioso».

Me conmueve pensar que aquel hombre había conocido a mi padre, porque estuvo con Pizarro en Cajamarca en la emboscada a Atahualpa diez años atrás, antes de seguir al norte, con Belalcázar, hasta el confín del reino de los incas. Fundada Popayán junto a las colinas y Cali al pie de las duras montañas y ante un gran valle anegado, Robledo recibió el encargo de explorar las orillas del río Cauca, que huye hacia el norte entre una cordillera de volcanes nevados y otra de peñascos altísimos paralelos al mar de Balboa. Así, de ser un modesto capitán mandado por Aldana, que venía mandado por Belalcázar, que venía mandado por Pizarro, siguió sus propias exploraciones y se alzó a fundador de ciudades, empezando por Santa Ana de los Caballeros y por San Jorge de Cartago, la ciudad alta sobre el río en el reino quimbaya.

El juez le inspiraba confianza, y Robledo no tardó en contarle que su orgullo había sido utilizar más la inteligencia que las tres armas mortales de los conquistadores: los caballos, los perros y la pólvora; porque si los caballos paralizan de terror, los perros devoran sin misericordia y los truenos aniquilan la voluntad, el buen trato es el que menos enemigos deja a su paso.

Así se aproximaron en la corte, sintiendo que más que su tierra de origen los unía la tierra a la que estaban destinados, y a la que Armendáriz iba conociendo en el diálogo más intensamente que en mapa alguno. Lo dejaba perplejo la cantidad de naciones nativas entre las que Robledo se había abierto camino, más con gestos de paz que con filos de espada, aunque también sus tropas tuvieron encuentros salvajes, y aunque una vez ordenó cortar las manos a muchos hombres; y le costaba creer que ese guerrero fuera reconocido sin lucha por millares de indios, al paso que fundaba ciudades y recogía tesoros.

Según el mariscal, la mayor parte de los pueblos nativos eran confiados como niños y espontáneamente dadivosos, aunque sabían responder al maltrato con una horrible ferocidad. Parecía conocerlos bien y prodigaba sus nombres que a otros españoles les parecen impronunciables, de modo que Armendáriz comprendió que en adelante ya no hablaría de navarros y castellanos, de francos, bretones y normandos, de alanos y godos y aquitanos, y ni siquiera de moros y judíos, sino de pirzas, sopías y carrapas, de picaras y pozos, de quimbayas y tolimas y panches de pechos dorados y labios sangrientos.

En pocas leguas se sucedían pueblos que no estaban unidos ni subordinados. Qué difícil sería para los capitanes de conquista unir esos reinos bajo una sola corona y bajo un solo Dios. También sonaba incomprensible oír hablar de tropas españolas que morían de hambre en medio de una fauna riquísima, y lo admiró la cautela de las bestias, el rumor infinito de los pájaros, la reverberación de los aires agobiados de insectos. Robledo sabía trasladarlo a uno con sus relatos, y era tan observador que tal vez no sería demasiado bueno para la acción. Armendáriz necesitaba tanto entender el mundo al que se dirigía, que fue estrechando con el mariscal, primero en los laberintos de la corte, y más tarde en la confusión de todas las lenguas del Imperio por los embarcaderos de Sevilla, una amistad solidaria y agradecida que años más tarde terminó convertida en tragedia.

Se encariñó tanto que habría querido viajar con Robledo, seguir dialogando con él por ese mar florido de tritones y de serpientes. Pero al mariscal lo retenían a la vez el corazón y la cabeza: iba a casarse con una dama de gran linaje, doña María de Carvajal, y ese matrimonio le aseguraba las mejores relaciones en la corte, amistades que favorecerían la solución de sus litigios de ultramar. Prometió en cambio que después de conciliar el amor con los negocios viajaría a Cartagena, a sujetar sus actos a las recomendaciones del juez.

Recibido el mandato, Armendáriz cabalgó, respetable y solemne, hacia los olivares retorcidos del sur, resuelto a encarnar la voluntad imperial y a sostenerla con la vida si fuera necesario. Así, mientras su sobrino Ursúa volvía del Perú a Panamá, mirando con recelo las costas de selvas lluviosas del Chocó, el juez de residencia cruzó con su cortejo las rutas empobrecidas de España, atravesó las leguas muertas que rodean los callejones blancos de Córdoba, y se embarcó con soldados y mujeres y clérigos sobre el agua rojo sangre de un amanecer de Cádiz, hacia el abismo del Caribe y al encuentro de las tierras desconocidas.

Lo primero que nos enseñan estos mares nuevos es que todo lo que ocurre tiene que ver con nosotros. Nadie puede estar seguro de que sus asuntos se limiten a Borinquen o a Castilla de Oro, nadie puede decir que sólo le importan los montes de plata del Perú o la pasmosa fuente de la juventud de la isla Florida, porque el destino lleva y trae aventureros al ritmo de mandatos más poderosos que la voluntad.

Esto lo digo yo, que juré muchas veces no volver nunca al río que atormentó mi adolescencia, yo, que creí encontrar en Italia o en Flandes, lejos de estas maniguas, mi destino final de letrado y de consejero. Nadie sabe si la próxima puerta que se abrirá ante sus ojos lleva a un castillo acogedor o a una selva sin nombre, si le ofrecerá un refugio con una dama de ojos hechiceros o un barco que navega al infierno.

5.

Hablé tanto de aquellos viajes con Ursúa

Hablé tanto de aquellos viajes con Ursúa, que casi puedo ver al juez Armendáriz en el barco que lo traía a las Indias, viendo asomar la Cruz del Sur detrás del horizonte que asciende y desciende, viendo los días repetidos y siniestros del mar, padeciendo a pesar de su rango las mortificaciones del viaje, entre un olor a caballos y a fermentos, una rutina de gritos y oraciones, y un montón de comerciantes, de burócratas y de bandidos hermanados fugazmente por la soledad y por el peligro. Lo imagino sufriendo el prolongado mareo de aquel mar mitológico, ya sin el miedo extremo de los marinos que medio siglo atrás arriesgaron por él un camino imposible, pero todavía presintiendo en el aire el olor de las bestias marinas.

El que viaja a un oficio definido puede mirar el mundo con más tranquilidad que el que navega a la aventura, pero cada travesía por el océano se vive como un salto al abismo. Todos los aventureros de Indias, soldados o jueces o clérigos, están templados en el mismo acero, y su temblor es el del arco tenso y el de la espada preparada y vibrante. El juez imaginaba un mundo ajeno, pero más allá de las islas ya había mercaderes esperando sus favores y en la costa de las perlas más de un funcionario indignado que reclamaba su presencia. Su nombre aparecía en vigilias de soldados, en plegarias de viudas, en bandos de capitanes y en letanías de clérigos. Al belicoso y enérgico Ursúa se le llenaba la boca en los muelles de Panamá hablando del juez su tío al que vería unas semanas después en Cartagena, pero en muchos oídos el nombre del poderoso juez sonaba a graznido de cuervo, y había labios que se amargaban pronunciándolo.

Pedro de Heredia, en Cartagena, había afrontado más de un juicio, pero era consciente de numerosas quejas en su contra, algunas verdaderas y graves, y estaba decidido a defenderse y a mantener bajo su mando las praderas y las costas blancas. En su rostro de finas facciones la nariz era un bulto deforme, y tal vez el hecho de que los cirujanos de Toledo le hubieran puesto la nariz que perdió en sus pendencias, injertándole pieles y cartílagos, lo había adiestrado en el arte de improvisar recursos para dar la impresión de una conducta correcta, de modo que estaba afilando argumentos para lidiar con el juez. Procuró que el pequeño puerto fuera agradable y hospitalario, para que nadie quisiera husmear tierra adentro innecesariamente y acabara viendo las turbias acciones que estaban ocultas tras aquella fachada.

En la sabana de los muiscas la noticia del nombramiento de Armendáriz hizo que Alonso Luis de Lugo recogiera de prisa sus riquezas y resignara el cargo en manos de un pariente, de quien después podré decir muchas cosas, porque es uno de los que fueron con nosotros a buscar la canela. El gobernador Lugo había logrado unir en dos años todo el reino en su contra, y la cercanía del juez era un problema que le convenía esquivar enseguida, de modo que cabalgó hasta los barcos, descendió por el Magdalena espoleando con remos el lomo presuroso del agua, y se llevó hasta el Caribe con engaños al capitán Suárez de Rendón, pensando usarlo como rehén y coartada si hallaba algún obstáculo, pero sobre todo con la ilusión de que los climas malignos y las plagas del camino acabaran con él. Todavía robó unas perlas más en el Cabo de la Vela, y se perdió por el gran mar azul sin revelar a nadie su rumbo.

En Popayán, en cambio, Belalcázar ni se enteraba de que venía en su busca un juez poderoso. Oía noticias del Perú, donde sus viejos amigos estaban divididos y en guerra, y tratando de ayudar a unos y a otros despertaba recelos en ambos. Poco antes había pasado buscando al Perú con sus ojos marchitos el comisionado regio Vaca de Castro. Venía de casi naufragar en Buenaventura, de lidiar con las cordilleras y las pestes, e iba con la ilusión de arreglar el conflicto entre los conquistadores. Belalcázar lo escoltó con sus tropas por los cañones riesgosos del Patía: había mucho acero y mucha sangre de qué ocuparse en las sierras peruanas. Y el prudente Vaca de Castro le recibió gustoso las tropas, que harto le servían, pero lo devolvió a Popayán con la advertencia de que los bravos paeces podían amenazar la pequeña ciudad. En realidad temía que Belalcázar terminara apoyando cualquiera de las facciones, ya que según rumores había brindado asilo a uno de los asesinos de Pizarro, el capitán Francisco Núñez Pedrozo.

Otras gentes esperaban ansiosas al juez. Lo esperaba el capitán Gonzalo Suárez de Rendón, cuya vida gloriosa y heroica en tierras de Europa había derivado hacia el despojo y la ruina en las Indias, porque un cuarto de siglo antes, en 1519, fue testigo en Aquisgrán de la coronación de un muchacho de su edad como emperador del mundo, cinco años después combatió con honor en Pavía, más tarde acompañó a Fernando de Austria por Hungría y Bohemia, y enseguida luchó en aguas de Túnez contra el pirata Haradín Barbarroja, pero después de explorar las selvas del nuevo mundo y fundar a Tunja en las frías mesetas muiscas y establecer haciendas de ganado y altivas mansiones de piedra, había sido despojado de todo por un bandido con título de gobernador y necesitaba quejarse de los abusos de Alonso Luis de Lugo. Lo esperaban los conquistadores de la Sabana, para que les devolviera todas las encomiendas que Lugo les robó. Lo esperaban los administradores del Cabo de la Vela, para mostrarle cómo habían sido saqueadas las perlas de la Corona. Y lo esperaba el clérigo sin suerte fray

Martín de Calatayud, para recibir las bulas que el juez Armendáriz le traía, confirmando su nombramiento como obispo de Santa Marta; el pobre fraile venía de salvarse de un naufragio en las penínsulas resecas de la Guajira.

No puedo dejar de relatarlo, siquiera como una muestra de cómo trata Dios a sus prelados. Dos andaluces le contaron a Ursúa que poco antes de la llegada del juez, un día en que fondeaban en la costa del Cabo de la Vela, vieron aparecer en la reverberación del desierto un cortejo extravagante, gente vestida con la mayor elegancia, con jubones y calzas, con casacas entorchadas abiertas y camisas bordadas ennegrecidas por el sudor y por el polvo. Parecían un grupo de aristócratas que, de regreso de una fiesta, hubieran tenido que pasar por el infierno. Pero los más lujosos eran los de habla más rústica, y tras ellos venían marinos, dos clérigos susurrando oraciones, y unas diez personas más, todas desfalleciendo de sed, con los labios llenos de costras y la piel requemada por el sol del desierto.

Habían naufragado dos semanas atrás, arriba, por las costas. Su barco, cargado de mercaderías finísimas y con una bodega de barriles de buen vino, no resistió los vientos cruzados sobre los bancos de arena, e hizo agua a la vista de la tierra. Las cajas, los baúles, los cofres con la carga y los maderos con el vino quedaron a merced de las olas y empezaron a llegar a la playa, que habían alcanzado también muchos sobrevivientes. Los rudos marinos no habían visto nunca mercaderías tan finas, tantos paños y géneros, casacas pespunteadas de plata y casullas bordadas que arrojaban las olas, de modo que los más pobres se entregaron al saqueo, diciendo que no podían permitir que aquellas piezas lujosas terminaran vistiendo a las zarzas y al viento, y se alejaron por el litoral con camisas de reyes y arrastrando cada uno su fardo de sedas y olanes bajo el sol, olvidando que su principal necesidad era de agua y de alimentos.

Algunos cofres por fortuna traían conservas, pero el agua faltaba. Forzados por las circunstancias llevaron todo el vino que pudieron, y el vino rojo bebido bajo el fogaje del desierto les produjo una embriaguez insana. Más de setenta que escaparon con vida del naufragio se fueron desgranando a lo largo de la costa, diezmados por la sed y el calor. La embriaguez les apartó el velo de las visiones, las visiones se encarnaron en bestias y monstruos, los cerebros se inflamaban, las lenguas desvariaban, y muchos pasaron de la extrema euforia a la quietud repentina y final. Más adelante encontraron un pequeño ojo de agua, de esos que los indios del desierto llaman jagüeyes, y fue tal la rivalidad criminal que despertó entre los náufragos aquella agua escasísima, que pronto convirtieron al jagüey en un charco de fango del que era imposible beber. Cuando por fin encontraron un jagüey más abundante, unos lloraban pensando en los amigos que habían muerto el día anterior sin alcanzar la bendición del agua, y otros lloraban pensando en los amigos a los que ellos mismos habían ayudado a morir por unas gotas de fango. Así quedaron dispersos por los arenales los elegantes muertos del naufragio, un rastro de cadáveres que el viento y los buitres dispersarían, y sólo cuando aparecieron los andaluces pudo entender cada sobreviviente la magnitud del drama que había vivido. Uno de los dos prelados que allí se salvaron era fray Martín de Calatayud, pero sus pruebas no habían terminado.

Tras escapar por fin de la selva y del río, yo había visitado de nuevo la isla en que nací, con la que deliré muchas veces a lo largo de aquel viaje desesperado. Allí visité por última vez a mi maestro Oviedo, allí lloré de culpa y de impotencia sobre la tumba que ocultaba las queridas reliquias de Amaney, que fue en la vida mucho más que mi nodriza y mi amparo. Después procuré huir de aquel nido en pedazos y de mi juventud desperdiciada, buscar un suelo firme en la otra región de mi sangre, y ya había cruzado el océano buscando las tierras de mi padre cuando Armendáriz pasó sin detenerse frente a las costas de la isla.

Era el año de escombros de 1544, y sobre mi cabeza escondida en una selva de ejércitos se agitaban los cielos de Europa. Los moros dijeron que ese año Mahoma autorizó a Barbarroja para llevar esclavos mil quinientos cristianos a las costas de África; los frailes afirmaron que hubo santos angustiados en los balcones del cielo, viendo las tensiones interminables entre Carlos V y el Papa Paulo III; los obispos juraron que el Espíritu Santo había descendido a la dieta de Spira a infundir la unión de los estados alemanes contra Francia, que abandonaba la cruz para aliarse con el turco de espada torcida; y hubo quien vio cruzar ángeles con alas de colores mientras Lutero repartía panfletos góticos en defensa del emperador, al que un breve pontificio había comparado con Nerón y con Domiciano. Mientras eso ocurría en los turbios cielos de Europa, fuerzas más primitivas agitaban el cielo del Caribe, región de huracanes.

Cada barco llevaba una historia complicada y sangrienta, y mucha gente nueva iba quedando prisionera en su trama. Europa tiene dogmas y linajes y arcángeles: las Indias son otra manera de vivir, de perseguir fortuna, de hablar con la tierra y sus dioses. Aquí la lengua no nombra las mismas cosas ni las mismas pasiones, aquí verdad y mentira parecen tejidas con otra sustancia, aquí todavía al mundo lo gobiernan los sueños, si no las pesadillas; el oro está más lleno de promesas y arrastra más hombres incautos a la muerte; nada logra volverse costumbre, la sorpresa es el hábito, y cada día trae un sabor mezclado de frustración y de milagro.

Si, descuidando la conversación con las damas, el juez Armendáriz hubiera orientado su catalejo hacia el puerto, habría visto el navío donde Hernán Pérez de Quesada iba con su hermano Francisco Jiménez, buscando quién los salvara del odio de Alonso Luis de Lugo. (Con esta costumbre española de que los hijos escojan su apellido entre los cuatro que llevan sus padres, a muchos les costará entender que Hernán Pérez fuera hermano de Gonzalo Jiménez, el fundador del Nuevo Reino de Granada, y que por eso lo había reemplazado en la gobernación.) Era un hombre feroz, que en sus crueles días de gloria había dado tormento a Aquimín, el zaque de Tunja, y acababa de fracasar en una expedición sangrienta por el Magdalena, buscando el tesoro perdido.

Y si en lugar de seguir rumbo al sur, el galeón de Armendáriz se hubiera desviado hacia Cuba, habría tropezado con el barco del propio Lugo, que iba buscando a España por derrotas inusuales, virando al ritmo de los presagios para que ningún funcionario diligente viniera a entorpecer su retorno cargado de ira y de oro.

Por las extensas costas blancas, donde pocos quisieran caminar descalzos porque están cubiertas de pequeños moluscos vivientes que abren y cierran sus valvas rosadas y blancas, las gentes que esperaban al juez se fueron encontrando sin proponérselo. Gonzalo Suárez de Rendón, a quien Lugo acababa de engañar y robar con perfidia, se cruzó en el Cabo de la Vela con el padre Calatayud, que apenas se reponía de los tormentos del naufragio, y tras quien iba siempre un grupo de padres jerónimos, ansiosos de iniciar a los bárbaros en las dulzuras de Cristo. (Digo esto último con ironía, porque cada vez que pienso en esos misioneros veo la silueta feroz de fray Vicente de Valverde, el capuchino que autorizó a mi padre y a sus ciento sesenta y siete compañeros para caer a filo de hierro y a fuego de arcabuces sobre la corte de Atahualpa, bajo el granizo pertinaz de los Andes. Pero tampoco a ése lo perdonó el destino: al enterarse de que Pizarro había sido asesinado, Valverde se embarcó por el mar del sur temiendo morir a manos de españoles, y terminó acribillado de flechas indias en una isla tan pequeña que sólo Dios alcanza a verla.)

Mientras el reposado Armendáriz cruzaba el océano, Ursúa cabalgó desde la orilla de Panamá hasta Nombre de Dios, por la sierra asombrosa que separa dos mares, y siguiendo la ribera de un río animado de escarabajos metálicos y colibríes de largas plumas azules, entre arboledas que ahora miraba con más atención porque no lo urgía tanto llegar a la costa. No eran los aires limpios de Navarra, ni la hondura nítida de la tierra andaluza, ni el resplandor mitológico del Mediterráneo: en el cielo se aborrascaban las nubes, el aire hirviente era como un velo sobre un tejido de árboles, siempre había insectos nunca vistos deteniendo la mirada, grillos con alas de mariposa y grandes ratones acorazados que le hicieron creer más que nunca en la existencia del Herensuge, el dragón de siete cabezas que habían temido sus abuelos. El sol no se reflejaba en los ríos amarillos, y aunque el mar del sur parecía nuevo, porque el primer español lo había visto hacía sólo treinta años, esa mole de agua inexpresiva que Ursúa dejaba atrás, bajo un remolino de calor y pelícanos, ese mar del que nunca salieron caballos alados ni dioses de mármol, parecía llevar en su lomo una fatiga infinita.

En una enramada sofocante donde por fortuna había vino, sobre la playa misma donde las olas tienen que frenar el empuje de la vegetación invasora, vio borrachos tuertos y mancos, residuos que arrojaban al presente cuarenta años de guerras, porque las costas del istmo fueron la violenta cuna de un mundo. Todos pasaron por allí desde el comienzo, y había despojos españoles y portugueses y algún griego con el rostro más viejo que el alma, que ya tenían recuerdos antiguos de estas tierras: historias de su juventud entre pueblos guerreros y campañas sangrientas. De nada hablaban tanto como de la enorme flota de Pedrarias Dávila, la primera fletada por la Corona en mucho tiempo, que treinta años atrás llegó con más de veinte navíos y dos mil aventureros a adueñarse del Nuevo Mundo. Todos los varones que dieron su nombre a la fama en ese cuarto de siglo parecían salir siempre de los barcos de aquella expedición, el Arca de Noé del mundo nuevo. Ursúa volvió a su oficio de niño deslumbrado por las leyendas, y allí empezaron a tener significado preciso para él los nombres de Balboa y de Pedrarias, de Pizarro y de Almagro, de Belalcázar y de Hernando de Soto, de Gonzalo Fernández de Oviedo y de Pascual de Andagoya.

En las playas de Nombre de Dios halló nuevas noticias de su tío. El mensaje, traído por un barco que se separó de la marea de galeones en La Española, le proponía reunirse con el juez en octubre, en el puerto de Cartagena. Ahora se insinuaban las tierras ocultas al sur del mar de los caribes, y Ursúa se alegró en su corazón con los mandatos del emperador.

A pesar de la alegre y bulliciosa tropa navarra, la soledad había entrado en su vida. Unos pocos meses en las sierras peruanas le habían hecho sentir la dura condición de los aventureros sin poder y sin rumbo, la rudeza de ser nadie en una tierra ajena, y le ayudaron a descubrir algo que estaba en él desde siempre sin ser advertido, tal vez un viejo hábito de su casa o una más honda necesidad de su sangre: el placer turbio de mandar a los otros.

En el pequeño puerto de Cartagena, que parecía arder a media tarde, el juez de residencia Miguel Díaz de Armendáriz, apenas desembarcado en las Indias, recibió a su sobrino con los ojos llenos de lágrimas y un caudal de palabras inagotable. No se habían visto desde cuando Ursúa salía de la infancia, pero entendieron enseguida su afinidad, su deber de ser aliados en este exilio donde los parientes deben reemplazar uno para el otro ciudades y linajes, la costumbre y la ley. El juez ordenó a su cocinero preparar para el joven un buen plato navarro: trozos de pierna de cordero salteados en manteca de cerdo con sal y pimienta, con cebolla dorada, y cocidos en agua al fuego vivo antes de ser regados con vinagre de vino.

Yo puedo imaginarlos sazonando la cena con la evocación de otros platos: el jarrete de cerdo braseado con puerros y vino blanco, el pichón de caza deshuesado con hongos, la merluza rellena hecha en el horno del campo, el chuletón de buey y las alubias rojas con morcilla. No había mejor manera de estrechar los afectos y de afirmar el parentesco que hablar de las comidas de su tierra, bañando todo por un rato en el licor de endrinas con anís que el juez traía entre sus provisiones, antes de que empezara la realidad del mundo nuevo. Y desde el primer momento se vio el contraste entre el carácter de ambos. Armendáriz le explicaba al muchacho el complejo mecanismo de los juicios de residencia, y recitaba los mandatos de la ley casi para recordárselos a sí mismo.

«No importa», dijo, «en medio de qué dificultades hayan fundado los conquistadores sus gobernaciones: deben cuidar con especial celo que las leyes se respeten. El derecho de conquista permite la apropiación de riquezas, pero sólo si los pueblos se comportan como enemigos, y nuestro deber es recoger esos bienes como tributos de súbditos de la Corona y no como piezas de un saqueo».

Ursúa no entendía la diferencia. «Pero es a buscar oro que han venido todos», le dijo sinceramente, «ninguno de estos aventureros correría tantos trabajos y enfrentaría tantos peligros sólo para cumplir con unos códigos que ni siquiera han estudiado». «Precisamente por eso», dijo el juez, «cada día llegan más quejas de los desenfrenos de nuestros hombres. Y si el emperador y sus consejeros han optado por enviar cada cierto tiempo jueces severos a confrontar sus actos con la ley, es porque ni la Corona ni el papado se perdonarían una conquista convertida en campaña criminal. Ya habrás oído hablar de cómo muchos gobernadores vuelven encadenados a recibir su pago final en las mazmorras de España, cuando no les llega primero la justicia divina».

El joven Ursúa entendió que esos argumentos eran válidos sobre todo para los jueces, porque justificaban su presencia en las Indias, y comprendió que su propio interés le ordenaba respetar los mandatos legales, aunque fuera más fácil resolver todo por la espada, sin interrogar tanto los códigos. «También en España me parece que la guerra suspende las leyes», dijo desde el fondo de su sangre guerrera, y añadió en un tono casi juguetón: *«Et je crois bien que, même chez nous, c'est l'epée qui a fondé la loi»*. Y el juez se escandalizaba, aunque después sonreía con benevolencia.

Ni siquiera él, a pesar de sus títulos y de su experiencia en los estrados, podía conocer la mecánica de la justicia en estas tierras distantes. Convencido de que su autoridad no tendría más límites que la ley, le costaba concebir que alguno de los varones que venía a juzgar fuera más poderoso que él mismo. Pero por encima de los buitres vuelan los alcotanes y arriba, sobre ellos, giran las grandes águilas. Tarde entendería las insinuaciones que le hicieron en la corte, tarde comprendió que los jueces también se ven forzados a no verlo todo, a considerar al abrigo de qué títulos poderosos y al amparo de qué escudos se adelantan aquí ciertas rapiñas. Los aventureros casuales no pueden negar su tributo a unos linajes largamente arraigados, y nadie sabe todo lo que se mueve alrededor de un trono.

Los dominios de las cuatro gobernaciones, que por primera vez se reunían bajo la autoridad de un solo hombre, son una tierra más extraña de lo que Ursúa y Armendáriz imaginaban. En cada viaje encontrarían regiones distintas, gobernadas por otras costumbres y ocupadas por pueblos que sólo se obedecieron siempre a sí mismos. Y yo vine a esta tierra, mucho tiempo después, siguiendo los pasos de Ursúa. Buscando entender a ese hombre que fue mi amigo, voy entendiendo el mundo que él recorrió como una tormenta, y que quedó grabado en su alma. Regiones devastadas por guerras e inviernos, pueblos que luchan con dignidad contra lo inevitable y bestias inocentes que emiten su veneno y sus garras, naciones que en el metal de unas lenguas desconocidas recuerdan otro origen y celebran otra alianza, y cuyas tierras no se reflejan entre sí.

En nada se parecen los ostiales de Manaure, bajo los vientos arenosos de la Guajira, o ese Cabo de tierra final que visto a la distancia parece la vela de un barco, a los ríos impacientes del Darién, junto a los cuales mi maestro Oviedo escribió, al soplo de los limoneros, su novela *Claribalte*. En nada se parecen estas llanuras hirvientes de San Sebastián de Mariquita, en el país de los gualíes, donde los bosques tiemblan a lo lejos por la reverberación de la tierra, a los páramos de hojas lanosas de Pamplona, desdibujados por la noche blanca. Cada región alimenta un pueblo que se le parece. Tantos siglos a la orilla del río volvieron a los hombres diestros para nadar como peces y frenéticos para atacar como caimanes; la familiaridad de los montes los volvió silenciosos como niebla y a la vez solos y muchos como las estrellas del cielo; la vida en el desierto los hizo duros y pacientes como cardos; la vida en la selva les dio el sigilo de las serpientes, la agilidad de los monos en los ramajes; los hizo capaces de ver un mundo que hormiguea de color y sonidos allí donde otros sólo ven monotonía y silencio.

En días despejados Armendáriz vio desde la ciénaga las nieves eternas de los tayronas, pero fue el sobrino quien conoció con sus ojos las ciudades de piedra de la montaña, y encontró cerca de ellas a los solitarios buscadores de oro. Muchos recorrieron las llanuras del Magdalena pero nadie llegó antes que Ursúa a la región de los dioses de piedra que custodian el nacimiento del río. Armendáriz conoció de su reino el camino de agua que sube de la costa hasta las barrancas bermejas, y las montañas jadeantes que ascienden a la Sabana (donde Quesada arrebató a los muiscas, entre los maizales sangrientos, las finas narigueras, los lisos pectorales y los cascos de guerra), pero antes de Ursúa muy pocos españoles visitaron la árida meseta de los chitareros, que mira cañones resecos e infernales. Lejos están los farallones de basalto del oeste, que ocultan el mar del sur y las selvas lluviosas, pero Armendáriz nunca remontó sus riscos entre la niebla: fue Ursúa quien avistó la cordillera de volcanes, con nubes caídas en sus abismos, que se hunde hacia el norte, aunque ni siquiera él pudo aventurarse por las montañas de Buriticá, la cuna del oro, y por los cañones que hicieron la gloria y la ruina de Jorge Robledo. Fue Ursúa quien recorrió con ojos deslumbrados y espada roja las cuatro gobernaciones. Y fue Ursúa quien vio antes que nadie, y tembló al verlo, porque su linaje no era amigo del rayo, el relámpago perenne del Catatumbo.

Mientras el tío miraba los mapas, leía y releía las cartas, y fingía vivir en el mundo cuando en realidad vivía encerrado en los códigos y en un cuerpo lleno de fatigas y alarmas, el sobrino ambicioso recorrió la aridez escalonada del Chicamocha, las orillas de guaduales del Cauca, y los confines del occidente donde Belalcázar fundó sus ciudades. Me habló de los ceibales anegadizos que arrinconan a Cali contra los cerros, de las laderas de Popayán, doradas de guayacanes y custodiadas por el volcán humeante, y de algo que estuvo a punto de ver y no vio nunca: los cañones sedientos con lomos de bestias grises y azules que cercan a Pasto.

Quién creerá que los sitios que nombro son casi extraños para mí, que sólo supe de ellos a través de los ojos de

Pedro de Ursúa. Aprendí a querer esta tierra por las palabras de un hombre que no la quería. Veo a Ursúa en las cosas que esquivaba y odiaba, porque unas alas de sangre lo llevaron sobre los reinos sin permitirle reposar ni un instante, pájaro rojo atravesando milagrosas florestas pero incapaz de comprenderlas, negro viento fatídico entre ramas que prometen en vano la dicha. Y a su paso sólo advirtió que por todas estas tierras discordes, que no cabrán jamás en una sola palabra, más de cien naciones de indios resistían con flechas envenenadas y con rezos que dominan al viento, el avance de los hombres del emperador.

Pero la verdad es que ni siquiera eso sabían en los primeros días sofocantes, llenos de entusiasmo, cuando se encontraron junto al puerto de Calamar, y recordaron su tierra navarra, y tomaron posesión ilusoria de sus dominios, tratando de convencerse a sí mismos de que estas gobernaciones eran comparables a los reinos de incas y de aztecas. No conocían aún las noches de la borrasca ni los amaneceres del fango, la fiebre y los mosquitos que reinan a la orilla del río; no presentían la enormidad de la avalancha ni el tributo de piedras de la creciente, la noche que multiplica los tigres y la selva que agrandan las chicharras, los árboles corteza-de-gusanos, las columnas inmensas y leñosas de la selva donde el sol se tropieza, ni las nubes de loros, ni los ramajes enloquecidos de monos diminutos, ni los llanos empedrados de cráneos.

Dejemos por ahora a Armendáriz y a Ursúa remansados en el alivio de hallar cada uno un aliado incondicional de su propia sangre que viene a ayudarle a encontrar su destino, y volvamos la vista hacia ese mar que el juez acababa de recorrer, y donde ya el rumor de su paso iba de boca en boca, con esa prisa que se dan las noticias para llegar a oídos de quien las teme o de quien las necesita.

En La Española los hermanos Quesada se enteraron de que el ansiado juez de residencia había pasado sin detenerse y volvieron enseguida la proa hacia el continente: éste era el juez que debía protegerlos de los abusos del gobernador aborrecible; tenían que contarle la verdad de los hechos antes de que se les adelantara algún emisario del bando de Lugo. Así, pocos días después, el barco que traía a los hermanos ancló en el puerto del Cabo de la Vela, donde hierven los tratantes de perlas y donde desde centenares de canoas se arrojan al mar muy azul los indios pescadores, a buscar ostras en las profundidades. En ese puerto se encontraron con Suárez de Rendón y con el obispo Calatayud, seguido por sus frailes. Todos estaban contentos de viajar por fin en busca del juez, acompañados de personas principales que conocieran la historia reciente de las gobernaciones y pudieran respaldar sus reclamos. Y fue Gonzalo Suárez quien consiguió con urgencia que los recibieran a todos en el barco de Archuleta, que estaba listo para emprender su navegación por el litoral y que debía recalar en Cartagena más tarde.

Pero el destino se burla de la impaciencia: justo entonces el agua quedó quieta como un estanque, el aire estaba inmóvil, y el capitán informó que tendrían que esperar tal vez varios días, hasta que soplara el viento adecuado para la travesía. La espera habría sido menos incómoda si se supiera cuánto iba a durar, si pudieran por ello desentenderse del barco anclado, pero había que estar listos a navegar en cuanto se movieran los vientos, y eso los obligó a permanecer en el muelle, bajo el calor aplastante, entre el zumbido triste de las moscas de verano, lejos de la frescura codiciable de las grandes bongas de tierra adentro. Algo se estaba gestando en el alrededor silencioso. Y fue en la tarde del domingo siguiente, el 26 de octubre de 1544, mientras jugaban cartas en la cubierta para entretener el tedio y la espera, cuando les llegó la desgracia.

6.

Era uno de esos domingos largos
de aquel tiempo

Era uno de esos domingos largos de aquel tiempo en el puerto de Nuestra Señora de los Remedios del Cabo de la Vela, con livianas canoas cortando el agua quieta, empujadas por los remos de los nativos, y éstos empujados a su vez por los látigos de los mercaderes, que obligaban a unos a remar y a otros a zambullirse sin descanso a buscar ostras entre los arrecifes. El aire no se había movido en todo el día, aunque en lo alto se espesaba una sombra.

Yo puedo imaginar el cielo de nubes quietas y el mar color de atún a lo lejos, pero algo invisible se movía entre el agua y las nubes. No había comenzado a llover, porque cinco hombres jugaban cartas a cielo abierto para animar con oros y espadas el ocio mortal del domingo, cuando de pronto un rayo sacudió el barco como una tempestad, ensordeció a la gente del muelle, despedazó los mástiles, hizo volar leños como cuchillos de las maderas de la cabina y del puente, fulminó a los jugadores, dispersó la baraja ennegrecida, y desplegó por la cubierta el olor del infierno.

Cuando los marineros y los frailes se animaron a llegar hasta el puente vieron que tres de los jugadores se habían desplomado, el cuarto estaba herido en la cara por un punzón que el rayo arrancó a la cabina, y sólo el quinto, pasmado e incrédulo, estaba a salvo. El veterano dueño de la nave, Juan López de Archuleta, rodó junto a la mesa con los ojos abiertos y permaneció atónito en agonía, sin poder articular palabra, hasta que la muerte lo libró de sus penas al amanecer del martes siguiente. Los otros dos fulminados eran los hermanos que se devolvieron de La Española en busca de Armendáriz. A Hernán Pérez de Quesada el cielo debía de tener mucho que cobrarle, porque la descarga no sólo lo mató de inmediato sino que pulverizó en ceniza su ropa, dejó el cuerpo desnudo completamente negro, y calcinados el pelo, la barba y hasta el último vello de su piel. En cambio su hermano, Francisco Jiménez, se desplomó sin quemaduras y sin herida alguna, como si su muerte no tuviera que ver con el rayo.

El herido era el padre Calatayud, que por el momento no estaba en condiciones de pensar en nada, pero más tarde no sabría si deplorar la mala suerte que lo llevaba de desgracia en desgracia, o celebrar la buena suerte que por segunda vez lo salvaba de las furias del agua y del cielo. Y el sobreviviente ileso era el capitán Gonzalo Suárez de Rendón, que ya había sobrevivido a los arcabuces franceses en Pavía y a los sables sarracenos en el Mediterráneo. Mucho oí hablar de él en el reino de Nápoles y junto a las hogueras de Flandes, sin saber que por esos días un rayo le estaba perdonando la vida en las costas de la Guajira. Había sido gobernador en la Sabana después de Pérez de Quesada, y como acababa de escapar de las manos del infame Lugo, también sentía que iba cayendo de piedra en piedra, como el agua de un río. Cuando lo conocí, noté que le había quedado la costumbre de mirar al cielo con el ceño fruncido y de reojo, pero en los últimos tiempos, veintiocho años después de la caída del rayo, lo he visto parpadear con insistencia, todavía deslumbrado por un fulgor maligno.

Ursúa jugaba con las olas en las playas lejanas de Calamar, sin presentir que ese barco fulminado por un rayo en la costa de las perlas sería la siguiente señal de su destino, pero después los rayos se convirtieron en tema constante de su conversación, porque nunca vio tantos rayos ni escuchó tantos truenos como en los años y las guerras de la

Nueva Granada. «¿Cómo puede un solo rayo caer sobre cinco hombres y golpearlos de un modo tan distinto?», me dijo años después en Moyobamba. «A uno lo dejó paralizado y mudo, al otro lo quemó como a un tronco, al tercero lo derribó muerto pero intacto, al cuarto lo dejó herido en la cara y chamuscadas las barbas, y al quinto no le provocó más que el susto. ¡Como si a cada uno le hubiera dado un trato propio!».

Los indios de la cordillera creen que el rayo es un dios y tiene voluntad, y en aquel caso era fácil creerlo, porque fueron demasiadas casualidades. Que la descarga golpeara en un instante a dos gobernadores sucesivos de una misma región parecía más un juicio del cielo que un azar del clima, y también es extraño que cuatro de las víctimas del rayo estuvieran juntas sólo para ir a buscar a Armendáriz.

El juez no sabía nada, el juez estaba lejos, en Cartagena, corpulento y cansado, sentado ante una gran mesa de cedro llena de libros y de infolios, con el pañuelo blanco que recogía su sudor en la mano izquierda y la pluma al alcance de su mano derecha, con un criado desnudo, un indio joven del litoral, que lo abanicaba y que debía velar todo el tiempo por que el aire llegara sólo al juez y no a las hojas que éste leía sin descanso. Estaba revisando los primeros documentos para el juicio de Pedro de Heredia, conquistador del país de los zenúes.

Por esas llanuras boscosas, cerca del mar, una raza reverente y guerrera había trazado con los siglos canales y canales para aprovechar el régimen de las inundaciones, cerca a la impracticable región de las ciénagas. Había tejido templos de cañas arqueadas y maderas que mellan el acero, y en uno de esos templos Heredia halló veinticuatro figuras gigantes de madera forradas en lámina, que sostenían, por parejas, enormes hamacas cargadas de ofrendas dejadas allí año tras año por las generaciones que venían a cantar y a danzar. De las ceibas gigantes y los balsos pendían campanillas de distintos tamaños que daban al viento un murmullo consolador. Y láminas, ofrendas y campanas, todo era de oro.

Una revelación más grande para Pedro de Heredia, su hermano Alfonso, sus soldados y sus esclavos, fue la existencia de las tumbas. Era un país de príncipes sepultados en túmulos de tierra y en nichos rectangulares en la raíz de los árboles, y cuando picas y barras españolas chocaron con la piedra y abrieron las cámaras embrujadas, los soldados vieron en cada una un muerto iluminado por la luz crepuscular de sus objetos de oro. Había diademas, cascos y pendientes, narigueras y chagualas, pectorales con forma de tigre y de luna, brazaletes, bastones, agujas, cántaros, poporos y figuras de animales, collares de pájaros incontables, bandadas de murciélagos y, en la penumbra posterior, los parientes que habían sido enterrados con el difunto. Cada muerto haría ricos a diez hombres vivientes. Esto, al parecer, había sido un dilema para Heredia, porque si abrían las tumbas y recogían los tesoros no podrían avanzar sometiendo la comarca, pues el peso de las riquezas y las discordias que podían suscitar distraerían a toda la tropa de sus deberes bélicos. Además, era preciso encontrar provisiones; de nada servirían esos tesoros desmedidos, los grandes fardos de oro, para unos vientres extenuados y unos labios resecos y llagados por la sed malsana de las llanuras.

Para saber cómo se comportaba Heredia con sus hombres basta cualquiera de las historias que recogían aquellos documentos. Un subalterno suyo, el capitán Francisco de César, cabalgando a hierro ardiente por las costas de Tolú, juntó diez mil castellanos de oro que se proponía repartir entre sus soldados. Cuando Heredia lo supo le reclamó todo el oro con el pretexto de pagar los gastos de un barco que llegaba de España con alimentos y armas. César se negó a entregarlo y Heredia lo cargó de cadenas y lo condenó a muerte, pero no pudo encontrar quién ejecutara la sentencia. Tampoco él se atrevió a hacerlo: tuvo que condenar al capitán a prisión perpetua, lo que significaba que siguiera con ellos para siempre, y se lo llevó encadenado a sus nuevas campañas.

Heredia prohibió con oratoria excesiva la profanación de las tumbas, prometió que las abrirían al regreso, cuando los nativos no pudieran ya oponer resistencia ni atacar por la espalda, y llevó a los soldados por barrancos espectrales y llanuras desesperadas donde muchos perdieron la vida. En los primeros peldaños de la cordillera se murió el sol y nacieron las lluvias; avanzaron por tierras de hambre jornadas eternas, y cuando el jefe dio por fin la orden de regresar, ya no venían a abrir sepulcros de indios sino a cavar sus propias tumbas. Por eso recelaron que su jefe no los había llevado en busca de alimentos a la conquista de las serranías, sino que procuraba deshacerse de ellos para no compartir el botín. Al regresar, diezmados ya, y maltrechos, una tropa afantasmada y vacilante bajo el sol bárbaro, encontraron el llano de las tumbas totalmente saqueado. Alguien hizo correr el rumor de que los indios, advertidos por la profanación de algunos sepulcros, rescataron los otros para salvarlos de los conquistadores. Pero quien ha vivido en estas tierras sabe que ningún indio se animaría jamás a profanar los entierros de sus mayores, porque todos están protegidos con sellos de oraciones y rondas de espíritus. Así que los soldados demacrados, con ojos hundidos y dientes excesivos en sus caras amarillas, miraron con fiereza a su jefe, torcieron las bocas con recelo, y miraron otra vez de reojo, porque les pareció que una mentira se había tramado sobre sus sufrimientos y que, mientras padecían los herbales amargos y los pantanos pestilentes, habían sido víctimas de una gran traición. Les pareció ver a sus muertos compañeros como piedras sobre las que avanzaban triunfales las botas de los capitanes, ahora centelleantes con espuelas de oro. Y los que lograron sobrevivir denunciaron ante los funcionarios del emperador que Heredia y su hermano, trayendo barcos furtivos por un canal junto a las ciénagas, socavaron con unos pocos siervos las tumbas y se llevaron el inmenso caudal sin compartirlo con sus hombres ni declararlo a la Corona.

Arduo fue descubrir si aquello había ocurrido así, o si eran más bien las penalidades y la frustración de los soldados lo que fabuló esa pesadilla por las llanuras sinuanas. Muchos dicen que fue mayor el tesoro que obtuvo Heredia en el Sinú que los que hallaron Cortés y Pizarro y Jiménez en los altos imperios, pero que aquellos capitanes declararon sus conquistas y Heredia al parecer lo ocultó todo.

El hombre de la nariz remendada volvió a Cartagena, donde, según lo publicaron sus subalternos, tenía encaletados muchos quintales de oro. Barcos presurosos llevaron a España esas consejas, y se dice que nueve madrileños, viejos acreedores de Heredia, vinieron en persona hasta Cartagena de Indias a recobrar sus deudas y hacerse partícipes de aquella prosperidad. Pero, como los rumores alcanzaron igual a la corte, también la presencia del juez Armendáriz era fruto de aquella cadena de murmuraciones, fantásticos susurros capaces de llegar el otro lado del océano.

El juez se veía obligado a posponer los asuntos de las otras gobernaciones hasta haber concluido su tarea inicial; después se encargaría de las rencillas de la Sabana; después iría por los ríos salvajes hacia los reinos misteriosos de tierra adentro para emprender el juicio siguiente. Pero pronto las secuelas del rayo lo convencieron de que no sería fácil esquivar el rastro del coleccionista de maldiciones, Alonso Luis de Lugo, de quien se quejaban en Santafé hasta las piedras. Había robado a su propio padre, había violado casi todas las leyes, había sustraído perlas de la caja real, y en la Real Audiencia de Santo Domingo lo acusaban de perseguir con malicia a los fundadores del reino.

Bañadas en una luz muy blanca, densas de una vegetación impaciente, enternecidas por venados nerviosos y por escarabajos que agonizan de espaldas, llenas de ejércitos nativos que avanzan en la noche más silenciosos que la niebla y que asaltan el amanecer con sus gritos y sus diademas de oro, las provincias se agitaban en la discordia, no por aquellas cosas propias sino por la codicia inextinguible de los encomenderos. Lugo había gobernado a zarpazos las tierras confiadas a su padre, agraviando a casi todos, y se elevaban demandas sin fin en su contra, de modo que Armendáriz tenía que escuchar los enredos de Santafé aunque siguiera investigando si Heredia había saqueado en su provecho las tumbas del Sinú.

Con el mar de papeles que ha producido esta conquista, no quiero imaginar cuántos litigios lo reclamaban, cuánta minucia de perlas y de oro, de caballos y reses, de reyertas y estafas, de indios y de negros que los encomenderos se arrebataban como cosas, de qué manera presionaban al juez aquí y allá los ofendidos y los acusados, ansiosos de favores. El robusto juez agobiado por el calor, por los dolores de cabeza y por centenares de infolios que se amontonaban en su despacho, había atendido los primeros reclamos de Santafé, y trataba de ordenar sus pensamientos, apenas habituándose a las tormentas de la tierra, cuando todo lo agravaron las tormentas del cielo.

La noticia del rayo llegó a Armendáriz y a Ursúa en Cartagena horas antes que los sobrevivientes. Éstos habían jurado sobre las tumbas sin cerrar que divulgarían robo por robo las maldades de Lugo, y que obtendrían justicia, así fuera tardía, para los hermanos muertos. Empujados por las brisas de noviembre, el capitán Suárez, todavía aturdido, y el obispo, con un ataque de ciática, la mitad de su cuerpo ardiendo por las secuelas del rayo, la cara cortada y la barba rala, llegaron por fin ante el juez a narrar por centésima vez el infierno del barco, a quejarse de que una equivocación divina llegara antes que la justicia imperial, y a enumerar las depravaciones de Lugo, quien a esas horas iba buscando una ruta hacia España que no vigilaran los catalejos del Imperio.

Contaron que Alonso Luis de Lugo había inaugurado de mala manera su gobierno dos años atrás en el Cabo de la Vela, floreciente de perlas, exigiendo a Francisco de Castellanos la llave de la caja real que escondía los quintos de la Corona. Como el funcionario se negaba a soltarla, Lugo lo asaltó con violencia, lo desnudó, secuestró la llave que Castellanos no tenía entre sus ropas, sino en una parte más oculta y vergonzosa, y se embolsó una cantidad de las perlas mejores.

Pedro Fernández de Lugo acababa de morir de pena moral por las fechorías de su hijo, pero a éste la aflicción sólo le duró el tiempo necesario para salir de una prisión en España y viajar con los primeros vientos en busca de su herencia en las Indias. Enviaba los enemigos a la horca y los amigos a la cárcel, confiscaba tierras en nombre de Cristo y arrebataba indios invocando a la Virgen; estranguló las encomiendas en su provecho y, no contento con las perlas radiantes de Manaure, quiso también el oro del rey en Santafé, para lo cual asedió al tesorero Pedro Briceño, quien andaba desde niño en las Indias, primero con Pedro de Lerma y después con Jerónimo Lebrón, y negociando reses y esclavos había llegado a su actual cargo. Briceño se negó con firmeza a entregarle el oro, pero sólo hasta la víspera de la horca. En los setecientos días de dos años el botín del gobernador creció como planta maligna, y cada quien podía dolerse de un despojo.

A Ursúa le asombraron tanto los desmanes de Lugo que tomó nota de ellos, y un día me mostró el folio donde los había copiado, preguntándose cómo pudo actuar aquel hombre con tanto descaro. A Pedro de Colmenares no le devolvió jamás 6.000 pesos de oro que le pidió en préstamo por ocho días; a los herederos de Pedro de Lombana, 250 pesos que le confió su padre moribundo; los hijos de Alonso Hernández le reclamaban seis caballos traídos de La Española que aquél dejó en herencia, uno de los cuales, Sultán, con dos patas blancas y una estrella en la frente, se había convertido en su cabalgadura preferida. Juan de Céspedes le había mostrado cierto día unas esmeraldas: Lugo le señaló lleno de admiración las mejores doce… y se quedó con ellas; había vendido a menor precio las posesiones de Juan Ortiz de Zárate en los guayabales de Vélez, y se había apoderado por la fuerza de una gruesa cruz de esmeraldas que Melchor de Valdés se envaneció mostrándole. A Bartolomé Sánchez lo ejecutó por sospechas, a Hernando de Beteta lo destituyó por rencor; a Cristóbal de Miranda lo degradó sin motivo; humilló ante sus hijos a Pedro de Enciso; enjuició como rebeldes a Juan Gómez, a Juan Rodríguez de Salamanca, y a Hernando de Rojas, para disponer de sus casas; torturó a Pedro Vásquez de Loayza, sólo por el delito de ser cuñado de Suárez de Rendón, y persiguió sin tregua a los hermanos Quesada, después de despojarlos de tierras y posesiones, una de las cuales era la esmeralda «Espejuelo», un resplandor insolente avaluado en 50.000 ducados. Cuando ya no quedaba riqueza qué quitarles, les quitó las espadas y las dagas, y los metió en prisión con grillos y cepo, de modo que, bien advertidos del riesgo en que estaban, porque Bartolomé Sánchez había muerto en el tormento y lo oyeron aullar la última noche, los Quesada le preguntaron a un amigo caritativo que los visitó en su calabozo si pensaba que el proceso que Lugo les seguía los llevaría a la muerte, para irse disponiendo a ella como buenos cristianos.

Lugo no los desterró de este mundo, sino sólo de las Indias Occidentales. Ellos, tratando de esquivar la condena, fueron de isla en isla con la esperanza de que un milagro les devolviera su poder y su hacienda. Y el milagro estuvo a punto de ocurrir, porque la Corona nombró finalmente un juez que investigara todas esas denuncias. Pero cuando Dios parecía haberse acordado de sus hijos, y los raudales y los salmos de Valladolid pusieron en manos de Miguel Díaz de Armendáriz un poder suficiente para rehabilitarlos a todos, cuando parecían terminar las penalidades para los desterrados, el cielo les descargó su rayo.

A media lengua y entre parpadeos, Suárez de Rendón contó su propio drama. Cómo Lugo lo fue despojando de encomiendas y haciendas, de caballos y ovejas, de su servidumbre y su casa, hasta cuando ya no le quedaba ni otro traje para vestirse. No era pequeña humillación para quien había recorrido medio mundo al servicio del emperador, y había navegado primero por estos ríos indianos, y había sido el hombre más rico del Nuevo Reino, verse humillado y empobrecido hasta casi tener que mendigar. Un día Lugo se mostró arrepentido y con inesperada cortesía le propuso acompañarlo hasta Tocaima, donde pensaba embarcarse rumbo a Santa Marta: necesitaba un capitán valeroso que le ayudara a escoltar el tesoro del rey descendiendo de la Sabana hasta el río y por el río hasta el mar. Masculló pestes por todo el camino contra «esos cajeros que guardan el oro con tanto celo que no quieren entregárselo ni siquiera a su dueño», y maldijo entre escupitajos a esos tesoreros «capaces de arriesgar el propio culo para proteger unas perlas ajenas».

El gobernador era impredecible y siniestro: hoy te abrazaba, mañana te clavaba el puñal. Le prometió a grandes voces a Suárez de Rendón devolverle las encomiendas y restaurar su hacienda, de modo que a éste le volvía el alma al cuerpo oyendo sus promesas, pero a la vista del río grande ya había cambiado de genio. En un alto donde la ruta declina por bosques de algarrobos y gualandayes, Lugo ordenó con voz furiosa a sus soldados que prendieran a Suárez de nuevo, y en Tocaima, donde tenía aparejados bergantines y canoas, lo embarcó encadenado por el Magdalena, amenazando con llevarlo ante los tribunales de España. Parece increíble que fuera capaz de afectar tanta autoridad un hombre que en realidad estaba emprendiendo la fuga para no encontrarse con su juez.

«Cada ofendido tendrá una historia semejante», le dijo Armendáriz a Ursúa, «las rapacidades de Lugo en Santafé van a ser más dispendiosas que los saqueos de Heredia en el Sinú». Y Ursúa oía todo aquello fingiendo ser apenas un discreto asistente, cuando en realidad estaba explorando las fisuras por donde él podría introducirse en la historia. Esos hombres perseguidos volverían a ser poderosos, el gobernador abusivo ya había desaparecido, ahora otras manos empezarían a repartir los favores. ¿No era una fortuna estar en el ojo de la tempestad, tener un tío poderoso con tantos deberes y con tan poco tiempo, en este mundo ingobernable, donde los recursos son escasos y se vuelven por ello endemoniadamente valiosos? Y volvía a ser ese muchacho codicioso y sediento de prodigios que deliraba mundos de fábula en las últimas tardes de su infancia.

Después me enteré que, por los mismos días en que el capitán y el obispo se entrevistaban con Armendáriz en Cartagena de Indias, Lugo hizo su entrada en el puerto de La Habana, donde tropas del adelantado Juan de Avilés le embargaron un cargamento de cincuenta arrobas de oro fino, y cofres grandes de perlas y esmeraldas. Allí estarían sin duda las doce piedras de Céspedes, la espléndida cruz de Valdés y la bella y costosa «Espejuelo», con todo lo demás que robó en la Sabana. Ya parecía perdido, pero el sol también sale para el diablo. Si Lugo necesitaba un milagro para escapar de aquel trance, cincuenta arrobas de oro tienen su magia, y ablandar el corazón de Avilés sólo le costó cuatro mil cien ducados en aquella ocasión. Todavía lo esperaban escollos y forcejeos pero el perverso Lugo salió mejor librado que los peregrinos del rayo, y que todos los aventureros que dejaron sus huesos en las Indias.

Alguna gente se extraña de que el destino, que le dio puñaladas al generoso Rodrigo de Bastidas, y un golpe de hacha en el cuello al valiente Balboa, y una muerte infame al talentoso Robledo, haya tratado a Lugo con tanta generosidad, como si a pesar de sus maldades tuviera un ángel en el cielo abogando por él sin descanso. Pero la verdad es menos virtuosa: lo que le había permitido obrar con tal descaro, más que su ambición y el desdén que sentía por los reinos de Indias, fue la certeza de que nadie se atrevería a castigarlo, porque no sólo era el vástago de los primeros conquistadores del Imperio, que sujetaron las islas Canarias al poder de los Reyes Católicos, sino que era el yerno consentido de Francisco de los Cobos, señor de Sabiote, Ximena, Recena, Torres y Canena, adelantado de Cazorla, secretario del emperador, consejero de Estado, comendador de Castilla, gran señor de los libros del Tesoro, administrador de la Hacienda Imperial, y mano derecha e izquierda de Carlos V para recaudar oro en las encrucijadas del mundo y echar a andar con él los mil engranajes de la administración, las espadas insaciables de la Corona y sobre todo los gastos domésticos de una familia imperial educada en las desmesuras de la casa de Austria y en el esplendor caballeresco de la corte de Borgoña.

¡Cómo rabiarían los sobrevivientes del rayo si supieran que el abominado Lugo fue recibido con infinitas consideraciones por la Corona, y que tiempo después comandó en Córcega tres mil soldados contra Francia! El destino, que sabe poco de justicia, le permitió morir viejo y rico, en un castillo ducal en Milán, aquejado de una enfermedad vergonzosa, pero gastándose en placeres y en fiestas los últimos destellos de más de media tonelada de oro muisca.

Las víctimas alzaban su clamor a un cielo sordo, pero esas exigencias tuvieron un efecto inesperado. Díaz de Armendáriz, demorado sin remedio en Cartagena, y exasperado por los reclamos de Santafé, empezó a considerar la posibilidad de delegar para el gobierno de las montañas al único hombre en quien podía confiar en esos días confusos. Si a él lo retenía el deber, ¿no podría hacer algo mientras tanto, aunque sólo tuviera diecisiete años, ese pariente suyo, venido también de las colinas de Navarra? Al hermoso sobrino no le faltaba carácter ni don de mando, y era urgente tomar con firmeza las riendas de estos reinos indóciles.

Aquel adolescente con estrella estaba a punto de convertirse en encargado de una gobernación.

7.

Pocos meses después ya Ursúa
comandaba las tropas del reino

Pocos meses después ya Ursúa comandaba las tropas del reino y estaba en vísperas de viajar como teniente de gobernador a Santafé. Le gustaba contarlo como un mandato de su tío que aceptó con obediencia, pero era él quien aprovechaba presiones y reclamos para insinuar su nombramiento, haciendo sentir a Armendáriz que aquella decisión era urgente. Se había hecho amigo de los solicitantes, los seducía con su ingenio, y todo actuaba a su favor: el rostro franco iluminado por unos vigilantes ojos de halcón y por una sonrisa radiante, el lenguaje refinado de señorito español sazonado con giros de rufianes, la impaciencia de un cuerpo bien formado que ardía por entrar en acción. El capitán Suárez ya veía por sus ojos, le parecía hallar en ellos una respuesta a los reclamos de su gente y la promesa tácita de la restitución de su hacienda, y en cambio, cuando pensaba en Armendáriz, taconeaba con desesperación sintiendo que los juicios de Cartagena iban a hacer cojear aún más la justicia de Santafé. Alguien le preguntó por sus asuntos y él respondió exasperado que las encomiendas estaban haciendo fila detrás de las tumbas.

Ursúa era su esperanza. Gestos eficaces y mensajes secretos le anunciaban que ese sobrino opinador y atrevido, provisto de autoridad, sería mejor aliado que el propio juez en los negocios de la Sabana, y un día Suárez se animó a proponerle al tío Armendáriz que le diera la oportunidad que el joven merecía. «Realmente qué familia», parece que le dijo, «qué talento instintivo, qué sentido de la justicia, qué tacto de estadistas en figura de príncipes» y otras flores de corte que iban calando en el agobiado y sudoroso juez de residencia. Qué acierto sería enviarlo como avanzada suya, como teniente de gobernador al altiplano.

Armendáriz sonrió con indulgencia ante aquella locura, que él sin embargo ya había contemplado. No era la edad del muchacho lo que más le preocupaba: si un joven de su edad, el príncipe Felipe, acababa de asumir el gobierno de España y de las Indias, ya podían intentarse audacias semejantes. Pero no estaba entre sus atribuciones expresas delegar el poder y menos en un pariente sin conocimiento del gobierno. «El sueño de la impaciencia produce disparates», dijo sin mucha convicción, «la responsabilidad de este cargo no me permite siquiera pensarlo». Pero los días largos iban limando su rigor y los desvelos de las noches le iban mejorando la cara a aquella idea. De absurda e ilegal se fue volviendo sólo necia e inconveniente, después le pareció poco aconsejable aunque atractiva, luego bienintencionada pero riesgosa, y lo que al comienzo sonaba a trueno se fue volviendo música.

Al buril de los días, la terquedad del mundo iba desgastando la lógica del juez; la urgencia dio consejos, la impotencia los escuchó, el respeto de los solicitantes por el joven altanero hizo crecer su imagen, y las caras de Ursúa hicieron el resto, de modo que Armendáriz no supo muy bien cuándo optó por encargar a su sobrino la misión de viajar a Santafé, selvas adentro, en la Sabana de los muiscas y, si era preciso, reclamar en su nombre la gobernación que Lugo ya no estaba ejerciendo.

«Por supuesto que era preciso», me dijo después Ursúa. «Lugo había desaparecido sin rumbo claro, dejando en Santafé a su pariente Montalvo de Lugo, menos para gobernar que para que le cubriera la retirada. Dejó enemigos en cada casa rumiando agravios, y en la Sabana ya no había facciones sino meros rencores».

Desde el primer momento, todo fue favorable para Ursúa. Las piedras del camino donde todos tropiezan a él le permitían avanzar y afirmarse, y nada le ayudó tanto a asumir su papel como el deseo de tantos hombres de verlo en acción. Nadie más hábil en el arte de volcar las circunstancias a su favor, de hacer que los demás actuaran creyéndose libres cuando estaban bien manejados por su inteligencia y por su astucia.

Cumplidos los diecisiete años, iba a tomar posesión de su reino. El tío, en el palacio real, había visto los mapas; Ursúa cabalgaba por un país de rumor y leyenda. No había tenido tiempo de familiarizarse con las orillas arenosas del reino, ni de saludar en las tres lenguas de los Pirineos estas constelaciones nunca vistas, cuando se vio de pronto encargado de una misión precisa en tierras donde muchos ignoran qué misión es la suya, donde guerreros tan astutos como Cortés o Pizarro sorprendieron su estrella mientras merodeaban al azar, o tropezaron con la suerte en algún lance inesperado. Los ruidosos navarros estaban exultantes; se habían acercado a la sombra de los laureles solares, y ahora conformaban la guardia personal del capitán.

Y el muchacho impulsivo de barbas incipientes de cobre viajó desde los litorales hacia el sur. Lo acompañaban, además de sus tropas, Suárez de Rendón, que era un veterano del río e iba en la proa mirando al agua con fijeza y al cielo de reojo, Pedro Briceño, el tesorero renuente, y Juan Ortiz de Zárate, el contador, que harto había colaborado también para su nombramiento. Al mando de cuatro bergantines, seguidos de veinte canoas, Ursúa se embarcó por el río verde sobre el que se inclinan las selvas, viendo en las playas largas los caimanes que bostezan al sol y las hileras pensativas de cormoranes negros, y llegó hasta La Tora.

Lo cuento así, con rapidez y con facilidad, porque curiosamente el río fue dócil con Ursúa y le permitió llegar casi enseguida. No era de esos hombres a los que opone grandes obstáculos la naturaleza, y de él puede decirse, porque yo lo vi con mis ojos, que en cierto modo las selvas se abrían a su paso, las embarcaciones acudían a su encuentro, las bestias se aplacaban en su presencia. Él mismo me contó con extrañeza que cuando iba a emprender la expedición desde Cartagena le advirtieron de las infinitas dificultades del viaje.

Dos años atrás, cuando Alonso Luis de Lugo inició ese mismo camino, todo había sido un caos. Sobre su expedición se encarnizaron las tormentas, llovieron flechas de guanes y de chitareros, los insectos clavaban sin cesar su aguijón en las carnes. Bajo las grandes hojas de las selvas fluviales los gusanos de vivos colores dejaban su rastro de veneno en los brazos de los viajeros, varios hombres imprudentes fueron devorados por los caimanes en las orillas de cañas del río, el calor agobiaba, y en los altos del viaje era tan ominoso el rugido de los tigres desde la selva, que los hombres descansaban en la playa alrededor de las hogueras y por turnos, para que no los fuera a sorprender mientras dormían una bestia enorme como salida de sus sueños.

Lugo había traído consigo veinte negros de África que había comprado a unos tratantes holandeses (también de esto era causa el pobre y alarmado padre Las Casas), y los esclavos padecieron tanto su suerte de escabeles para asegurar la comodidad de los amos, que cuando ya se acercaban a La Tora desesperaron, convencidos de que sería mejor ahogarse que seguir soportando aquella violenta servidumbre. Trece bajaron al agua una noche, mientras los soldados hacían ruido en el puente del barco, y no los alcanzaron los caimanes, y lograron internarse, ávidos de una libertad imposible, por los bosques anegados de la región. Sólo a la mañana siguiente hombres de Lugo advirtieron que la mayor parte de los esclavos negros había desaparecido, y el gobernador colérico envió varias compañías de soldados a buscarlos por las selvas vecinas, seguro de que no podrían haber avanzado mucho en la oscuridad. Dos días tuvieron que esquivar los troncos podridos en pequeñas piraguas y chapotear por el limo en su busca, hasta que una de las compañías los sorprendió en un alto sobre la espesa vegetación de las orillas, en una cueva roja de flores donde se habían refugiado por temor a todo, a las bestias, a los españoles y a los indios, que sin duda los mirarían con tanta extrañeza por su color como los propios conquistadores. Maniatados volvieron al barco donde Lugo, fiel a su fama de hombre perverso, ordenó hacer castigo ejemplar en ellos, a vista de los otros esclavos, cortándoles públicamente los falos y los testículos. Después de los alaridos de espanto, ante el terror de los testigos, y después de la fiebre y la sangre, algunos sanaron y siguieron con la expedición. Ursúa se enteró de todo eso durante el viaje, conoció con detalle las calamidades de esa campaña previa, aunque me dijo que nunca había sabido cuál fue la suerte final de los esclavos mutilados.

Al iniciar su navegación iba pues preparado para todos los obstáculos, pero curiosamente el río fue dócil, los climas benévolos y la travesía se cumplió en pocos días. Él se lo atribuyó más a su suerte que a la destreza de los navegantes, y algo de ello había, así que de la suerte de Ursúa ascendiendo entre aquellas selvas llenas de ojos, en su primer contacto con el gran río indiano, se beneficiaron sus fieles navarros con los que hablaba sin tregua en una mezcla de vasco tabernario y de francés de Aquitania, para mantener el espíritu de cofradía que traían de su tierra.

Jugaban desde niños a ser descendientes de Luis el Piadoso y de Carlos el Calvo, y de todas aquellas princesas con rostro de ángel y nombre de cuervo que adornaron las landas de Poitiers y domaron al leopardo de oro en su campo de sangre; esa legión de Rotrudas y Aldetrudas, de Hildegardas y Emenegardas, de cuyos vientres salió finalmente Leonor de Aquitania, a quien en las casas de piedra de Arizcún veneraban por duodécima abuela, la mujer que alió los Pirineos con Inglaterra y mezcló la sangre de Fierabrás con la sangre normanda de los Plantagenet. En estas tierras ardientes los muchachos se aferraban los primeros días a sus recuerdos compartidos, y cerraban un cerco de admiración en torno de Ursúa, que al parecer iba a prolongar las viejas dinastías en las últimas orillas del mundo.

También se beneficiaban de la suerte del teniente de gobernador los veteranos y soldados que puso a sus órdenes el tío, los comerciantes que aprovechaban la expedición para subir sus mercaderías a la Sabana, y el pertinaz obispo Calatayud, restablecido de su ataque de ciática, que seguía su camino, marcado con una cicatriz oblicua en el rostro y un golpe de fuego en la memoria.

Me extraña que el obispo emprendiera tierra adentro su viaje de Cartagena hasta Lima, afrontando ríos fogosos, tigres y vendavales, y cien naciones de indios con tambores y hogueras, pero todo eso le parecía preferible al recuerdo del naufragio y del rayo. Forzado a escoger entre un río con caimanes y un mar con tormentas, se había resignado al río. Y así como a Ursúa no lo desamparaban sus amigos (el licenciado Balanza, siempre de buen humor, Juan Cabañas, llenando las noches con el relato festivo de hazañas que aún no había realizado, Johan el cantero, que venía callado y reticente porque en vano intentó traerse de Cartagena a una nativa menuda que no entendía su idioma pero lo quería en silencio, y un primo segundo, Francisco Díaz de Arlés, que los había alcanzado en Cartagena después de una demora por riñas en el Perú), al obispo lo acompañaba su afanosa procesión de padres jerónimos, fray Martín de los Ángeles, fray Lope Camacho, fray Bartolomé de Talavera, fray Juan de Santa María, que parecían multiplicarse de tal modo que siempre había a la vista un fraile por todo el camino, y que miraban con ojos benditos y ajenos las piruetas de los monos, los vuelos rasantes de las tórtolas sobre el agua, las flores anaranjadas y amarillas que parecían hileras de pájaros.

Pero había otra razón para que el prelado quisiera alcanzar el Perú por esta ruta, y no embarcándose por el mar del sur, y es que hace un cuarto de siglo todavía se creía que el Perú estaba cerca de Cartagena. Por eso Robledo podía vacilar entre las fronteras de Heredia y las de Belalcázar, sin atreverse a entender que sus conquistas abarcaban un territorio tan grande como aquellas gobernaciones. Los relatos dilatan o acortan las tierras de acuerdo con la suerte de los viajeros. Si uno pudiera comparar el recuerdo del río Magdalena que tenía Lugo con el que tenía Ursúa después del primer viaje, vería dos ríos distintos, uno largo y peligroso, lleno de indios y venenos, de caimanes y tigres, de jornadas que postraban en el desaliento hasta a los resistentes esclavos negros, y el otro apacible, con buenos climas, propicio para la navegación y remontable en pocos días. Así, a punta de recuerdos y de esperanzas, se hicieron los mapas de los primeros tiempos, que ponían a Cali junto a Neyva, a San Juan de los Pastos al lado de Cajamarca, que hacían correr los ríos en direcciones caprichosas, y alternaban selvas con campanarios, cauces de agua con serpientes enormes y heráldicas, el contorno vacilante de las islas con la imagen lujosa de los galeones o con los rostros inflados de los dioses del viento.

Finalmente atracaron en los embarcaderos de La Tora, envueltos en un calor que parecía borrar todo recuerdo, pero al atardecer del primer día Ursúa vio sobre el río ancho y urgente un espectáculo extraño: por el oeste el sol bajo era una esfera perfecta, grandísima, de un rojo sangre, que flotaba a lo lejos sin deslumbrar; por el este, sobre las barrancas bermejas, flotaba en el cielo una luna llena también enorme, del color del papiro, y entre esas dos esferas suspendidas bandadas de garzas se perseguían en el aire sobre la llanura, y había un bullicio de pájaros y de monos en los árboles altos de las orillas. Se diría que la tarde lo estaba saludando y esbozando para él una promesa, y él recordó una frase que repetían las ancianas de su casa: «El sol es la luz de los vivos, la luna es la luz de los muertos». Sintió muy bello el cielo y muy abigarrado el monte, pero las selvas que se extendían más allá del embarcadero, por las dos orillas del río, estaban llenas de misterio, y entendió que sus hombres las sentían pesadas de amenaza y de espanto. Oyeron con más inquietud que desde la cubierta de los barcos el rumor infinito del mundo, porque ahora estaban por fin en el corazón de los reinos de Tierra Firme, y a la mañana siguiente tendrían que alejarse del río por primera vez. El río verde y presuroso inundaba la base de las primeras oleadas de árboles, y era un río salvaje en un mundo salvaje, pero para Ursúa y para algunos de sus compañeros esas aguas llenas de bestias y de secretos eran todavía un contacto con su tierra de origen: quien las siguiera entre los montes, por los llanos sinuosos y por los abismos de agua, algún día vería asomar en el horizonte el mar azul y en su confín las costas de España y los muelles de Sevilla. Apartarse de sus aguas era separarse de verdad de las ovejas doradas de Navarra, de sus antiguos pueblos de piedra, de los pastores que reciben dando saltos la salida del sol.

Al día siguiente treparon por bosques de árboles enormes con muchas formas distintas. Ni siquiera en Castilla de Oro había visto Ursúa tantos árboles diferentes, ni tanta vida en ellos: bermejos cauces de hormigas, tejidos de orugas sobre los troncos, redes colgantes que resultaron ser nidos de pájaros, monos chillones allá en las ramas altas de las arboledas, legiones de venados rojizos venteando en las lomas, y en el atardecer el vuelo bajo y numeroso pero ágil y preciso de los murciélagos. No vieron un solo indio en esa parte de la travesía, pero yo sé que no todas las sombras que vieron eran sombras de árboles, ni todas las plumas que vieron eran plumas de pájaros, y que no toda la arcilla roja que advirtieron en los barrancos era tierra inerte.

Entre cosas secretas avanzaron en sus caballos acorazados hasta la región de Vélez. Y allí Ursúa siguió el mal ejemplo de Lugo, porque envió sin razón alguna ocho negros que llevaba a explorar por la selva, desprotegidos, y después sus soldados descubrieron que habían sido víctimas de los dardos envenenados de los indios. Me temo que lo impresionó más la suerte de los esclavos de Lugo que la de sus propios esclavos: ya iba llegando a Vélez, y tenía otros asuntos urgentes de qué ocuparse. Allí puso a prueba su plan. Sabía que sus títulos generarían desconfianza y que no iba a ser fácil que Tunja y Santafé aceptaran como gobernador a un intruso con cara de niño. Los cabildos eran recelosos y rígidos con las formalidades legales, ya que toda ligereza era cobrada más tarde por la Real Audiencia de Santo Domingo y por las altas potestades del Consejo de Indias.

Se adelantó con Gonzalo Suárez, Martín Galeano, Francisco Figueredo, Cristóbal Ruiz y Pedro Briceño, el joven tesorero al que Lugo había maltratado. Éste trataba de moderar en presencia de Ursúa su violento lenguaje, porque cuando se le agriaba el genio sólo sabía tratar a los demás de bellacos, de mentirosos y sobre todo de judíos, pero era el más industrioso de los soldados, buen administrador, buen explorador y buen navegante, y con ojo de águila para los negocios. Iban seguidos por una escolta bien armada, dejando atrás el cortejo del obispo con su estela de eclesiásticos, y parte de la tropa con los pendones imperiales al viento, para poder mentir que detrás de ellos venía el propio juez Armendáriz con su séquito. Así, los vecinos que fueron enviados a vigilar la ruta pudieron dar fe de que se aproximaba un cortejo solemne con obispo, y el cabildo de Vélez, presidido por Jerónimo de Aguayo, recibió con temor sus credenciales para evitar represalias del juez rezagado.

Después de varios días de soledad y de inquietantes sonidos por las montañas, pasando la noche en campamentos desvelados, llegaron a la sabana de Tunja, ciudad donde aún ofician los muiscas ritos solares en los cercados de Quiminza, donde se pavonean los grandes encomenderos y una sombra rige coros de ranas en la inmensa laguna. El objetivo era entrar en las ciudades sin que los precediera noticia alguna, pues el éxito debía fundarse en la sorpresa. En Tunja causó sincera alegría el regreso de Suárez de Rendón, por cuya suerte hacían cábalas después de verlo partir con Alonso Luis de Lugo, y que volvía con gobierno propicio a recobrar su sólida casa con pinturas de frutas y animales en el cielorraso, sus encomiendas y sus ganados. Permanecieron sólo un día en la aldea hospitalaria, porque no podían permitir que alguien se les adelantara y diera aviso de su llegada en Santafé, a veintidós leguas de distancia.

En el cabildo de Tunja vio Ursúa por primera vez a Ortún Velasco, que era apenas un rostro entre los otros, y receloso como ellos, sin saber que aquel hombre iría después a su lado en las campañas de conquista, que sus nombres andarían juntos en el recuerdo de una extensa provincia, que ese caballero que parecía imperturbable como una pintura sería su auxilio en un día de tinieblas, y era el hombre señalado por el destino para ser el severo vengador de su sangre, cuando ya el traicionado y aniquilado Ursúa no fuera más que un fardo de huesos bajo la tierra.

Éstas son las cosas que me aflige tener que escribir… pero volvamos a la historia. Cabalgando de nuevo por el altiplano de verdes amarillos y de verdes azules, yendo por la sabana de maíz después de abandonar la ciudad que golpeaba el viento con sus campanas, vieron venir una tropa de españoles en sentido contrario. Y uno de ellos era Francisco Núñez Pedrozo, que llegaba del sur y de la guerra, de extravíos por selvas donde no entra la luz y de una tarde de sangre en la Ciudad de los Reyes de Lima. Y fue Núñez Pedrozo quien le contó al joven teniente que Montalvo de Lugo, encargado de la gobernación a la partida de su primo Lugo, estaba preparando una expedición en busca del hombre dorado.

En esa encrucijada de bruma oyó por primera vez Ursúa la leyenda del rey de oro, que tiempo después llenó sus pensamientos e invadió como un delirio sus días y sus noches.

8.
Todo ser nuevo que encontramos viene de otro relato

Todo ser nuevo que encontramos viene de otro relato y es el puente que une dos leyendas y dos mundos. Antes de llegar a aquel día en que el azar lo cruzó con el joven Ursúa por el camino de los muiscas, Francisco Núñez Pedrozo había sido uno de los doce hombres que, enrolados en el bando del hijo de Almagro, y ansiosos de venganza, cruzaron las puertas de Francisco Pizarro en la ciudad de los Reyes de Lima, gritando vivas al emperador. «Éstos vienen por mí», dijo Pizarro, y con los restos de su rencor y con paciencia de anciano se puso la armadura de cuerno y el casco de acero, tomó su espada, y avanzó con uno de sus hermanos por las largas estancias para enfrentar a quienes lo buscaban, sabiendo que no podría con todos ellos. Había sido advertido del ataque por un cura leal que oyó la confesión de un conjurado, pero Pizarro se burló pensando que el clérigo buscaba algún favor: «Este cura quiere obispado», parece que dijo. Y Francisco Núñez Pedrozo fue uno de los doce contra los que se batió Pizarro antes de caer trazando en sangre con su dedo en el suelo la misma cruz que fue siempre su firma.

Harto sé yo de los Pizarro, y tal vez tenga ocasión de contar las andanzas que compartí con el menor de aquel linaje, que era sin embargo tan espantoso como cualquiera de ellos. Tenían tal fuerza de voluntad que bastaba acercárseles para que la vida de uno quedara marcada por su sello. Cuando intento explicarme lo que ha sido mi vida, retrocediendo en los años y los países, siempre me encuentro allá, en la encrucijada, el momento en que por primera vez tuve contacto con esa familia. Hablar con ellos era entrar en un clima del que sería imposible escapar, y en cierto modo eran peores que Lope de Aguirre, porque éste estaba loco y dominaba todo lo que cayera bajo su mirada, pero también se olvidaba de todo a menudo, y su poder sólo procedía de su furia, pero ellos invadían la conciencia, combinaban la locura con la ley, no olvidaban jamás sus propósitos y sus intereses.

Recuerdo la primera vez que intenté contar esta historia. Fue en El Tocuyo, poco después de escapar de la selva y de los ojos viscosos de Aguirre. Quise escribir, para no olvidar nada, todo lo que Ursúa me había contado en un barco por el mar del sur, en nuestras andanzas por el Perú antes de que lo enloqueciera su bella mestiza, y en las últimas correrías por la selva. Me pareció triste que los recuerdos de un hombre como Ursúa se perdieran con sus huesos en la noche de pájaros de Moyobamba, y procuré recobrar lo que quedaba de él en mi memoria. Ahora, aquí, en San Sebastián del Gualí, junto a los balsos de grandes hojas, he vuelto a leer mis cuadernos y encontré estas palabras escritas hace más de doce años, cuando Aguirre acababa de ser derrotado:

«Me informan que mañana llevarán por diez rumbos distintos el cuerpo del tirano, cuya cabeza sigue siendo feroz en la jaula donde la tienen encerrada. Debo seguir mientras tanto con este relato, al que dediqué tantos días de fiebre desde el momento en que el tirano Aguirre fue derribado a tiros de arcabuz para tranquilidad de los reinos. Muchos folios llené sin tachar cosa alguna, para no darle tiempo al olvido de borrar las historias que Ursúa me contó en vísperas de nuestra aventura.

»Cuesta creer que en tan poco tiempo hayamos alimentado y perdido tantos sueños, que nos hayan cercado tantas noches de desvelo y de miedo. Y a mí sobre todo me cuesta creer que de Ursúa, que parecía más vivo que nadie, ya no nos queden más que palabras, frases esquivas como si las quisiera retener en el viento, palabras que tal vez puedan explicar el pasado, pero que no podrán decirme mi suerte, qué ha de hacer con su vida un hombre que dos veces descendió por el río, primero por azar, abandonado al querer de las aguas, y después por lealtad, siguiendo a alguien que muy pronto se desprendió de todas las lealtades. Ahora son grandes mi cansancio y mi asombro, pero en estas horas de vacío, mientras la terrible cabeza se ennegrece en la jaula, más digna ya de compasión que de odio, sólo este devoto río de recuerdos logra ser mi consuelo y mi estrella».

Después de escribir esto, comprendí que no podría contar la vida de Ursúa si no venía a conocer la tierra donde gastó su juventud antes de la aventura final. Diez años he viajado como una sombra siguiendo sus pasos, diez años, si puedo decirlo, intentando tejer con palabras lo que él destejió con su espada, no sólo los reinos que venció y destruyó, sino su propia vida, que también fue gastando y rompiendo como se gasta y se mella una ilusión contra las paredes de los días. Diez años siguiendo su rastro de herraduras y sangre, hasta llegar aquí, a San Sebastián, la ciudad que fundó precisamente el conjurado Francisco Núñez Pedrozo, el hombre que le ayudó aquella vez a apoderarse del reino.

Digo pues que viniendo de Tunja, ceñido en la niebla de la mañana por las tropas que puso a su mando Armendáriz, Ursúa vio dibujarse en el camino el contorno de una tropa. Eran hombres de España, y averiguó con ellos todo lo que necesitaba saber sobre los alcaides del gobernador que venía a destituir. Núñez Pedrozo comprendió la importancia del viaje de Ursúa, vio pintarse en el aire las promesas del nuevo gobierno, las puertas que se abrían, el árbol de campañas y encomiendas que estaba a punto de brotar de la tierra, y se ofreció con ojos brillantes a devolverse a Santafé y preparar el terreno para que el polluelo de halcón clavara sus garras en el reino. Ursúa tenía la elocuencia de Armendáriz, reforzada por la juventud y por la altanería, e iba descubriendo el arte de seducir, la magia de su lengua de noble y de bandido para conquistar camaradas dispuestos a todo por él.

Venía abrumado por las selvas del reino. Aunque no fuera lo que soñó al partir de su casa, porque aquí todo difiere de lo imaginado, éste podía ser el mundo que buscaba. Lo visto a lo largo del viaje seguía en su memoria, y siguió mucho tiempo después. Había bordeado las ciénagas manchadas de flores flotantes, había vigilado en la cubierta del barco, ante las bestias del río, aguardando el pregón de cuernos y cascabeles de los ejércitos indios, temiendo ver volar las flechas ponzoñosas que brotan de la selva. Había velado oyendo rugir a lo lejos la noche de tigres de Tamalameque; había visto blanquear en la distancia los hielos de la cordillera, y vio aparecer después, como un milagro en sabanas de infieles, una ciudad con casas altas de piedra y con campanario piadoso. Vio aparecer una llanura extensísima de asombrosa fertilidad, después de remontar los peñascos, en el frío de las alturas. Ahora jugaba, bajo el sol de su adolescencia, a ser el emisario de un juez de residencia y a apoderarse en su nombre de una gobernación, y es verdad que lo hizo con malicia de zorro francés, con la fuerza de los jabalíes de su tierra y con el disimulo recién aprendido de los caimanes del gran río.

Núñez Pedrozo se adelantó a preparar su llegada y, en Santafé, sin dar indicios de sus planes, se hizo hospedar por el propio Montalvo de Lugo en una casa nueva junto al río frente a los cerros enormes, una casa alta de maderas finas, aunque con techo de paja, porque en la pequeña ciudad de la Sabana no era fácil, ni lo es todavía, proveerse de pizarra o de barro cocido.

Y al día siguiente, a la hora de los servicios religiosos, una tropa de desconocidos entró en la ciudad con gran lujo de trajes y herrajes, vistosa de plumas en los cascos, y Ursúa avanzaba entre ese cortejo con entusiasmo arrogante y malas intenciones. La gente escrutaba con curiosidad a los forasteros hasta descubrir entre ellos algún rostro conocido, las rondas de indios se detenían a mirarlos, y algunos los siguieron corriendo hasta el atrio de la capilla, donde descendieron de sus caballos y entraron lujosamente en la iglesia. Adentro estaban todos los dignatarios de la gobernación, y ya había comenzado la ceremonia, pero las miradas se volvieron discretamente ante el tropel de pasos inesperados que resonó por los pisos de piedra. Poco antes de que la misa terminara, mientras sonaban las campanas de la comunión, Ursúa y sus compañeros salieron, con la intención de esperar a los hombres del gobierno en la plaza de tierra pisada, al frente, donde las tropas cuidaban los caballos. Y tras ellos salió Núñez Pedrozo, quien se acercó a Ursúa y dialogó con él apartándose de los otros.

A esas horas, el pueblo entero estaba conmocionado por el tumulto de los recién llegados. Todos presentían sucesos importantes en aquella mañana de luz muy blanca, cuando quedaban todavía en las calles algunos charcos de la lluvia reciente, y mientras enormes nubes grises se acomodaban en la nitidez prodigiosa de los cerros del oriente. Así me lo describió muchas veces el licenciado Balanza, cuando reconstruía el momento para él inolvidable en que la garra de Ursúa se cerró sobre la gobernación.

Montalvo de Lugo se quejó el resto de su vida de «aquel mancebo» que, según él, «llegó de sorpresa, al amparo de la noche», acompañado de gente que había huido de la justicia de Lugo, conspiradores, fugitivos apasionados que vinieron a arrebatarle el poder sobre el reino. Pero Ursúa estaba preparado para que, en la caldera de odios de la Sabana, unos lo recibieran con alivio y otros vieran su llegada como una desgracia.

El capitán Luis Lanchero tampoco olvidó nunca aquel 2 de mayo de 1545, cuando un cortejo de hombres desconocidos cruzó la plaza de tierra pisada de Santafé, cerca del río, y de entre ellos se adelantó un muchacho que le pareció de quince años, con gestos ostentosos de gran señor, el traje negro cerrado hasta el cuello, una capa orlada de granate, y una cruz de zafiros en el pecho, preguntando quién era el alcaide de la ciudad.

«Para servir a ustedes», dijo el capitán. «Soy yo».

Y el muchacho, sin explicar nada ni alterar su gesto, le arrebató de las manos la vara de justicia que era el símbolo de su poder. Lanchero debió creerlo primero loco y luego algún villano insolente, pero le preguntó por qué y en nombre de quién le quitaba la vara, y Ursúa no se alteró, sino que dijo, mirando hacia otro lado con arrogancia odiosa: «Eso ya lo sabrá usted después».

Sólo un adolescente engreído como Ursúa podía hacer tal desplante a un hombre de la dignidad de Luis Lanchero. Ese varón al que arrebataba la vara y que parecía un discreto dignatario local era un veterano glorioso de todas las guerras. Había protegido con su propio pecho el cuerpo del emperador en las más duras campañas, había sido por años capitán de la guardia personal del Señor de la tierra, y había participado en el saqueo de Roma con los feroces tercios de España, guerreros sin escrúpulos que espantaron más a los habitantes de la villa eterna que las tropas de Breno a los senadores en un día sangriento de la edad antigua.

Se había iniciado en las Indias yendo a la conquista de Trinidad, en las bocas del Orinoco. Esperaba ser cabo del presidio, y protestó con altivez cuando Jerónimo de Ortal escogió a otro aspirante, por lo que acabó preso y esposado. Se quejó de dolor en las muñecas y cuando le quitaron las esposas las arrojó con insolencia al mar. Así cambió las molestas esposas por cadenas. Pero después, en Cubagua, escapó de la cárcel, se atrincheró una vez en la iglesia, combatió con bravura donde pudo, y, uniéndose a las tropas de Federmán, llegó por fin al Nuevo Reino, donde acabó amistado con Lugo, el pérfido. Lanchero había quemado palacios y protegido princesas, había empujado carros llenos de esqueletos ennegrecidos por las colinas incendiadas de Flandes, había sido testigo de la muerte del rey de Francia en un torneo de juguete, había colgado de la horca una docena de malhechores, pero nunca había visto que un mozo casi imberbe le arrebatara en las narices el símbolo de su poder.

Con ese gesto Ursúa marcaba también su propio futuro, porque hasta ese día Lanchero estaba destinado en las crónicas del destino a ser su amigo y su protector, y yo puedo afirmarlo porque Lanchero amaba el valor y Ursúa era valiente, amaba la lealtad y Ursúa era leal al trono como nadie, amaba el arrojo y Ursúa corría por delante de su propio caballo, pero odiaba la injusticia y la arrogancia y fue víctima esa mañana de la prepotencia de un muchacho infatuado. Años después sería él quien perseguiría a Ursúa por serranías de niebla y por crepúsculos llenos de bestias; años después Ursúa miraría con inquietud sobre las estelas que dejaba su nave por el río, temiendo ver aparecer en la distancia los barcos de Lanchero que venían a prenderlo. Todo porque esa mañana de mayo tomó la vara, y la tomó con innecesaria arrogancia, aunque traía títulos bastantes para reclamarla por las buenas.

Después de tomar la vara, y todavía con las espuelas de plata calzadas a sus largas botas de cuero negro, Ursúa presentó sus credenciales ante el Cabildo de la ciudad, donde tuvo su encuentro con Montalvo, que era un antiguo soldado de las tropas de Jorge Spira Hohermut, un baquiano de Coro y un veterano del lago de Maracaibo, y que después fue con nosotros a buscar la canela. No sé si habrá llegado con Federmán, pero vino de Coro, ya que vivía con una india hermosa de Venezuela, con cuya hija tuvo que ver Ursúa. Imagino que Lugo llamaría a su pariente cuando vino a asumir la gobernación. En el Cabildo fue el único que se negó a aceptar al enviado de Armendáriz. «El gobierno sólo puede ser asumido por el juez», dijo con energía, «y eso después de dictar sentencia, pero no por su sobrino. Esta es una violación de la ley por parte de quien debe aplicarla». Ursúa, una vez más, se lanzó contra él y le arrebató la vara de modo violento, ante el pasmo de los otros miembros del Cabildo, que no sabían cómo reaccionar, temerosos del nuevo poder que se estaba instalando en la Sabana y sorprendidos por la animosidad del muchacho. Ursúa mandó prender a Montalvo, secuestró sus bienes, lo redujo a prisión, y semanas más tarde lo envió a Cartagena.

Los dos se detestaron enseguida por razones idénticas: habían sido nombrados para cargos que no les correspondían, y mutuamente se acusaban de ser usurpadores. Pero Montalvo usurpaba el cargo de un prófugo, y Ursúa el de un gran juez que apenas venía en camino. En el lenguaje de Navarra, a éste lo alumbraba la luz de los vivos, en tanto que Montalvo de Lugo se afantasmaba bajo la pálida luz de los muertos.

Ser teniente de gobernación equivalía en la práctica a ser gobernador, y Ursúa se convirtió aquel día en el más joven gobernante de conquista en la vasta extensión de las Indias. Es verdad que diez años atrás el adolescente Paullu Inca, hermano de Atahualpa, había comandado en Chile un ejército de doce mil hombres aliados con Diego de Almagro, pero no es posible aproximar la edad de un inca, que se mide con la piedra y la luna, a la edad de un muchacho de Navarra, que se mide con agujas de hierba. Ursúa apenas llegaba a los dieciocho años, y el aguerrido Felipe von Hutten, el arcángel de hierro de los banqueros alemanes, tenía ya veinticuatro cuando lo nombraron gobernador de Coro, cuatro años atrás.

Por los mismos días en que Ursúa tomó la vara, von Hutten se reponía milagrosamente de una flecha india que le atravesó el corazón, en la ciudad de muertos ilustres de El Tocuyo. Digo milagrosamente, y vacilo, porque el modo como fue curado el joven von Hutten tal vez no tiene igual en la historia de las Indias. No habiendo médico en la expedición, un soldado español se ofreció para operar al muchacho y extraerle la flecha, pero como no estaba seguro de la trayectoria que el proyectil había seguido, hizo que le trajeran a un indio joven y le clavó una flecha similar en la misma dirección en que el capitán la había recibido, para después estudiar con cuidado los daños que la flecha había causado en su organismo. Varios soldados inmovilizaron al indio, mientras el aprendiz de médico le abría los músculos y le destrozaba la jaula del pecho, pero pronto ya no hubo necesidad de fuerza porque el indio se fue desangrando y murió en medio de grandes sufrimientos. Así quedó demostrado que los hombres de caoba de Venezuela y los muchachos blancos del imperio alemán tenían el pecho tejido de un modo idéntico, lo cual no quiere decir que fueran iguales ante la suerte, porque el indio murió, pero el médico, aleccionado por tan cuidadosa carnicería, logró extraer la flecha del corazón de Felipe de Hutten y rescatarlo de la muerte. La verdad es que el joven alemán no se salvó porque fuera a vivir una larga y provechosa vida, sino porque el dios de Germania y de Hispania, que es diestro en paradojas y en ironías, había mandado que no muriera por flecha de indio sino bajo el filo romo y mugriento de los machetes de sus propios hombres.

Las primeras decisiones de Ursúa fueron bien arbitrarias. Tras ordenar la captura de Montalvo y Lanchero por oponerse a su posesión, puso los ojos en la casa nueva de Montalvo de Lugo, le pareció la mejor de la aldea y se quedó con ella. Y ése era el mismo Ursúa que me mostró con escándalo la lista de los atropellos de Lugo: siempre es que, realizadas por otros, nuestras mismas acciones parecen más sucias.

En esa casa descargaron los cofres y los grandes baúles; allí el dueño anterior acababa de instalar algunos muebles, que Ursúa tomó como propios. Los testigos no salían del asombro de que el nuevo gobernador fuera tan joven; le hacían cautelosas reverencias que no podían ocultar el desconcierto. Para muchos había llegado un enemigo; ese enemigo, cosa más grave aún, combinaba la impulsividad con la inexperiencia, y la prisión de los alcaides suspendió sobre la fría Sabana nubes de mal presagio.

Ursúa no escapó jamás a las estelas y las cicatrices de su llegada: esos primeros días en Santafé pesaron para siempre en su vida. Pero no tuvo que esperar mucho para vivir las consecuencias. Cuatro o cinco noches después, Juan Cabañas despertó agitado por un extraño fragor que no podía entender. Alcanzó a brincar del catre y a sacar la espada cuando comprendió que lo que se oía no era un ataque sino una crepitación: la casa estaba en llamas. Corrió a llamar a Ursúa, que dormía profundamente. Cuando éste se alzó de la cama ya una parte del entramado del techo se estaba desprendiendo, y faltó poco para que el fuego le impidiera saltar desnudo por la ventana a la helada noche de la Sabana. Lucharon en vano por apagar la casa, pero no encontraron el modo de traer agua suficiente, a pesar de estar cerca del río. Sólo en la mañana una lluvia triste moderó las llamas y permitió que el teniente de gobernador, todavía envuelto en una manta, y el resto de sus hombres, comprobaran que todo lo que habían traído estaba en cenizas. No podían dejar de vivir aquello como un nacimiento: estaban desnudos en un mundo desconocido, y creo que algunas cosas que llegó a ser Ursúa despertaron esa mañana helada de la Sabana, cuando se vio con ninguna riqueza pero con todo el poder, y cuando comprobó que el incendio se había iniciado por varios lugares a la vez. Agua y fuego seguían su discordia alrededor de Ursúa.

9.
No tuvo que esforzarse por alcanzar el poder

No tuvo que esforzarse por alcanzar el poder: debía el nombramiento a su condición de pariente de un juez poderoso; tal vez por eso dio en pensar que el mando le correspondía por naturaleza, y ofensivamente se portó como un príncipe. No es que maltratara ni humillara a las gentes, es que su aire victorioso y la ostentación de sus maneras chocaban en aquel medio de hombres rústicos y costumbres brutales. Lo que para los otros era una fatalidad, algo inevitable, él parecía haberlo escogido como un oficio excitante. Los otros se mataban demostrando sus méritos; a él se le abrían las puertas como si sus conquistas fueran dones del cielo. Y así como el destino utiliza la desgracia para favorecer a algunos hombres, a veces pienso que en el caso de Ursúa usó los privilegios para perderlo, dándole desde el comienzo una idea muy elevada de sí mismo. No era un aventurero tratando de ganarle algo a la mezquindad de la vida, sino el hijo de una fortaleza de piedra con las raíces hundidas en un suelo de siglos. Muchos lo odiaron desde el comienzo, porque para los otros la vida en las Indias era cruel, la adversidad mostraba por todas partes su cara de intemperie y de hambre, la necesidad nos llevaba como a perros acezantes detrás de la liebre, y él recibió este mundo como un regalo, en el que la batalla —que aún no había vivido— lo atraía por su crueldad y por su sangre, más allá de los laureles que pudiera ofrecerle.

Soñaba una fortuna comparable a la de Hernán Cortés o a la del marqués don Francisco, seguida del rumor y la fama, pero olvidaba cuánto les costó a aquellos hombres el oro que robaron y el mundo que destruyeron. Cómo Cortés vio volverse humo en sus manos la riqueza y el mando, y Pizarro pagó previamente en miseria y después en discordia su fortuna y sus títulos. Algo llevaba a Ursúa por caminos de azar, sujeto a designios indescifrables, algo lo hizo perder su tierra de origen y el rumbo prefijado por su estirpe, pero él vivía la ilusión de ser dueño de su destino, recibió el reino con la misma alegría infantil con que hubiera recibido de regalo una espada, tuvo que aprender a ser gobernador cuando apenas le correspondía aprender a ser hombre, y vivió los primeros días en la Sabana con júbilo, sin meditar demasiado en que su saludo habían sido aquella noche de peligro y aquella casa en llamas.

No entendió que la vida le estaba enviando una advertencia y dejó que se borraran en su mente los crujidos de leña del incendio, la hoguera inesperada en la noche de la llanura, que fue para los indios un árbol de fuego que enrojecía la niebla. Sus tropas empezaron por someter la población a vigilancia. Más que a conocer, venían a investigar, les era sospechoso todo el reino, y redujeron a prisión a los principales inculpados, menos por certeza que por cautela, para que nadie dudara de que la Sabana tenía gobierno firme. Y el joven presumido se hizo cargo, con más entusiasmo que entendimiento, de los conflictos que había que resolver, revisó los juicios que reclamaban sentencia, y sobre todo empezó a examinar y contabilizar las encomiendas existentes, con la intención de repartirlas de nuevo.

Ningún hijo de la suerte puede inventar un modo de gobernar los reinos, sólo le es permitido asumir lo que existe y administrarlo para su provecho. No supo a qué horas dejó de ser el desvelado emisario de las Nuevas Leyes que había jurado aplicar y defender, y empezó a actuar como todos los otros, dando indios a los favoritos y quitándolos a los adversarios, sin la menor intención de prevenir conflictos futuros, sino apenas asegurando lealtades y velando por sus propios intereses y los de su tío. Puso bajo el manejo de la Caja Real, es decir, bajo su mando inmediato, a los caciques de Hontibón, Guatavita, Bogotá, Sogamoso y Daitona, con todas sus huestes, copiando sin darse cuenta las maneras de los señores feudales de Navarra, pero con miles de indios bajo su mando y una tercera parte de los tributos del reino a su nombre. Y cuando los partidarios de Lugo, por ahora caídos en desgracia, se quejaron de que había usurpado las encomiendas mayores, se abrigó en un mandato del Consejo de Indias que ordenaba destinar los mejores tributos al emperador.

Se dedicó a recorrer la Sabana, cabalgando en triunfo con sus hombres, y tratando de reconocer en sus huellas el mundo fantástico que poblaban los indios antes de la llegada de los conquistadores. Fue así como su curiosidad lo llevó a saber más de lo que necesitaba, más de lo que habría sabido preguntar. Y por los datos que le dieron de cómo había sido la fundación reciente, Ursúa empezó a comprender qué reino era aquél, qué riqueza ocultaba.

Los nativos saben que la meseta fue hace mucho tiempo una enorme laguna, una copa ofrecida en lo alto al dios que no puede mirarse. Conocen los relatos de los tiempos primeros, cuando la tiniebla que cubría el mundo se fragmentó en grandes pájaros negros de cuyos picos brotaba la luz. Saben cómo Bachué, la madre del mundo, salió con su hijo de la laguna, y recorrió con él los campos sin nadie, y tiempo después se apareó con el muchacho para poblar la tierra. Saben cómo esos padres incestuosos al final se cambiaron en serpientes y se perdieron otra vez en el agua. Y saben que en otras edades, cuando había venados gigantes, el viejo de cuya cara brotaba lana blanca, Bochica, vino de tierras desconocidas, enseñó los secretos de hilvanar y laminar el oro y de moldear la arcilla expresiva, y en un día terrible hizo que se abrieran los peñascos, y vació hacia el oeste por el torrente del Tequendama todo el mar dulce de la laguna. Cada uno de ellos lleva como un recuerdo personal esa avalancha que bajó entre espumas de fango y nieblas en iris, con el temblor de un racimo de truenos, a sumarse al caudal del río Yuma, el río grande de la Magdalena, que viene del sur desde el comienzo, con su pueblo de bagres barbados y de capaces incontables. Y saben que fue así como el lecho de la laguna, secado por el dios, se convirtió en el campo de maizales que gobernaron los zipas arrogantes y los zaques ceremoniosos.

Hay que conocer ciertas tierras ardientes, más allá de los riscos occidentales de la meseta, y el llano que reverbera a lo lejos, detrás de los peñascos orientales; hay que ver el modo como el calor agobia los cuerpos en la llanura; hay que sentir a través de viajes o leyendas cómo es la vida en los países del sol ardiente, donde se eternizan los caimanes con las bocas abiertas, como por una sed que no cesa, y donde al atardecer se alzan legiones de mosquitos que sólo se advierten por dolorosos puntos de sangre en la piel, para entender la gratitud de los muiscas hacia el dios que escogió para ellos la Sabana, que los hizo nacer entre torrentes cristalinos y bodegas de sal, y los salvó de los calores malsanos y de la humedad opresiva que en muchas regiones fatigan a los pueblos guerreros.

Todos dicen que el oro está amasado en la misma sustancia que el sol, y lo llaman la carne del dios en la tierra, la cara que puede mirarse. Por eso todo objeto solar es para ellos rezo y amparo. Un casco de sol sobre la frente, un gran brazalete, un luminoso collar de murciélagos, un arco de sol saliendo de una fosa nasal y entrando en la otra, un resplandor martillado sobre el pecho, son el dios mismo entrando en la batalla, y no dejan lugar para el miedo.

Todos los pueblos de estos reinos guardaron su memoria en objetos de oro. Heredia encontró en el país de los zenúes los brazos de las ceibas fornidas llenos de campanas de oro de distintos tamaños, y pueblos que llevaban en sus orejas grandes arcos de filigrana; Palomino vio en la Sierra Nevada muchos hombres que llevaban con orgullo feroz narigueras con forma de monos y collares con hileras de pájaros; Robledo recogió entre los Quimbayas centenares de vasijas de metal, hombres de oro macizo del tamaño de un mono, y enfrentó ejércitos en los que cada soldado avanzaba cubierto con un casco de oro tan vivo que parecía de fuego, lo que lo hizo exclamar que estaba viendo un ejército compuesto sólo de reyes; los hombres de Belalcázar contaron que los valientes vasallos de Pete en el valle de Lilí sabían hacer collares de saltamontes y pendientes en forma de culebra y de tigre. En las montañas que miran al valle del río Cauca, los trasabuelos de los cambis y de los timbas se hacían cintas para la frente, espirales para los brazos, agujas finas como rayos de sol, alfileres coronados de pájaros y pectorales resplandecientes. No hay rincón de estas selvas donde no sepan ablandar el metal con zumos de raíces, donde no sepan laminarlo hasta hacerlo más liso que un mármol e hilarlo hasta la finura de un cabello de niño, no hay región donde el poderoso elemento que invocan desesperados los alquimistas de Brujas y de Toledo no sea dócil en manos de los artífices. Así, quien no llega con fiebre de oro la adquiere al poco tiempo, y quien haya dudado en España de que exista la ciudad de la leyenda, empezará a delirar con ella viendo tantos indicios; sobre todo este culto por el sol, de quien el oro es la sombra en la tierra.

A mi padre le gustaba menos el oro que los dibujos que hacen con él estos orfebres, porque algún parentesco tenían con los adornos de sus antepasados, que vieron a Dios en los ángulos y en los matices, y que habitaron un mundo ahora más perdido que el de estos pueblos saqueados. Mi padre tenía puestas sus nostalgias allá, en los templos vencidos de los arenales de España, donde el polvo cayó sobre las cúpulas azules y la luna encorvada palideció tras los olivares. No vino aquí buscando riqueza sino una tierra donde vivir, donde escapar de las persecuciones, aunque muy pronto entendió que la paz no es más que una palabra que inventaron los guerreros para no enloquecer.

Pero fue enardecido por el oro como comenzó Ursúa su rutina de guerras y crueldades. Yo andaba cabalgando en esos tiempos por los reinos de Europa, perdido en el tremedal de otras guerras, las que sostenía el emperador contra el romano y contra el moro, contra el francés y contra el turco. Yo olvidaba las islas y las Indias: nada más alejado de mí que ese muchacho que pronto empezaría a asolar las tierras del Nuevo Reino de Granada. Pero a medida que conocí su historia pude descubrir que a cada guerra mía correspondió una guerra suya, con la diferencia de que las mías eran guerras enormes y ajenas, mares en los que yo era una gota perdida, en tanto que a las suyas él les marcaba su intensidad y su ritmo: obedecían a la oscura ambición que gobernó su destino. En los primeros tiempos, mientras yo padecía las campañas del Elba, hambriento con mis tropas hasta verme obligado a comer ratas asadas después de la batalla de Mühlberg, en la que sin embargo vencimos, y herido de regreso por las llanuras friulanas, a la sombra de los Alpes Dolomitas, él libró una guerra contra los panches en el país de montañas azules de Neyva y llegó en las fuentes del río a una región de bestias de piedra sepultadas por el tiempo y la selva. Después, cuando yo recorría las llanuras de Flandes, viendo girar los cuerpos podridos en lo alto de las ruedas infames, él libraba su guerra contra los chitareros en los páramos donde fundó más tarde la nueva Pamplona, y vio desde una meseta la tierra calcinada por los juicios antiguos. A mí me llevaron los capitanes del imperio por las gargantas alemanas donde la niebla desdibuja castillos, y vi decapitar reformistas al pie de las murallas de Wortemberg, mientras Ursúa libraba su guerra contra los muzos en el país de las esmeraldas, donde perpetró la más culpable de las traiciones. Y cuando cumplí mi aventura fratricida contra los moros en las galeras de la armada de Andrea Doria, él libraba una guerra contra los miles de súbditos del señor de Tayrona y encontró en la Sierra Nevada las ciudades de piedra.

Yo andaba en los pantanos del Imperio procurando olvidar mi adolescencia, el mal camino que me llevó con Pizarro y sus hombres a buscar la canela, y la serpiente sin ojos que arrastró nuestro barco por la selva; él empezó a avanzar de guerra en guerra y, por qué no decirlo, de crimen en crimen, sin saber que lo estaban esperando esa misma selva y ese mismo río que yo intentaba sacar de mi vida. Más duro es saber que esos sitios también a mí me estaban esperando de nuevo.

Faltaba mucho para que Ursúa y yo nos encontráramos pero repito que parecíamos intercambiar nuestros caminos. Él buscando la selva, yo viajando a los reinos de Europa, con la creencia ingenua de que allí olvidaría las violencias de mi juventud… Y casi tengo que refrenar mi mano para que respete el orden de la narración, para que siga contando la vida de Ursúa y no ceda a la tentación de contar mis propias aventuras. En tardes solitarias el corazón me recuerda que yo también viví cosas dignas de ser contadas, casi me exige que revele quién soy, cómo viajé de La Española a las tierras del Inca, cómo se apoderó de nosotros el río, cómo emprendí la fuga hasta el otro lado del océano, a perseguir las huellas de mi padre por las casas balsámicas de Andalucía y por las costas de Occitania bajo los cerezos en flor.

No niego que me gustaría narrar aquella tarde de riñas y de palacios en que conocí en Roma al viejo cardenal Bembo, el hombre que sin darse cuenta me animó a referir en castellano esta historia (que no sería posible, por cierto, en el solemne y metálico latín de los púlpitos). Contar cómo le entregué por fin, en un salón más lujoso que el cielo, una carta de treinta y dos pliegos de mi maestro Oviedo, y cómo pude oír por las llanuras de mármol del Vaticano corrillos de escarlata y granate discutiendo, en un latín agrietado de frases españolas, si era posible que en las selvas del nuevo mundo hubiera aparecido el país lujurioso de las amazonas.

Pero ésta no es todavía la historia de mi vida. Sólo quiero señalar, porque eso sí corresponde al relato, mi asombro de que el hijo de una muchacha de caoba, que nadaba desnuda entre los corales del Caribe con flores rojas en el pelo, haya podido conocer Sevilla antes que el propio Ursúa, hijo de un gran señor de Navarra. En el invierno tibio de 1542, el galeón en que yo llegaba a perseguir los ayeres de mi padre entró averiado y gimiendo por las radas del Guadalquivir, y sólo un año después Pedro de Ursúa se embarcó con su bullicio de navarros hacia los fuertes de Borinquen, y de allí a las marismas de Nombre de Dios.

Su rumbo lo llevaba hacia bosques de hombres tigres y ríos que se retuercen como serpientes; el mío me llevaba hacia ciudades habitadas de mármoles y palacios que se reflejan en el agua. El suyo lo apartaba para siempre de una cuna vigilada por ángeles y de una fortaleza de piedra con picazas heráldicas, para entregarlo a la llanura inestable y a la espiral de las selvas; el mío dejaba atrás las arboledas que gritan y el río que piensa, para llevarme a las sequedades de olivos rugosos, a la llama inmóvil de los cipreses y a campos donde un día pasan ante las torres en ruinas los cañones humeantes y otro día los arados tirados por bueyes. Pero todo era un juego de ilusiones, porque en un día preciso, a una hora precisa, acaso establecida por los astros, su camino y el mío iban a encontrarse y a confundirse de tal manera que después sólo pudo separarlos la muerte.

¿Cómo entender que nuestros pasos nos llevaran a las mismas playas cálidas de Nombre de Dios, donde por fin nos encontramos? Yo era un mestizo que se fingía europeo, y andaba buscando un lugar en el mundo después de una infancia de dudas y una juventud azarosa. Él era una mezcla de príncipe y bandido que se creía ungido para ser el amo de un mundo, que fue oscureciendo su alma en guerras salvajes, resbalando a la infamia casi sin darse cuenta, pero que tenía en su corazón suficiente valor y tal vez demasiada grandeza para resignarse a ser un canalla.

Lo atraía la guerra, lo enardecía la sangre, pero empezó a sentir una ansiedad creciente que no acertaba a nombrar, como si comprendiera que algo debía redimirlo de tanta atrocidad. En las pausas de la guerra (porque durante sus orgías sangrientas no sabría pensar ni soñar), sin decirlo siquiera y tal vez sin saberlo, algo en su mente empezó a pedirle al destino, o a Dios, o a su valentía, que le diera la oportunidad de dejar su nombre en las piedras de la leyenda, que no lo abandonara a una rutina de matanzas sin gloria. Libraba los combates con ferocidad, porque eran la ley de su sangre, pero salía de ellos cada vez más insatisfecho y ansioso, y el sueño de un tesoro y de un reino se le fue convirtiendo en delirio.

10.

Sabía bien lo que Cortés encontró en el país de Moctezuma

Sabía bien lo que Cortés encontró en el país de Moctezuma y lo que Pizarro encontró en Cajamarca, tierras de la piedra tallada y de la plata fina, pero apenas empezaba a susurrar en su oído la leyenda que esta región central tenía entrañas de oro, y una de las primeras cosas que le ocurrieron en el altiplano marcó desde entonces su vida. Había salido a cabalgar con su tropa de navarros por los veloces maizales, llegando cerca del lugar que los indios llaman Suba y al que Jiménez de Quesada llamaba Valle de los Alcázares. Sin saber por qué, dejó a sus amigos hablando de Bayona y de Tudela, de las guerras de Fernando de Aragón contra los franceses y de los terrines de hígado de pato que preparaban en las cocinas de Pamplona, combatiendo con recuerdos de tierras cálidas el frío de la tarde ante la fogata crujiente. La Sabana ya no les exigía agruparse vigilantes con lanzas y espadas, de modo que Ursúa se alejó a solas entre los sembrados de maíz, y un rato después oyó en el viento los quejidos que se alzaban de una hondonada. Todavía sabía olvidar que era un gobernador, se comportaba sólo como un muchacho valiente capaz de despreciar el peligro, así que ató una cuerda que llevaba al tronco de un árbol, ciñó el otro extremo a su cintura, y se descolgó por el barranco hasta el lugar donde yacía un indio con una pierna rota. Le dio agua de su bolsa de cuero, y después fue a buscar a sus amigos. Era casi de noche cuando volvió con ellos. Improvisaron una parihuela a la que sujetaron al indio, y con trabajo lo rescataron de la hondonada.

Ni el más compasivo entre los españoles hacía tales esfuerzos por un indio cualquiera, y al verlos sufriendo más bien procuraban abreviarles las penas con la espada o con un oportuno tajo en la garganta. Ursúa no era menos salvaje, aunque yo sólo vi su crueldad en la guerra y no pude creer a quien me dijo que una vez había entrado con siete esclavos negros para dar tormento a un anciano en casa de su tío. Pero ayudar a un indio, llevarlo a caballo hasta su propia casa, cuidarlo como hizo en aquella ocasión sí que era algo extraño, y alguna vez me juró que lo había hecho sin propósito, lleno de compasión o simpatía por ese indio joven que había resistido horas de dolor después de caer por el barranco. Sintió que podía ser un buen criado, y no se equivocaba, porque después el indio se aficionó a Ursúa y fue su sombra largo tiempo. Y si Ursúa no esperaba nada por haber sido generoso, el pago que recibió no fue pequeño, aunque sí trágico, pues de la gratitud de aquel indio recibió una noticia que marcaría hondamente su suerte.

«Yo quisiera pagarte los favores que me has hecho», le dijo el indio agradecido, cuyo nombre era Oramín, o algo semejante, mascando apenas el castellano, «pero no tengo qué darte, salvo mi buen servicio». «Bastaría que me digas dónde está realmente la ciudad de oro que andan buscando todos», le contestó Ursúa casi en serio. «No sé si existe la ciudad», dijo Oramín, «porque para nosotros esa leyenda es casi un sueño… viejo como las piedras… más inseguro que el viento… pero otra cosa sí puedo revelarte…»

Ursúa lo miró hondo y guardó silencio. Comprendió que por algo había salvado al indio, y se preguntó si de verdad lo había cuidado sin propósito. Esperó a ver en qué terminaba la frase vacilante del otro.

«Yo sé en qué dirección envió Bogotá las ofrendas que no encontraron las tropas de tus hombres de metal».

Y Oramín le habló de los tiempos previos a la llegada de las expediciones. El reino muisca había sido debilitado por las guerras recientes. Los panches del sur, hombres hechos al sol de las llanuras y que labraban el vientre de las canoas obedeciendo los caprichos del agua, habían remontado los cañones, habían hecho ofrendas en el trueno de espuma, el Tequendama, que une las tierras inferiores a las superiores, cruzaron debajo del triple arco iris con sus lanzas y sus cornetas de guerra, y amenazaron el poder de los zipas en los recintos lunares de Chía, en Faca, en el fuerte real de Cajicá, en Suba y Nemocón. Entonces Tisquesusa, el penúltimo zipa de la sabana occidental, sobrino de Nemequene, dirigió la guerra y repelió a los invasores hacia las tierras cálidas del sur, de donde procedían.

Un malestar reinaba en el mundo, y allí recomenzaron las tensiones con los zaques de la sabana oriental, que tenían sus mansiones cercadas y sinuosas cerca de las piedras de Químinza, en los valles de Tunza. Los adivinos leían presagios lúgubres en los astros desde los observatorios de piedra de Ráquira, donde rectos peñascos se empinan sobre los viejísimos bosques de robles. Había guerras entre los astros, la luna se enrojecía de pronto, el sol sangraba sobre los pedregosos desiertos. Las bocas desdentadas de las estrellas estaban anunciando la ruina del mundo y los príncipes creyeron que la amenaza estaba en las lanzas de sus vecinos. Fue por eso que por todas partes en las Indias, antes de la llegada de los jinetes, habían arreciado las guerras entre hermanos.

Más de cuatro mil guerreros de Tisquesusa avanzaron gritando conjuros contra las tropas de Quemuenchatocha, y cuando sus lanzas estaban a punto de hacer sangrar las sombras de los otros, el Iraca Sugamuxi, único de los grandes jefes que no había entrado en la contienda, tuvo una visión en el Templo del Sol, el enorme edificio tejido con troncos de guayacán arrastrados tiempo atrás por largas filas de indios desde los llanos, por cañones rocosos y a través de los páramos que ennegrecen la piel. El gran disco giratorio traído de la laguna de los Pastos, y suspendido en el centro del templo, le habló de pronto con su voz de oro y le reveló que era otro el peligro: que era más necesaria que nunca la unión entre los pueblos de la Sabana. Sin saber muy bien cómo interpretar el anuncio, Sugamuxi se atravesó en la batalla, en la que ya volaban los dardos, imploró una tregua entre el zipa y el zaque en nombre del disco solar, y les pidió meditar sobre el peligro inminente.

Allí comenzaron las deliberaciones de los chamanes y los mohanes de las siete provincias vecinas de las siete lagunas sagradas, para saber si el peligro vendría de la tierra o del cielo, si sería otra vez una lluvia de ceniza desde los hornos de occidente o un sacudimiento de la piel de la tierra provocado por los anillos de la gran serpiente o por el paso del mundo del hombro derecho al hombro izquierdo del gigante Nemqueteba, como el que había destruido la vieja ciudad de la luna, o si sería acaso el retorno de los tiempos del hielo. Y en medio de esas deliberaciones Popon, el viejo mohán de Ubaque, vio una tempestad de rostros blancos con quijadas de musgo rojo, vio una noche de bestias de metal ensombreciendo los reinos, y vio cómo en el agua de esa noche se hundía ensangrentada la cabeza de Tisquesusa.

Todo eso había pasado hacía menos de diez años, cuando el reino era todavía el solar de los muiscas, y cuando tuvo lugar la exaltación de Tisquesusa, quien concibió finalmente la astucia de ocultar el tesoro que todos los invasores habían adivinado o presentido, y sustraerlo a la codicia unánime de los visitantes. Fue una maniobra sagaz como pocas, obra de muchos días de trabajo y cautela, fuente de largas peregrinaciones, y tal vez ocasión de cruentos sacrificios humanos. Pero lo más admirable es el modo como llegó finalmente hasta los muiscas de la Sabana la advertencia de que ejércitos venidos de otro mundo habían derrotado a los reyes del imperio azteca y a los incas de las sierras del sur.

Los súbditos de Tisquesusa tenían tratos con los grandes imperios. Llevaban al lejano Quillansuyo, que yo conocí bajo el gobierno de Orellana, panes de sal y objetos venerables de oro, y allá los cambiaban por tejidos y por alimentos. Porque los incas cultivaban tubérculos de infinitos colores y formas, y maíz de espigas doradas y rojas, de espigas ocres y moradas, además de buena quinua blanca. La lengua de la Sabana se extiende hasta las selvas occidentales, donde los desnudos chamíes se pintan el cuerpo con sangre de achiote y tinta de nogal del color de la tierra, y todavía más allá, hasta el brazo de selvas donde viven los cuna de grandes collares hechos con semillas de colores, tejedores que pintan la reverberación de la luz y los destellos internos que produce el dolor en los ojos.

Más veloz que las bestias acorazadas de los invasores, el rumor había ido como un incendio de pueblo en pueblo. Salió del valle de las pirámides y avanzó hacia el sur, lento pero inexorable. Contaba el regreso de unos dioses vengadores y el modo como en pocas jornadas se cumplió la caída de la gran ciudad de la laguna. Años después, otro rumor salió de las ciudades del sur. Hablaba del presidio atroz de un rey y de la muerte, en una sola tarde, de siete mil hombres del cortejo real. Hablaba de los truenos en lo alto de la montaña, y de los cien mil guerreros de Atahualpa paralizados y enmudecidos bajo una lluvia de granizo, mientras en la explanada los rayos destrozaban la corte y el rey era arrastrado y encerrado en una habitación que más tarde sus súbditos llenaron de oro para pagar su rescate.

El rumor iba y venía, contando por todas las aldeas cosas terribles que no habían ocurrido nunca antes. A su paso por las selvas de Yucatán, donde se escalonan los templos rojos, y por las gargantas del istmo, donde están las cámaras abandonadas, el rumor se fue llenando de otras advertencias. Se detenía en los acantilados, pasaba la noche junto al fuego espantando a los tigres, sentía sobre él el zumbido membranoso de los murciélagos, tropezaba en los bosques con las grandes esferas de piedra.

Y el rumor cruzaba los barrancos, viniendo hacia el norte, abandonaba las últimas plantaciones de maíz, se moría de sed en los cañones ardientes donde el agua era sólo otro rumor, muy profundo y muy inalcanzable. Y así llegó hasta las paredes de piedra del gran cañón, donde truena el salto de espuma, y subió con los vapores del arco iris, y llegó hasta el Templo del Sol en Sugamuxi, y hasta las barcas ceremoniales de Guatavita, y hasta los propios oídos de Tisquesusa en el salón de las hogueras inmóviles.

Y Tisquesusa asoció la visión del mohán con el rumor que venía de los reinos lejanos del norte y del sur, y supo que los destructores de la ciudad de la laguna y de la ciudad de los muertos expuestos del Cuzco vendrían también allí, buscando el oro para alimentar a sus bestias de metal, y se devorarían toda la luz del sol acumulada por las generaciones. Pero él estaba decidido a salvar las grandes ofrendas de los templos del Sol. Por tres rumbos distintos se oía el avance de los venados de hierro: por la región de los guanes y los muzos, por el valle del Yuma y el cañón donde habían sido vencidos y expulsados los panches, y por las sierras que miran a los llanos inmensos, avanzaban tres contingentes guerreros.

El zipa hizo un doble movimiento. Envió espías a Suesca para vigilar la aparición de las tropas enemigas, aguzó los oídos para escuchar muy bien cuándo y por dónde aparecerían las expediciones, y mientras tanto ordenó a sus numerosos soldados que envolvieran en mantas las piezas sagradas del culto del Sol, y que después llevaran los fardos a un lugar preciso que había designado para que permanecieran ocultos hasta el momento en que hubieran partido los dioses.

Todas esas historias de los muiscas, Ursúa las dedujo de los relatos de Oramín y los otros nativos. Los oía y volvía a oírlos, no sólo porque le gustaba ese rumor casi sin cuerpo y sin rostro que avanzaba por selvas y caminos, y la imagen del rey Tisquesusa en una habitación de hogueras inmóviles, sino porque siempre esperaba deducir el rumbo que llevaban los portadores, a dónde los condujeron sus pasos con el fabuloso botín, que había sido negado a la codicia de los otros porque a todas luces estaba predestinado para él. Como era su costumbre, no dudó de que ese caudal sería suyo: el tesoro escondido de las tierras áureas, mucho más grande que los de Cortés y de Pizarro reunidos

De modo que una vez relatada y vuelta a relatar la caída del reino, Ursúa volvía al único tema que le importaba: el caudal escondido de Tisquesusa. Pero la historia vistosa y precisa se iba volviendo de niebla. «Oramín, descríbeme otra vez las montañas por donde fueron los portadores. Oramín, dime con precisión cómo te dijeron que era aquel declive. Oramín, señálame de nuevo por dónde estaba el risco». Y Ursúa trazaba cruces sobre los mapas rudimentarios del licenciado Balanza, pero más allá de cierto punto todo se volvía misterioso incluso para los propios indios, porque los que ocultaron el tesoro habían muerto.

«¿Estás seguro de que todos murieron?», preguntaba otra vez Ursúa, con esas y con otras palabras. «Todos habían aceptado morir», era siempre la respuesta del indio. «Porque esa condición les impuso el zipa Tisquesusa para ser portadores del don, morir después de llevarlo a su destino. No podía permitir que cayeran en manos de los invasores y el paradero de la ofrenda se revelara. Pero te equivocas, señor, si piensas que el rey los mató. Algunos enfermaron y murieron, otros encontraron la muerte en el agua, y a los otros seguramente los mató la visión de un árbol o el sueño del tigre».

Y Ursúa volvía a perder la paciencia, aunque él mismo pudo comprobar más de una vez que los indios se mueren cuando quieren, que a veces los enferman visiones extrañas que tienen en los montes, y que sin duda alguna los puede matar un juramento. Por eso Oramín sólo podía hablarle del rumbo, pues no sabía el sitio final donde reposaban las reliquias. «Sé que son muchas y grandes cosas de oro», le dijo otra vez. «Pero todos los ojos que vieron el escondite están ciegos, y todos los brazos que cargaron las piezas están deshechos, y todos los labios y las lenguas que podrían describirlo están mudos».

El muchacho empezó a hablar de ese tesoro como si ya le perteneciera. Siendo el principal capitán en las tierras del oro, tenía los recursos necesarios para la expedición, hombres animosos listos para acompañarlo, datos del rumbo que habría que tomar… Detrás de esa extensión de maizales, más allá de las paredes de la meseta, al costado del risco y del páramo, detrás de aguaceros y neblinas, en unas cavernas secretas, señalada acaso por piedras con inscripciones, protegida más por ristras de conjuros y rondas de espectros que por flechas y venenos, lo estaba esperando la riqueza que habían buscado todos, un oro capaz de enceguecer al mundo.

Ahora había un destino a la medida de la ambición de Pedro de Ursúa, y a partir del momento en que tuvo noción del rumbo del tesoro, ya no le interesaron los asuntos de la gobernación. Creo que revela cuán joven era, esa capacidad de abandonar un capricho y dedicarse a otro con la misma ceguera y la misma pasión. Habría salido enseguida a buscarlo, pero no se sentía dueño de su vida, estaba bajo el amparo paralizante de su tío, quien era además su gobernador y su jefe en la milicia real: tenía el deber de sostener el cargo y mantener el orden mientras el tío ausente llegaba. Empezó a sentirse cada vez más impaciente, pero la vida tenía reservadas para él crueles demoras, o acaso de su propia urgencia nacían esas postergaciones, como surgen del amor las rencillas y los reclamos, y de las certezas las dudas. Era una araña cautiva de su tela. Casi conocía el rumbo que lo haría rico y célebre, sabía mejor que el difunto Hernán Pérez de Quesada por dónde debía orientar la búsqueda, pero estaba inmovilizado por la lealtad, maniatado por su propio poder. Empezó a enviar mensajes a Armendáriz para que apresurara el viaje a la Sabana, pero los emisarios sólo traían vagas promesas, diagramas nebulosos, sentencias evasivas, y cartas ceremoniosas que cada vez, de un modo invariable, lo cargaban de nuevas responsabilidades.

11.

Pero cómo entender la fiebre de oro
que enceguecío a Pedro de Ursúa

¿Pero cómo entender la fiebre de oro que encegueció a Pedro de Ursúa sin pensar en las tres delirantes expediciones de conquista que coincidieron en la sabana de los muiscas siete años atrás? En 1538, cuando Ursúa todavía niño saltaba perseguido por los gansos en los huertos de Navarra y yo me enteraba apenas en La Española de quién era mi madre, la Corona concedió a Pedro Fernández de Lugo, adelantado de Canarias, licencia para armar una expedición de conquista a la provincia vacante de Santa Marta. El viejo Lugo tenía argumentos para aspirar a un reino en las Indias: riquezas para financiar la expedición, y tropas que se habían adiestrado dando muerte en Canarias a ochocientos jinetes alárabes, a cuatrocientos paganos de a pie, y a numerosos negros folofos del río Sanaga, en la costa africana.

Nombró como justicia mayor a Gonzalo Jiménez de Quesada, un raro conquistador que había cursado leyes y latín, que conocía de memoria el romancero y que era capaz de sacar la espada en defensa del metro octosílabo. Buscando con avidez las Indias de Oro, Jiménez no halló en el puerto de Santa Marta la ventripotente riqueza sino la pobreza desdentada, y hundió espuelas de prisa a la conquista de los reinos de tierra adentro. Mil doscientos soldados, algunos seguidos por sus mujeres, remontaron el río de reptiles del Magdalena, la mitad en bergantines entre selvas densas de gritos y de alas, y la otra mitad abriéndose paso a machete limpio por las formidables arboledas de la orilla.

Nadie ha talado nunca esos bosques, y un español que no haya estado en las Indias no puede imaginar la magnitud de los árboles, el espesor del suelo de hojas descompuestas, las mil criaturas que se mueven por el piso viviente, la frescura del aire lleno de aromas que se cruzan, la travesura de los monos entre las lianas y las inmensas hojas perforadas, y el coro de pájaros de todas las voces que se alza cuando cede la lluvia y los raudales rompen el techo de unas selvas que tienen resonancia de catedrales. También antes de los hombres está la crueldad de la vida: el güio que abre la jeta inmensa y atrae con su aliento a los pequeños roedores, la serpiente que engulle al sapo que se hincha para impedirlo, las hormigas que pululan sobre el banquete todavía vivo, el hambre de alas ávidas y de pico sangriento.

Las tropas avanzaron por los arcabucos de la orilla del río, expuestas a la puntería infalible de los arqueros nativos. Muchos recuerdan al indio que sólo tenía siete flechas y acertó con ellas en siete españoles. Cerca del mar, los hombres saben lavar con agua salada las llagas recientes de flecha y quitar la ponzoña, pero tierra adentro sólo el fuego puede contrarrestar el veneno, y nunca es tan seguro. El efecto de la hierba ponzoñosa es tan desesperante que hay que llevar a los heridos amarrados de pies y manos, porque no sólo se arrancan las ropas sino que quisieran arrancarse las carnes, y también las de sus portadores.

Oyendo el relato de aquella primera expedición, Ursúa se ufanaba de la suerte que tuvo cuando viajó desde el mar hasta el altiplano. Los pioneros de Jiménez de Quesada expiaron toda culpa buscando el reino que habían creído descifrar en las lenguas bárbaras del río, la recompensa forzosa de sus hambres y de sus angustias. Varios bergantines naufragaron comenzando apenas el viaje y las voraces bestias del río probaron un alimento desconocido. Flechas y plagas aquietaban a los viajeros, otros muchos padecían el abrazo del clima y la súbita animación de las ramas, hasta que llegaron, por aguas contrarias y tierras hostiles, al nudo de corrientes pardas de La Tora, al que llamaron Cuatro Brazos. Convirtieron allí los bergantines en hospitales para cuidar los cuerpos infecciosos, las llagas con gusanos; dejaron a los pálidos enfermos delirando entre las moscas y las mariposas del río; remontaron la región de los guanes con muchos caballos y un burro cargado al que llamaban Conquistador, y cuando ya los restantes soldados exigían devolverse, sólo el valor (Ursúa decía que era más bien la terquedad) de Jiménez de Quesada, uno de esos lunáticos que no dan paso atrás por motivo alguno, logró sostener la búsqueda sobre el hilo mismo de la locura. Dedujo la existencia de un reino riquísimo en las tierras altas por unos panes de sal y unas mantas de colores que hallaron en la orilla del Magdalena. Indios capturados más tarde le confirmaron que arriba, en las montañas, había un reino de oro y de sal, de incontables poblaciones, de finos tejidos y de grandes cultivos, y Jiménez aseguró a sus tropas fatigadas que la muerte no podría trabajar en las sierras frescas con la misma eficacia que mostraba en las malaguas empozadas del valle.

Dejando atrás la mirada suplicante de los muertos y los clamores de retorno de los enfermos, vencieron las últimas crestas de la montaña y entraron de pronto en el verdor milagroso de una meseta vastísima que no parecía posible. Por la sabana de los muiscas se hartaron de papas gustosas y espigas de maíz florecido en el fuego, cargaron sobre pueblos y pueblos copiosos de oro y de plumas, arrancaron orejas con pendientes, narices con chagualas, brazos con cintas de oro, cabezas con diademas y una colina de pectorales y de brazaletes, de ofrendas y de vasos, de cascos y de bestezuelas de metal que tenían el color del incendio, y después rezaron su gratitud a Dios con las espadas goteando rojo por bosques que hervían de venados.

Al alivio milagroso de ver tantas tierras cultivadas se añadió, por inusual, el hecho de hallar gente vestida. «Hemos llegado a una región donde los nativos se visten», era una frase común en las cartas de los soldados de aquella campaña, cartas que a veces, incluso, enviaban a sus destinatarios, cartas que dictaban en la noche a la luz vacilante de las fogatas, sólo cuando no había tropas enemigas en los alrededores, porque más de una vez un soldado que escribía a la luz de una antorcha recibió en la mano o el pecho una flecha certera guiada por el fuego.

El rumor recorría los reinos. Nativos procedentes de las tierras bajas del oeste le contaron a Hernán Pérez, el hermano de Jiménez de Quesada, que atravesando las planicies de los panches venía por el sur una segunda expedición. Pérez trabajó con la espuela y el freno seguido por sus huestes para espiar a los intrusos, y en la otra orilla del río se encontró con el ejército de Sebastián de Belalcázar que venía, opulento y vistoso, acumulando riquezas desde el Perú. Después de fundar a Cali y Popayán, y de empujar a Jorge Robledo para que sometiera los cañones del Cauca, Belalcázar cabalgaba como persiguiendo un pájaro encantado, tras el rumor de la ciudad de oro que sin duda estaba en la cordillera del oriente, donde los peñascos oscuros se escondían en las nubes. Pérez le dejó claro a Belalcázar que los enviados de Fernández de Lugo habían llegado primero, pero que lo invitaban a remontar el peñasco con musgo, y ayudarles a conquistar la Sabana extensísima.

Más sorprendente es que una tercera compañía venía por los montes orientales, sin saber nada de las otras, y era el ejército financiado por los banqueros alemanes, al mando de un hombre de Ulm, el conquistador de ojos verde agua y de barba rojiza, Nicolás de Federmán. Venía de Coro con sus tropas extenuadas. Habían seguido a distancia la expedición de su jefe, Jorge Spira, quien sembraba el terror por los llanos al sur de Maracaibo, pero al comenzar el verano buscaron tierras más frescas y practicables, pues los llanos estaban inundados. La comida abundaba al comenzar las tierras altas, porque allí se refugiaban de la creciente incontables venados rojizos. Mientras los perros acorralaban a los venados y las tropas caían sobre ellos, Federmán miraba con sus ojos verdes en la lejanía la nube de gallinazos que delataba el rumbo de Spira, quien estaba regresándose a Coro, porque después de largas matanzas iba lastrado de soldados enfermos y de capitanes moribundos, como el ilustre Murcia de Rondón, que fue secretario de Francisco I durante su cautiverio en España. El hambre había llevado a las tropas de Spira a extremos pecadores: cuatro soldados hambrientos hallaron en una aldea un bebé indio descuidado por su madre, y estaban entregados a la tarea impura y clandestina de comer las carnes y el caldo que habían preparado cuando entró de improviso la madre y salió proclamando a gritos que su pequeño, destazado, estaba siendo el alimento de aquellas bestias blancas.

Mientras allá en la distancia, por el Apure y el Sarare, volaban los buitres delatando esas acciones malignas, Federmán decidió apartarse y tomar el camino de la cordillera. Cruzaron dos ciénagas extensas y limosas que los proveyeron de peces por varios días, vieron morir varios caballos de una enfermedad desconocida, y tuvieron que alimentarse con aquella carne enferma, sin saber si la comida iba a trasmitirles la peste. Hallaron pueblos arruinados por los ataques de un animal de varias cabezas, según dijeron los indios, y fue tanta la impresión que causó esta noticia que varios soldados oyeron al monstruo rugir por las aldeas, y más de uno lo vio incursionar una tarde, sembrando la muerte a su paso.

Esas tropas que entraban como sonámbulas en la Sabana habían visto pocos días atrás un jaguar enorme y atrevido que se metió de pronto entre las filas del batallón, y alcanzó a matar a un español y tres indios ladinos antes de escapar con la misma agilidad sin que lo alcanzara un solo tiro de ballesta, y habían pasado varias noches en vela porque el tigre les seguía los pasos. Iban tan diezmados y enfermos que sólo se atrevieron a entrar en una aldea donde los hombres estaban de pesca en el río. Capturaron con armas y perros a todas las mujeres y los niños, pero tuvieron que implorar la ayuda de Dios cuando los alcanzaron los pescadores, dispuestos a todo por rescatar a sus familias.

De cuatrocientos guerreros bien armados y vistosos que habían partido de Coro, sólo cien entraron en la sabana de Bogotá, pálidos y en andrajos, algunos vestidos con las pieles de los venados del camino, otros con las corazas abolladas y las plumas marchitas, y muchos traían los brazos y los rostros quemados, porque después de abrir camino con barras y con picas en los breñales para los caballos sobrevivientes, un incendio de hierbas altas y viento recio los había acorralado contra el abismo.

Nadie podía creer que coincidieran tantos europeos en la misma sabana, y eso fortaleció la convicción de que habían acertado con el rumbo del tesoro. Como un imán los arrastraba a todos la leyenda de la ciudad de oro que se alzaba en las montañas centrales, y un relato repetido miles de veces, por sanos y enfermos, por los náufragos desdichados de Castilla de Oro y por los comensales felices bajo la ceiba grande de Margarita. No había aventurero en las Indias, desde las bahías translúcidas de Cuba, donde el sol forma una malla de luz en el lecho del agua, hasta las montañas blancas veneradas por los araucanos, que no repitiera aquel cuento: el relato de un rey desnudo bañado en polvo de oro que se sumergía en días rituales en su laguna, mientras súbditos agolpados en las orillas arrojaban ofrendas de metal a los dioses de las profundidades. Era ese relato lo que había traído aquella legión de armaduras ardientes por tres direcciones distintas, y los tres ejércitos estuvieron a punto de olvidarse de Cristo y de Carlos, de la corona de espinas y de la corona de diamantes que los unían, y batirse por la posesión de ese reino de indios vestidos y de campos labrados. Pero la sagacidad del poeta Quesada y la de su hermano Hernán Pérez obraron sobre la reciedumbre de Belalcázar, y esa alianza influyó a su vez sobre el alemán, que andaba un poco lejos de los límites que le habían asignado sus jefes.

A medida que las tropas invasoras se acercaban, los espías de Tisquesusa tuvieron la fortuna de presenciar cerca de Suesca la muerte de una bestia, lo que les permitió descubrir que caballo y caballero eran criaturas distintas. Tisquesusa, advertido del avance, se retiró en sus andas de oro a Nemocón. Jiménez de Quesada lo persiguió, pero fue atacado por la espalda por seiscientos guerreros que cuidaban la retirada del zipa, y tuvo que dedicarse a repelerlos. Los informes que recibió Tisquesusa sobre el poderío militar de los invasores y sobre el poder mágico de sus truenos lo llevaron a retirarse a la plaza fuerte de Cajicá. Pero impulsos contrarios combatían en su alma, y volvió a toda prisa a su palacio de Bogotá, para ordenar la evacuación del poblado.

Mientras tanto, los recién llegados se trenzaron en una guerra feroz contra el zaque de Tunja y sólo después volvieron a buscar a Tisquesusa, quien ya se había replegado a su casa de monte, en las laderas de Facatativá. El recurso del tormento les reveló a los perseguidores dónde estaba, y al caer la noche cayeron sobre su fortaleza, donde las tropas muiscas combatieron muchas horas defendiéndolo. Sólo cuando la guardia sucumbía, el zipa logró escapar, solo, por un postigo falso, y se alejó del lugar. Un soldado de Jiménez, viendo en la aurora borrosa aquel indio que corría, le clavó su lanza sólo para arrebatarle la manta finísima, y sin sospechar siquiera de quién se trataba, después de robársela lo dejó ir. Y fue así como el zipa herido se refugió en los bosques vecinos, y allí murió en silencio. Sólo la corona negra de los gallinazos en el cielo radiante les reveló días después a los muiscas dónde estaba su rey, pero el secreto de aquella muerte solitaria fue guardado celosamente por ellos durante más de un año.

Según me contó Ursúa, las tres expediciones sumaron cuatrocientos hombres, y se establecieron en el caserío fundado por Quesada, a la sombra de los cerros. Y los tres capitanes se embarcaron muy pronto rumbo a España, para que el Consejo de Indias sentenciara cuál de ellos tenía derecho al reino. El Consejo reconoció la primacía de Jiménez de Quesada para poder otorgar los derechos del reino al jefe de Jiménez, un varón de antiguos títulos e influencias. De modo que, fiel a su curioso sentido de la justicia, negó la gobernación a los tres conquistadores, y la concedió a alguien que nunca había estado en la Sabana: el adelantado Pedro Fernández de Lugo, patrocinador de la expedición.

«Fue por eso», me dijo Ursúa, «que el reino cayó un día en manos del hijo perverso de Lugo. La Corona recompensó a Federmán con oro suficiente para que no volviera jamás a las Indias, le concedió a Belalcázar la gobernación de Popayán, liberándolo del mando de Pizarro, y a Jiménez de Quesada le dieron el usufructo de su tesoro, las gracias del emperador y un vago título de adelantado que no representaba mando ni jurisdicción alguna en el reino».

Así que, a pesar de resultar favorecido por la Corona, Jiménez se quedó en Castilla, sin pensar en volver a batirse por la alta sabana de Indias. Unos dijeron que lo demoraba la expresa voluntad del emperador, que dizque era su amigo, y otros echaron a volar el rumor de que este hombre extravagante, de trajes vistosos y botones dorados, que siempre tenía una octavilla enredada en las barbas, se atardaba más bien dilapidando su caudal y forcejeando en los estrados, porque la guerra que de verdad lo enardecía era el litigio interminable de los tribunales. Y alguien me contó que sus ostentaciones causaron cierto malestar en los altos niveles del trono, porque por los tiempos en que acababa de morir la emperatriz y la corte iba cerrada en luto, Jiménez de Quesada llegó un día al palacio real con un traje escarlata tan llamativo, que el propio consejero Los Cobos se asomó a una ventana y les gritó a los guardias: «¡Saquen a ese loco de aquí!». Desde entonces empezó a abandonarlo el favor de la Corona, y mucho más tarde, consumidos sus recursos por el derroche y las propinas, optó por volver al Nuevo Reino, muy a su pesar, porque si la riqueza estaba en las Indias la vanagloria estaba en Europa: aquí había menos ante quién ostentar sus modas italianas y sus capas flamencas. Triste es tener que decir que lo que finalmente ha cubierto su cuerpo no son ya los tejidos suntuosos sino la capa blanca de la lepra manchada.

Belalcázar, por su parte, se restituyó a los ceibales de occidente, convertido en gobernador y libre ya de la férula de Pizarro, a regir sus llanuras y sus cañones con celo y con rigor, y en el fondo de su corazón tan ofendido de que le hubieran negado el reino muisca que miró con furor todo lo que tuviera que ver con el Nuevo Reino de Granada. Sólo esa ira secreta explica por qué tiempo después fue tan hostil con Armendáriz y tan severo con el imprudente Robledo. Y Federmán ya no volvió nunca a las ciudades lacustres de la pequeña Venecia.

En el altiplano se sucedieron fugaces gobernadores, pero a pesar de las grandes riquezas que gastó Jiménez en España y de las que repartió entre sus hombres, a pesar de todo el oro que robó Lugo, siguió flotando en el aire la sospecha de que el verdadero tesoro no había sido encontrado. Tisquesusa muerto se burlaba de los españoles, y ese pensamiento dominó las acciones de todos los gobernadores. Torturaban a los príncipes indios, exploraban las lagunas buscando el sitio de los rituales del hombre dorado, emprendían viajes absurdos llevados por el viento del peligro, y de todo volvían con la certeza de que la ciudad de oro esquivaba sus manos. Y a veces imagino que a Hernán Pérez de Quesada y a su amigo Suárez de Rendón el destino finalmente les dijo: «¿Quieren recibir todo el caudal que han perseguido por años, cargado con el poder de los cielos? Allí se los envío finalmente en su forma más plena, convertido en un rayo de oro».

Pero como en las Indias sólo ocurre lo inesperado, el reino que no pudo tener Jiménez de Quesada, poeta, tahúr y litigante, cayó de pronto en las manos casi niñas de Ursúa, que venía, como se dice, todavía con la leche en los labios, y que no sólo vio abrirse también ante él la Sabana, sonora de maizales, sino que, apenas llegado, recibió el soplo de la leyenda, fue embrujado por los cuentos de los indios, bajo la noche de piedra de los cerros lluviosos, y se contagió a su turno de la fiebre incurable que ya había enajenado a tres ejércitos.

12.

Dos años eternos permaneció Armendáriz en Cartagena

Dos años eternos permaneció Armendáriz en Cartagena, tratando de manejar los asuntos distantes por medio de cartas que a menudo se devoraban los ríos y las selvas, mandatos que acababan en el buche de los caimanes y noticias que sólo eran examinadas por el fuego. Juzgar a un capitán suponía juzgar a toda una expedición, y el juez siguió como un sabueso las huellas del hombre de nariz remendada, de los muchos soldados que sometieron el reino de los zenúes, y de los que cayeron en el intento, empezando por un muchacho de nombre vistoso: Juan del Junco Montañez, el que menos duró en la campaña porque lo alcanzó primero que a los otros el silbo de las flechas envenenadas.

Eran venablos de belleza temible, hechos por los indios con magia y con paciencia en firmes y livianas varas de palma, con puntas que son filos de madera de laurel o trozos finos de pedernal, y en el litoral dientes cortantes de tiburón y dolorosas puyas de raya, envilecidos por un veneno que pudre. El soldado alcanzó a sonreír después de la guazábara, porque la flecha no había entrado demasiado en su hombro. Pero el zumo ponzoñoso se filtró por la sangre, esa misma noche le encendió todo el cuerpo, y al amanecer ya lo atormentaban los diablos. Y Juan del Junco Montañez había entregado el alma entre vómitos y convulsiones, que para los otros parecían el horrible presagio de sus propias muertes.

Armendáriz era un buen jurista, es decir, un lector atento. Aunque su misión era juzgar las acciones recientes de Heredia, no pudo impedirse rastrear todos los hechos, desde cuando aquel capitán llegó con licencia para fundar al oeste de Santa Marta. Y fue la conquista de los zenúes, que ya había sido juzgada, aunque mal, lo que más atrajo su atención. Vivió con los ojos las campañas que otros habían vivido con el cuerpo entero, vio los cuatro caballos que según testimonios cayeron bajo la primera descarga de los indios, lo impresionó que muchos hombres fueran cauterizados con cuchillos al rojo vivo, el remedio confiable contra la ponzoña, y siguió los movimientos de todos los aventureros: de Urriaga, el hombre de Guipuzcoa, que aprendió a gritar más fuerte que los indios en las batallas estruendosas; del vizcaíno Sebastián de Risa, que era siempre el primer voluntario para las incursiones arriesgadas; del portugués Héctor de Barras, a quien hacían sufrir sus pies encallecidos; del sevillano Pedro de Alcázar, que cantaba las coplas más alegres en los días del hambre; del temerario Juan Alonso Palomino, que dio después su cuerpo y su nombre a un río de la sierra; de Sebastián de Heredia, pariente del capitán, y de los muchos hermanos llegados por pares a la expedición, cuyos dobles apellidos abundaban en los informes: los Albadán de la Higuera y los Robleduarte, los Hogazones y los Valdenebros...

Oyó de testigos las andanzas de Pedro Martínez de Agramonte, que derribó a un gigante en las serranías de Venezuela, cuando andaba con los alemanes, con tan mala suerte que cuando volvió con sus compañeros para mostrarles el cadáver ya los otros gigantes lo habían llevado a rastras con rumbo desconocido, dejando sólo un amplio surco de árboles derribados. Y las del temerario capitán Francisco de César, veterano de las campañas del sur con Sebastián Caboto, que en una de aquellas incursiones salió de la batalla cabalgando sobre un potro que parecía un puerco espín porque llevaba clavadas casi cuarenta flechas. Gracias a que alcanzó a rezar a tiempo, ni una sola flecha le inoculó su veneno en la carne, aunque más de veinte se clavaron hondo en las espesas enjalmas de algodón.

El juez oyó uno tras otro a los veteranos de la campaña que estaban todavía en Cartagena, y escuchó por supuesto los alegatos y los descargos del capitán. Heredia tenía recuerdos heroicos desde los tiempos de Bastidas, y le indignaba que se le volviera a interrogar por cosas ya juzgadas. Había sufrido penalidades sin cuenta en la campaña del Cauca, donde tropezó con la piedra inexorable de Belalcázar, y en una prisión áspera de su propia ciudad de Cartagena, donde lo confinó con su hermano el juez de residencia Juan de Vadillo, un sótano tan insalubre que dejó a Alonso tullido por la humedad y a él mismo resentido para siempre.

«La conquista del Sinú ocurrió hace doce años», le dijo un día al juez: «nadie encontró las toneladas de oro que dicen que guardamos, pero siempre vuelven a cavar en el pasado. Es como si terminaran atribuyéndome a mí la leyenda de las tumbas, la costumbre india de enterrar el oro, y, por lo que dicen estos soldados malagradecidos, sepulté yo más oro que los reyes del Sinú en todos sus siglos». «También tendrá que responder», le dijo el juez, «por los tormentos de que lo acusan contra soldados, indios y esclavos; por los aperreados y los empalados, por las narices cercenadas y las manos cortadas». «No conozco», respondió Heredia, «otra manera de sostener la autoridad en tierras bárbaras que un castigo severo y una ley inflexible». Pero estas respuestas reafirmaron al juez en la necesidad de ser él a su vez inflexible y severo con aquel hombre rudo y lleno de cosas ocultas.

Siguió en informes y cartas el movimiento de la tropa desde la fundación del puerto de Calamar; su avance cauteloso por los bosques interiores de Turbaco, donde incontables guerreros brotaron de repente de la tierra armados y vistosos como una selva de plumajes, y donde se espantaron por igual los nativos ante las desconocidas bestias de hierro y los caballos ante el estruendo bélico de aquellos indios cubiertos de oro.

Dejaron un rastro de incendios y asaltos desde la desembocadura del río grande hasta las costas del Darién. Pueblos acostumbrados a la paz de las largas sabanas y a los cantos nocturnos al resplandor de las hogueras entre árboles con campanas de oro, vieron entrar por sus arboledas un tropel de bestias temibles, de hombres acorazados y de perros hambrientos. Heredia impuso su ley por las tierras de Carex el grande y de Carex el chico, de Piorex y de Curixir, dos atrevidos señores de indios que cayeron en los primeros combates; de Dulió, un jefe sonoro de cascabeles que dio muerte a uno de sus capitanes por oponerse a la alianza con los españoles; de Tocana, señor de Mazaguapo; de Guaspates, jefe de los ceibales de Turipana; de Cambayo, cacique de Mahates, y de los habitantes de la ciudadela de Cipacua, que les enviaron un día cuatrocientas mujeres mayores portando provisiones y joyas, y días después las cien mocitas más bellas y graciosas de la región. Ursúa se reía contándome que esa parte de la historia perturbó al salaz de su tío, quien leyó incrédulo que los españoles, adivinando que los indios los ponían a prueba, se negaron a tener comercio alguno con aquel enjambre de muchachas desnudas.

Armendáriz estudió la actuación de capitanes y soldados, anotando dónde y cuándo hubo robos, saqueos, violaciones, desmembración de cuerpos, mutilación de los pechos de las mujeres, intervención con hierros candentes, cortes de lenguas o de orejas; los abundantes y menudos tormentos que los conquistadores llamaban «trabajos de sujeción» en la campaña del Sinú. A la luz de las Nuevas Leyes, todo lo que pasaba bajo sus ojos era espantoso, y aún así el juez se preguntaba si era lícito juzgar a los guerreros

bajo el rigor de unas normas promulgadas después de los hechos, como si los mandamientos de Moisés, que los conquistadores violaban noche y día, no fueran un poco anteriores a esos desmanes.

El puerto había sido establecido en 1533, pero estos
litorales estaban historiados de candela y matanza desde
cuando las proas de las carabelas empezaron a dibujar sus
penínsulas y sus ensenadas. No había sido fácil encontrar
fondeaderos bastante profundos para que los barcos grandes se acercaran a tierra, y por eso la escogencia del lugar
de las fundaciones era todo un talento.

Allí se enteró el juez de la existencia de una muchacha legendaria, Catalina de Zamba, una india tan hermosa
que se la robó siendo niña Diego de Nicuesa en aquel combate sangriento de Turbaco donde se salvó Francisco Pizarro y donde Juan de la Cosa fue acribillado por flechas de
indios. Catalina volvió ya mujer con las tropas de Heredia
a su pueblo, como lengua de los invasores. Había ido de isla
en isla y de mano en mano desde los siete años, hasta llegar
a mi ciudad, Santo Domingo, donde la crió una dama se-
villana, y Heredia la tomó como intérprete cuando llegó a
visitar en La Española sus ingenios de azúcar y sus cuadras
de caballos. Catalina regresó a su tierra de origen vestida a
la andaluza, con zapatillas y abanico, y un día se encontró
de repente en Zamba con una vieja india desnuda que la
reconoció como su hija, aunque no pudo entender que an-
duviera cubierta de telas en el clima despiadado de la ma-
reta y rodeada por esos seres de corazas quemantes. La muchacha reconoció como en un sueño la aldea de sus padres,
y trató de volver por unos días a las costumbres de aquel pueblo, pero sentía pudor de andar desnuda ante los españoles y malestar de andar vestida ante los indios, así que prefirió seguir con la campaña, exhibida como signo de la alianza
engañosa entre los conquistadores y los hijos de la tierra.

Lo que más extrañaba a los nativos es que los españoles nunca estuvieran satisfechos de ofrendas. Me veo tentado a sonreír con indulgencia al pensar cuán incomprensible era para ellos la avidez por el oro que muestran estos hombres. «Son incapaces», decía el testimonio de un cacique, «de ver el poder de los brazaletes, la virtud de los cascos, la compañía que brindan los poporos, el modo como actúan las narigueras, los pectorales y las pezoneras que las hermanas llevan en sus pechos. Todo lo amontonan sin consideración, o lo derriten para acumularlo en panes inútiles en sus bodegas».

Al comienzo los zenúes pensaron que el oro era el alimento de los caballos, criaturas de metal con cabezas de diablo y una parte del cuerpo con forma humana. Más tarde aprendieron, como después en la Sabana los enviados de Tisquesusa, que caballo y caballero eran seres distintos, y, mejor aún, que ambos eran mortales, lo que los curó un poco de su terror ante ellos. (Y aquí recuerdo el modo como los mayores de mi madre, en La Española, descubrieron que los blancos no eran inmortales. Los primeros visitantes ganaron su amistad con cuentas de cristal y bonetes de colores, pero después los sometieron a servidumbre, obligándolos no sólo a cargar cofres y fardos por llanos y serranías, sino a llevarlos a ellos mismos sobre sus hombros cuando era necesario atravesar los ríos. Muchos españoles no habían nadado nunca y los indios se mueven por el agua con más seguridad y destreza que por la tierra misma. Desesperando ante la crueldad de estos dioses y atormentados por el miedo de que fueran inmortales, se animaron a ponerlos a prueba. Un día, llevando a un español en hombros por el río, el portador fingió tropezar y se precipitó al fondo con la carga. Los demás simularon que el accidente los arrojaba unos sobre otros, de modo que el español estuvo siempre abajo, en el lecho del río, hasta que dejó de moverse. Sin saber si estaba dormido, lo llevaron a la orilla, hablando sin descanso, procurando explicar el accidente, interrogando cómo se sentía, y mostrando su angustia. Aunque no reaccionaba, dudaron y fingieron dos días más a su lado, para que no se vengara de ellos. Pero al tercer día el dios empezó a despedir ese hedor dulzón inconfundible que mueve puntos negros por el cielo, y todos pudieron celebrar la libertad conquistada con tanto desvelo, la noticia feliz de que la carne de sus enemigos era tan porosa para la muerte como la de ellos mismos. Nunca se habrá danzado con tanta dicha alrededor de un cadáver.)

Armendáriz leía. Siguió con detalle los caminos de Heredia hasta llegar a las tierras de Ayapel, que gobernaba un pueblo de huertas y frutales y campos de labranza admirablemente ordenados, en una región de aires suaves y soles benévolos, junto a ríos tan transparentes que podía verse la abundancia de peces casi al alcance de la mano. Enterado de que los invasores avanzaban contra su tierra laboriosa y tranquila, Ayapel les tendió una emboscada con tres mil indios escondidos en una llanura de hierbas de altura mayor que la de un hombre. Todos los soldados de Heredia recordaban aquel pueblo de guerreros altos y hermosos, y de mujeres bellísimas. Pero a los soldados de Ayapel los perdió su altivez, ya que para la guerra se adornaban más vistosamente que para el amor, y los hombres que venían a caballo vieron sobresalir entre las hierbas los penachos de plumas de colores que los indios llevaban en sus diademas de oro, por lo que se detuvieron, intrigados, recelando alguna novedad. Los guerreros desnudos cargaron contra ellos con estruendo de cornetas, pero muy pronto los hicieron huir las lanzas, las espadas y el escuadrón de colmillos de los perros de presa.

Dejando las aldeas de la llanura, el pueblo de Ayapel abandonó para siempre su tierra de aires dulces y aguas felices y se embarcó con niños y animales pero sin cosa alguna en numerosas canoas de colores, remando contra las corrientes, a buscar un tiempo más de libertad en las oscuras montañas. Y así llegó Armendáriz al hallazgo del gran templo del Sinú y de las tumbas opulentas en la raíz de los árboles, y al retorno de Heredia con su tropa de fantasmas a Cartagena, después de transformar el paraíso de Ayapel en la nostalgia de un pueblo desterrado, y la llanura de las tumbas en el sepulcro de sus propios hombres.

Mientras tanto el juez recibía mensajes frecuentes de Ursúa, cada vez más impaciente por su tardanza. No dejaba de preocuparlo aquel nombramiento irregular que había hecho, y se preguntaba cómo estaría manejando el sobrino la vara del poder en su sabana llena de discordias. Pero antes de remontar el río y los peñascos para ir a resolver los enredos de Santafé, había resuelto favorecer a su amigo Robledo, que acababa de llegar, seguido por un cortejo absurdo, porque traía esposa y damas de compañía, y menos tropas que sirvientes. Quería hacer valer a la sombra del juez sus derechos sobre las orillas del Cauca.

Doce años atrás, también Robledo había sido socio de mi padre en el crimen de Cajamarca. Enviado por su jefe Belalcázar a explorar hacia el norte, fundó después a San Jorge de Cartago en los barrancos del río Otún, y avanzó con sus hombres, la mitad en balsas de guadua por el Cauca, hasta cuando los detuvieron los peligrosos raudales, y la otra mitad a caballo y a pie, entre perros violentos, por las orillas florecidas del río. Iba con ellos el muchacho letrado Cieza de León, que había andado con Heredia desde los quince años por la región de los zenúes y encontró en Robledo un interlocutor mucho más brillante en su proyecto de escribir relatos de las Indias Occidentales. Fundaron a Santa Ana de los Caballeros, y Robledo volvió a Cali a reportar sus fundaciones a Pascual de Andagoya, por los días en que Belalcázar buscaba en España títulos sobre las tierras que había conquistado para sacudirse el dominio de Francisco Pizarro.

También Andagoya se dejó cautivar por Robledo. No sólo se hizo su amigo sino que le ofreció en matrimonio a su propia cuñada, hermana de su mujer, disponiendo alegremente de la voluntad ajena y del destino. Las dos mujeres estaban a punto de llegar en un barco por el mar del sur, y Robledo aceptó enseguida el ofrecimiento. No sé cuál habría sido la voluntad de la novia, pero la del destino fue francamente adversa: las dos mujeres murieron en Buenaventura, y en vez de quedar Robledo casado, quedó Andagoya viudo. Robledo avanzó a duras penas hacia el cañón del Cauca, abriéndose un paso imposible a machete entre los apretados guaduales, y cruzó tierras densamente pobladas, maizales en las suaves laderas y miles de seres desnudos escamados de oro. Nunca olvidó que en la región de Arma convocó a los caciques numerosos a parlamentar y sólo acudieron en paz dos de ellos: un raro anciano indio de barba blanca que le traía de regalo un gran cántaro de oro, y un mancebo con el cuerpo desnudo pintado de rojo, con el rostro negro, azul y amarillo, que sostenía en su mano una vara muy alta de la que pendían muchos platos de oro. Más allá del peligroso cañón con palmeras donde el agua de los afluentes forma en el río remolinos traidores, envió a sus jinetes que llevaban de traílla alanos temibles y adornaban sus caballos con pretales de cencerros y cascabeles. La sucesión de pueblos indios era incesante, y unos vinieron de buena gana a su lado y aceptaron ser sus tributarios, pero otros opusieron flechas y embrujos a su avance.

En una de sus cartas, Robledo le había enumerado a Armendáriz los pueblos que encontró en sus conquistas por las montañas que se vuelcan hacia el Cauca, y Ursúa nunca olvidó la impresión de mundos fantásticos que le produjo aquel recuento. Más de una vez lo oí repetir esa lista, como se repite una oración o un cuento de infancia. Allá estaban los urabáes, que cambiaban mujeres por oro; los guazuzúes, que habitaban en lo espeso de los bosques; los nitanes que tejían delicadas telas de algodón; los cuiscos, que hacían cuencos de arcilla roja con forma humana; los araques del Sinú, que cebaban cerdos salvajes; los péberes, famosos por su oro y por sus esclavos; los tatabes del cerro blanco, que habitaban con sus familias en lo alto de los árboles; los uramas de la sierra de Abibe, que tenían templos en la montaña; los poderosos guacas de largas mantas de colores, gobernados por los hermanos Nutibara y Quinunchú, altos y ausentes con sus diademas de oro y de plumas, llevados en finas literas bermejas, seguidos por el resplandor de sus escoltas y precedidos siempre por tres ancianos con largos collares de oro; los belicosos nare, que se enterraban en túmulos y eran los dueños del sol de las profundidades; los naaz, que socavaban la tierra; los xundabe, que se alimentaban de raíces dulces; los viara, que llenaban de signos misteriosos las piedras; los cori, que no toleraban jefe alguno y entre los que estaba prohibido mandar; los pito, que hacían fortalezas en los pasos cerrados del cañón; los iraca, que llenaron las vertientes de cántaros rotos en los que hervían el agua de los manantiales para obtener la sal saludable; todos estos últimos frecuentemente llamados catíos sólo porque el pueblo de ricos guerreros de Buriticá solía darles sus capitanes; los peques, entre quienes la importancia se medía por el tamaño de las casas; los ebéjicos, ceremoniosos y ricos, donde mandaba el más valiente; y los noriscos, que tenían collares según su poder, de semillas rojas si eran soldados, de pedernal y de cuarzo si eran palabreros y chamanes, de pájaros de oro plano si eran ancianos principales y de pájaros relievados en oro y plumas verdes si eran señores de familia o de tropas. Y más allá estaban los curumes y los ituangos, grandes pescadores; los tecos, los pencos y los carautas, que se heredaban con las diademas de plumas y las barcas ceremoniales los sembrados y los señoríos; los nutabes de Nechí, que hicieron caminos de piedra; los tahamíes del Cauca, mercaderes de mantas, de sal y de frutas; los yamecíes de Porce, que cultivaban el maíz, el chontaduro, la yuca y el ñame, que pescaban el oro en los ríos, que hacían harina de pescado y cebaban tatabras y esclavizaban hombres pero jamás los comían; y los guamacoes del cañón de raudales, que tuvieron la desventura de tener más oro que los otros y fueron exterminados primero; y los aburráes del valle central, tejedores opulentos que domesticaban conejos, curíes y perros mudos; y los cinifanáes de Xenufana, la región del oeste, que había sido leyenda como patria del oro desde los guaduales del sur hasta la región infinita de las ciénagas y hasta los bosques solares de Mompox; y por el camino que se abre hacia el cañón de las palmas, por el aire de fuego de Bolombolo, el camino sagrado de los murgia, donde había muchos pilotes de sal del tamaño de un hombre; y en la vertiente del Magdalena, que también algunos de ellos llaman Yuma, los pantágoras de las altas cuchillas que miran al oriente, entre los que se cuentan los indios coronados, que se deformaban el cráneo, los marquesotes del sur, los samanáes de Guatapé, los puchináes del Nare, diademados de plumas, con infinitos collares de semillas y cuerpos desnudos pintados de signos; y finalmente los amaníes de las vertientes felices que miran al Magdalena, constructores de largos poblados de caña y arcilla.

La batalla más dura de todas se libró en el sitio que llamaron la Loma del Pozo, no muy lejos de las peñas de Pácura. En medio del combate Robledo fue alcanzado por una lanza india tan gravemente que todos lo dieron por muerto. Después de días de fiebre y de delirio, volvió de la agonía, se levantó como un fantasma y siguió su campaña hacia el norte. No se cansaba de hallar cosas extrañas: uno de los caciques más potentes llevaba en las sienes una trabajosa corona de mimbre a la que valoraba más que si fuera de oro macizo; después, tras cruzar con gran riesgo un puente flexible de un solo tronco de árbol de más de treinta varas de largo, tendido sobre la garganta del río, le fue dado encontrar las minas de Buriticá, y advertir que eran tal vez la más grande reserva de oro del territorio. Los conquistadores apreciaban menos las minas que las joyas, porque eran poco industriosos, los emborrachaba el saqueo, y una riqueza que exigiera trabajo y disciplina frustraba su avidez de tesoros, pero Robledo no ignoró la importancia del descubrimiento y para su desgracia los gobernadores tampoco.

Volvieron a cruzar el río, otra vez en balsas de guadua, donde lo más difícil era mantener el equilibrio de los caballos, y cerca a la región de Zayuma improvisaron una fragua para hacer herraduras, porque las bestias tenían tan lastimados los cascos que no daban un paso. Robledo envió a Jerónimo Luis Tejelo a ver qué había tras los peñascos del oriente, y así se descubrió el vasto valle de sembrados de los Aburráes, sujetos al guaca Nutibara. De todos los pueblos que encontraron en el gran reino, ninguno tuvo una actitud más extraña frente a los invasores, porque antes que sus crueldades, antes que sus caballos acorazados o sus perros carniceros, lo que más espantó a los nativos por alguna razón misteriosa fueron los rostros y el aspecto de los españoles. Y al parecer muchos se suicidaron, incapaces de soportar el tormento de ver los rostros de aquellos hombres, que según sus propias palabras les daban «terror y disgusto de la vida».

Para llegar al valle bellísimo, rodeado de montañas muy altas cubiertas de bosques, en los que blanqueaba la ceniza de los yarumos y ardían los racimos de flores, habían remontado paredes de piedra desde el cañón occidental, pero toda pena la compensaba la contemplación de aquel valle cruzado por un río, con dos colinas boscosas en su centro, amurallado por lejanas montañas, y sólo abierto por el valle apacible que serpentea sembrado de maíz hacia el norte. Pero Robledo y sus hombres consideraron que allí no había riqueza suficiente, y sí un peligro grande de resistencia, y desandaron el negro camino del oeste, bajando por cornisas tan estrechas entre la niebla que todos sentían en sus rostros el hielo del abismo. Más tarde fundarían en las orillas abrasadas del río la ciudad de Antioquia.

Robledo retomó su camino hacia el norte, donde se remansan las cordilleras hacia los valles bélicos del Sinú, y llegó a San Sebastián de Buenavista, en el golfo de Urabá justo por los días en que Heredia, no contento con el oro de las tumbas, tomó la decisión de adentrarse bajo las selvas lluviosas por el río Atrato, hasta las aguas verdes de Bojayá. El hombre de la nariz remendada era enemigo del descanso: no halló oro en las selvas mojadas del Chocó, y al volver a San Sebastián se enteró de que Robledo estaba invadiendo sus dominios. Entonces puso en prisión al recién llegado, resuelto a darle como premio de sus muchas conquistas un navajazo en la garganta.

13.

Así es esta región del azar: de un día
al siguiente el perseguidor es perseguido

Así es esta región del azar: de un día al siguiente el perseguidor es perseguido, el poderoso jefe de tropas que sujetó pueblos enteros se ve inmovilizado en el cepo y humillado por sus propios paisanos. Le bastó a Heredia enterarse de la existencia de las minas de oro de Robledo para asumirlas como suyas, porque los brumosos mapas de la Corona le habían dado mando hasta la raya solar, lo cual, contada la ignorancia de los funcionarios, podía significar cualquier cosa. Para él, Robledo no era más que el testaferro de un gobernador, sorprendido lejos de su territorio, así que no necesitaba siquiera reclamar los cañones y sus pueblos; bastaba apoderarse de ellos.

Aquí nada pueden los títulos si no están respaldados por la fuerza: aunque había ocupado comarcas más arduas y populosas que las de Belalcázar y Heredia, y siendo sus méritos políticos tal vez más altos, Robledo se vio atenazado entre el poder y la ambición de los gobernadores. Alegó que su derecho derivaba de una misión legítima, pero que estaba refrendado por el sudor y por la sangre. Decidido a batirse por lo que tanto le había costado, se defendió con un ardor tan vivo que Heredia no se atrevió a degollarlo, sino que lo puso en un barco rumbo a España para que allá lo juzgaran las virtudes, los tronos y las dominaciones.

Pero la corte quedó deslumbrada con las historias de Robledo, con sus vistosas fundaciones, con las minas de oro que anunciaba. El prisionero, más distinguido a los ojos de la Corona que Pizarros y Heredias, cambió sus cadenas por un traje de lujo y un título de mariscal, y obtuvo del príncipe Felipe, que estaba recibiendo como regalo de adolescencia el poder sobre medio mundo, una licencia para volver, por el llano que rompen los delfines, a recuperar sus conquistas. Fue por esos días cuando se encontró con Armendáriz en Valladolid, y vio en el juez una carta decisiva a su favor en la difícil partida de recuperar su reino de cumbres verdes y glaciales, de peñascos donde anidan los cóndores, de niebla que se arrastra por las vertientes y de valles donde la primavera no cesa.

Ahora volvía bajo las alas de la Corona y con el favor del gran juez, pero eso no allanaba del todo el camino para sus pretensiones. Las vertientes del Cauca seguían siendo el más arduo de los países, una región de orillas encendidas y montañas guerreras cuyos nativos podían ser aliados o enemigos, pero jamás se resignaban a ser siervos, donde los espíritus de los bosques y los valles seguían siendo misteriosos e indómitos, y donde la riqueza parecía llamar sin descanso desde la boca de las minas a esos dos codiciosos varones de hierro: Heredia, que no tenía bastante con las toneladas de oro que le robó a la muerte, y Belalcázar, que no olvidaba en nombre de quién había fundado Robledo tantos pueblos, y se mordía la mano pensando que aquel hijo malagradecido quería arrancarle pedazos de su territorio para inventarse una gobernación propia. Lo asombroso es que poco antes Belalcázar había hecho exactamente lo mismo: viajar a España a buscar títulos para sí sobre las tierras que conquistara en nombre de Francisco Pizarro.

Desde el momento en que Colón vio cruzar por el cielo esos pájaros desconocidos y Rodrigo de Triana gritó bajo la noche esa palabra, aquí toda tierra es el mapa de una ambición: forcejear por las selvas es el oficio de los brazos enguantados de acero, y los que se apropiaron de la tierra de otros no vacilan jamás en verter sangre, por amiga que sea, para sostener ante Dios que la propiedad es sagrada.

Crecía a lo lejos la sublevación de los pizarristas, y esa nube de violencia se dilataba ya sobre las Indias. La guerra que Ursúa vio nacer en su estadía fugaz ahora incendiaba al Perú y prometía encender toda la Tierra Firme. Bajo las nubes del peligro, Armendáriz envió a Ursúa la orden de auxiliar con tropas y vituallas al virrey Blasco Núñez de Vela. El muchacho no había olvidado que aquél era el virrey al que vio desde lejos en el palacio de Valladolid, el mismo que no tuvo tiempo de recibirlo en sus días sin estrella del Perú, y decidió, en un gesto de orgullo muy propio de él y de su casa, enviarle una ayuda superior a la solicitada. Mandó a Melchor Valdés a la cabeza de ciento veinte guerreros bien armados, y se dio el lujo de incluir un regalo adicional: un caballo dorado de La Española que le obsequió Pero Alonso de Hoyos, su ofrenda arrogante para los ojos del virrey, que en un día inolvidable del pasado habían tenido la ligereza de no verlo.

Al amparo de esa tropa emprendió por fin su viaje hacia el sur fray Martín de Calatayud, que estaba viendo a Lima cada vez más lejos a medida que conocía los valles y las selvas del reino. Es inútil que intente contar lo que ignoro: cómo fue su trayecto por selvas y ríos, pero sé que hacia la navidad estaban ya en Popayán, y que a finales de enero iban con rumbo a Quito cuando los alcanzó por el camino de los incas la noticia de la derrota y la muerte del virrey. Gonzalo Pizarro estaba tapiando el camino de regreso: alzado en sangre contra el trono, ya no le quedaría más remedio que martillar su propia corona.

Entonces la compañía se partió en dos: el obispo y sus curas siguieron con algunos soldados hacia el sur, a internarse en el corazón de la guerra, y el resto de la tropa se devolvió a todo galope con la noticia sangrienta y con el pálido caballo color de oro que no pudo llegar a su destino.

Entraron en febrero a la Sabana. A pesar de las noticias tremendas que traían, lo que más conmovió a Ursúa fue el regreso del caballo dorado. No se había dado cuenta de que le dolió desprenderse de él, porque era más fuerte el orgullo de enviarlo como un reproche que el otro ni siquiera sabría leer. Fue como si el virrey muerto le estuviera devolviendo el regalo, y Ursúa le tomó cariño al potro pelaje de oro que tan inesperadamente volvía a sus manos.

Más tarde pensó en la ironía de que al mismo tiempo hubieran viajado a las Indias un virrey dueño del mundo y un muchacho dueño de nada. Ahora el virrey, al que él no había osado acercarse, era un pobre despojo y una sombra en el tiempo, y él, el muchacho aventurero, gobernaba el tercer reino más importante del Nuevo Mundo. Se preguntó con nostalgia qué habría pasado con Lorenzo de Cepeda, su amigo en la corte virreinal, y envió a su turno la alarmante noticia de la muerte del virrey a su tío. Pero la carta tardó semanas en descender por el Magdalena, que a veces era una vía abierta y luminosa y a veces un túnel de rugidos y flechas.

Armendáriz había concluido su primer juicio de residencia, y acababa de embarcar para España en condición de prisioneros a los hermanos Heredia, con el duro teniente de Mompox Damián Peral de Peñaloza, que tenía un garfio de acero en el extremo de su brazo izquierdo porque un caimán le había arrancado la mano. Al mismo tiempo recibió en Cartagena a Jorge Robledo, y yo veo en aquella escena del puerto una imagen cabal de la conquista de estas tierras: dos años antes Heredia, ostentoso de su poder, había enviado a Robledo encadenado hacia España: ahora Heredia subía encadenado a bordo de un galeón, y Robledo descendía reivindicado por la Corona y convertido en mariscal del Imperio.

Llegaba con su esposa, María de Carvajal, quien parecía haberse traído la corte en pleno e iba presidiendo su séquito con una tal indiferencia por el hecho de estar en las

Indias que a todos se les antojaba una aparición. Era bella, pero la suya era una belleza inmóvil y de cera, muy adecuada para su indumentaria de reina de otro mundo. Venía convencida de que las Indias tenían para ella algo equivalente a su vida lujosa en la corte, pero no la intimidaba la posibilidad de que las alfombras fueran de musgo, las columnas palmeras inmensas, los salones selvas resonantes y los cancerberos robustos jaguares. Robledo buscaba en Armendáriz la llave de la gobernación extraviada, y no sé si fue la arrogancia del juez o la impaciencia del mariscal lo que apresuró su viaje a ocupar las tierras que había conquistado entre Anserma y Antioquia.

Cuando Ursúa, más tarde, se enteró de esa decisión, comprendió que era una locura. «En un país donde todo lo deciden los hierros», me dijo, «el mariscal pretendía recuperar sus territorios sin el respaldo de tropas y espadas sino apenas con unos documentos legales». «Pero sus éxitos como conquistador», le dije, «¿no son una prueba de que era un hombre astuto?». «No creas», respondió, «Robledo era hábil para negociar con los indios, que son ingenuos y creen en promesas, pero no igualaba en astucia a un zorro viejo como Belalcázar».

Sin saber cuál sería su suerte en las tierras que iba a buscar, Robledo llegó con su dama y su séquito a la región de Tolú, donde ocuparon una casa frente al mar luminoso. Mientras el mar se deshacía en espuma, el mariscal recontaba sus títulos, con la cabeza perdida en las nubes de la ley, tratando de convencerse de que el reconocimiento del Consejo de Indias, la voluntad del emperador, la gracia de su alteza el príncipe y el dictamen del juez, serían coraza suficiente para protegerlo contra otros capitanes de conquista, por feroces que fueran.

«A eso llamo yo la veneración de los códigos», le dije a Ursúa, y él me confesó sus pensamientos: «Mi tío Armendáriz le aseguró que ningún capitán podía negarle sus derechos. Con Heredia embarcado para España no había peligro por el norte, y allá en el sur Belalcázar debía entender que por fin un juez iba a poner en orden las gobernaciones. Más le valía preparar su defensa antes que incurrir en desacato ante la autoridad que iba a juzgarlo». «Entonces», dije pensativo, «con Robledo el juez le estaba enviando un mensaje al gobernador de Popayán». «Sí», confesó Ursúa, «confrontar a Belalcázar con los títulos de Robledo era ya el primer paso del juicio que debía seguirle. Un guerrero viejo como Belalcázar no podía ignorar que el juez estaba facultado para asumir incluso su gobernación».

Así que Armendáriz autorizó a Robledo para ir a deslizarse en la boca del caimán, recomendándole sólo que lo mantuviera enterado de cómo respondía el viejo gobernador. Y así volvió Robledo a las tierras que había conquistado, dejando buena parte de sus escasas tropas custodiando a su mujer en San Sebastián de Buenavista, la otra ciudad de los Heredia. (Es la amenaza de las flechas indias lo que hace que los conquistadores invoquen continuamente como su patrono a ese joven desnudo que murió acribillado por las flechas de los centuriones romanos. Ciudades de San Sebastián surgieron en el litoral guajiro y en la región de Urabá, como surgió después San Sebastián de Mariquita, aquí, en la región de los marquetones, en las llanuras abrasadas del Magdalena.) La Doña se quedó desplegando tiendas blancas y parasoles andaluces junto al mar bravo, y Robledo avanzó por el Sinú, buscando a Antioquia desde el norte, donde la cinta del Cauca se desvía por la región de las ciénagas hasta precipitarse en el caudal del Magdalena. Esquivó los pueblos insumisos, buscó su territorio cañón adentro entre las cordilleras, y con sus pocas tropas llegaron sudorosos a Antioquia, donde había dejado amigos en el mando y ahora gobernaban los hombres de Belalcázar, viejos compañeros suyos que no lo recibieron por temor a las represalias del gobernador.

Así fue como, violando la ley en que fundaba su autoridad, y exhibiendo una escandalosa ignorancia ante el rigor de los asuntos indianos, Miguel Díaz de Armendáriz envió a Ursúa y a Robledo a dos aventuras simultáneas que tuvieron muy diferentes desenlaces. Ursúa, por instinto guerrero, apuntaló sus avances con lanzas y espadas, porque sintió que en un país sin tribunales los códigos sólo valen cuando los respalda la fuerza, pero le interesaba más conquistar que administrar. Una vez dominado un territorio lo excedían las tareas de gobierno, y se alegraba como un niño de que hubiera hombres ávidos de organizar los cabildos y regir las ciudades. Lo suyo seguía escondido más allá de las montañas; siempre estaba comenzando cosas que alguien debía terminar, y en ese afán comprometía a los otros, eludía deberes, acababa afilando rencores.

Robledo, más deseoso ya de gobernar que de conquistar, venía buscando sosiego, dejar descansar las espadas y cultivar el árbol de las leyes, pero ignoraba que la ley no es más que la voluntad concertada de muchos hombres, y que mientras las tierras estén a merced de los brazos de hierro están condenadas a guerra perpetua. Recorrió indignado el camino hasta los bosques de Arma. Allí rompió la vara de gobierno del teniente Soria, y abrió por la fuerza las arcas de la caja real, mientras exhibía en vano sus títulos, antes de cabalgar irritado rumbo a San Jorge de Cartago y a Santa Ana de los Caballeros, que ahora llevaba su nombre nativo de Anserma, y donde otra vez tuvo que apelar a la fuerza.

Estaba comprendiendo la dura ley de los conquistadores: cada día es preciso conquistarlo todo de nuevo. Había arrebatado a su dama a las comodidades de la corte, y a cada paso veía con mortificación y con furia que no tenía un reino para ofrecerle. Muchos de sus hombres habían cambiado de bando, y los que fueron fieles ahora llevaban cadenas, pero junto a los mantos verdes que oscurecen las hondonadas recibió la noticia feliz de que Belalcázar se había ido al Perú, a combatir al renegado Gonzalo Pizarro.

Pobre Robledo, no cabía en sí de gozo, sintiendo suyos por fin los bosques de guayacanes y las montañas de yarumos, los infinitos macizos de bambú que se retuercen por llanuras y laderas siguiendo el cauce secreto de las quebradas, los ojos de los venados en la espesura, el parpadeo de las nubes de mariposas por los bosques ardientes, los tesoros quimbayas guardados en el vientre de una tierra que tanto le había costado someter, el oro en veta de las minas, la belleza de los riscos envueltos en niebla y perforados por raudales donde se gesta el milagro. Y sintiendo sujetos a su mando los muchos pueblos indios ricos y laboriosos que pescan y tejen y moldean, que recogen la arena dorada de los ríos, que forjan hombres de oro y alfileres de oro con dragones en su cabeza, luminosos y complicados como pensamientos.

Casi no podía creer que sus dos enemigos hubieran desaparecido como por ensalmo, y eso le dio confianza para merodear un poco más al sur. Si no podía visitar a sus viejos compañeros de Cali, en el aire perfumado de flores invisibles, al menos acariciaba el sueño de incluir en la tierra que ofrecería a su mujer una fracción de esas llanuras anegadas donde se reflejan las garzas, donde la tierra exhala su agrio relente de limos, y donde las serpientes enormes abrazadas a los troncos navegan río abajo como embarcaciones.

¡Ay! por desgracia, Belalcázar, su mentor de otros tiempos y casi su padre, después de ver morir al virrey, había quedado herido en la batalla, pero fue liberado por el astuto Pizarro, que lo quería como aliado, y ya retornaba con sus tropas por el cañón del Patía, ya estaba entrando en los valles amenos de Popayán, ya cabalgaba bajo los tulipanes ecuatoriales de Piendamó, y ya estaba empezando a escuchar el rumor de sus capitanes, que hablaban del ingrato usurpador que aprovechando la ausencia del jefe intentaba robarse las montañas.

Mientras el Mariscal iba hilando su reino de ilusiones por la orilla de bambusas del Cauca, Armendáriz, que aún no recibía la carta con la noticia de la muerte del virrey, estudiaba con desgano el prontuario del fugitivo Alonso Luis de Lugo, y empezó a examinar con más interés los infolios de un juicio que adivinaba tortuoso: el de ese guerrero Sebastián Moyano, el hombre recio del sur, que repudió a los quince años el apellido de sus padres y tomó el muy sonoro de Ben Alcázar, aunque también descontento de esa filiación árabe lo cambió finalmente por Bel Alcázar, en recuerdo de una atalaya de su tierra.

Belalcázar tenía dos hermanos, nacidos con él la misma noche, a los que por fortuna no trajo a las Indias. Se envanecía de haber sacado primero los pies que la cabeza al nacer, y otros ilustraban su temperamento contando que una vez, cuando era un joven arriero, el asno cargado que llevaba se atascó en el barro, y el muchacho, harto de hacer esfuerzos, le dio un garrotazo en la cabeza con tanta furia que el pobre animal quedó muerto enseguida. Al parecer el asno era de un tío suyo, y ése fue el incidente que lo hizo viajar a las Indias.

El juez recelaba más de Belalcázar que de los otros gobernadores, y pronto sufriría en alma propia la evidencia de que éste era un varón más duro de someter a juicio. Llegado entre los primeros a las Indias, no parecía dispuesto a irse jamás. Armendáriz lo hallaba presente en casi todos los hechos importantes de la conquista: Belalcázar junto a Colón en la proa de su tercer viaje; Belalcázar testigo de las rencillas entre Pedrarias Dávila y Balboa en el viento salobre de Santa María la Antigua del Darién; Belalcázar padrino de confirmación del hijo de Diego de Almagro en Panamá; Belalcázar cabalgando con Hernández de Córdoba por las vegas de Nicaragua y combatiendo a los nativos al pie del lago inmenso; Belalcázar con Pizarro en Cajamarca a la hora en que el cañón del griego Pedro de Candia paralizó de terror al cortejo rojo de Atahualpa; Belalcázar combatiendo a los cincuenta mil guerreros de Hruminahui y acusado de las torturas que pusieron fin a la vida de aquel general de los incas; Belalcázar, dueño ya de Quito, sembrando el terror en los reinos vecinos antes de seguir hacia el norte. Aquel hombre incansable estaba en el país de los panches, comedores de corazones humanos, entrevistándose con Hernán Pérez de Quesada; estaba entrando en la Sabana de Bogotá después de que llegaron Jiménez de Quesada por el norte y Federmán por el oriente; y como señor de Popayán, ahora reclamaba con lenguas de acero todos los territorios que conquistó Robledo por el Cauca.

Estaba en todas partes desde hacía cuarenta años, todos lo respetaban o lo temían, era el sobreviviente de esa generación brutal y heroica que recorrió y ensangrentó las Indias, que trajo a Cristo sangrando en la proa de sus galeones para que fuera Dios de un mundo más inmenso (de esta tierra que hace medio siglo los monjes de Estrasburgo por error llamaban América), y a pesar de ser ya un anciano seguía en el corazón de las conquistas y las disputas. Era arduo ser juez de un hombre que siendo móvil como el viento también parecía ya una estatua, y Armendáriz se preguntaba por dónde entrar en esa vida, vasta como sus reinos y peligrosa como ellos.

La salud del juez, ahora gobernador de Cartagena, se había debilitado con las fatídicas brisas de marzo, y empeoró cuando al abrir por fin la carta de Ursúa, que lo venía buscando desde enero, recibió la noticia de la muerte del virrey. Dos semanas después, todavía enfermo, viajó a Santa Marta a investigar asuntos de Lugo, aunque pronto las purgas y las sangrías interrumpieron todo el trabajo porque la muerte lo estaba esperando ante la bahía luminosa y a la sombra de las grandes montañas. Desde su lecho de agonía Armendáriz dictó una carta para Ursúa, antes de recibir el sacramento final, pero era tanta la fiebre que sus disposiciones iban deformadas por el delirio: hablaba de un naufragio que no había existido y le encarecía proteger a Robledo de los murciélagos del Pozo y de los sabuesos de Belalcázar.

Sin embargo, contra el pronóstico de los médicos, la muerte inapetente renunció de pronto a su presa, el juez se repuso de modo milagroso y la carta no fue enviada jamás. Años más tarde, cuando Ursúa llegó como gobernador a Santa Marta para librar su guerra brutal contra el Tayrona, se sorprendió al encontrar en los archivos de Armendáriz ese soplo de fiebre, pero sólo después, en sus jornadas melancólicas de Panamá, descubrió en esa carta trazos proféticos de la muerte de Robledo en el mismo lugar que tenía figurado en su escudo de armas, y el presentimiento del naufragio y la muerte de Pedro de Heredia.

El juez retomó sus asuntos. Heredia y Lugo estaban en España, Andagoya finalmente no había asumido nunca su gobernación en Buenaventura, Belalcázar al parecer estaba herido luego de la batalla en que murió el virrey, Robledo iba rumbo a su gobernación, amparado por unos folios oficiales a falta de espadas, Ursúa seguía su lucha y su espera, y desde las remotas sierras del sur la tempestad de los encomenderos rebeldes era tan fuerte que hacía llegar el rumor de sus truenos hasta las costas blancas del Caribe. Armendáriz creía saber por qué se demoraba en la costa, pero al mismo tiempo ignoraba por qué no había viajado hacia el interior, ya que todos los juicios tenían igual importancia.

Pero en aquellos días de verano de 1546 encontró una respuesta, porque fue la casa de Miguel Díaz de Armendáriz en Santa Marta el centro donde la voluntad del emperador Carlos V maduró su estrategia para debelar la insurrección de los encomenderos. La estrategia del más alto príncipe de la tierra para salvar la integridad del Imperio que le habían legado sus abuelos los Reyes Católicos, su hermoso y malogrado padre Felipe y su triste y enloquecida madre Juana, ese increíble Imperio más grande que el mundo que estaban a punto de arrebatar de sus manos finísimas unos cuidadores de puercos de Extremadura.

14.

Pero esa historia, que es también la mía, había comenzado casi veinte años atrás

Pero esa historia, que es también la mía, había comenzado casi veinte años atrás, en una noche tabernaria de Panamá, cuando tres hombres audaces y ya maduros se jugaron su último aliento delirando una expedición imposible. El primero de ellos era Francisco Pizarro, cuya infancia fue tan ruda que sobrevivió amamantado por una cerda en los corrales de Extremadura. El segundo era Diego de Almagro, quien tenía fortuna pero más ambición. Un varón de cuerpo contrahecho, de rostro en el que las partes parecían más grandes que el conjunto, y de valor incomparable. El único hombre blanco que podía seguir y alcanzar a un indio por el rastro, en pleno monte, aunque le llevase gran ventaja, compitiendo con ellos en sigilo y destreza para leer las señales en troncos y lianas. El tercero era el vicario de Panamá, Hernando de Luque, quien sólo sabía que sus dos socios eran capaces de meterse al infierno si les decían que había oro adentro. Hartos de codiciar en vano algún mando en las islas, los tres soportaban su estrecho horizonte bajo los calores del istmo, en las rancherías insalubres donde Pedrarias Dávila, carcomido de envidia, descabezó a Balboa creyendo que así podría arrebatarle su fama y su océano.

Pizarro, macizo como un toro y ya de más de cuarenta años, necesitaba jugarse sus restos en una expedición salvadora. Lo desvelaba el relato de cómo su amigo Cortés sometió a Moctezuma, un rey indescifrable que jugaba en un palacio con muñecas, la descripción de un reino de templos feroces y de barcas floridas, y tantos hechos labrados para la leyenda: la tarde suicida en que fueron quemadas las naves para que nadie intentara el regreso, los avatares de la noche triste, proezas escritas en sangre y en oro que se había hecho repetir muchas veces por los testigos. Estaba seguro de que el mar de Balboa sería su fortuna: a Pascual de Andagoya, explorador de las costas lluviosas, indios del Chocó que se arriesgaban por el océano en delgadas canoas le habían hablado de un imperio riquísimo en las costas del sur. Una noche Pizarro compartió aquel rumor con sus dos amigos, y al soplo de leones del vino lo llenó con adornos fantásticos, con riquezas y precisiones que en realidad desconocía. En un rincón penumbroso de la taberna los tres juraron requisar palmo a palmo las costas hasta dar con el reino y repartirse en porciones iguales los tesoros y las dignidades que rindiera la empresa. Parece un cuento de borrachos, y lo sería, si después el destino no les hubiera dado con creces todo lo que tramó su delirio esa noche. Allí mismo concibieron el contrato que más tarde Pizarro firmó con su honda cruz de analfabeta enérgico, al lado de las firmas rebuscadas y temblorosas de sus socios y de los notables de Panamá que lo respaldaban, un contrato en el que volvían a jurar de veinte maneras distintas que todo sería distribuido en tres partes iguales. Y como un refuerzo poderoso, dividieron después en tres partes una hostia consagrada por Luque, para que el lazo irrompible que unía sus esfuerzos fuera el propio cuerpo de Cristo.

Esto ocurrió a comienzos de 1526 y vinieron años de dificultades y fracasos antes de que pudieran armar de veras su expedición. Pero digo que esta historia es también la mía porque por desgracia mi padre se encontraba ocioso en los muelles de Panamá cuando los hombres de la hostia pasaron reclutando voluntarios para explorar las costas del sur. Mi padre era como mi maestro Oviedo: siempre estaba por azar donde iba a ocurrir algo importante. Pero con una diferencia fatal: a Oviedo le tocaban los azares afortunados, y a mi padre siempre los azares aciagos. Lleno de las mejores intenciones, pero forzado por las circunstancias, que fueron siempre como un viento en contra, iba dejando un rastro de confusión y de extravío. Yo, el mestizo, era su hijo blanco; mi madre, la india, era mi nodriza y su criada; él, el moro converso, era el hidalgo que iba escribiendo la fe de Cristo con la punta de su espada. Acababa de dejarnos, a mi madre instalada como ama de llaves en nuestra casa de La Española, y a mí de nueve años asistiendo al estudio de Fernández de Oviedo. Buscaba, como todos, fortuna y destino, y al oír los tambores de Pizarro se embarcó a la aventura.

Todo estaba peor para ellos un año después, abandonados en una isla fangosa del mar del sur, a mitad de camino entre su antigua miseria y el reino perseguido. Y es de allí de donde a veces me alcanza la imagen, que no vi nunca pero que va conmigo, de unos hombres hambrientos devorando cangrejos y persiguiendo lagartos, las armaduras de hierro cubiertas de limo, guerreros hundidos hasta las rodillas en fango pestilente, cansados de aspirar el aire de moluscos descompuestos del mar. El nuevo gobernador los conminó a volver, y envió un barco que los llevara de regreso, y sólo doce hombres permanecieron con el capitán, contagiados de su locura. Durante un año entero mi padre, con su jefe Pizarro y once hombres más, padecieron hambre y desesperación en la isla que llamaban del Gallo, en el norte de la bahía de los Tumaco, mientras Almagro buscaba para ellos un barco cualquiera en el istmo, y porfiaba noche y día con soldados, con contrabandistas, con el nuevo gobernador, confiando hallar por fin quién financiara la empresa improbable, y les ayudara a encontrar el reino escondido, con sus ciudades populosas en los desfiladeros y sus montañas de plata. Todos sabían en Panamá que el relato de Almagro era un delirio, y él empezaba a creerlo también, cuando, para colmo de su mala suerte, un día en que se proponía desembarcar en el delta del río que llamaron de San Juan, allá donde bajan las aguas de las selvas lluviosas, una flecha infalible voló de la selva espesísima hasta la lejana cubierta del barco y se clavó en su ojo izquierdo. Como si fuera poco el rostro que tenía, un ojo menos acabó de convertirlo en el ser más extraño de esos puertos.

Después de días de fiebre donde encontró y perdió muchas veces en sus pesadillas el reino que buscaba y donde volvía a tropezarse de mil maneras horrendas con los hombres abandonados que lo aguardaban en la isla, el tuerto Almagro pudo recomenzar la búsqueda de recursos, mientras mi padre y Pizarro y sus hombres seguían hastiados de salamandras y de cangrejos verdosos, en un caldo de lodo y de limo, sancochados en sus armaduras en el hervor de las islas, sin esperar ya nada de Dios ni del mundo. Una vida entera buscando fortuna, y éste era el resultado. Yo sé que no puedo excusarlos, pero aquélla fue una de las muchas razones de sus ferocidades futuras, porque al final, cuando se les habían agotado la esperanza y la fuerza, la terquedad y la audacia, lo único que los sostuvo fue la rabia, y en ella siguió viva la obsesión que cruza por todas partes, de un extremo a otro, este relato: la inextinguible sed de riquezas. Ese monstruo recorría los reinos, y nos hizo viajar por los años y descender al infierno buscando el mismo milagro al que cada expedición daba un nombre distinto: el oro rojo de las momias del Cuzco, las montañas de plata maciza, el extenso y perfumado País de la Canela, la selva lujuriosa de las amazonas, la ciudad de Cibola que buscó entre la árida luz del desierto Cabeza de Vaca, la Ciudad de los Siete Césares, cuya muralla inexistente consumió la existencia de muchos, la ciudad de las perlas, que era un cielo en la tierra y un infierno en el agua, el país de las tumbas de oro, la fuente de la eterna juventud de la isla Florida, la ciudad de las esmeraldas que Ursúa intentó edificar bajo una verde sombra de mariposas, y la siempre buscada y siempre escondida ciudad de Eldorado.

Pero la expedición de mi padre encontró su tesoro. Los devoradores de la salamandra dieron con el reino anunciado, y remontaron la cordillera hasta los llanos de Cajamarca, donde Hernando de Soto, emisario de Pizarro, se acercó tanto con su caballo forrado de hierro al rey, que había salido de su fragante anillo de mujeres para recibirlo, que el resoplar del caballo agitaba la borla de lana que Atahualpa llevaba sobre su frente. Allí el rey, que tenía una oreja rasgada en las guerras recientes y ojos oblicuos que su pueblo nunca había visto, soportó inmóvil la tierra que arrojaban sobre sus sandalias las patas del enorme caballo, y la proximidad de los belfos de espuma.

Y llegó el día en que Atahualpa aceptó una invitación al lugar donde se hospedaban los visitantes. Venía precedido por un cortejo numeroso, y anunció que pasaría la noche en el llano vecino, para lo cual había dado la orden de que se plantaran las tiendas. Convidado a cenar por Pizarro, quien le prometió recibirlo como amigo y hermano, para mostrar su confianza llegó acompañado por la corte real en pleno, vestida con trajes magníficos. Los españoles ya habían visto que eran tantas las piezas de oro que llevaba el cortejo del rey, que al mediodía, al acercarse, de verdad relucía como el sol. Centenares de hombres lo precedían vestidos de rojo y de blanco, más cerca los portadores tenían trajes azules y ornamentos lujosos, lo mismo que grandes pendientes en los lóbulos que son el signo de nobleza entre los incas. Lo llevaban en alto sobre un tablón de oro forrado de plumas del que se alzaba un trono de oro que después por romana pesó noventa kilos. Llevaba el Inca adornos de oro en sus cabellos cortos, tenía sobre la frente la gran borla de lana fina con salientes de oro, y alrededor del cuello un hermoso collar de esmeraldas que más tarde fue parte del botín de Pizarro. Y el cortejo desarmado avanzó entre la música dejando en la llanura cercana un ejército de cincuenta mil flecheros, de treinta mil lanceros y de veinte mil hombres más, provistos de macanas y dardos. No es mi intención contar de nuevo lo que tanto se ha contado, pero no callaré que 167 españoles y un griego, armados de cañones de Augsburgo y de arcabuces de Ulm, de espadas toledanas y de dagas, vestidos de acero como sus caballos y atrincherados en la deslealtad y en el trueno, sacrificaron a siete mil incas que avanzaban cantando, vestidos en su honor con lujosos trajes ceremoniales, y los masacraron en una sola tarde en la llanura sangrienta.

De bien poco le sirvió a mi padre aquella hazaña horrenda, porque no habían pasado dos años cuando sobre él y sobre sus indios se derrumbó el socavón de una mina. Pero Pizarro y Almagro sí encontraron una gran fortuna, porque después de que el griego Pedro de Candia hizo rugir sus cañones, después de apoderarse por traición del señor de los incas en un lago de sangre, después de arrastrar a Atahualpa y encerrarlo en una cámara de piedra, Pizarro obligó a los súbditos del rey a llenar con reliquias de oro una habitación enorme para pagar su rescate, y envió a los pies de Carlos V una colina de metal deslumbrante.

Ya desde antes había recelos entre los socios. Años atrás, cuando apenas habían visto las puertas del reino de los incas, Pizarro viajó a España a buscar previos títulos sobre las tierras que conquistarían, y allí obtuvo de manos de la emperatriz Isabel la Capitulación de Toledo, que concedía los reinos por descubrir a los socios de la taberna, reservaba millones de ducados para la Corona, y hacía merced a los descubridores de una parte de los tesoros futuros.

Pizarro regresó con títulos mejores, alegando que la corte inexplicablemente no había concedido dignidades iguales a sus dos aliados. Y ellos se preguntaron si Pizarro, transfigurado en gobernador, había hecho por sus socios los mismos esfuerzos que realizó por su propio bien.

Después la riqueza y la tierra, el forcejeo por los repartos de indios y la sed de nuevas expediciones cumplieron su tarea corruptora, la hostia compartida no logró ser la luna de la alianza, el pacto de los hombres de la taberna se hizo trizas, y la mejor parte de los beneficios del contrato vino a tocarle al hombre que había firmado con la cruz enérgica. La guerra entre conquistadores destiló largos odios que se trasmitirían por herencia las sangres de Pizarro y de Almagro. La opulencia llegó de la mano de la discordia, el contrahecho Almagro fue derrotado en la batalla de Salinas y acabó estrangulado por Hernando Pizarro, quien le disputaba el lugar principal junto a su hermano, de modo que los grandes amigos terminaron matándose unos a otros.

Pero no por eso dejaron de maltratar a los antiguos señores del Imperio. Muerto Atahualpa, Gonzalo Pizarro quiso poseer a la esposa y hermana de Manco Inca Yupanqui, la bella Curi Ocllo, que tenía los ojos oblicuos de la familia real, piel canela más suave que seda y un cabello que los incas comparaban con la noche por su oscuridad y por sus estrellas. La princesa, fiel a su esposo, hizo lo imposible por esquivar los asedios de los hombres blancos, y cuando cayó finalmente en sus manos cubrió de excrementos su cuerpo desnudo para causar repulsión a los verdugos; pero Gonzalo había crecido en la vecindad de los albañales y no dejó de violarla por ello, después de lo cual el propio Francisco Pizarro la retuvo como rehén intentando que Inca Yupanqui se rindiera a cambio de rescatarla. Manco Inca se negó, y el marqués cometió el peor de sus crímenes: hacer azotar hasta el rojo a la hermosa cautiva, hacer que sus flecheros practicaran el tiro en su cuerpo, y arrojar el cadáver profanado al río Yuncay, que llora desde entonces por ella.

Por eso, cuando el rudo marqués oyó que los conjurados entraban en su palacio, se preguntó si venían en nombre de su ahijado, el mestizo Almagro, a quien tantas veces había hospedado en su casa, o si venían en nombre de los incas vencidos, y debió comprender que una legión de viejos conocidos, decapitados, degollados, ahorcados, acribillados o ahogados, enviaba por él. «Vistió su armadura de cuerno», solía repetir Ursúa con extraña fascinación, «tomó la espada que ya era como una parte de su brazo, y salió a saludar a esos aceros que venían a matarlo». Ursúa no olvidó jamás el relato de Núñez Pedrozo, y volvía al momento en que uno de los conjurados, entrando en los patios de Pizarro, se desvió del camino para esquivar el agua de una acequia, y Juan de Rada, que los dirigía, metiéndose en la acequia le dijo: «¿Temes mojar tus pies con agua, cuando vamos a bañarnos en sangre humana? Tú no mereces este honor: devuélvete».

No sé por qué lo exaltaba que alguien considerara un honor participar de un crimen casi a mansalva. Tal vez veía a Pizarro tan poderoso y tan grande que no hallaba injusto que doce hombres marcharan a la vez contra él. Ursúa sentía más pasión por la guerra que por la justicia, le bastaba que en las dos orillas de una pelea los hombres estuvieran en condiciones de guerrear para sentirse satisfecho. No podía saber que en la hora última nadie le concedería el privilegio de empuñar una espada... que sus asesinos serían más indignos que los que derribaron al viejo marqués.

Allí arreció la guerra. Hernando Pizarro persiguió como un tigre a los asesinos de su hermano, capturó en la batalla de Chupas al hijo de Almagro e hizo rodar su cabeza sobre el polvo de las piedras del Inca. El muchacho era mestizo como yo, pero luchó por su padre más de lo que yo habría luchado por el mío, tal vez porque el deforme Almagro supo amar a su hijo de un modo más franco. Y para aquellas guerras fueron propicios los tiempos, la muchedumbre de guerreros ociosos, de soldados baldíos, espadas que se oxidaban en la penumbra, tabernas turbias de jugadores y de riñas, dagas agazapadas por los caminos, la pobreza de los hombres blancos en las ciudades, y nada de ese caos tenía que ver con los indios sino sólo con los propios soldados del emperador.

Las leyes nuevas encontraron resistencia rabiosa en las cordilleras peruanas. A unos hombres hambrientos de fortuna, que sólo esperaban nuevos repartimientos de indios, les llegó de repente la prohibición de esclavizarlos, y una malla de filigranas jurídicas y de restricciones para su servidumbre. Todos ardieron de indignación, y fue en ese incendio donde Gonzalo Pizarro encontró su destino; un destino tan violento como el de sus hermanos, pero más ambicioso y atormentado, que no sólo lo alzó en rebelión contra la monarquía y contra el cielo, sino que lo tentó con el sueño de una corona para reinar sobre los Andes.

Mientras los encomenderos se alzaban en rebelión, no era menos confuso lo que ocurría en los reinos de Europa. El emperador vigilaba sus incontables frentes guerreros, y los asuntos de las Indias Occidentales eran bien poca cosa para un señor comprometido en guerras más ilustres, que debía responder día tras día ante las casas dinásticas, los banqueros, los funcionarios celosos y los altivos prelados de todos los viejos países, en tanto que las Indias eran tierras calladas de las que se esperaban ríos de oro y de plata pero jamás un clamor de justicia ni un grito de victoria. En las gargantas de Hungría sus soldados luchaban contra el turco; sobre el costado derecho del Rhin presionaban las lanzas francesas; el emperador entraba, vestido de negro para expresar su estado de ánimo, en las plazas fuertes de Nuremberg y de Ratisbona; arreglaba de prisa matrimonios de sobrinos impúberes de la Casa de Austria con vástagos de los ducados de Baviera y de Brunswick; asordinaba con diplomacia la convocatoria de un concilio católico en Alemania; discutía el problema de la Reforma durante sus cacerías en Straubling; sufrió un ataque de úlcera después de una discusión teológica sobre la eucaristía; lo encolerizaba que los teólogos insistieran en el misterio de la transubstanciación sólo para mantener la discordia con los reformistas cuando había ya acuerdos sobre temas básicos como la confesión auricular; asistía distraído por las urgencias del gobierno a las polémicas del Libro de Ratisbona; intentaba hacer converger a Lutero y al Papa; y comprendía con desesperación que el único factor capaz de cohesionar a la fragmentada Alemania sería la guerra, devoradora de su hacienda pero sustentadora diaria de su Corona. En estos pensamientos atravesó la Lombardía, Milán y Pavía, recibió en Génova la noticia fatal de la caída de Budapest en manos de los turcos; se entrevistó en malos términos con el Papa en Lucca, y, finalmente, hastiado de todas las cosas y deseoso de ver algo definitivo después de tantas intrigas y verdades a medias, presintiendo la disgregación de Alemania y viendo el cielo lleno de nubes de guerra sobre la frontera francesa, navegó en su flota real orillando a Cerdeña y a Córcega, desembarcó en Marsella, y convocó a su potente marina bajo el mando del almirante Andrea Doria, para emprender la campaña suicida de Argel. ¿Cómo podía tener tiempo para atender los asuntos de estos reinos borrosos de ultramar?

No podía hacer otra cosa que seguir administrando sus guerras, volver del desastre de África y avanzar, dejando atrás España, por Flandes, por el Rhin, por Ratisbona. Como en los tiempos en que nació su hijo Felipe, los mismos días del nacimiento de Ursúa, otra vez el cisma amenazaba a Alemania y recomenzaban las tensiones con el papado.

Sólo cuando sus tesoreros le informaron que la pérdida de las Indias supondría la pérdida de una tercera parte de sus ingresos, empezaron las noches de insomnio. Comprendió de pronto que la mitad de su Imperio estaba a punto de evaporarse, y que no tenía tropas disponibles ni recursos para conservarla. Un día, en su palacio de Ratisbona, amaneció más tenso y pensativo que nunca, y nadie se atrevió a preguntar nada porque así eran esos grandes silencios de los que a menudo salían cambios violentos para el mundo. De un silencio como ese había salido una vez la decisión de cobrar 300.000 ducados por la libertad del Papa aprisionado en Roma, y de otro silencio la decisión de ordenar al rey de Francia pagar dos millones de escudos por la liberación de sus hijos, que lo habían reemplazado como rehenes después de un año de cautiverio. Este espeso silencio seguramente preparaba algo extraordinario. Poco después el emperador dictó una carta dirigida a un monasterio lejano, que fue llevada por sus estafetas con la prontitud necesaria, y de esa carta emergió un extraño visitante que varias semanas después vino a las puertas del palacio.

Era un hombre alto y desgarbado, de gran cabeza, de cuerpo breve y de larguísimas piernas, en quien todo traje parecía una improvisación, y que insinuaba, visto de lejos, la silueta de una garza. Caminaba dando largas zancadas, sus brazos y sus piernas parecían excesivos comparados con su tronco, casi movía a risa verlo en su capa negra, pero nadie podía reír cuando lo miraban sus ojos luminosos y concentrados, ardiendo en ese rostro de gran nariz y de gran dignidad. Era el obispo La Gasca, clérigo de Navaguerilla, y antiguo comisionado de la Inquisición en Valencia, a quien Carlos V había conocido tiempo atrás y a quien le debía servicios de extrema lealtad. Altos validos de la corte decían que había salvado una vez la vida del emperador, pero aquel hombre duro y austero no tenía ninguna pretensión cortesana, y vivía concentrado en asuntos de su abadía, cerca de Salamanca, deseoso de sólo dedicarse al estudio y a la meditación.

«Lo más probable es que en las Indias no haya nada que hacer», dijo el emperador, «pero lo que sea posible lo hará La Gasca».

Francisco Vargas, el secretario imperial, le preguntó qué conocimientos de gobierno, de finanzas o del arte militar tenía el obispo.

«Tal vez ninguno», respondió el emperador, «pero basta ver sus ojos para saber que podría improvisar un imperio y gobernarlo mejor que yo mismo. Y a esa extraña virtud se añaden una falta absoluta de ambición mundana y un sentido profundo del honor y de la lealtad».

El emperador y La Gasca estuvieron reunidos la tarde entera. Enviados del Perú les informaron en detalle las circunstancias de la rebelión de Pizarro y sus hombres, la situación del virreinato ocupado por varones violentos y ociosos, la pretensión sacrílega de formar un reino de encomenderos desprendido de la tutela imperial, y la locura final de los Pizarro, convencidos de que eran más que sus reyes por haber sometido en breve tiempo una región tan dilatada y tan rica. La Gasca escuchó con atención e hizo pocas preguntas. No adivinaba cuál era el propósito del emperador, y asumió que a lo mejor quería un consejo de teólogo y de moralista sobre la conducta de sus súbditos rebeldes.

«No es la primera vez que los españoles se rebelan contra la Corona», dijo en algún momento. «Alteza: tu padre, Felipe, fue rechazado por las cortes cuando desembarcó con sus hombres de pelo rojo, y tú mismo estuviste a punto de ser obligado a renunciar a la Corona imperial para que fueras sólo rey de la península».

Formuló algunos consejos generales sobre el tipo de legislación que se debía imponer en el Perú, sobre el trato que merecían los rebeldes y sobre la guerra que se debía emprender contra ellos. Carlos V le confesó sus dificultades: la armada imperial estaba en ruinas, derrotada por el viento y las olas; le pintó la media luna sobre las iglesias de Hungría; le habló de los trigales de Suabia incendiados por las hachas de Francisco I; del fortalecimiento de los moros en el Mediterráneo, de la difícil campaña italiana, de los conflictos en el reino de Nápoles, y sólo pasó por alto las reticencias del Papa, que había desaconsejado la campaña de Argel y se sentía reforzado en su solio. Finalmente mencionó los costos de sus continuos desplazamientos por ese reino convulsivo de llanuras heladas y gargantas de niebla, de castillos asediados en los pinares alemanes y de flotas combatidas por los temporales del Mediterráneo. De todo ello debía concluirse que no había recursos para costear una campaña en las Indias.

El hombre de las piernas largas argumentó a Carlos que el poder de su nombre era tan grande, que bastaría invocarlo para que muchos soldados temerosos de Dios se arrojaran en defensa de su majestad.

«Además», dijo, «en esas tierras distantes los hombres necesitan más que aquí los consuelos de la Corona y del papado. Los rodean leguas de soledad y de misterio, gentes que no conocen a Dios, selvas sin templos. Abandonar la tutela del trono y el manto de la Virgen será como hundirse en un agua de espanto».

El emperador confirmó su presentimiento de que nadie mejor que La Gasca podría enfrentar el desafío de los encomenderos rebeldes, y le anunció su decisión de nombrarlo representante suyo en el Nuevo Mundo para restablecer la paz y el sometimiento a la Corona. El hombre de las piernas largas lo escuchó en silencio y quienes lo veían no supieron describir jamás su reacción. Si fue de sorpresa, fue todavía más de concentración, y en ninguno de sus gestos o de sus frases mostró la vanidad que habría sentido casi cualquier miembro de la corte si el emperador le ofreciera de pronto un poder incalculable sobre la mitad de su imperio. Si le hubieran pedido que administrara una pequeña provincia de Castilla o de Flandes, a lo mejor habría asumido la tarea con la misma gravedad. Y al parecer ni siquiera se extrañó cuando el emperador le dijo que lo único que podría darle para cumplir esa vasta misión era un barco y un título como enviado imperial.

«¿Qué autoridad legal puede conferirme?», preguntó el obispo.

Y Carlos V, que tenía dolor en el vientre, y que sabía que todo estaba perdido, le dijo: «La que quieras, La Gasca. Serás delegado del emperador, brazo y martillo de su Majestad, voz de la voluntad de la Corona, administrador con todos los privilegios del poder imperial en el Nuevo Mundo, presidente con mando sobre todas las autoridades. Lo que se pueda hacer en nombre de Carlos, debes hacerlo».

Y el hombre que parecía una garza negra salió del palacio del emperador provisto sólo de una carta con el pesado lacre de los documentos solemnes, pero firmada por la mano fatal que empujaba montañas y calcinaba ciudades. Se embarcó hacia España, para recibir nuevos informes del Consejo de Indias, cruzó el océano sin una sola espada, y llegó el 10 de julio de 1546 al puerto de Santa Marta a visitar a su antiguo compañero de estudios en Salamanca, Miguel Díaz de Armendáriz, quien lo recibió con un cortejo solemne, y armó un banquete de reyes porque, a pesar de que desconocía la magnitud de la misión, no ignoraba que estaba recibiendo a un enviado del emperador. Y casi perdió el aire cuando vio que La Gasca traía la atribución misma del poder imperial, y que ésta, aunque sin aparato visible, era el poder más alto que se había visto jamás en las Indias. Incapaz de visitar sus dominios, el emperador había enviado su sombra, y La Gasca traía todo y nada a la vez: venía armado de su voluntad, del brillo terrible de sus ojos, y de una irresistible elocuencia.

15.
Cada breve gobierno de la Sabana había favorecido sólo a unos cuantos partidarios

Cada breve gobierno de la Sabana había favorecido sólo a unos cuantos partidarios, y en la ciudad naciente se sentía zumbar la discordia. Más de dos mil varones de conquista se disputaban los indios y las tierras, los puestos oficiales y las pocas mujeres venidas de la península. El reino muisca, diezmado por la guerra, por los trabajos y por los suicidios en masa, ya estaba fragmentado en encomiendas, de modo que donde antes hubo jefes con diadema de plumas y manto de colores administrando para todos los dones del sol y de la luna, dialogando con el suelo fecundo y con la laguna donde viven las voces, ahora había un señor de casco de acero y cerco de mastines exigiendo tributos. Los muiscas trabajaban públicamente para Ursúa y para los otros encomenderos, pero persistían en secreto, ya sin oro ni esmeraldas proféticas, en sus cantos y sus ceremonias. Los recién llegados construían aprisa una ciudad, para darle a la tierra desconocida aspecto familiar. Las formas de la mazorca dorada y de la rana brillante, de los señores de piel de jaguar y de la hoguera con lenguas de oro cedían su lugar al trigal y a las piaras, a las naves en cruz y al olor matinal de la leche espumosa. Aquella aldea nacida lejos de todo y más cercana a las nubes y a las estrellas que a las regiones circundantes empezaba a sentirse un espejo del Imperio y de la época. Los que se repartieron sus fértiles leguas habían recorrido muchas regiones como navegantes y guerreros, conocían la sal del abismo y la cara de lobo de la muerte, habían destruido reinos y fundado ciudades, eran los testigos ilustres del sangriento parto de un mundo.

El clima de la Sabana produce la ilusión de estar en Europa. Su fertilidad asombrosa permitió que en poco tiempo se añadieran allí a las numerosas plantas nativas que alimentan y curan, muchas que crecen en el viejo mundo: grandes habas que limpian los riñones, y a través de las cuales, según piensan algunos, nos desvelan las almas de los muertos; garbanzos que dan energía amorosa, y que se suavizan con aceite y especias; mostaza ardiente; trigo que crece en oleadas y que es el alma del Imperio y la carne de Cristo; cebada siempre suave; coles que curan las verrugas y rábanos que chispean en la lengua; lechuga lisa y encrespada de sangre fría, que ayuda a bien dormir; cebollas afganas que añaden vida a todo y saltan como flores doradas en las cazuelas y se empozan en vino y se dejan confitar con la miel de las cañas dulces para quitar la tos; ajos de aroma profundo que limpian más que el fuego; y el numeroso santoral de las huertas que aroma y alivia el cuerpo por dentro y por fuera: algunas que crecen aquí igual que en el viejo mundo, como la romaza, la verbena, el llantén y la malva, y muchas otras traídas de España pero que ya por todas partes brotan y perfuman la mano que las toca: perejil, yerbabuena, ruda, mastuerzo, manzanilla, borrajas, bledos, albahaca, altamiza y orégano, doradillas y cardos y rosas de España, y también melones de agua, tal vez más dulces que en su tierra de origen, y zanahorias saludables al gusto y a la vista.

Muchos nostálgicos de España querían desde el comienzo convertir la Sabana en una réplica de su mundo perdido, y vieron con desgano el resto del territorio, más insano a sus ojos, más indócil, lleno de cosas que no es fácil conocer ni prever. Allá, pensaban ellos, estaban las tierras arduas y los ríos salvajes, las bestias carniceras y los pueblos rebeldes; en la Sabana estaba la tierra dócil y el clima sano, miles de servidores sujetos en las encomiendas y la Europa silvestre floreciendo bajo una llovizna otoñal.

Ursúa, a quien el destino le dio temprano más que a muchos, para después arrebatarle más que a nadie, era harto ignorante pero más curioso que un sabueso. En el tiempo que sumaba en las Indias, en sus primeros campamentos cercados de peligros, escuchó los relatos de los aventureros sujetos a su mando, y a veces ni creía los cuentos del Imperio que desovillaban sus soldados ante el crujir de las fogatas, porque él veía a Europa desde la casa de su padre, hacia atrás en los hondos linajes y alrededor en las aldeas navarras, en los puertos de los marinos vascos y en las lomas agrestes donde hablaba en francés con sus jóvenes primos.

Sólo desde las Indias fue percibiendo la magnitud del Imperio de Carlos; empezó a ver su casa de piedra de la frontera como una fortaleza diminuta entre extensísimos reinos que se odiaban, a tratar de imaginar más allá pueblos y ciudades, caminos cruzados de jabalíes y de peregrinos, de zorros y de tropas. Lejos de las tierras que fugazmente había visto, de los campanarios de Valladolid, de las severas fortalezas de Ávila, de la colmena imperial de Sevilla, imaginaba los burgos de piedra de Francia, encogidos alrededor de las piadosas iglesias, y los incontables principados de Alemania, de los que oía hablar a sus hombres, con templos góticos, vitrales resplandecientes y rebaños de tumbas de mármol, un mundo inmenso que había abandonado sin conocer y que abría a veces en las tertulias nocturnas sus puentes con leprosos, sus leyendas de sangre, sus ruinas milenarias, sus cortejos de brujas y de hadas. Yo sabía más de Europa que él, y Ursúa se asombraba de que me parecieran importantes y significativos tantos sitios y nombres que para él no tenían sentido alguno.

En la noche, al amparo de los cerros y bajo el cielo de luceros glaciales de la meseta equinoccial, dormían rostros que vigilaron al Papa cautivo en Roma y ojos que vieron a Moctezuma con su diadema inmensa de plumas de quetzal como la cola desplegada de los pavos reales. Dormían manos que anegaron de sangre a Cajamarca, brazos que marcaron con hierros al rojo vivo a nativos adolescentes en Fernandina y La Española, ojos que alcanzaron a ver los limonares de Santa María la Antigua y las anacondas gigantes erizadas de flechas en las florestas de Venezuela, sobrevivientes de las garras del tigre y de la dentellada irreversible del caimán verde.

Ursúa recordaba que entró una vez en una casa de adobe con techo de paja y encontró, instalado para siempre ante un campo de maíz con largos cercados de fique, cerca del Valle de las Lanzas de Ibagué, y bajo el cono blanquísimo del nevado, a un hombre viejo y fuerte, Blas de Miranda, que vivía feliz con una india del río y sesteaba en las tardes luminosas. Me contó que ese hombre, medio siglo atrás, había estado en la corte de Ludovico Sforza, en Italia, y allí fue amigo de un pintor que era diestro en cortar con tijeras figuras perfectas de papel, animales, objetos y perfiles humanos. Yo recordé que ésa era la pasión de mi maestro Oviedo, quien se envanecía de ser el mejor cortador de papel de toda España, y le pregunté si recordaba el nombre de aquel artista. Me respondió que, según el viejo Blas, el pintor se llamaba Leonardo, y yo me conmoví hasta el límite, no sólo por comprobar que Ursúa lo ignoraba todo del mundo, sino por el detalle abrumador de que el anciano del Valle de las Lanzas no tuviera el recuerdo de un artista genial sino del hombre más diestro y más apuesto que había visto en su vida.

Yo, que recorrí Europa en aquel tiempo, no conocí muchos hombres célebres, pero oí hablar de ellos en los cenáculos de Italia, en España y en Flandes, y aprendí de los labios de Pietro Bembo, que sabía todas las cosas, quién era quién en la tierra y el cielo. Por él tengo recuerdos de Dante y Petrarca, porque el padre de Bembo restauró a sus expensas la tumba del poeta en Ravena, y dirigió en Ferrara la publicación de los Sonetos a Laura. El cardenal Bembo me contó sonriendo anécdotas salaces del Aretino y episodios muy turbios de la vida de Benvenuto Cellini, quien acababa de esculpir un Perseo imponente para competir con el David blanco de Florencia, y cuyas manos eran hábiles por igual para socavar el mármol y para urdir el crimen.

Oyendo al cardenal pude conocer los hábitos del nepotismo romano: la costumbre de los papas de escoger temprano a quienes serán sus herederos en el trono, el modo como protegen y alimentan al gerifalte en su nido. Muchas cosas ya idas terminé viéndolas en la memoria copiosa de Bembo, como si aquel cardenal fuera mis ojos vueltos hacia el pasado. Durante su larga vida habían gobernado diez papas en Roma, desde Pablo II, que aumentó los costos de las indulgencias para sostener los gastos de sus viciosos sobrinos, hasta Pablo III, pero sólo éste último le dio el cardenalato que esperaba desde su juventud. Vi por sus ojos a Calixto III educando a su sobrino Rodrigo Borgia, que se volvería Papa a su vez con el nombre de Alejandro VI. Y sobre todo vi en su memoria a ese débil pontífice, Alejandro, y a su hijo César, a quien el hábito del mal fue afeando hasta hacerlo tan aborrecible, que al final sólo salía a las calles de noche con una tropa bestial que mataba viandantes por verlos caer. Es extraño que Bembo hubiera tenido en su adolescencia tan cercanas relaciones con esa familia, pues nadie me pareció más alejado del refinamiento intelectual que ese pontífice sombrío y ese hijo siniestro. Pero es que Alejandro era también el padre de Lucrecia, la muchacha bellísima a la que Bembo le escribió sus poemas más hermosos, la mujer que le hizo conocer un amor que después consumió su vida entera. Y, ay, Bembo no sólo vivió largo tiempo para recordar a Lucrecia, muerta temprano, sino para conocer historias escabrosas de aquella muchacha que había sido su Beatriz y su Laura, historias que el diablo se sonrojaría de oír.

Esos temas, cercanos para mí, eran indiferentes para Ursúa. Por una irónica inversión en el orden del mundo yo tenía en los reinos de Europa mi corazón y él estaba sin remedio en las Indias, como si ya supiera que éste era su destino final, que nunca más pisaría la tierra de sus mayores, que su cuerpo había sido engendrado para ser polvo y musgo del mundo nuevo. Tan joven, tan alegre, tan fuerte, no podía imaginar que moriría en las Indias; pero fue en aquellos días tempranos de la Sabana cuando oyó hablar por primera vez de las barcas de tela de araña.

«¿A dónde van los muertos de tu pueblo?», le había preguntado a Oramín, un día en que exploraban con sus navarros el Cerro de las Ardillas. Lo que intentaba saber era qué rito cumplían los muiscas con los cadáveres, pero Oramín entendió de otro modo la pregunta. «También en la muerte hay campos de labranza», le respondió,«y el que muere trabaja en sus maizales mientras cuenta otra vez las historias de cuando vivía en el mundo».

El muchacho no había visto cementerios de indios, pero tampoco había visto piras funerarias, y era evidente que el río de la llanura no arrojaba canoas con muertos al abismo del Tequendama. «Pero, los cuerpos de los muertos, ¿qué rumbo toman?», preguntó, impaciente, esperando no oír un cuento largo y ocioso.

«Cada pueblo tiene en la muerte su campo de labranzas, aunque muchas veces el que muere tiene que trabajar para otro pueblo antes de encontrar la ruta de su tierra». Ursúa sentía impaciencia cada vez que una historia carecía para él de promesas. «Para llegar al país de los padres», siguió diciendo Oramín, a quien, en cambio, le encantaban las historias largas, «hay que seguir el sonido de una flauta que nadie más oye. Pero antes hay que cruzar un río de aguas tranquilas, el río más ancho y más frío del mundo. Y en la orilla hay barcas tejidas con telas de araña».

«¿Telas de araña?», dijo Ursúa, intrigado. «El español», contestó Oramín, «debe saber que entre nosotros está prohibido matar a las arañas. Es porque en el llano de los muertos hay una araña madre con miles de hilanderas tejiendo barcas que puedan cruzar el gran río. Las barcas flotan bien, y son como capullos de mariposas; en cada una cabe sólo un viajero, y no las invade la humedad, aunque van cuajadas en los bordes de gotas de lluvia. Pero los pies de los muertos, el peso de sus ofrendas y sus armas, y el roce contra las orillas del río gasta muy pronto las telas de araña. Es por eso que las tejedoras trabajan sin descanso. El que mata una araña tendrá que esperar muchos días en la orilla la barca que lo lleve al otro lado».

«¿Cómo puedes saber eso si los muertos no vuelven a contar lo que han hecho?», le dijo Ursúa.

«Todos aquí conocen la historia de Muenqueteba», le respondió Oramín, impasible. «Era un cazador de Uba que que mató sin saberlo a las arañas que iban a tejer su propia barca, y, aunque lleva miles de lunas esperando en la orilla, no ha visto nunca aparecer la barca que debe conducirlo al otro mundo. Cuando padecemos guerra son tantos los muertos, que tienen que esperar mucho tiempo en la orilla para cruzar el río y llegar a los cultivos donde vivirán el resto del tiempo».

«¿Pero qué llevan los muertos a ese viaje?», preguntó Ursúa, tratando de volver útil el cuento del indio.

«Armas y alimentos, porque el viaje puede ser muy largo. Hay que cazar los venados de la muerte, que son tan abundantes como los que hay aquí por el bosque. Y si el muerto tiene muchos deberes, lleva sus mujeres y sus servidores para que lo acompañen en el trabajo de las nuevas tierras». «¿Llevan objetos de oro?», dijo Ursúa, impaciente. Entonces Oramín le reveló que también en la Sabana las tumbas estaban llenas de narigueras y pectorales, de poporos y animales sagrados, y Ursúa tomó la decisión de ir con sus navarros, y con nadie más, a vaciar los sepulcros.

Por eso, una de las primeras cosas que hizo Ursúa en el altiplano fue buscar los cementerios indígenas, y no dejó después sepulcro intacto en las lomas ceremoniales de Suba ni en las dos montañas de la luna que cruzan la Sabana. Contra su voluntad, también entonces fue Oramín su informador y su guía. No me asombra que el mismo Ursúa que en Cartagena censuraba con aspereza el saqueo de tumbas de Pedro de Heredia haya olvidado tan pronto su indignación, porque precisamente ése es el efecto que obra el oro en estas conciencias. Cuando su fulgor empieza a irradiar sobre los ojos y los deseos de los conquistadores, parece borrar en ellos todas las cosas, y hace palidecer la ley y adormece la voluntad.

Fue grande el dolor de los nativos sometidos en las encomiendas al enterarse de que Ursúa estaba profanando las tumbas de sus antepasados, pero ya no estaban en condiciones de rebelarse contra una dominación cada día más arbitraria. La reacción de Oramín parecía distinta: deploró que el gobernador estuviera profanando las tumbas, pero no por los muertos sino por el propio Ursúa. «No está bien que el español atraiga sobre su cabeza las maldiciones de los antepasados», dijo. «La paz de los vivos depende de la paz de los muertos, y si se perturba su sueño y se dispersan sus huesos, muchos soplos saldrán bajo la luz de la luna a enfermar los cuerpos y a perturbar los corazones. Más grave que robar las ofrendas de los templos y los adornos de los pobladores es arrebatar sus antorchas y sus canciones a los que caminan por la noche».

Ursúa le respondió que los muertos ya no necesitaban ninguna de esas cosas, y que en cambio los vivos podían vivir mejor con ellas. Sería tonto, dijo, que sintiera miedo de los indios muertos alguien que, como él, no les temía a los vivos. Y añadió una frase atrevida: «Si no tuvieron fuerzas para quedarse, menos fuerzas tendrán para volver». Oramín le dijo que lamentaba que escogiera ser enemigo de los dioses subterráneos y de los espíritus, porque a la hora en que los hombres lo abandonaran no tendría en quien confiar. «Todos tenemos que morir», dijo Ursúa, «y cuando yo esté muerto me parecerá una necedad volver al mundo a asustar a los tontos. Tiene que haber algo mejor que hacer en esos otros reinos».

Fue en aquel saqueo de tumbas donde Ursúa obtuvo los dos mil ducados que por esos tiempos envió a su familia en Arizcún, para que los invirtieran en la modificación del castillo de Ursúa, que aún estaba en manos de su padre. Años después recordó las palabras que había cruzado con el indio, porque un informe que recibió Armendáriz antes del fin les reveló que el dinero no había sido entregado a sus parientes: los tesoreros de la casa real tomaron los ducados a modo de préstamo inconsulto para sufragar gastos de la Corona. Por años Ursúa reclamó esos dineros a la tesorería real, pero sólo la muerte lo salvó de envejecer cobrándolos. Y hay quien dice que se indispuso tanto con la Corona que estuvo tentado a participar en la rebelión de Hernández Girón en Lima, pero yo sé que Ursúa fue fiel al rey hasta el día de los aceros rojos, y la única ocasión en que vimos vacilar esa lealtad fue cuando, años después, el Perú despertó una mañana con dos virreyes. Pero ésa es otra historia.

16.

Un tesoro distinto lo esperaba en su camino

Un tesoro distinto lo esperaba en su camino: las muchachas muiscas, graciosas y dulces, que se sentían halagadas por el hecho de que el grande y joven señor las mirase. Pero algo impidió que Ursúa les prestara demasiada atención. Al salir de la casa incendiada de Montalvo de Lugo se había llevado también la servidumbre, y un día advirtió, entre las muchas mujeres nativas que se afanaban a su servicio, a una muchacha vigorosa y canela, que parecía venir de otro mundo. Había sido arrebatada de niña por las tropas de los alemanes en Maracaibo, el mar que tiene forma de hoja de laurel. Montalvo de Lugo convivía con la madre de la muchacha, pero ésta era tan bella que ya desde su infancia la codiciaban muchos guerreros. La niña creció en la Sabana, y tenía más de quince años cuando Ursúa detuvo sus ojos en ella. Se llamaba Z'bali, era más alta que las muchachas muiscas, y Ursúa se enteró ese día de que la había heredado con las demás posesiones de la casa. Como no era pariente de los nativos de la Sabana, éstos la veían como parte del bando español.

Ursúa comprendió un día que llevaba mucho rato aprobando sin advertirlo su laboriosidad y su alegría. Se acostumbró a mirarla, y ella fingió no darse cuenta. Empezó a exigir que fuera ella quien le llevara todo, pero no se atrevía a aceptar lo que estaba sintiendo. Le habría sido fácil darle una orden, o tomarla a la fuerza, pero hasta entonces Ursúa, que era altanero e imperativo, no sabía qué hacer con los impulsos de la naturaleza. La vigilaba por las habitaciones de un modo a la vez travieso y cruel, después la perseguía sin saber bien qué hacer con ella, pero gozando de la incertidumbre. La joven no acertaba a defenderse, se estremecía cuando las manos de Ursúa tocaban sus hombros, y se llenaba de miedo cuando el muchacho, desenfadado y bullicioso, la levantaba a veces con sus brazos fuertes hasta que los rostros quedaban frente a frente.

Todavía Ursúa no tenía más experiencia en el amor que sus retozos en la posada de Burgos cuando emprendió su viaje, y una noche con una mujer mucho mayor que él, en Cartagena: una de las damas casadas que venían con el cortejo de su tío. El marido, el capitán Gastón Torreros, había salido en campaña hacia los bosques de hobos de Turbaco cuando Ursúa llegó a la casa creyendo que allí encontraría a su tío Armendáriz. La mujer lo fue llevando con su conversación, primero por el zaguán de la entrada, después por las habitaciones, y cuando Ursúa menos lo esperaba ella puso la mano donde no debía y le heló las entrañas con unas palabras insinuantes que lo dejaron desvalido y medio muerto en la maraña de sus brazos. Todo pasó muy rápido en aquella habitación en penumbras, en el calor de la tarde cartagenera, sin una sola brisa, y lo hicieron sin quitarse la ropa siquiera, de modo que para Ursúa fue menos una experiencia placentera que una presurosa catástrofe.

Con Z'bali las cosas ocurrieron de otro modo, porque él, que era tan audaz en la conversación, tan arriesgado en el juego y tan arrojado en la lucha, todavía vacilaba en los umbrales del placer, incluso con una muchacha de quince años que era su criada. Pero un día ella entró a ordenar las cosas en la habitación y descubrió que él estaba todavía dormido. Aprovechó la oportunidad de mirar a un español con calma, se demoró viendo sus cabellos de un amarillo oscuro y su espalda desnuda entre las sábanas, y se acercó, más con curiosidad, recordaba Ursúa, que con otra intención.

Él, que después del incendio había aprendido a despertar al menor susurro, la tomó por el brazo, la atrajo hacia el lecho, y aprovechando el temor de la joven le recorrió el cuerpo entero con la mano atrevida, y la besó, y la dejó ir después perturbada e incapaz de conciliar el sueño esa noche.

Pocos días después estaba en la cama con ella cuando vino a sacarlo su pariente Francisco Díez de Arles, uno de los muchachos llegados con él de Navarra. Una partida de jinetes españoles había llegado por el norte, trayendo cartas del tío Armendáriz. En ellas el juez le contaba en detalle cómo había enviado a Jorge Robledo a los cañones del Cauca, como teniente de gobernación, título igual al que ostentaba Ursúa en la Sabana. Esperaba que Belalcázar acogiera y respetara los títulos que Robledo traía, pero le pedía estar atento, por si se hacía necesario acudir en ayuda del mariscal a la cordillera de los volcanes. «Robledo no sólo llegó con su esposa, María de Carvajal, una dama de alcurnia emparentada con media corte, sino que trajo un cortejo como de virrey: varias damas de compañía de la esposa, hermanas y sobrinos, secretarios y criados, y ha tenido que dejar todo ese tumulto esperándolo en el litoral. Le habrá dicho en España a la mujer que en las Indias había un reino para ella, y ahora está obligado a mostrárselo. No quiera Dios que Belalcázar se obstine en negarle sus títulos y sus tierras, y nos veamos en una situación semejante a la del Perú, con enfrentamientos entre los hombres del rey». En la otra carta, escrita cuando ya salían los emisarios, le hablaba de la llegada del enviado imperial Pedro La Gasca. «Salí a recibirlo como a mi antiguo condiscípulo y me encontré con la lengua y el brazo del emperador en el Nuevo Mundo: un hombre a la vez pausado y eficiente que sabe siempre para qué pronuncia cada palabra y con qué fin hace cada movimiento».

Ursúa, cuyo único sueño era partir en busca del tesoro, vio en la llegada del enviado imperial un indicio desagradable de que su tío se demoraría en las costas, obedeciendo nuevos mandatos, y hasta le pareció una desventaja que La Gasca y Armendáriz fueran viejos amigos, porque eso implicaba al juez en los conflictos del Perú. Pero ahora no tenía más remedio que esperar, y ejercer mientras tanto un poder que a medias entendía, que lo excitaba más por sus promesas que por sus realidades. No dejó de atender los reclamos de Suárez de Rendón, del industrioso Briceño y de Ortiz de Zárate, entregando indios y tierras al ritmo de su propio interés y el de su bando, y recorría las planicies sembradas, los cerros con sus hilos de agua y los páramos fantasmales sin lograr familiarizarse con ellos, porque hay algo indefinible en la Sabana que hace que el mundo no se convierta jamás en costumbre.

Z'bali se prendió a su vida como una enredadera; siempre al volver la encontraba esperando, como los cerros del oriente y como el sietecueros florecido en el patio, hasta cuando otro cuerpo la borró de su vida. La muchacha le traía suerte, pero Ursúa no podía imaginar que justo cuando ella desapareciera su estrella dejaría de brillar. Y así como más tarde me confió su pasión por Inés de Atienza, la mujer más hermosa de las tierras del Inca, en los primeros tiempos de nuestra amistad me contaba detalles de su vida con la muchacha india entre las discordias de la Sabana. Z'bali hablaba el castellano tan bien como cualquier español, se relacionaba mejor con los conquistadores que con los indígenas del altiplano, cuya lengua casi no entendía, y fue ella quien le hizo el relato de la muerte de Ambrosio Alfínger, que había oído de labios de su madre.

No había olvidado su pueblo de origen a pesar de haberlo perdido en la infancia, tal vez porque los indios conservan en la memoria mundos enteros mejor que la gente del Imperio en sus libros, y le contó a Ursúa costumbres que a éste le parecieron, unas, bárbaras, y otras, infantiles. Había nacido en un mundo de fiestas embrujadas y de guerras llenas de ceremonias. Le contó que en su tierra, vencido el enemigo, sólo el más poderoso de los señores era tomado prisionero, y le abrían el pecho con pedernal después de hacerle homenajes con viandas y flores, para repartirse como alimento su corazón. Así le brindaban al cautivo el honor de tratarlo como una criatura sagrada, y se apropiaban de su grandeza y de su valor por ese rito de sangre.

«Si te capturaran», le dijo a Ursúa con cara de amenaza, «se comerían tu corazón, porque tú eres el más grande y el más valiente de los soldados de tu tribu». Ursúa le respondió con risas que no se sentía halagado por ello. Z'bali le dijo que otros pueblos, en la llanura, devoraban a los enemigos con menos ceremonias, pero le aseguró que el suyo sólo lo hacía después de las batallas y como ritual de victoria. Todo lo comparaba con las costumbres de sus mayores. Un día Ursúa celebró la blancura de sus dientes, y ella le respondió que en su pueblo los dientes de las mujeres eran blancos y perfectos, pero que en cambio todos los hombres tenían los dientes negros, porque desde niños les daban a mascar unas hojas cuyo zumo los oscurecía para siempre. Recordaba las bodas, que dividían al pueblo entero en dos fiestas distintas, una de mujeres bailando tres días en torno a la novia y otra de hombres danzando y haciendo piruetas alrededor del novio, sin cruzarse, hasta cuando el muchacho iba a entregarles a los padres de la prometida los cazabes, la carne de venado y las demás viandas para el banquete, lo mismo que la madera para hacer la casa donde vivirían.

«Tú eres aquí el jefe y el rey», le dijo Z'bali, «aunque me dices que tu tío, junto al agua grande, es un rey más poderoso que tú, y que más allá del agua y de la luna hay un rey que manda a todos los reyes. Pero yo nunca he visto que tu gente te rinda homenajes como los que aquí se hacen a los jefes de los pueblos». En su tierra, para honrar al cacique, los muchachos desnudos se pintaban los cuerpos de colores y se cubrían de plumas, y al empezar a danzar se iban transformando en jaguares y en dantas, en caimanes y en toches, en cachamas y en serpientes, de modo que uno iba sintiendo que alrededor del gran señor el mundo entero cantaba y rugía, aleteaba y se deslizaba. Estaba segura de haber visto saltar al tigre rugiendo y al gavilán graznando, de haber visto a todos los animales, aun los más feroces, amigos uno de otro, y vio pasar, decía, peces por el aire y anillos de serpientes volando en círculo alrededor del gran cacique de su país.

Ursúa le respondió que eran recuerdos infantiles. También él de niño había visto pasar por su casa a los viejos reyes de los que hablaba su padre, y a los moros de Jerusalén que su abuelo había derrotado, ilusiones que obran sobre los niños los cuentos de los viejos. «Tal vez en la tierra del español sólo ven esas cosas los niños», le respondió Z'bali, «pero aquí las ve todo el mundo, porque mi madre vio siempre lo mismo que yo». Agregó que después de las danzas de los animales, en las que entraban a veces los árboles, uno de esos animales, el águila o el tigre o el armadillo, según cuál fuera el animal protector del cacique, se detenía en el centro y contaba para todos historias del origen, de cuando llegaron los abuelos volando entre las nubes, de cuando brotaron de la tierra rugiendo, o de cuando salieron del agua acorazados de oro.

Ursúa no se acostumbraba a que los indios fueran así de crédulos y de ingenuos, pero, después de sus primeros sobresaltos, Z'bali se volvió tan dócil en el amor, tan comprensiva y tan franca, comparada con las españolas, que trataban de ocultar el cuerpo aun en medio de la cópula, y que en plena fiebre amorosa preferían la quietud y el silencio, que dejaba fluir el rumor de los cuentos de Z'bali como parte del bienestar que le causaba su compañía, aunque después del acto y del reposo, cuando ella se alejaba, él tenía la vaga sensación de haber orillado la sinrazón, de haber descendido un poco a la animalidad, porque en su recuerdo los placeres del cuerpo quedaban como contaminados de zarpazos y de aleteos, como si se hubiera revolcado con gatos monteses y con serpientes, como si los besos húmedos de Z'bali le dejaran un rastro de selva en el alma.

Pero eso sólo hacía que después la descara con más ansiedad. Había un mundo de extrañeza y de ardor que sólo experimentaba con ella, con su aliento de hierbas salvajes y su asombrosa limpieza, porque Z'bali venía de esas tierras cálidas donde los indios pasan todo el tiempo que pueden en el agua, donde los cazadores se bañan continuamente para que sus presas no los presientan por su olor en los hilos del viento, donde a lo sumo los cuerpos tienen más aroma vegetal que animal. También yo supe por mi madre historias de danzas de indios y de largos entierros con cortejos embriagados, pero supe también que sólo es posible ver todo lo que los indios ven cuando uno bebe sus licores de maíz y de frutas, sus caldos de bejucos santos o sus sales de tierras y de árboles.

En el altiplano aquellas cosas sonaban ya un poco extrañas. Los muiscas podían persistir en sus ritos, lejos de la mirada de los españoles, pero el mundo de la península se afirmaba en casas de madera y de piedra, templos con naves solemnes y altares dorados, portales con escudos de armas tallados en roca, establos más allá de los patios llenos ya de ladridos y de relinchos, llanuras atrás con ovejas y reses, y hondos sembrados con indios vestidos de colores brillantes. Ahora en la Sabana no ocurrían catástrofes, pero allí llegaban noticias alarmadas del norte y del sur. Ursúa, que tenía 19 años, una india hermosa en su lecho, miles de indios trabajando a su servicio, tropas atentas a sus órdenes y una rutina de visitas a las encomiendas y los nuevos repartos, recibía sin tregua noticias del amplio mundo que su tío creía gobernar: un día los avances de los exploradores por Tocaima y La Palma, enfrentando a los panches en las riberas del Magdalena, otro día la exploración de las minas en la cordillera de los nevados, más allá de las aguas donde los indios abandonan canoas para que los invasores crucen a la otra orilla, otro día los avances de Jorge Robledo por los peligrosos arcabucos del Cauca, y reportes de los avances de Gonzalo Pizarro adueñándose del Perú, y nuevas noticias de los planes del presidente La Gasca en casa de su tío en Santa Marta.

Quería ir a auxiliar a las tropas del emperador acorraladas en Quito, pero al mismo tiempo las imaginaba en desbandada, a infinitos días de distancia. Quería obedecer a su tío, y auxiliar a Robledo, pero no sabía bien qué hacer ni cuándo. Y mientras él lo pensaba en la Sabana, entre conflictos de quesadas y de caquecios, bajo el rumor de rebelión de los chitareros del norte y de los muzos en el noroeste, de los panches del sur y de los gualíes del occidente, lejos de allí, en tierras de Robledo, en las lomas de El Pozo, por los floridos y poblados cañones del Cauca, se estaba haciendo tarde para cualquier ayuda.

17.

En Santa Marta, ante la bahía limpia como un espejo

En Santa Marta, ante la bahía limpia como un espejo y a la sombra de las sierras nevadas, La Gasca comenzó a tejer sus presurosas redes de araña. Envió cartas urgentes a México y al Perú, a La Española y a Isabela, a Venezuela y a Sevilla. Desde el momento de su llegada fue incesante su correspondencia con todo el mundo, y cada quien por todas las provincias empezó a sentirse su confidente y su amigo. Pero el prelado parecía capaz de enterarse también de lo que no le contaban. Sus ojos veían lejos, sus oídos parecían escuchar el vuelo de los pájaros más distantes y sus dedos febriles parecían tocar las nieves de las cordilleras remotas y anudar las arenas dispersas. Como nadie lo había hecho antes, ni los reyes engreídos ni los ceremoniosos Consejos de Indias, el obispo se enteró en pocas semanas de todo lo que ocurría en los reinos occidentales, desde los altiplanos aztecas hasta los fuertes de Borinquen, desde las aguas luminosas del Caribe hasta el estrecho que cruzó Magallanes, y desde las bocas de Cartagena hasta las pedregosas islas de Chile, donde el yerto mar se hace blanco. Penetró todos los rumbos con su mente incansable: supo qué pasaba en el virreinato de Nueva España; se enteró de cómo construían los altares de plata en Oaxaca y en Taxco; supo de las maniobras que hacían los enviados de Gonzalo Pizarro para apoderarse del istmo panameño y controlar así el paso hacia el Perú; oyó el viento de los desiertos por donde anduvo extraviado Cabeza de Vaca y el rumor de las interminables cataratas que aquel náufrago encontró, cruzando con su ganado el territorio de los guaraníes; supo de los trabajos de los bandeirantes en las selvas litorales del Brasil, y escuchó el rumor de las velas que exploraban el río Paraná, ancho como tres Ródanos; siguió los avances de Valdivia con su mujer, su pequeño hijo y unos pocos hombres por los desiertos chilenos, la fundación de Serena en el valle de Coquimbo, los asaltos de los indios en las orillas proféticas del Bio Bio; oyó los discursos de los encomenderos que habían descubierto el Potosí y el rumor de termitas de los esclavos en el cerro de plata del altiplano. Supo que Ursúa estaba repartiendo de nuevo las encomiendas de Lugo, tomando una tercera parte para sí; comprendió que Armendáriz había autorizado torpemente a Jorge Robledo para que fuera en busca de su gobernación extraviada por los cañones del Cauca, por Antioquia y Arma, por Cartago y Anserma, sin tener en cuenta que Belalcázar se sentía dueño de todas esas tierras y era un hombre rencoroso y brutal; y supo que Belalcázar había abandonado sus sembrados de caña de azúcar en Xamundí, para ir a combatir a órdenes del virrey Blasco Núñez de Vela contra los encomenderos rebeldes.

Pero todo era leve frente a un crimen que, a sus ojos, estaba cargado de las más mortíferas consecuencias: que Gonzalo Pizarro hubiera derrotado al virrey del Perú en la batalla de Añaquito y le hubiera dado muerte. Armendáriz le mostró al enviado imperial la carta de Ursúa confirmando aquel hecho: manos sacrílegas de soldados españoles estaban cercenando las manos del Imperio. Eso se veía venir: en la corte misma decían que enviaban la raposa porque el león no había aprovechado. Ahora sólo La Gasca podía enfrentar la peligrosa rebelión de esos hombres que habían subyugado un mundo. Redobló su labor de confidente, envió mandatos por todos los vientos, y sintió llegada la hora de Dios en los reinos de Indias. Dio instrucciones precisas a Armendáriz para que iniciara su viaje postergado al interior del reino, mientras él iba a Castilla de Oro para lanzarse a la reconquista del virreinato. Y en ninguna parte, ni en la casa del juez en Santa Marta, ni en la solemne salida para el muelle, ni en la playa espumosa, viendo a lo lejos las nubes que cubrían las sierras altísimas, ni sobre la cubierta del barco que lo llevaba a Nombre de Dios, ni en la tempestad ni en la mar quieta, bajo los alcatraces, dejó de leer y escribir y dictar su correspondencia copiosa y vigilante.

Se enteró de que Gonzalo Pizarro, para asegurar el control de la ruta central de las Indias, había enviado al proceloso capitán Pedro de Bichacao a apoderarse de Castilla de Oro. Éste sitió a Panamá y logró que el alcalde mayor de Castilla de Oro, corregidor de Veraguas y Nombre de Dios, Pedro de Casaos, venido de los confines de Guatemala, le diera un barco armado de cañones a cambio de la promesa de retirarse de sus aguas. El enviado, a su modo, cumplió, porque le dio la promesa a cambio del barco, pero no sólo no se fue, sino que aprovechó la nave que había recibido para avanzar contra la ciudad. Puso en cubierta a todos sus hombres, para dar la impresión de un gran ejército, y con ochenta guerreros y una voltereta tramposa se apoderó de una ciudad donde había mil soldados fieles al emperador. Fueron cuatro meses de borrachera y saqueo, que sólo terminaron porque Pizarro mandó llamar a Bichacao: sus brutalidades hacían falta en la guerra peruana.

Muerto el virrey, Gonzalo Pizarro había enviado a otro capitán a tomar el istmo: el rico y elocuente Pedro Alonso de Hinojosa. Este Hinojosa, hombre de grandes cejas y ojos pequeños, tenía la habilidad de saber siempre dónde estaba la suerte, y su olfato para la fortuna era infalible: se había venido de España después de ver el oro que Hernando Pizarro puso a los pies del trono imperial, y harto había ganado en los diez años transcurridos que ahora el Cuzco era su encomienda, la derrota de Almagro su hazaña, las Nuevas Leyes de Indias su odio preferido.

Para tomarse a Panamá le bastaron tres pasos: desembarcar en Ancón con sus hombres y sorpresivamente avanzar por tierra hacia el puerto; escribir una carta a sus amigos, los religiosos del convento de San Francisco, para que portando una cruz recubierta por un velo púrpura se interpusieran con cantos latinos entre las tropas listas para el combate; y soltar uno de sus tempestuosos discursos, declamando que había venido de los reinos del sur a proteger el tránsito libre entre los mares, a cuidar los caminos y los ríos del istmo, y jurando ante Dios y ante sus santos ser protector y amigo del comerciante y del funcionario, del soldado del rey y del piadoso fraile, del esclavo abnegado y del indio silencioso y paciente, dejando en manos del emperador y de sus altos guerreros la solución de los litigios que enlutaban a las Indias Occidentales.

Hinojosa cumplió su misión de protector con mucho más tacto que el crapuloso Bichacao, por ello Panamá lo acogió con respeto. Y La Gasca adivinó que si Hinojosa había traicionado al halcón virreinal Núñez de Vela para aliarse con el tigre Gonzalo Pizarro, pronto traicionaría a Pizarro para aliarse con un zorro todavía más astuto.

En el barco que lo llevaba a Panamá, La Gasca leía y dictaba. Mientras la espuma salpicaba su capa negra, hundía la vista en los abismos salados tratando de entender el carácter de los encomenderos. Y al llegar a Nombre de Dios ya sabía bien qué exigir de Hinojosa y qué ofrecerle a cambio. Bajó de su navío con Pascual de Andagoya, el eterno nombrado que nunca asumía sus cargos porque siempre había algo más urgente que hacer; y los andrajosos habitantes de la costa vieron por primera vez aquella sombra imperial que caminaba dando grandes zancadas, indiferente al calor que aplastaba las rancherías, y que repartía cartas sin descanso para que las llevaran en todos los barcos.

Armendáriz, afectado por una congestión pulmonar, recibía como un consuelo esas cartas solemnes, de ortografía apresurada, donde ninguna palabra comenzaba jamás con mayúsculas, pero que iban encabezadas siempre por el honroso título de "muy magnífico señor", y las respondía enseguida. En una de ellas, La Gasca le pidió información sobre Belalcázar: sabía que éste había resultado herido en el combate donde murió el virrey, y que a pesar de pertenecer a las tropas realistas había sido dejado en libertad.

Armendáriz casi pensó que La Gasca era brujo, pues le estaba preguntando por lo que más urgencia tenía de contarle. Respondió lo que sabía del pasado del gobernador, y de la tentativa de Pizarro de ganárselo para su bando.

«Ocurrió algo más grave», le dijo en la misma carta, con estas o con otras palabras: «como en su momento informé a su Excelencia, el mariscal Robledo desembarcó hace poco de España, lujosamente casado con la hermana de los marqueses de Xodar, seguido por una legión de criados y pajes, ansiando posesionarse de la gobernación que le había prometido a su mujer: las ciudades que fundó por los cañones del Cauca.

»Advirtiéndole, Señor, cuán peligrosa puede resultar en estas tierras una frontera mal trazada, autoricé al mariscal a viajar al norte del Cauca como teniente de gobernador. No sobra recordar que este capitán sirvió con gloria a su Majestad en numerosas campañas, y estuvo presente en las acciones que sujetaron a dos reyes al poder de la Corona: la captura de Francisco I en Pavía, y la captura de Atahualpa en Cajamarca.

»Después de la conquista del Inca, enviado por Belalcázar, Robledo conquistó al norte de Cali los cañones calurosos del Cauca y las montañas en torno, y fundó por sí mismo o por sus enviados a San Jorge de Cartago, a Santa Ana de los Caballeros, otras aldeas en el país de los pácoras, a Medellín en el de los aburráes y a Antioquia, cerca de las minas de oro.

»Pero dos de los gobernadores que vine a juzgar codiciaban desde el comienzo sus fundaciones: Heredia por el norte, que se ha creído siempre dueño de derechos hasta la línea ecuatorial, y el propio Belalcázar por el sur, quien pretendía que Robledo, por haber sido enviado suyo, siguiera subordinado para siempre, y se negó a aceptar que el Consejo de Indias, la corte, el propio emperador y su hijo Felipe, Nuestro Señor, reconocieron sus conquistas y le dieron el título de mariscal.

»Era parte de mis funciones regularizar la gobernación que Robledo pretendía, reconociendo sus derechos como conquistador y fundador. Por esa razón lo autoricé a tomar posesión de esas tierras, incluidas las minas de Buriticá, la gran reserva de oro de la Corona, sabiendo que el mariscal iba sólo defendido por la ley, pues no llevaba tropas suficientes ni voluntad para enfrentar a sus enemigos. Aprovechando su ausencia, en todas las ciudades Belalcázar había puesto alcaldes de su bando, y sus antiguos compañeros le negaron a Robledo el reconocimiento a que lo autorizaba la Corona. Tuvo que abrir por la fuerza la caja real en Arma y en Cartago, para disponer de los recursos que le correspondían.

»Enterado, Señor, de que Belalcázar se hallaba en el Perú, luchando al lado del virrey Núñez de Vela contra Pizarro, Robledo se animó a visitar a sus antiguos amigos en las aldeas del valle, hasta que lo alcanzó la noticia de que el virrey había muerto a manos de los rebeldes, y Belalcázar había resultado herido en la batalla. Como lo creía prisionero muy lejos, Robledo siguió frecuentando a sus viejos compañeros y organizando su gobernación. Pero el rebelde Gonzalo Pizarro, en lugar de encarcelar a Belalcázar, sin duda con la ilusión traidora de que un varón tan poderoso se aliara con él contra la Corona, lo dejó en libertad. De regreso, por Popayán y por Cali, Belalcázar oyó decir que Robledo estaba merodeando en tierras suyas, con la intención de apropiárselas, y, como suele ocurrir con ese hombre colérico, se enfureció tanto que decidió perseguir al mariscal.

»Sé que Robledo le envió varias embajadas, tratando de concertar un acuerdo, y después pensó en enfrentarlo, pero, conociendo al gobernador, y viendo que no tenía las fuerzas bélicas necesarias, se replegó por el cañón del río, hasta las tierras de El Pozo. (Es una extraña casualidad, porque hace años, en ese mismo sitio, Robledo estuvo a punto de morir de un lanzazo indio.) Lo cierto, Señoría, es que Belalcázar le hizo creer que llegarían a un acuerdo para que Robledo se descuidara, y en un amanecer, mientras el mariscal confiado dormía, llegó por sorpresa hasta el sitio y lo capturó. Robledo no ofreció resistencia, pero defendió con argumentos sus derechos sobre las tierras que había sometido y las ciudades que había fundado. Entiendo que la conversación entre ambos fue en extremo violenta: el antiguo jefe exigió una subordinación que ya no era pertinente, dados los títulos con que Robledo contaba, y aunque el mariscal fue respetuoso y digno, lo despojó de sus dineros y sus joyas.

»Pero la desgracia mayor venía en camino. Belalcázar encontró en uno de los arcones una carta que Robledo había escrito, dirigida a mí, en mi condición de juez de residencia, relatando las acciones e intenciones del gobernador. En aquella carta había una frase desafortunada, en la cual, según me informan, me decía que si iba a tomar residencia en aquellas regiones del sur, tendría que ir "con horca y cuchillo", porque había por allá traidores y personas capaces de faltar a la fidelidad que se debía a la Corona.

»Esa carta bastó para que Belalcázar tomara la decisión de someter a juicio al mariscal y ordenar su ejecución. Parece que no fue pequeño el aporte del revoltoso Hernández Girón, quien le decía continuamente a Belalcázar que

Robledo era un peligro para él porque tenía influencia en la corte, y que si el mariscal llegaba a hacerse a su gobernación tendría un enemigo para siempre. Sin respeto de sus títulos y de su condición de caballero y siervo fidelísimo de la Corona, a pesar de que Robledo exigió ser degollado como noble, Belalcázar, que había sido prácticamente su padre, mandó someterlo al garrote vil a manos de un esclavo, y después decapitó su cuerpo, y ahorcó a sus capitanes Hernán Rodríguez de Souza y Baltazar de Ledesma, sin permitir que les dieran sepultura en suelo sagrado, sino en una cabaña india a la que después puso fuego, para ofender mejor su memoria. Bien se puede advertir por esta conducta salvaje e indigna de cristianos, y de capitanes sujetos a la Corona, que no se equivocaba Robledo al declarar que había traidores en aquellas tierras.

»Ahora debo suplicar a vuestra Señoría la mayor severidad en este caso, porque no sólo han sido burladas las decisiones del trono, sino también mi propia autoridad como juez de residencia. La conducta de Belalcázar supone una insubordinación grave contra el emperador y un desafío inaceptable a la ley, además de ser un agravio doloroso para mí, ya que Robledo era un capitán valiente y un amigo fiel cuya muerte ha agravado los males que me agobian. Para colmo, se dice que después de su muerte llegaron caníbales a profanar los restos de este valeroso capitán de su Majestad».

La carta terminaba pidiendo justicia de varias maneras distintas, y expresando de un modo retórico pero conmovido el dolor del juez por la pérdida de su amigo entrañable. Armendáriz le suplicaba a La Gasca ser inflexible con un hombre que trataba tan mal a quien venía a juzgarlo, dando muerte infame a un mariscal del Imperio. La Gasca, añadía, era su amigo, La Gasca no dejaría de defender su dignidad como juez contra un gobernador rebelde…

Pero La Gasca dominaba el tablero del mundo, y tenía conciencia de todas las piezas. Armendáriz podía ser su condiscípulo y un juez influyente, pero la lealtad del hombre de las largas piernas estaba atada a una misión más vasta; no lo movía la ambición de pequeñas victorias ni de vanidosas satisfacciones sino la voluntad invariable de rescatar las provincias para el Imperio, aunque para ello tuviera que humillar orgullos y dejar sin castigo algún crimen. Él mismo estaba dispuesto a los mayores sacrificios personales, y jamás se quejaría de ello ante nadie, ni el emperador sabría nunca si su enviado durmió sobre vellones o sobre piedras de río. En definitiva, La Gasca necesitaba a Belalcázar en el bando de la Corona, y así se lo hizo saber con toda dureza a Armendáriz en la carta siguiente.

El juez voluminoso y enfermo ardió de indignación, pero se sabía impotente, y se sometió resignado a su voluntad, aunque más congestionado por el calor y más insomne que antes. Había salido de Tenerife, donde halló menos oro del esperado, y se encontraba en Mompox, cerca de la confluencia de los grandes ríos, intentando tomar posesión de su territorio. Una tarea excesiva para un hombre febril que se derretía en sudor, y que avanzaba con pies hinchados y torpes por las inundadas chalupas, bajo la mirada egipcia de las iguanas. Las arboledas ensordecían de chicharras, los días nacían en el bullicio verde de los loros y morían en la sangre oscura de las ciénagas, una sombra de helechos atigraba la tierra, y el país lleno de hogueras y de dioses desconocidos era algo misterioso, superior al poder de las armas y esquivo al poder de las palabras, un reino que ni Ursúa, con toda su belicosa impaciencia, lograría dominar.

18.
Los cuatro barcos del juez
de residencia remontaron el río

Los cuatro barcos del juez de residencia remontaron el río hacia el sur, llevando a Armendáriz que, agónico en su litera de fieltro, extraía con lentitud las polillas que caían en el agua de su copa de plata. Lo acompañaba su cortejo personal, incluido el barbero que cada dos días le pasaba la navaja por la papada enrojecida; el cirujano, su principal interlocutor, que tenía la capacidad temible de cambiar su semblante de la alegría a la preocupación con sólo una frase; dos sastres de edad mediana encargados de su vestuario y de unos cofres con géneros; un calcetero; un herrador; un escribiente al que llamaba para trabajar a cualquier hora; algunos frailes, que parecían listos a asistirlo en caso de agonía; dos carpinteros que se preguntaban si también ellos tendrían un trabajo inesperado, y varios negros esclavos a los que en aquel calor les daba lo mismo tener que cargar al final al gran juez o a su gran féretro. También seguían a Armendáriz varias familias españolas y un grupo de damas jóvenes y vistosas que despertó el rumor en las pocas poblaciones donde el cortejo se detuvo. Atribuyendo su salud quebrantada a los excesos de la mesa y del vino, también hablaban del juez como de un hombre salaz y ostentoso de sus placeres. De todas esas historias iban tomando nota sus enemigos, que las remitían a la Real Audiencia de Santo Domingo, y todo llegaba más tarde a los oídos severos del Consejo de Indias.

Mientras tanto La Gasca, el hombre de las largas piernas, encontró las tierras de Panamá llenas de amigos que lo esperaban. Enterados de su poder, muchos querían congraciarse desde el primer día con el presidente, tocar el brazo derecho del emperador en las Indias, oír en su voz la voluntad del trono. Allí tuvo su entrevista con Pedro Alonso de Hinojosa, quien en el primer momento intentó serle fiel a Pizarro y explicar con frases elocuentes las causas de la rebelión, pero no resistió la mirada de fuego del viejo inquisidor. Vio en esos ojos que había llegado la hora de los hechos, y que frente al poder no vale la oratoria.

Viniendo como de otro naufragio, fray Martín de Calatayud descendió de un barco que venía del Perú, y corrió a buscar al poderoso La Gasca. También venía temblando de culpa, porque en la Ciudad de los Reyes de Lima no se había atrevido a rechazar el padrinazgo de Gonzalo Pizarro en su consagración episcopal, y ahora que el cielo volvía a estar arriba y el infierno abajo, ignoraba qué trato recibiría de la Corona y de la Iglesia. No es buena carta de presentación haber tenido de padrino al diablo, y tartamudeó en nombre de los rebeldes un mensaje tan incomprensible que parecía estar hablando en otro idioma. Calatayud nunca andaba solo, y esta vez venía en compañía del arzobispo Loaiza. Los dos pedían perdón por sus equivocaciones y prometían desplazarse a la corte para ofrecer su mediación ante los encomenderos. La Gasca, con rostro de granito, les dijo que ésos no eran sus asuntos, que fueran a sus diócesis a rezar por la paz de los reinos, que arreglaran con Dios personalmente sus deudas, y que en adelante aprendieran a distinguir entre una paloma y una serpiente. Después se olvidó de ellos, y Calatayud, suspirando de alivio, volvió por fin a Santa Marta.

La Gasca desplegó su estrategia: pregonó a todos los vientos el perdón generoso y paternal del emperador para todos los que hubieran alzado su mano contra la Corona y la derogación de los puntos conflictivos de las Nuevas Leyes, a cambio de una adhesión irrestricta y una fidelidad sin límites a la voluntad imperial. Hablaba con tal firmeza, sin la menor vacilación, y con un ardor tan profundo en sus ojos, que todos vieron en él un enviado de la justicia divina. Hinojosa calculó con cuidado dónde estaba el futuro: comparando en su mente la mirada de La Gasca con la de Gonzalo Pizarro comprendió que entre esos dos fuegos inflexibles triunfaría el que ya era dueño del mundo, y le entregó al presidente la flota con la que se había tomado a Panamá.

Antes de un mes La Gasca tenía un gran ejército. Conjuntó barcos y cañones, afiló los aceros ociosos de la conquista, devolvió a centenares de hombres la conciencia de ser parte de un reino que tenía cabeza y corazón, la confianza de que estas avanzadas por reinos desconocidos eran también una misión sobrenatural, y le hizo sentir hasta al último aventurero de Indias que el universo tiene un orden que sería monstruoso alterar. Los embajadores de Gonzalo Pizarro salían del Perú con sus flotas a detener a La Gasca y enterarlo de las exigencias del capitán rebelde, pero al llegar se rendían ante el obispo y entraban a formar parte de sus huestes.

Con esa flota salida de la nada como la humareda de un brujo La Gasca viajó rumbo al Perú, después de anunciar un indulto general que cayó como lluvia bendita sobre los muchos capitanes que se sentían culpables de la muerte del virrey y temían apartarse de la tutela imperial. Desplegó tropas por las ciudades y la sierra, y conminó a los rebeldes en el nombre de Dios y bajo los hierros de sus ángeles a humillarse a la voz de la Corona y a escribir otra vez en sus corazones el nombre santo del emperador. Con esa misma voz que alternaba la seda y el trueno hizo llegar su llamado a todos los fortines españoles en las islas y en Tierra Firme, pidiendo refuerzos para combatir a los descarriados encomenderos de Lima, enfrentarlos a muerte y escoltarlos hasta los barrancos del infierno.

Vino allí con sus barcos desde el norte el oidor de Guatemala Pedro Ramírez de Quiñones; allí acudió al llamado, después de quemar el cadáver de Robledo, el recio Sebastián de Belalcázar, dueño ahora de una gobernación dos veces más grande; allí vino navegando desde los mares australes, con un botín arrebatado tramposamente a sus capitanes, el temerario Pedro de Valdivia. De todas partes llegaban barcos y pendones, capitanes lujosos de grandes mostachos y encomenderos de barba blanca con sus soldados y sus indios. Trece años atrás a Francisco Pizarro le había costado sangre y angustia reunir unos cuantos barcos para llegar a un reino que sólo veía su imaginación; ahora no cabían las naves y en la cubierta de todas ellas cada conquistador de las Indias calculaba qué parte del reino le cedería el enviado imperial. Todos se unieron a La Gasca frente a las costas del Perú, y como no hay fe más visible que la de los conversos, nunca una tropa del Imperio exhibió tanto su fidelidad como esta flota de aventureros, la mayor parte de los cuales había escupido veneno sobre los pendones de la casa de Austria.

También a Miguel Díaz de Armendáriz lo alcanzó en Mompox el mandato de disponer una tropa que fuera por tierra hacia el sur, por el camino de sangre de Belalcázar, para sumarse en Quito a la retaguardia de la armada imperial. El juez recibió aquella orden poco antes de embarcarse para Tamalameque. Esa misma noche, bajo una lámpara que atraía todos los insectos del mundo, y oyendo caer en la tiniebla grandes escarabajos fatales, dictó una carta para Ursúa con la instrucción de reclutar enseguida los hombres necesarios para marchar contra los rebeldes en Lima. Antes del sol envió en uno de los barcos al mensajero rumbo a la Sabana, y aprovechó la hora fresca, con nieblas todavía enredadas en los bejucos verdes del río y con sombras verdes que más tarde volverían a ser caimanes, para zarpar hacia la región de los tigres, donde después repartió dieciséis encomiendas y mandó hacer un barco para defensa del puerto, rodeado de lagunas malsanas.

Ursúa estaba feliz de que Armendáriz viniera por fin en camino y obedeció sus órdenes enseguida. Guerreros dispuestos a viajar y a merecer encomiendas no faltaban, y armas y caballos tampoco. Tardó en armar su ejército el mismo tiempo que tardó el juez en remontar el último tramo del río y ascender por las montañas hasta la Sabana. Armendáriz no sabría decir qué le pareció más insufrible: si la navegación por selvas sudorosas, en un calor agitado de insectos y viendo al atardecer los demonios de la fiebre, o la cabalgata por tierras más frescas sintiendo que cada cuesta terminaba sólo para comenzar la siguiente.

Llegado por fin al altiplano, ahogado y pálido tras su viaje de varias semanas, no tuvo tiempo de celebrar el reencuentro con su sobrino ni de oír el informe de las muchas cosas vividas en el reino, porque Ursúa picó espuelas enseguida a la cabeza de doscientos guerreros, descendió al occidente, por las pendientes florecidas de Fusa, que parecen las olas desiguales de un mar inmóvil, por el cañón pedregoso y por los cantiles con palmeras de Toçaima, donde los nativos adoran las piedras, hacia el ancho valle del Magdalena. Padeció en su camisa de hierro la llanura abrasada, donde percibió la presencia de ganado español (no por hatos ni haciendas sino porque hallaron el esqueleto limpio de una res extendido en la tierra y un gallinazo demorado en sus cuernos), y remontó después una cordillera tan ardua que parecía imposible cruzarla. Después de las pendientes se alzaban los peñascos, después de los peñascos se hundían los abismos, y otra vez adelante recomenzaban las pendientes. La selva cubría los montes, de cada árbol brotaba la niebla, había arboledas inabarcables, pero además llovía a menudo, y en los bosques el barro y en las piedras el limo hacían resbalar a los caballos. Escampaba, pero todavía los follajes goteaban sin fin y las tierras rezumaban una humedad invencible, llena de insectos desconocidos. Los caballos, que causaban pavor a los indios, se sobresaltaban con las serpientes; de las altas ramas parecían colgar barbas antiquísimas, y eran un tipo de musgo o liquen blanco que en la niebla produce fantasmagorías. Cuando miraban hacia adelante no podían creer que todavía les faltaran tantas montañas llenas de peligros, pero al mirar hacia atrás no podían creer que ya hubieran atravesado esas lomas que se iban volviendo azules en la lejanía, cuando no las manchaban las nubes con forma de osos y de lagartos. Así remontaron la cordillera de los volcanes hasta una fría región rayada de palmas, por el país laborioso de los quimbayas, rumbo a los bosques inundados del Cauca. Sólo dos cosas salvaron a Ursúa de desesperar en esa primera prueba: los veteranos españoles que ya habían hecho una travesía semejante con las tropas de Belalcázar y daban razón de bestias y parajes, y los indios capturados por el camino, que apenas se entendían con los de la Sabana, y que iban informando de los peligros y los consuelos de la ruta: frutos, animales de caza, pájaros abatibles con cerbatanas, gusanos comestibles, ríos sin bestias, serpientes peligrosas o inocuas, malezas que había que comer en caso de ponzoña, aguas para la sed o para el gozo.

Lo que había rechazado desde el comienzo iba a cumplirse: su espada se mancharía primero con la sangre de enfurecidos varones de España antes que con la sangre oscura de esos indios que, desde los árboles del país de los tolima, desde las mesetas luminosas de Gualanday, cerca de lo que después llamaron el Valle de las Lanzas, desde los recodos de carboneros que se escalonan en la niebla, por los palmares del Cocora y bajo el cielo de samanes en las madreviejas de Guacarí, veían pasar el tropel de las bestias y se atrevían a desafiarlo con dardos y con gritos, con agudas cornetas de caña, con tambores y roncas caracolas de guerra.

Le despertaba al mismo tiempo excitación y zozobra pensar en los ejércitos que había oído describir, tan abundantes con sus plumajes y sus lanzas que algún observador que los vio a la distancia se animó a compararlos con un dilatado campo de hierba. Iba ya por las tierras de Robledo, le parecía ver en su mente el hormigueo de los pueblos nativos cuya enumeración casi podía hacer completa como se la había oído a Armendáriz, y muchas veces por el camino pensó con dolor que estaba viendo la tierra que había bebido la sangre de aquel hombre. En alguna parte, aunque Ursúa no lo vio nunca, más allá del río Magdalena, sólo quedaba ya, en una lanza de guadua sobre las montañas innumerables, el cráneo pelado del mariscal Robledo mirando con cuencas vacías su reino perdido.

Núñez Pedrozo cabalgaba bajo el mando de Ursúa. Por fin podía volver a las tierras de las que había huido, y se sentía más autorizado que otros para ir a castigar a Gonzalo Pizarro, porque en los barcos riesgosos y junto a las fogatas desamparadas había sido un fiel amigo de Almagro y también en un día memorable el vengador de Almagro. Pero igual le gustaba envanecerse ante la tropa y proclamarse vengador de los incas y del propio Atahualpa, para producir la impresión de que era un desvelado acatador de las Nuevas Leyes y un defensor de los indios contra los rabiosos encomenderos. Pero estaba seguro de que el presidente La Gasca, después de que derrotaran a Pizarro y de que restablecieran el orden perdido, lo favorecería con una buena encomienda de indios.

Así avanzaba Ursúa, siempre atrapado por su destino, siempre un paso atrás del punto en que sería libre y dueño de su vida. Viendo cambiar sin tregua el espacio, desconfiando de lo lejano en los valles soleados, desconfiando de lo cercano en los riscos brumosos, tratando de recordar el resplandor de las costas resecas del Perú, donde alcanzó a advertir que el odio entre españoles estaba madurando una guerra. Pensaba en las ironías del destino, que alargaba hacia él los tentáculos de la misma guerra que había rechazado años atrás, como si estuviera empeñado en que sus primeros combates mortales no fueran contra ejércitos desnudos tocados de plumas sino contra los propios conquistadores.

Que en el momento en que su tío llegaba por fin a liberarlo de las cadenas de la gobernación, no hubiera podido pedirle la esperada licencia para ir a buscar el tesoro de Tisquesusa, era otra ironía. Se había cruzado un deber más urgente, pero, a pesar de sus diecinueve años, Ursúa tenía bastante sentido del deber y el honor para entender que esta aventura era crucial. Nada sería posible si se rompía el principio legitimador de la gobernación de su tío, sus propios sueños de conquista requerían la tutela del poder imperial, y sólo ansiaba ya que la guerra contra los encomenderos terminara pronto, para poder empezar su verdadera aventura.

Algún poder oculto recogió sus pensamientos, porque pasado el Valle de Lilí, muy hacia el sur, bajo las nubes de Popayán que le parecieron de mármol, cuando ya sus tropas se disponían a atravesar, pequeñas como hormigas, los cañones del Cauca y del Patía, y otros valles cada vez más hundidos bajo las crestas andinas, una tropa que venía del sur les reveló que el ejército de rebeldes de Gonzalo Pizarro se había rendido finalmente a la escuadra imperial. Ursúa no esperaba que su expedición tuviera que detenerse y regresar, precisamente porque eso ya había ocurrido antes, cuando murió el virrey y él recibió de regreso el hermoso caballo, cuyo nombre no me dijo nunca, y que montaba desde entonces.

Se vio liberado de pronto de sus deberes bélicos, y ante sus ojos las bellas nubes del Patía perdieron su poder opresivo. Las noches frías de Popayán le dieron inesperados placeres, y el joven teniente dio la orden de regreso, feliz de haber sabido responder con celeridad al mandato de la Corona, feliz de no haber tenido que guerrear contra españoles, y sobre todo feliz de poder solicitar a su tío la licencia con la que hacía tantos meses soñaba.

19.

Con cuánta impaciencia había esperado
Ursúa la llegada del juez

Con cuánta impaciencia había esperado Ursúa la llegada del juez. Y el día en que apareció el cortejo por las sabanas del norte, viniendo de Tunja, de Vélez y de la niebla con garzas de las mañanas del gran río, apenas tuvieron tiempo para el abrazo y para mencionar los rigores del viaje y los cuidados básicos del gobierno, antes de separarse de nuevo, porque al muchacho se lo llevaba la guerra. Al regreso de Ursúa pudieron hablar a sus anchas, y el primer tema fue la campaña inverosímil del enviado imperial contra Gonzalo Pizarro.

Cartas de varios capitanes que participaron en la pacificación del Perú hablaban de una intervención milagrosa. El hombre de las largas piernas desembarcó con un ejército de tres mil hombres, la más grande milicia europea que se había visto en las Indias, tejida de la nada, y avanzó por las montañas contra el ejército de Gonzalo Pizarro, que tenía novecientos hombres y seis cañones. Fueron muchos los combates, pero era tan hábil La Gasca predicando su perdón y sus promesas, pintando en el aire la imagen paternal del emperador que acogía en su seno a las ovejas descarriadas y a los hijos pródigos, que las deserciones se multiplicaron sin tregua, y al final desertaron hasta los cañones.

Abandonado por tropas que juraron ir con él hasta el fin del mundo, Pizarro comprendió muy tarde que sólo su fiel demonio Carvajal y otros dos capitanes habían creído en su reino y en su corona, y rindió sus armas con ellos en Xaquixaguana, ante un ejército en el que abominablemente militaban ahora todos los que lo traicionaron. Pudo haber sido perdonado, porque el inquisidor sólo pedía sumisión absoluta, pero ante los reclamos de La Gasca, y rumiando todavía las hierbas venenosas de la traición, respondió con inesperada altivez, alegó que el emperador le había concedido un título a su hermano pero no reino alguno, negó que la Corona hubiera engrandecido a su familia y más bien proclamó desde su amargura que eran ellos los que habían engrandecido a la Corona. Dijo que una cosa era ser pobre y otra no tener buena cuna; se le llenó el pecho recordando que por pobres habían salido a recorrer el mundo, que para su honra habían ganado un imperio, y añadió, aunque no podía ignorar que se estaba jugando la vida con ese discurso, que sus hermanos y él habían puesto aquel imperio a los pies de Carlos V aunque habían podido quedárselo.

Entonces el obispo La Gasca se agitó como picado por una avispa, sin poder creer que un miserable derrotado tuviera todavía esos arrestos, recorrió en la mente los caminos de Pizarro, desde el momento en que violó a la hermosa Curi Ocllo, hermana de Manco Yupanqui, pasando por las guerras contra Diego de Almagro, hasta el asesinato del virrey en Añaquito, y gritó enfurecido: «¡Quítenmelo! ¡Quítenmelo de aquí, que tan tirano está hoy como ayer!».

Pizarro y Carvajal, los dos amigos, habían estado juntos en muchas campañas. También a la muerte fueron juntos, y juntas quedaron en Lima sus cabezas, sobre un bloque de mármol, y ante ellas pasaban los indios diciéndose secretos en su lengua, y ante ellas pasaban las llamas de andar liviano, hasta que se fueron volviendo sólo unas cosas oscuras bajo el sol del litoral, y se perdieron entre las otras piedras.

Armendáriz le dijo a Ursúa que La Gasca habría querido retirarse enseguida a su monasterio, pero muchos asuntos lo retenían todavía en el virreinato. «Está repartiendo los indios como antes de las Nuevas Leyes, pero ahora entre los que combatieron a Pizarro y sobre todo entre los que traicionaron a Pizarro, y tendrá que organizar la administración de los cerros de plata que acaban de descubrir en la cordillera».

Hablaron por fin a su antojo de las vastas tierras sujetas a la prudencia del tío y a la temeridad del sobrino, de reinos perdidos en las ciénagas, de indios belicosos que susurraban leyendas y secretos entre los maizales de la Sabana, del tesoro escondido de Tisquesusa, de los cóndores y los tigres de la travesía. Allí recibió Ursúa otra carta de Leonor Díaz a su hijo querido, que Armendáriz no había alcanzado a entregarle en su breve encuentro anterior. Traía recuerdos de la gente de Navarra y el saludo imperioso de Tristán el viejo, abundante en recomendaciones, en preguntas sobre el oro y las perlas, y en consejos prácticos de la milicia española que sirven de bien poco en las Indias.

Todo invitaba a la alegría. El juez, que al llegar se veía cansado, enrojecido por los soles del río, ardido por la picazón de los insectos, todavía tembloroso por los mareos de la navegación entre paredes de selvas y animales desconocidos, se había recuperado bastante con el clima europeo de la Sabana. Tuvo ánimos para hablar del juicio de Pedro de Heredia, que había sido extenuante. Mencionó los saqueos a ocultas, las denuncias sin rostro, el contraste entre las astucias de los caudillos y la ira sorda de los soldados, y no sólo le habló a Ursúa del sudor y la sangre de las expediciones sino de algo más misterioso, la maldición de las tumbas, porque los indios, que nunca se atreven a ofender las moradas de sus muertos, estaban seguros de que los profanadores morirían de muertes terribles. En el último instante, para alivio de Ursúa, añadió que la desgracia había caído más bien sobre los soldados famélicos que no participaron del saqueo, engañados por los jefes y consumidos por largas travesías, mientras un barco rapaz se arrastraba por los caños bajo el susurro envenenado de las flechas y se encargaba del oro de los bellos sepulcros.

De todo habló Armendáriz con la elocuencia de que se había privado en el viaje: de vastos ejércitos indios escondidos como grillos entre los herbales altísimos, de las intrigas de Santa Marta, de la llegada suntuosa de La Gasca, del orgullo que había sentido al descubrir que su antiguo condiscípulo era ahora el martillo del emperador, y finalmente del reino azorado que había visto y padecido en su travesía. El diálogo llenó noches enteras, y el juez remató su relato contándole al sobrino que había embarcado a Heredia rumbo a España, para que allí resolvieran el forcejeo de las apelaciones. Para mostrarse magnánimo y conjurar los odios del conquistador, en caso de que fuera absuelto o tratado con mano suave por la corte, había casado a las sobrinas de Heredia con los jóvenes parientes de Jorge Robledo, de cuyo mal final Ursúa ya estaría bien enterado.

Ursúa le relató al juez los sucesos de aquellos dos años en la Sabana, su gobierno entre encomenderos recelosos, y le dijo cómo reconocer a los distintos bandos y beneficiarse de sus disputas. Narró con precisa intención historias de los muiscas: el rito del hombre de oro de la laguna, las guerras ceremoniales entre zipas y zaques, el recuerdo del Templo del Sol donde un disco de oro había contado cosas proféticas, ese templo que incendiaron los conquistadores y que ardió durante un año entero, y los relatos acerca del tesoro que el rey de la Sabana había escondido en un lugar incierto. Mintió, para excusarse, que su saqueo de las tumbas sólo buscaba reconocer qué tipo de piezas de oro podía haber ocultado Tisquesusa, y le recordó a su tío las muchas piezas que le había remitido con Juan Ortiz de Zárate cuando llevó cautivo a Montalvo de Lugo. Conservaba en la me-

moria un pectoral plano coronado por una hilera de pájaros con diademas, unos colgantes llenos de pequeñas espirales de oro, collares de figuras humanas con aureola, balsas
con reyes, sacerdotes y ofrendas, y miles de ranas y de pájaros. Pero el juez sólo recordó que después de fundidas aquellas sabandijas habían sumado veinticinco mil pesos de oro.

«Las piezas que Tisquesusa escondió», dijo Ursúa,
entusiasmado, «son mucho más grandes, porque no estaban destinadas a las tumbas sino a los templos, como las que
debe haber fundido Heredia en el Sinú». Tratando de en-
tusiasmar a su tío con la aventura del tesoro, hasta las historias que lo hacían bostezar cuando se las contaban Oramín
y los otros indios, brotaron de sus labios a torrentes, llenas
de énfasis, lo que no dejaba de asombrarlo a él mismo. «No
sé por qué», me dijo un día, «cosas que yo no era capaz de
creer, me parecía importante que las creyera mi tío».

El juez advirtió que en nada insistía tanto Ursúa como en su propósito de irse a buscar el tesoro de Tisquesusa, pero le parecía tan precisa la descripción y tan incierto
el rumbo, que mostró poco entusiasmo ante esa expedición.
«Tengo que ser sincero contigo», dijo, «mi permanencia en
el cargo de gobernador en Santafé depende mucho de mis
juicios pero también de tu talento militar». «Yo sentí desde el comienzo», dijo Ursúa, «que estas provincias no están
hechas para ser gobernadas con la ley en los labios sino con
la espada en la mano». «Es bien extraño», suspiró su tío, «porque es evidente la dulcedumbre con que los indígenas acep-
tan nuestro gobierno, o el silencio con que se someten a lo
que no pueden evitar». «Al menos los muiscas de la Sabana», razonó Ursúa, «porque hay aún muchos pueblos rebeldes a nuestro mando, y muchos otros que ni siquiera conoce-
mos. Pero tampoco puedes ignorar el peligro que se esconde
en la inconformidad de los conquistadores. Todos vinieron
buscando riquezas, tierras extensas y fértiles, repartos nume-

rosos de indios. Cada uno cree tener mejor título que los otros para acceder a propiedades y cultivos; todos proyectan ganaderías, olivos y viñedos, socavar minas, hacer fortuna en poco tiempo; y todos van a mirar con odio a los enviados del emperador que insistan en la vigencia de las Nuevas Leyes. ¿Sabes qué oí decir en el Cabildo? Que son leyes tejidas por panzudos burócratas, bien acomodados en sus sillas, y hechas precisamente contra los hombres que se quiebran el espinazo en las Indias. Que son leyes de la perfidia contra la abnegación, de la holgura contra la amargura, meras ficciones de bondad cuando la vida exige a gritos aprovechar cada ocasión y prosperar a tiempo».

Fingiendo repetir lo que afirmaban otros, estaba hablando por sí mismo. Ya empezaba a sentir en su propia conciencia la contradicción entre ser encargado de la justicia y ser un aspirante a las riquezas y los repartos de indios. Pero qué indispensable le resultaba al tío un joven como aquél, para que el poder en el Nuevo Reino no se viera amenazado por rebeliones similares a la del Perú. De modo que Armendáriz le fue diciendo que sí a todo, pero procuró encontrar, una tras otra, tareas ineludibles e impostergables que obligaran al sobrino a demorar la expedición que soñaba.

Necesitaban tanto hablar para curarse de sus soledades navarras, que más de una vez pasaron de largo la noche entera conversando en la casa de gobierno, el caserón de dos plantas, donde Ursúa había hecho construir una chimenea grande que diera calor suficiente y luz amable a las noches más negras y heladas del mundo.

Después de instalarse en la casona que Ursúa había dispuesto para él, lo primero que le pareció esencial al juez fue clarificar el episodio de la casa incendiada. Antes que juzgar a Alonso Luis de Lugo, cuyas fechorías convertidas en declaraciones, memoriales, denuncias y reclamos cubrían la gran mesa del cabildo, pero que ya pisaba tierra española y al parecer no había sido mal recibido por los altos poderes, escarbaba peligros más cercanos, amenazas emboscadas en las propias calles de Santafé y en las casas de sus gobernados.

Se impuso descubrir al culpable del incendio de la casa de Ursúa en los primeros días de su llegada. El muchacho había encarcelado al comienzo a Montalvo y al capitán Lanchero, pero ni pensó en seguirles un juicio, porque carecía de instinto judicial: como aventurero que era, veía normales los tropeles y los desacuerdos. Los hombres recuperaron la libertad, aunque los soldados los hostilizaban sin tregua, y después Ursúa remitió a Montalvo de Lugo a Cartagena, para que Armendáriz se encargara de él. Ahora el juez decidió mostrar la mayor severidad ante aquel hecho, fijar un precedente, para que nadie ignorara quién tenía el poder y cómo estaba dispuesto a ejercerlo.

Tras afanosas indagaciones, ordenó capturar a Juan Sánchez Palomo, a Lanchero, a Martín de Vergara y a Juan de Coca, a quienes un rumor acusaba de haber provocado el incendio. Todos negaron los cargos con alarma y con énfasis, pero el febril e intranquilo Armendáriz, que no quería ganar fama de blando en tierras tan duras, ordenó que les dieran tormento. Ya se sabe que basta un gesto permisivo de los gobernantes para que los esbirros se desboquen. Los verdugos se ensañaron con Palomo, y en sólo un día obtuvieron una confesión múltiple y confusa, en la que se declaraba culpable de todo y acusaba a Lanchero y a Francisco Manrique de Velandia de haber sido sus cómplices. Sin exigir más pruebas, Armendáriz condenó a Palomo a morir en la horca, y en pocos días alzaron el cadalso en la plaza mayor.

Hubo gran conmoción en la aldea, muchos vecinos se entusiasmaron ante la posibilidad de presenciar una ejecución, y los indios de las encomiendas vieron con asombro que sus amos españoles empezaban a matarse entre sí.

Pero la ceremonia del patíbulo habría sido algo corriente si no fuera porque, ya con la soga al cuello, y momentos antes de que el verdugo soltara la escalera, Palomo, con voz temblorosa pero valiente, pidió perdón con lágrimas a Lanchero y a Manrique por haberlos acusado injustamente, proclamó ante Dios su inocencia, y afirmó con el acento turbio del que ya está muerto que había sido el tormento lo que arrancó de sus labios esas confesiones desesperadas. Lo ahorcaron enseguida, pero mientras el pobre cuerpo se zarandeaba en la cuerda sus últimas palabras dejaron una sombra de crueldad y de injusticia flotando sobre los espíritus, y esa sombra cubrió la cara y la fama del gordo gobernador Armendáriz. Un juez tan celoso de las leyes había cometido un delito de precipitación y de crueldad, y ese hecho maduró con el tiempo sus consecuencias. Los otros prisioneros, temiendo rigores mayores, rompieron una noche sus cadenas y sus grillos, y ayudados por otros opositores de Armendáriz huyeron a La Española a quejarse del juez. Manos presurosas redactaron memoriales que fueron sobre el río de caimanes hacia la Corona, nuevas quejas se unieron a las antiguas, y en los despachos de los encargados de Indias, en la lejana inmensidad de Sevilla, en los laberínticos salones de Valladolid, y sin duda también en los estrados de unos tribunales más altos, donde vuelan ángeles de justicia entre las nubes doradas del atardecer, empezaron a acumularse los alegatos para esas horas grandes del mundo en las que son juzgados los jueces.

Cumplido el hecho cruel, que empezó a darle alas a la fama de injusto del juez recién llegado, Ursúa acudió con formalidades al despacho de su tío, a conseguir la licencia para ir a buscar el tesoro del zipa. Ése habría sido el tema de la conversación, si no fuera porque Armendáriz quería saberlo todo del viaje hasta Popayán, y Ursúa le contó que por el valle del Magdalena, grandes ejércitos indios en vano lo habían desafiado. «No accedimos», le dijo, «porque íbamos en una misión precisa, y no podíamos caer en tentaciones. Además el presidente La Gasca, como me lo dijo tu carta, insistía en que las expediciones que iban en su ayuda no debían molestar a indios ni a españoles». Recordó que al regreso venían sin provisiones, que la pesca en el río era entorpecida por las flechas indias, que la cacería de venados ocupaba todo su tiempo, y que él sólo pensaba en volver y encontrarse al fin con su tío y su juez. Pero quedaba claro que las regiones del sur estaban llenas de nativos belicosos, los mismos que hicieron desviar la expedición de Pérez de Quesada y que mortificaron a Belalcázar cuando venía hacia la Sabana.

Pérez de Quesada siguió con sus tropas la ruta empedrada que llamamos «camino real»; sus guías le recomendaron eludir a los panches, que antes se enfrentaban entre sí y ahora estaban unidos por el temor a los hombres blancos. Por eso tomó el camino de Federmán, orillando los montes del sur hasta ver aparecer a lo lejos el llano infinito, que es como un mar visto desde lo alto, y se alejó por el pie del monte junto a la llanura abrasada hasta los confines húmedos y boscosos de la región de Mocoa. Ésa habría sido la más penosa de todas las expediciones salidas de Santafé, si su hermano Gonzalo Jiménez no hubiera vuelto de España hace cinco años a emprender el mismo camino desesperante en busca de la misma ciudad de oro. ¿Quién creería que un hombre de setenta años tenga la insensatez y el heroísmo de irse con centenares de soldados hacia las tierras más inclementes? Jiménez volvió con las tropas deshechas, a contar lo mismo que su hermano: que a lo largo de todo el camino por tierras de fiebre y de miedo, un país misterioso y secreto se ahondaba a su izquierda, donde el sol nace inmenso sobre morichales y palmeras, donde los ríos se explayan y se pierden, donde grillos y estrellas desvelan una soledad infinita.

Pero con tantos hechos que narrar, me pierdo de mi tema. Oyendo hablar a Ursúa, Armendáriz sintió que la multitud de esos panches guerreros era una amenaza creciente. Los muiscas industriosos estaban cercados por pueblos violentos y voraces. Y así como por el norte los muzos crispados no dejaban entrar a nadie en su tierra, y hacían incursiones contra los indios de la Sabana, por el suroeste, en el valle del Yuma, los panches se reagrupaban, decididos no sólo a frustrar el avance de los invasores hacia las llanuras del sur, sino ansiosos de amenazar su poder en las viejas ciudades indígenas de la Sabana, que habían convertido en aldeas españolas. Y cuando el juez empezaba a sospechar cosas, las sombras se hacían visibles sobre sus propios muros. Acaso a esa hora los salvajes ya se habrían apoderado de los bastiones de Tocaima, ya vendrían, incluso, escalando el cañón que forma el río en su caída, por las raíces de la meseta…

Y Armendáriz, que vivía menos en la realidad que en su imaginación y en sus códigos, resolvió dar una lección a esos indios atrevidos que intentaban escalar la Sabana y recuperar el reino muisca de manos de sus nuevos amos. «Hay que hacerlo ya mismo», le dijo a Ursúa, «porque una incursión de indios rebeldes puede acabar contagiando a los pacíficos, o por lo menos sumisos, indios del altiplano».

Los panches son fuertes y feroces, la agilidad de sus cuerpos desnudos es una leyenda desde cuando Belalcázar cruzó su territorio y tuvo que enfrentarlos cada día; según él, no se arredraban ante los caballos acorazados ni ante los perros sanguinarios; no tenían tanto oro como sus vecinos del norte, pero abundaban en collares y en plumas, en tambores y cornetas de caña, y sus flechas no sólo tenían veneno sino que eran arrojadas con tal fuerza que podían partir en dos la cabeza de un hombre. Hacían muecas temibles al atacar, cantaban con fuerza sus rezos de guerra, y alguien dijo que en el nacimiento del río protegían santuarios salvajes, donde vertían la sangre de animales y de enemigos antes de emprender sus campañas guerreras. Ursúa, que sólo había librado fugaces batallas por los caminos, se entusiasmó con la idea de internarse en aquellas regiones, aunque otra era la ruta del tesoro que Oramín le había anunciado. Su sangre belicosa ya le exigía el combate, y éstas eran las guerras que soñaba desde su infancia. Bajo el expediente legal de una avanzada contra indios agresivos, prepararía el estilo de su propia campaña.

Después de unas semanas de descanso en el frío tonificante de las alturas y en el lecho perfumado de hierbas de la bella Z'bali, protegido por las oraciones y las ceremonias infantiles que ella oficiaba en su alcoba y que a él lo hacían sonreír, y provistos los recursos necesarios, Ursúa hizo que acorazaran su caballo, ajustó su armadura brillante y su casco con plumas de avestruz, organizó una tropa de cincuenta jinetes, ochenta peones con perros y cuatrocientos indios de la Sabana, y tomó su camino sintiendo que por esta vez la guerra que iba a librar era suya. Sólo días después comprendió que la compañía de Z'bali lo había hecho olvidar a Oramín, quien tantas cosas podía haberle explicado de su viaje anterior, y tantas de éste que ahora emprendía. El indio confundido entre la servidumbre había intentado hablarle, pero Ursúa, oscilando entre los informes a su tío y los encierros con Z'bali, no tuvo tiempo para él.

Cabalgaron por la Sabana hacia el sur, y por bosques de mayos y de robles se desviaron después al occidente. Acamparon en el lugar donde termina la llanura, y el joven fue con una partida de jinetes hasta los peñascos del oeste, trepó las lomas de apretada vegetación de páramo, oyendo cada vez más lejos el ladrido de los perros, y vio al atardecer la otra cara del río, tras montes grises sucesivos la inmensidad de las tierras del sur, las montañas cruzadas por raudales, el trazo de oro del Magdalena que se hundía muy lejos en un aire rosado. Sintió una mezcla estimulante de entusiasmo y de espanto al mirar esas tierras desconocidas, y se preguntó por sus miles de guerreros, sus piedras ensangrentadas, sus rezos de flores arrojadas al agua. Pero todavía era un soñador, y pronto se abrieron en su mente cosas más vistosas: templos llenos de ofrendas, cascos de oro, cuerpos desnudos oscuros con brazaletes brillantes, narigueras con forma de animales, la luna de los pectorales, las chagualas pendiendo de narices y lóbulos. Y habló con sus hombres después de manadas de tigres, de ríos de serpientes.

«Más allá de esos montes», le dijo Núñez Pedrozo, «avanzando por el llano grande, está el Valle de las Tristezas. Así lo llamó Pérez de Quesada, porque allí lo derrotaron los panches, y es nuestro deber mostrarnos temibles desde el comienzo si no queremos vernos rodeados de enemigos por todas partes».

Volvieron por el surco de los ladridos al campamento donde esperaban las tropas. Como siempre, junto al fuego y bajo las primeras estrellas, que pronto desaparecieron para ceder su lugar a nubes negras en el cielo negro, los guerreros hablaron y cantaron, evocaron historias de España y aventuras en distintos lugares de las Indias. El veterano Diego de Almendros había sido el más joven de las tropas de Balboa en el hallazgo del mar del sur; Valdivieso venía de la campaña de Heredia y hablaba de nuevo de las tres toneladas de oro que el capitán había escondido de sus soldados; Gonzalo de Cuevas había acompañado a Jiménez de Quesada en las guerras de Italia y había participado en el saqueo de Roma. Se preguntaba si estaría excomulgado por haber sido parte de las tropas que mantuvieron cautivo al Papa en el castillo del Santo Ángel. Todos (salvo los navarros) eran mayores que su capitán, y Ursúa sentía el agrado de verse rodeado de veteranos que sin embargo le debían obediencia y procuraban enterarlo de todo aquello que él no había alcanzado a ver en el mundo.

Al rumor del diálogo de los hombres se durmió en su tienda, pensando en el valle profundo que había visto esa tarde, sintiendo que las palabras llenas de historias se iban transformando en hechos en su mente, oyendo en el viento, entre los silencios de la jauría, los pájaros y los grillos del monte, y tratando de reconocer unas voces lejanísimas que dialogaban en el crepitar de la hoguera.

20.
Aquélla sería tal vez su última noche de tranquilidad

Aquélla sería tal vez su última noche de tranquilidad. La última en que podrían dormir casi confiados, antes de arriesgarse por las pendientes pedregosas, los bosques de robles viejísimos y los cañones tortuosos. Soñó con una laguna interminable, y vio en sueños cómo un rayo caía sobre los peñascos occidentales y rompía los montes, precipitando en avalancha las aguas de la laguna hacia las tierras bajas. Lo que más lo impresionó de ese sueño es que en medio de la borrasca fuera completamente silencioso: agravaba la impresión de catástrofe el ver un mar vertiéndose por una grieta de la cordillera y bajando como una tromba de espuma en medio de un silencio de muerte.

Aunque despertó sobresaltado, y aunque el sueño era digno de memoria, me dijo que sin duda lo habría olvidado, como había olvidado hasta entonces casi todos sus sueños, si no fuera porque al comenzar el descenso al día siguiente oyeron cada vez con mayor nitidez un estruendo en la distancia, y de pronto llegaron a un paraje de altos peñascos por donde el río se precipita en un salto inmenso y blanquísimo al abismo. En el viaje anterior habían esquivado este paraje, porque iban aprisa y con un encargo preciso. Ahora llegaban al más hermoso de los templos indígenas, que no fue construido por los hombres sino por los dioses de la borrasca y del trueno. Era el Tequendama. Todos los indios le habían hablado de él, pero nada lo preparó para la solemnidad del paisaje, para las altas paredes de piedra cubiertas de limo, para el caudal despeñándose entre su propia niebla, para los arco iris sucesivos en el punto donde el agua revienta contra las piedras y se precipita por el suelo escalonado hacia las profundidades. Al ver aparecer el prodigio, Ursúa recordó su sueño de la noche anterior, y se estremeció de haber presentido aquella tremenda cascada. Meses después, en la Sabana, Oramín le explicó que aquello había sido un gran presagio, porque significaba que él había oído en la noche la voz del río, y que el río le había contado su historia. Y Ursúa rió, con esa risa suya franca y desdeñosa, como reía siempre al escuchar relatos de indios, salvo si hablaban de tesoros, porque a ésos sí les prestaba la mayor atención y se mostraba ante ellos no sólo confiado sino crédulo. Todo lo demás le parecía siempre invención y superchería.

Pero desde entonces no sólo recordó algunas veces sus sueños, sino que se fue acostumbrando, casi sin darse cuenta, a buscarles relación con lo que vivía. El poderoso torrente que para los indios había sido sagrado por siglos, que le fue anunciado por un sueño antes de aparecer realmente en su vida, lo siguió en el descenso por las tierras templadas, por bosques de árboles tan gruesos y elevados que junto a ellos su expedición parecía una pequeña mancha de hormigas, y por regiones cada vez más ardientes, desde los montes de algarrobos florecidos de amarillo y pendientes de flores moradas tan intensas que hieren la pupila, hasta la insoportable llanura donde las tropas procuraban avanzar entre el amanecer y el mediodía, descansando en círculo vigilante las horas del sol bravo, y retomando el camino al atardecer, a la hora en que vuelven las garzas a hacer blancos los árboles.

He tardado en llegar al momento en que Ursúa mató por primera vez. Parece increíble que hubiera podido viajar a las Indias y pasar una temporada en las sierras del Inca y navegar por tres océanos sin arriesgar ante otros hombres la vida. Me contó que todavía en el momento en que recibió la gobernación, y en el momento en que viajó a asistir a La Gasca, se había limitado a la esgrima y la destreza, a las danzas de guerra de los cachorros, a tener sueños de sangre, pero no había hundido su lanza en la carne ni había avanzado su puñal contra seres humanos, y cuando supo que alguien lo acusaba de haber dado muerte a los dieciséis años a un hombre en Navarra lo negó con ojos de furia.

Por eso el combate que libraron al sur de Tocaima, cuando los barqueros panches llenaron el río y una legión de hombres desnudos, pintados los cuerpos y cubiertas de diademas de plumas las frentes desembarcaron en la orilla y cargaron contra ellos con dardos y lanzas, marcó extrañamente a Ursúa. Aún no se borraba en su memoria el relámpago del Tequendama y el estruendo del agua, cuando se vio rodeado por los gritos de los indios. Como jefe, pensó que lo más conveniente era llamarlos a parlamentar y ensayar a someterlos con regalos y palabras seductoras, pero Núñez Pedrozo lo disuadió: «Hay que responder con el filo de la espada, porque son muchos, y si toman ventaja desde el comienzo estamos perdidos». Ursúa les propuso a sus hombres replegarse, y cuando los indios avanzaran, convencidos de haberlos hecho huir, cargar súbitamente contra ellos para beneficiarse de la sorpresa. Así lo hicieron, y pronto Ursúa cabalgó con la lanza al frente, cayendo sobre las hileras de indios. Y sintió como su punta de acero de Toledo entraba en la carne de un indio alto y rojo que venía gritando una especie de ensalmo o de canto. El grito mortal del hombre, la efusión de su sangre, mezcladas con el bullicio de los indios, el ruido de los cascos de los caballos sobre las piedras, el bullicio del río, y los primeros arcabuzazos de sus hombres, todo se confundió en una sola cosa para él. Después del primer sentimiento de fragilidad por el hecho brutal de sentir que la lanza estaba perforando una piel humana, recordó que la suya estaba recubierta de hierro, y el olor de la sangre ascendió hasta su rostro como una embriaguez. El sentimiento de que podían clavarle una flecha envenenada produjo en él la curiosa sensación de que era su deber matar a todos los indios, porque sólo eso impediría que la muerte se clavara en su flanco. Además, los gritos de los indios despertaron en él una suerte de ira, como si esas palabras desconocidas, incomprensibles, fueran algo más que ofensas, algo más que insultos. Tiempo después se enteró de que eran conjuros, de que los indios no hacían un bullicio sin sentido sino que pronunciaban poderosas oraciones, y alguna vez hasta llegó a creer que esos conjuros eran eficaces contra él, porque siempre lo crispaban y lo enardecían.

De pronto fue como si perdiera la noción del lugar y del tiempo: espoleó su caballo y avanzó con la espada en la mano sembrando el caos entre las filas de los indios. Uno de ellos, muy fuerte y ágil, saltó como un mono a sus espaldas y asombrosamente logró quedar en pie sobre el anca del caballo, Ursúa se volvió de pronto con la espada en la mano y dio un tajo terrible en el vientre del indio, quien rodó por tierra entre estertores, todavía gritando algo que era más de embriaguez que de dolor, y dio vueltas en el polvo bajo las patas de los caballos. Entonces Ursúa se sintió invencible, y fue su trasabuelo de Aux matando moros en Jerusalén, sintió que llenaba sus pulmones el olor de la sangre caliente y fue grato en sus oídos el aullido de dolor de las víctimas, y cuando volvió a mirarse, mucho rato después, estaba bañado en sangre ajena, y sentía a su caballo avanzando difícilmente entre cuerpos rotos y fango rojo.

Derrotados los indios, retrocedieron a sus canoas dejando muchos muertos en aquel campo. Un soldado de Ursúa oyó que se alejaban todavía gritando y cantando. Varios soldados estaban heridos, aunque ninguno con veneno, pero tres españoles habían muerto por obra de las lanzas indígenas. En realidad dos, porque uno de ellos apareció degollado por una espada. El hecho produjo revuelo en el campo y significó un enigma para todos: era la evidencia casi imposible de una traición. Nadie había advertido enemistad alguna en la tropa. Beleño, el joven muerto, era un andaluz alegre y amistoso. Ursúa averiguó más y descubrió que el cadáver había sido hallado más lejos que los otros, que nadie lo había visto caer, cerca de unos árboles que se inclinan sobre el río, en un sitio que no había sido el centro de la batalla. Al parecer alguien había aprovechado el estruendo y las confusiones de la refriega, para degollar a un compañero a traición, lejos de la vista de los demás. El tajo casi había seccionado la cabeza. No parecía probable que un soldado hubiera dado muerte a un compañero por error en medio del desorden, y menos teniendo en cuenta lo difícil que es herir a alguien que lleva casco y pero, de modo que aquella muerte tenía que ser intencional.

Tener que enfrentar a un traidor en su primera campaña es algo que repugnaba de tal manera a Ursúa que estuvo varias horas silencioso, mientras los soldados cuidaban a los heridos y proveían el sustento para todos. Desafortunadamente la traición era la única explicación posible para el hecho, aunque él intentó muchas otras, y le dio vuelta a la historia haciendo y deshaciendo lo posible para que el amable Beleño, buen amigo suyo, hubiese muerto de otro modo.

A la mañana siguiente la expedición retomó su camino, más abrumada por la sombra de la traición que por el dolor de las muertes, e incapaz de celebrar con júbilo el triunfo en la batalla. Así son estas guerras: veinte muertos enemigos no compensan una muerte propia, pero la herida de la traición es la más honda, no sólo por el abatimiento que causa sino por la amenaza que proyecta.

Uno tras otro, todos los soldados juraron su inocencia y deploraron con convicción la muerte de Beleño. Pero todos los varones de Indias derivan su seguridad de pensar al enemigo frente a ellos, no a su lado ni a sus espaldas, y basta la sospecha de una deslealtad para que algo más sangriento que un tigre y más insomne que un grillo se apodere de las horas, habite en los ruidos de la selva, resuene en los crujidos de la leña seca y agrande cada sombra.

Pero los indios sólo se habían alejado para reagruparse mejor. En realidad había un anillo de enemigos dorados envolviendo a los españoles, un anillo del que ellos eran el centro, y que se desplazaba invisible a su alrededor, esperando el momento de cargar de nuevo. Dos días después arreciaron en un recodo del río, con nuevas canoas y guerreros. Volaron los dardos y uno de ellos alcanzó a rayar a Ursúa en el cuello. El muchacho no se inmutó a pesar de que algunos temieron que hubiera veneno en la punta: ya en la batalla anterior habían comprobado que los heridos no recibieron ponzoña, y Ursúa estaba demasiado ebrio de riesgo y de sangre para atender a pequeñeces. La batalla fue más brutal y más larga que la anterior; uno de los caballos fue atravesado de tal manera por una flecha certera que tuvieron que sacrificarlo después del combate, pero gracias a esa batalla la sombra de la duda se disipó sobre las tropas españolas. Porque de una de las canoas floridas que traían a los indios, en medio del estruendo de las músicas y de los gritos, uno de los caciques con el cuerpo pintado y muchos adornos de oro no venía armado de lanza ni de flechas sino que manejaba con destreza una espada española. Era sin duda un arma arrebatada a algún soldado muerto en las incursiones de Hernán Pérez de Quesada, el único de los capitanes que había llegado tan lejos hacia el sur en su desesperada búsqueda de la ciudad de oro.

El indio de la espada era más peligroso que los otros, y casi más peligroso que los españoles, porque su desnudez le permitía moverse con una ligereza extraordinaria, y Ursúa comprendió que si aquel hombre hubiera tenido también un caballo, habría sido muy difícil vencerlo. Causó heridas a varios españoles aunque, ignorante de la esgrima, usaba la espada más como macana y como lanza, pero mantuvo a raya a los perros batiendo su arma filosa (a uno de ellos le partió el espinazo de un golpe de filo) y habría hecho más estragos entre los soldados sorprendidos si no fuera porque Alonso de Ábrego le disparó desde atrás con su arcabuz y le rompió la espalda. El indio cayó al suelo, arrojando un chorro de sangre por la boca, y mantuvo tan aferrada la espada que hubo que apartar después dedo por dedo para quitársela. El resultado de la batalla fue otra carnicería, pero Ursúa todavía sabía valorar el heroísmo. Tomó la espada para sí: era un sable toledano con un hermoso dibujo en la empuñadura, y le pareció que era su deber reconocer el valor del indio muerto. De modo que después de arrebatarle todos los objetos de oro sacó de su propio dedo un anillo de plata que había comprado en el mercado de Nombre de Dios meses atrás, y volteando la cara del indio le abrió la boca y puso el anillo en la lengua, detrás de los dientes perfectos y manchados de sangre.

Nunca supe de alguien que hubiera hecho algo así: pagar a un enemigo muerto por el arma que había conquistado, dejando un anillo en su boca, y admiré mucho a Ursúa cuando me lo contó, aunque ya no se sentía orgulloso de haberlo hecho y lo recordaba como una de las tonterías de su juventud. Pero en realidad lo que estaba pagando era el alivio de no tener un traidor en sus filas, el haber recobrado la confianza plena en sus hombres cuando ya parecía perdida. Si algo no se le habría ocurrido jamás era sospechar una espada toledana en las manos de un indio, y tiempo después lo sorprendió menos encontrar en sus campamentos yelmos y alabardas que los nativos golpeaban en las noches como si fueran seres vivos.

Así recuperó Ursúa su confianza y cabalgó hacia el sur castigando a los panches, obligando a muchos jefes a tributarle su oro, y mirando de reojo las llanuras y las montañas lejanas sabiendo que no tenían relación con los lugares que le había descrito Oramín, pero buscando en ellos algún indicio de riqueza. Estos pueblos del sur eran menos ricos y más feroces: a la entrada de una aldea había cráneos pelados por los pájaros, y bajo el sol inmenso y abrasador más peligrosos que los indios eran los llanos con sus grandes serpientes, sus nubes de insectos y el vuelo nítido bajo el cielo cárdeno de esos buitres hechos de tiniebla que tienen en el extremo de sus alas una pluma blanca.

Fueron muchos días de asaltos y matanzas, porque los indios de la llanura no estaban dispuestos jamás a llegar a entendimientos con los españoles, y la cabalgata siguió hacia el sur alentada sólo por el deseo de Ursúa de ver las fuentes del río, soñando tal vez que allí estuviera la clave del tesoro que buscaba Pérez de Quesada. En el ascenso el río fue estrechándose; más allá del Valle de las Tristezas los campos se cerraron en bosques y la noche cálida de la llanura fue reemplazada por la tempestad y la niebla. Finalmente un pueblo de indios que nunca había visto a un español los recibió en paz y les brindó alimentos, aunque los hombres de Ursúa vieron una hilera muy larga de guerreros erguidos sobre el filo de la sierra, como esperando el momento de atacar, y prefirieron acampar en las afueras de la aldea de casas redondas con techos de paja. En esa aldea vieron unas estriberas y un yelmo de acero que los nativos habían encontrado a la orilla de un río y habían recogido con asombro. Sin palabras para designarlos ni oficio qué atribuirles, golpeaban el yelmo con un madero y sentían la resonancia musical del hierro templado. Uno de los acompañantes de Ursúa adivinó que se trataba de objetos dejados a su paso por Sebastián de Belalcázar cuando iba hacia el río, antes de remontar la Sabana.

Avanzaron varios días más, con las provisiones que les brindaron los nativos. En una noche de incesantes relámpagos, Ursúa comprendió que necesitaba encontrar pronto regiones pobladas y cultivadas que pudiesen ser sometidas o donde fuera provechosa una alianza. Pero más allá de unos bosques fríos que bordeaban riscos empezó a sentirse más lejos que nunca de sí mismo, aunque dispuesto a todos los combates, y cuando al amanecer cesaron las lluvias y los truenos durmió un buen rato sin sueños y no lo despertó el sol apacible sino los gritos de sus soldados por la floresta.

Creían estar en un bosque pero los árboles y las lianas se trenzaban sobre confusas bestias de piedra. Con las espadas cortaron ramajes, con las lanzas rasparon la superficie verde de limos y musgos, y vieron aparecer un monstruo de pesadilla, con grandes colmillos de tigre, con pico de buitre, con una cola de mono como serpiente arqueada sobre sus espaldas. Más adelante había nuevos montículos, otras figuras de piedra sepultadas a medias y ahogadas por la vegetación, pero aquel tropel de seres de piedra produjo en Ursúa un efecto indescriptible. Era capaz de luchar contra mil indios con dardos y lanzas, en medio de los gritos y del estruendo de sus tambores, pero no sabía qué hacer ante unas criaturas inexplicables que no daban la impresión de ser hechas por nadie sino de haber nacido de la tierra y de la oscuridad.

Por lo que me contó puedo afirmar que Ursúa, el hombre más valiente que he conocido, sintió miedo. No lo confesaba así, pero me declaró su malestar, su repugnancia; lo único que halló para oponer a esas apariciones fueron las sentencias latinas del credo, y las dijo, erizados los brazos, con un comienzo de escalofrío en la espalda. Él podía entender a un dios como Cristo, así estuviera clavado en un leño, tumefacto y sangrante, pero no soportaba la idea de un mundo donde los dioses fueran monstruos y bestias.

Tal vez habría podido imaginar que muchos hombres, mucho tiempo atrás, habían labrado esas piedras por años y años, pero él, y creo que todos los otros, sentían nítidamente que detrás de esas imágenes, más allá, en la selva vecina, bien podían estar los seres que la piedra imitaba, que en esas fronteras podía comenzar un país de súcubos más feroces que su tosca representación en la roca.

No es lo mismo combatir contra indios desnudos, contra sus rezos, que lo perturbaban, contra sus flechas enherboladas y los dardos de sus cerbatanas, verter su sangre y hasta poner anillos en sus bocas, que enfrentar el reino escabroso de los monstruos. Sus entrañas se crisparon de temor y de repulsión, y Ursúa no quiso avanzar. Dio a sus soldados la orden de prepararse para el regreso, y cabalgó de nuevo hacia las raíces de la Sabana, por la llanura incandescente, junto al río de caimanes, lejos de las montañas azules, apartándose de esas tierras desordenadas donde las piedras tienen forma de pesadillas y donde uno casi ve sangre y colmillos en la cara fugaz del relámpago.

21.
La Sabana podrá ser enorme y rica, pero es la región más remota

La Sabana podrá ser enorme y rica, pero es la región más remota del mundo. Pueden haber vivido en sus vegas por miles de años los zipas y los zaques con su pueblo de tejedores y de apanadores de sal, pero no hay río que lleve hasta ella; sus peñascos se yerguen como nubes entre las estrellas, allí sólo llegan con facilidad los búhos y las águilas, y bandadas de patos de cuello verde que se reflejan en las frías lagunas. El ascenso desde las tierras amplias y los bosques ardientes es penoso como un martirio. Armendáriz se sentía desterrado del mundo en esa sabana hermosísima pero fría y misteriosa, rodeada de páramos negros y desolados donde ni siquiera cantan los pájaros, y nada podía causarle más congoja que la posibilidad de quedar aislado del río, de su contacto con los litorales lejanos.

Varias semanas atrás, Ortún Velasco, el hombre de Tunja, había solicitado licencia para ir a explorar las sierras nevadas, y para poblar cerca del río de arenas de oro que Ambrosio Alfínger desdeñó por irse a buscar la muerte más allá de los páramos. La hoja de servicios de Ortún era impecable: había guerreado contra los turcos en Budapest y en Viena; había enfrentado en Alemania, con las tropas del emperador, al ejército del duque de Sajonia; había sido veedor de la expedición de Gonzalo Jiménez de Quesada, por especial consideración de don Pedro Fernández de Lugo, y no pudo llegar a Santafé con los primeros conquistadores porque su bergantín naufragó al empezar la campaña a la entrada del río Magdalena. Estuvo después a órdenes de to-

dos los sucesivos gobernadores: de Hernán Pérez de Quesada y de Gonzalo Suárez, de Jerónimo Lebrón y de Alonso Luis de Lugo, quien lo nombró regidor de Tunja. Puede
decirse que Ortún Velasco fue el único hombre justo al que
Lugo no maltrató.

Después de hacer amistad con Ursúa, Ortún fue
ganando con paciencia el favor de Armendáriz, quien al fin
encontró un buen partido para casar a la bella y siempre
asustada Luisa de Montalvo, sobrina de Pedro de Heredia.
Todos los gobernadores en las Indias trataban de imitar al
difunto emperador Carlos en su curiosa manera de gobernar: lo que no hacía la guerra debían lograrlo los contratos
matrimoniales. Seres pertenecientes a sangres que se odiaban terminaron unidos en santo matrimonio, y muchas veces ese vínculo forzado y extremo convirtió en aliadas por
décadas a familias que antes se enfrentaron a muerte.

Ya en 1547 Armendáriz había nombrado a Ortún
teniente de corregidor en Tunja, y no le fue difícil ver en él
al hombre que podría conjurar, en ausencia de su sobrino,
cualquier sublevación. Autorizó la campaña enseguida, nombró a Ortún Velasco capitán general de la jornada de las
Sierras Nevadas, puso a su mando ciento sesenta soldados
de a pie y noventa jinetes que remontaron las sierras acompañados por quinientos indios yanaconas, y emprendieron
el reconocimiento de las tierras del norte.

Por esos días Armendáriz andaba empeñado en un
nuevo propósito. Recomendó a la Corona crear una Audiencia Real en el Nuevo Reino para sujetar las gobernaciones sometidas a sus juicios de residencia, confiado en que lo
nombrarían presidente. Pero sus cálculos fallaron, porque
enemigos laboriosos ya trabajaban en la corte para perderlo, y pronto recibió la noticia amarga de que el Consejo de
Indias no sólo establecería una Audiencia en Santafé, sino
que había nombrado tres oidores para presidirla: Gutierre

de Mercado, Juan López de Galarza y Beltrán de Góngora. Ya estaban en camino los tres con plena autonomía para asumir el gobierno del Nuevo Reino, y Armendáriz enfermó de nuevo porque la noticia no podía ser peor. Su tiempo dorado como juez de residencia iba a expirar de repente, y ni el tío ni el sobrino habían logrado fortuna perdurable ni hechos dignos de fama. Para colmo, Gutierre de Mercado sería su juez de residencia.

No había desaparecido el último español del ejército de Ortún Velasco en lo hondo de la Sabana y ya Armendáriz estaba arrepentido del nombramiento, como si hubiera entregado su fortuna a un desconocido. Las tropas iban a fundar poblaciones en las tierras desperdiciadas por Alfínger; era la última oportunidad de Armendáriz para dejar hechos memorables en las crónicas de Indias, y el juez deploraba más cada hora que esa expedición no estuviera en manos de su familia.

Por los relatos que Ursúa me hizo de su tío puedo imaginarlo perfectamente en esos momentos de desesperación. Lo veo yendo y viniendo por el caserón en las tardes de negra llovizna, hablando a solas, sin que sus asistentes ni la servidumbre de negros y de indios se atrevieran a interrumpir sus desvaríos. Los muchos problemas confundidos en su cabeza se iban convirtiendo en dolores físicos: amargos reproches se acumulaban en su mente y su lengua, se dirigía impaciente al destino y a Dios, mientras dejaba hojas húmedas sobre su frente febril. Tenía que estar ausente Ursúa cuando por el río Magdalena subían los oidores de la Audiencia. No podía uno descuidarse un instante sin que se aprovecharan los intrigantes y los insidiosos. Se preguntaba con remordimiento dónde habrían quedado los huesos de Robledo, sin dejar de tomarse con el dorso de la mano la temperatura en la frente, las mejillas y el cuello, para poder sentir que también era una víctima. Y ahí estaba el dolor en las sienes, el zumbido de una abeja invisible, el cansancio en los pies al final de las largas jornadas. Y la escarcha de invierno arruinando las cosechas de la Sabana; y no tener noticias de Ursúa, que allá abajo enfrentaba a los panches devoradores de hombres, mientras Belalcázar hacía lo que le daba su gana en Popayán, bajo la mano larga de Pedro La Gasca. Qué se podía esperar de los viejos condiscípulos, si cuando se vuelven presidentes ya no tienen amigos sino propósitos. Y qué condena vivir en aldeas insufribles donde todo el mundo vigila si comes y qué comes, si duermes y con quién. Alrededor sólo había extraños cuidando pequeños intereses, y todo un reino en manos de salvajes que se negaban a servir y a obedecer... Así seguiría por horas y horas, yendo de un lado a otro, pañuelo en mano, deplorando la ausencia del sobrino en la hora definitiva de su gobierno, cuando fundar en el país de los chitareros era la gran oportunidad de incorporar al Nuevo Reino las tierras que tanto codiciaron los hombres de los banqueros Welser.

Como traído por sus letanías, antes de un mes entró Ursúa en la Sabana, con las pupilas ciegas por su sueño de oro. Después de cruzar como una flecha a través del corazón de los pijaos de grandes cuerpos desnudos, de desafiar las balsas guerreras de los coreguajes, en medio del rumor de tamboras amenazantes de los panches, sólo de una cosa se había arrepentido y era de no haber llevado en su viaje a Oramín, quien tanto pudo haberle explicado de las cosas macizas que veía y de las cosas secretas que buscaba.

Como el indio había dicho, no podía ser ésa la ruta por donde llevaron los portadores el tesoro del zipa, pues las naciones indias de aquel llano estaban en discordia con los muiscas y, aunque podían haber hecho rituales compartidos para que los portadores del oro de Tisquesusa pudieran pasar sin peligro, nadie envía sus reliquias a países ajenos dejando un rastro de rumores por un mundo ahora infestado de enemigos. Venía convencido de que el tesoro estaba más cerca, pero necesitaba precisar las fronteras del reino de los muiscas y pedir a Oramín, buen conocedor del territorio, no que atreviera rumbos posibles sino que tratara de pensar hacia dónde habría enviado las piezas él mismo, si fuera el cacique.

«Estos indios piensan todos igual», se decía Ursúa, «a veces recuerdan lo que han soñado otros, dicen las mismas frases, dan las mismas explicaciones a los hechos del clima y a los accidentes naturales. No es imposible que lo que decide uno pueda deducirlo otro».

Entró en Santafé de noche, con sus tropas, y se dirigió enseguida a su casa, a buscar en los brazos de Z'bali el consuelo que necesitaba contra las soledades y los monstruos del río. Por la mañana, el juez se enteró de que Ursúa había vuelto y no esperó a que éste acudiera a rendir su informe sino que empezó a buscar al muchacho, que no estaba en los cuarteles, ni en la plaza, ni visitando las encomiendas, sino encerrado con su india en las habitaciones, y se sentó a esperarlo en el salón vecino, tosiendo vigorosamente.

«Estamos a punto de quedar atrapados en la Sabana», le dijo al capitán en cuanto éste salió, todavía con el cabello en desorden y la blusa blanca cayendo con descuido de su cintura. «Tienes que ir ahora mismo a auxiliar a Ortún Velasco, que lleva licencia para poblar al norte de Sugamuxi. Tenemos razón para atacar a los indios, los chitareros son belicosos y pueden bajar por millares desde las sierras hasta el río. Pueden interrumpir la navegación, y los pocos soldados que cuidan el embarcadero están expuestos a la emboscada y a la muerte. Podría ser que cuando llegues ya no haya nadie a quien auxiliar, y quién sabe cuántos indios más van a cerrar el camino por Tamalameque y por Tenerife».

Hablaba atropelladamente. Su estrategia era alegar que el peligro de ataques por parte de los indios obligaba a cambiar los acuerdos, y someter a Ortún Velasco al mando de Ursúa. Quería borrar aprisa lo que su mano impaciente había escrito. Vagas noticias de inseguridad por el río, que no faltaban nunca, aumentadas por sus alarmas, serían razón suficiente para que el sobrino tomara el mando de la expedición, y las fundaciones se hicieran bajo el nombre de su familia.

Ursúa venía endurecido por las batallas, tostado por la intemperie, iniciado en nuevas y crueles costumbres, con los ojos todavía deslumbrados por los sitios y los terrores del camino, con el pensamiento despierto por el redoblado trabajo de las vigilias. Remontando la Sabana, habían vuelto a su mente los muchos acontecimientos del viaje: la rugiente cascada suspendida desde el vapor de las hondonadas hasta los altos colmillos de piedra, el desembarco enloquecido de los indios sobre las playas, las canoas pintadas de colores. Todavía lo asombraban las agonías mentales que produjo a la expedición el trabajo de una espada española en las manos de un indio. Y un hecho extravagante que los indios podían agravar explicándolo: en un amanecer de la llanura, uno de sus capitanes, Carlos de Arelo, de ojos vivaces y negro bigote que parecía colgado del tabique como un cardo, cuyo cuerpo recio parecía delgado sólo porque era el más alto de todos, sintió una protuberancia debajo del colchado que había tendido para dormir, y al levantarlo vio salir presurosa de allí una serpiente de escamas verdes con un dibujo naranja sobre el lomo. Antes de que Arelo pudiera hacer nada la serpiente se deslizó hacia el agua de un estanque cercano, y nadó haciendo eses bajo la bóveda de los árboles: entonces el hombre comprendió que la serpiente había dormido toda la noche junto a su cuerpo sin picarlo. Después los indios le explicaron que muchas veces las serpientes buscan los cuerpos de los durmientes sólo por su tibieza en la noche, y contra la opinión de los viajeros, que querían matarlas a toda costa, insistieron en que son menos peligrosas de lo que uno se imagina, y sólo atacan cuando se ven amenazadas. Ursúa felicitó a Arelo por tener un dormir sereno, y por no haber soñado aquella noche con batallas ni con arduas navegaciones.

Traía en sus palabras la anchura del valle, las montañas azules, el susurro de los cascabeles y el silbo de las flechas en el viento. Dispuesto a todos los combates, ahora sólo quería que se justificaran. Los primeros actos sangrientos pesaban sobre su conciencia, no como culpas, pero sí como certezas que lo hacían distinto. El hombre que volvía a la Sabana traía sangre verdadera en sus manos y crueldad verdadera en su corazón. No sabía pero no ignoraba que había profanado la materia viviente, y ante más de una pregunta de su tío se quedó inmóvil, mirando silencioso a lo lejos.

Acaso sólo la embriaguez del poder y la riqueza pueden aliviar a un hombre del sentimiento de ser un asesino cuando aún no ha cumplido veinte años. Percibí en su relato que cuando se vio bañado en sangre de hombres a los que su espada había matado, apenas se reconoció en ese jinete enrojecido. Algo del niño deslumbrado quedaba en él, porque llegó a buscar al confesor, pero éste lo tranquilizó por completo sobre el mal que había obrado. Ésta era una guerra para traer a los bárbaros la verdad, la ley y la civilización: no podía ser un crimen la legítima defensa contra sus flechas envenenadas. Cuánto valor se requería para avanzar por tierras sin nombre, pobladas por criaturas feroces, arriesgando ser alimento de unas bestias carniceras que de humanos tenían sólo el aspecto, pero ninguno de los atributos que caracterizan al hombre superior, como España lo conoce hace milenios.

El clérigo citó varias veces la Sagrada Escritura, habló de los Reyes Católicos y de la Santa Iglesia, y enumeró evidentes pruebas de la superioridad del mundo europeo:

el trazado de sus palacios y sus templos, el refinamiento de la vida, las ceremonias del dormir y el comer, la alquimia de los alimentos, las sabidurías del vino y de las especias, las vajillas y los trajes, las artes exquisitas, las maderas y las cuerdas musicales, los relatos caballerescos y la poesía bien rimada, los amenos romances de frontera, las octavillas sonrientes y las canciones conmovidas, la exquisitez de una cultura que tiene no sólo las filigranas de la lengua escrita sino los consuelos de la oración, la atención de los santos, la intermediación de los ángeles, el solemne refugio de la confesión al que ahora mismo él estaba acudiendo, y además los altares y los campanarios, soldados con vistosas espadas y capitanes con corazas heráldicas, funcionarios peritos en leyes y gobernadores investidos de autoridad, virreyes ceñidos por sus cortes, nobles en sus castillos, una corte imperial arraigada en los siglos y un emperador ungido por Dios, y santos frailes y clérigos y deanes y obispos, cardenales mitrados y el santo Papa en las colinas de Roma, con su anillo irradiando sobre todos los reinos, y más allá de todo Cristo indefenso suspendido en la cruz, bañando al mundo con su sangre bendita.

Si no era un crimen imperdonable combatir a los franceses, como lo había hecho su familia desde siempre a pesar de llevar sangre de Aquitania; si no era un crimen sino toda una virtud combatir a seres exquisitos como los moros de Granada, que volvieron llorando a las arenas de África después de llenar a España de mezquitas y palacios, de azulejos e historias, de cantos y de surtidores, ¿cómo podría ser una falta grave combatir a estas criaturas inferiores para traerles por fin todo aquello de lo que carecían, palacios y fuentes, alimentos refinados y trajes para cubrir sus cuerpos pecadores, elegancia en las costumbres y elocuencia en la expresión?

Ursúa no salió muy convencido de los argumentos, porque sabía bien que no era precisamente a traerles a los indios palacios y surtidores que vinieron los hombres de conquista como él, y que era una curiosa manera de refinar sus costumbres quemarles sus sembrados, esclavizar a sus hijos y destrozarlos a cañonazos, pero le hacía bien a su conciencia la absolución del clérigo, aunque en el fondo del alma un guerrero de su linaje no necesitaba argumentos para ir a enrojecer la hoja de la espada. Un destino palpitaba en sus nervios; había conocido el dialecto de la guerra desde cuando entraron en su oído las primeras leyendas en los patios familiares; su mente reclamaba sangre al contemplar las espadas brillantes, las rectas lanzas negras, las alabardas de hachuela filosa, las dagas aguzadas y las ballestas surtidoras de ráfagas, al mirar con intriga la inmensa y curva cimitarra que arrebató su trasabuelo francés a un capitán de Saladino en las sequedades de Jerusalén, y que ocupaba desde siempre un salón de la casa de Ursúa, garabato de hierro de la luna vencida y recuerdo perenne de los deberes de su estirpe.

22.

En los pocos días que estuvo en la Sabana, antes de obedecer el nuevo mandato

En los pocos días que estuvo en la Sabana, antes de obedecer el nuevo mandato de Armendáriz, un recorrido por las extensas encomiendas que había reservado para su tío y para sí, le permitió ver la nueva vida de los indios. Bajo el rigor de la servidumbre empezaban a seguir costumbres españolas en la alimentación, ya cribaban trigo para hornear panes fragantes, así como los españoles tenían que usar por fuerza sus ruanas indias tejidas de hilo grueso, sus blancas mantas de algodón rayadas de morado y de rosa. Algunos nativos comían ya menos venados, que tenían que ceder a los cazadores españoles, y criaban gallinas en sus tierras, aunque no se alimentaban con las aves que habían crecido en sus propios corrales. No sacrifican nunca nada que se haya criado en su casa, salvo para fines ceremoniales, pues devorar un animal conocido les parece tan repulsivo como devorar a un pariente.

Ursúa advirtió que aceptaban en cambio comer gallinas venidas de corrales lejanos, y ya que seguían hábitos españoles, no le sorprendió que hicieran trueques por platos de peltre, aunque un día descubrió con asombro que no los adquirían para comer en ellos sino para colgarlos de sus cuellos como pectorales. Despojados del oro que por siglos los unió con el sol y con el pasado, conservaban al menos, en el silencio y la derrota, un obstinado diálogo con sus dioses moribundos o ausentes.

Ursúa volvió a sus charlas con Oramín. «Quiero entender por fin qué estoy buscando», le dijo. Fue entonces cuando le contó al indio su sueño de la primera noche de travesía hacia el sur, y Oramín lo interpretó diciendo que el río le había hablado en sueños y le había referido su pasado. Ya he dicho que al impaciente Ursúa, tan ávido de datos y de revelaciones, lo irritaba esta costumbre de atribuirle a la naturaleza facultades humanas, de afirmar que los pájaros cuentan cosas, que los árboles piensan, que los ríos conversan con la orilla, pero la convicción con que hablaba Oramín no dejaba respiro para réplicas. Según él, unos poderes lo habían puesto en el camino de Ursúa para orientarlo y ayudarle a alcanzar sus propósitos. Curiosamente, no veía con excesiva severidad los combates del muchacho ni la sangre que vertía. Los panches eran fieros, y si tuvieran mejores armas serían ellos los que aniquilarían a los españoles. Éstos deberían agradecer haber llegado a una región como la Sabana, llena de pueblos pacíficos, leales con sus vencedores, que antes que librar guerras interminables preferían arrojarse en masa desde los peñascos.

Oramín, que sentía profunda gratitud hacia Ursúa por haberlo protegido en un momento de peligro, no se hacía ilusiones sobre el futuro de su pueblo, y mostraba más bien la tendencia de muchos indígenas a mirarlo todo con fatalismo. Los poderosos enemigos habían llegado y ahora triunfaban; crueles dioses estaban con ellos; un bello mundo estaba declinando; una maldición indescifrable se cumplía contra estos reinos que gozaron por miles de soles y de lunas una felicidad irrepetible. No encontraba lugar para la esperanza. Podía ver que los invasores no estaban de paso, que habían venido para quedarse, y que en su mundo lejano quedaban todavía incontables guerreros esperando su turno para venir al incendio y a la rapiña, de modo que ya nadie podía, como Tisquesusa y como los primeros testigos en las islas, alimentar la ilusión de que un día se fueran. Al contrario: llegarían más y más. El mundo de Bachué y de Bochica estaba muriendo para siempre; tiempos de ruina y de esclavitud se cernían sobre las provincias; y no quedaba ya en el agua que corre ni en la tierra que dura ni en el cielo cruzado de pájaros a quién preguntar cuánto duraría la nueva edad del mundo.

Pero la nueva edad estaba gobernada por dioses que se odiaban. Los bandos adversarios veían con malos ojos las encomiendas de Ursúa y de su tío, y muchos se quejaban de los negocios del juez con el escribano Alonso Téllez. Habían establecido haciendas ganaderas, y Armendáriz, después de negar a varios españoles su permiso para mover ganados, autorizó a su socio a llevar al Perú, en un solo viaje, ochocientas ovejas, cien yeguas, cien vacas y un número no determinado de caballos. Según los rumores ya otras veces habían puesto en marcha negocios semejantes, lo que también niega que los caminos fueran tan peligrosos como a veces decían los gobernadores en sus cartas al emperador.

Los cargos que obraban contra Armendáriz en la Real Audiencia de Santo Domingo eran de muchas clases: el más reciente lo acusaba de parcial y corrupto; la ejecución de Palomo y los tormentos a los otros acusados por el incendio lo señalaban como injusto y cruel; pero la acusación favorita de los que presionaban para que fuera residenciado era de sensualidad: el juez, decían, tenía varias hembras a su disposición, en sus alcobas de Cartagena y de Santafé habían sorprendido a veces mujeres desnudas, y hubo quien habló de costumbres más licenciosas todavía, indignas de un respetable juez del Imperio.

Para colmo de intrigas y confusiones, uno de los oidores de la nueva audiencia, Gutierre de Mercado, el menos favorable a Armendáriz porque venía como su juez de residencia, pasando por Mompox se sintió indispuesto y entró a buscar ayuda en la farmacia del puerto, con tan mala suerte que las purgas que le recetó el farmaceuta resultaron letales. Tres días después, entre vómitos y retortijones, el oidor abandonó su alma a los espíritus del Magdalena, y sus deudos no sólo hablaron de un error en la receta sino que en medio de sus conversaciones llegaron a susurrar la palabra «veneno». Ya el hecho había causado conmoción, pero el farmaceuta resultó ser primo de Alonso Téllez, el socio de Armendáriz, y este nuevo episodio voló cargado de sospechas hacia los tribunales lejanos. Los dos oidores restantes viajaron enseguida a Santafé, a liberar a Armendáriz de las fatigas de la gobernación, pero desde Santo Domingo ya se ponía en marcha quien se proponía ser su purgatorio: el magistrado Zorita, infortunado juez de residencia.

Los oidores eran jóvenes inexpertos y harto influenciables, sobre todo por un hombre elocuente como Armendáriz. Traían a la ciudad de Santafé un regalo del emperador: la concesión por armas del águila imperial en campo rojo, y nueve granadas por orla que se debían añadir a su escudo. Desde temprano los símbolos del Imperio habían comenzado a mezclarse y a confundirse con los símbolos de los pueblos indígenas, y si los indios aceptaron siempre como propia el águila bicéfala de la casa de Austria, es porque el águila de dos cabezas era una imagen familiar en sus aldeas y había adornado por siglos los duros pechos de los guerreros y los templos de guayacán y de roble. Pero el símbolo más importante que traían los oidores era el Sello Real, el objeto mágico que le daba validez a los papeles de un reino fragmentado en innumerables despachos, y de un poder atomizado en miles de funcionarios, lo único que convertía una audiencia de Indias en Audiencia Real, y que era el equivalente, en el boato político, de las custodias resplandecientes que presiden el ritual religioso.

Beltrán de Góngora, el más joven de los oidores, era navarro, y por lo tanto sensible a las maquinaciones patrióticas de Armendáriz. Estas Indias, aisladas en regiones, empiezan a mirarse en el espejo roto del localismo español, que hace pesar sobre los corazones mucho más a Navarra o Andalucía, a Castilla o Cataluña, que a la nación todavía mal soldada por la alianza de las grandes coronas, o al vasto y difuso imperio que muchos no entendían, porque no estaba claro siquiera en la mente alemana del emperador.

Ursúa recibió la orden de asumir el mando de la expedición, subordinar a Ortún Velasco, y fundar una ciudad en homenaje a su querida tierra natal, para que, cuando llegaran los oidores con el sello todopoderoso, Beltrán de Góngora se sintiera halagado por esa fundación. El tesoro de Tisquesusa debía seguir postergado, porque la fundación era tarea prioritaria, así no fuera más que para serenar al tío Armendáriz, desvelado por conspiradores, por indios, por la Corona, por su nuevo juez y por el tiempo que empezaba a acabarse.

«No es fácil que los indios, por muchos que sean», le dijo Ursúa para tranquilizarlo, «puedan resistir al avance de los barcos armados que suben desde Santa Marta. Deberías estar tranquilo, porque si ya una vez Jiménez los hizo huir por las orillas y otras veces los barcos viajeros han superado sus asedios, está demostrado que somos más fuertes y que el río nos pertenece». «Además», añadió con una sonrisa malvada, «si los indios fueran tan peligrosos, ya te habrían salvado de los oidores que vienen por el río».

Sin embargo, aquel día vio a Armendáriz tan nervioso y desamparado, que casi sintió compasión de él. A veces se preguntaba qué hacía su tío, un hombre de códigos y estrados, hecho para la elocuencia y la salacidad, para las ceremonias cortesanas y los palacios seguros, viviendo en esta frontera de incertidumbres. Y entendió por qué su pariente se empeñaba en demorarle su licencia para ir a buscar el tesoro: sin Ursúa el juez se sentía perdido en el mundo, aunque la Sabana fuera el único sitio seguro que podía encontrarse en todo el reino.

Los muiscas eran tan pacíficos, que los primeros capitanes, tras unos días de conquista, pudieron dejar el reino en manos de sus tropas e irse a España a discutir quién tenía más méritos para ser el gobernador. En poco tiempo los españoles habían logrado como Cortés el dominio de un país inmenso, y si desplegaron ferocidades semejantes a las de Pizarro, fue más por su propia crueldad que por la resistencia de los indios. En cambio, la Sabana parecía siempre intranquila por algo que estaba más allá, como si viera amenazas en los llanos del oriente y en los valles del occidente, en las selvas y en las montañas remotas.

La víspera de su partida hacia el norte, cuando iba a la casa de su tío a revisar documentos sobre los chitareros, Ursúa, por un momento, tuvo una visión: le pareció percibir en las lomas con robles a un hombre antiquísimo, que oteaba solitario desde los riscos el mundo en la distancia, y sintió que aquel hombre había olvidado los duros caminos por los que llegó a su morada. Mirando desde lo alto, sobre las tapias familiares, sobre los sembrados pródigos y las trojes cubiertas, veía guerras e incendios en los horizontes lejanos; tormentas sacudiendo y cabalgatas devastando las tierras quebradas; oía truenos, veía romperse el cielo en centellas y abrirse las grandes flores de fuego de los volcanes; veía volar sobre los reinos diminutos las nubes de ceniza de las grandes catástrofes, y oía lamentos apagados entre los resplandores, hondísimos gritos de angustia, el mensaje de destrucción y de muerte que traían de lejos los vientos y los pájaros. Abrió los ojos, sacudió la cabeza por un momento demorada en los sueños, y comprendió que por primera vez ante los desafíos de la acción algo en él había anhelado hundirse de nuevo en las sábanas tibias y en las axilas de su india olorosas a hierba fragante.

También le preocupaba Ortún Velasco. En el tiempo compartido se había formado una idea clara de su valor y de su inteligencia; era reconfortante como las hierbas curativas y sereno como las mañanas después de la lluvia. La avanzada hacia el norte afrontaba un peligro cierto. En parte para tranquilizar al juez, y en parte para controlar su propia inquietud, Ursúa dio órdenes a la tropa de hacer preparativos para una nueva expedición, y fue con el tío a examinar los documentos, relatos de viajeros y noticias disponibles de la región de las sierras.

Los cabildos sabían mucho del río pero menos de las montañas que se escalonan hacia el este. «Hace quince años», dijo Armendáriz, «salió de Venezuela la expedición de Ambrosio Alfínger, un hombre de Ulm que trabajó primero en La Española negociando para los banqueros Welser, y después se lanzó a la conquista. Cuatrocientos hombres navegaron con él por el mar de Maracaibo, quemando rancherías y enfrentando pueblos guerreros, y entraron en el Nuevo Reino. Por la sierra que los indios llaman de Perijá, bajaron hasta el río Magdalena y llegaron a la confluencia del río que bautizaron con el nombre del capitán Lebrija».

«Ése lo recuerdo», dijo Ursúa. «Cuando pasamos, Suárez me contó que allí se habían ahogado varios hombres de Lugo, cerca del sitio donde se escaparon los negros». «Yo también recuerdo esa región de llanos y de ciénagas, como a cien leguas de Tamalameque hacia el sur», dijo el juez. «En ninguna parte del viaje me sentí tan enfermo. Y por ese río Lebrija, Alfínger hizo entrar a las tropas de Esteban Martín, para ir a explorar tierras más altas».

Leyeron informes de Quesada, hablaron con Suárez de Rendón y con veteranos de esas campañas, y así se enteraron de que una tropa de cuatro nacionalidades: españoles, alemanes, portugueses y negros de Nueva Guinea se enfrentó varias leguas río arriba con la tropa unida de otras cuatro naciones: los guanes, los cusamanes, los chitareros y los yariguíes. Eran centenares contra miles y muy pronto los indios vencían. Esteban Martín envió mensajeros a pedir refuerzos a su jefe, y el propio Alfínger voló con el grueso de las tropas en su auxilio. Los indios, lujosos de oro y estridentes como guacamayas, llevaban por armas macanas de palma negra de hasta seis varas de largo, y se acolchaban el pecho con gruesos lienzos. La tropa del Imperio los obligó a replegarse, y el capitán envió tres regimientos distintos a explorar el río Negro, la sierra que se alza en azul a la derecha, y un río de arenas doradas que los indios anunciaban más arriba. De los informes que trajeron, el más importante lo traía el propio Esteban Martín: era verdad que las arenas del río eran doradas, y de allá obtenían el oro hacía siglos los indios de la región. En pleno diciembre, esa noticia fue aliento suficiente para que las tropas plantaran sus tiendas y se regocijaran, sintiendo que no habían sido en vano las incontables batallas libradas desde Coro, y las tempestades y plagas del camino.

Pero ocurrió que en enero el capitán Alfínger, en vez de dar la orden de explorar y apropiarse de las riberas del río maravilloso, tomó la inexplicable decisión de cambiar de rumbo, hacia las tierras altas del nordeste. Con la mitad de su tropa cruzó, por días largos y tristes, los páramos silenciosos con su vegetación a ras del suelo, donde ni siquiera por eso es posible saber si no hay indios ocultos, ya que en todo el territorio uno puede pasar entre pueblos enteros sin advertirlos, pues son como follajes entre los árboles, como barrancos en los barrancos, como gente de niebla entre la niebla, y sólo cuando quieren pueden ser percibidos, cuando el estruendo de su ataque, imposible de imaginar minutos antes, repercute por las montañas, o ya en la vecindad de sus poblados de sembradores y alfareros, de cantos y de flautas, de danzas entre el humo bajo las lunas grandes.

Y Alfínger cruzó las sierras y los lagos de Chitagá, y las pendientes frías de Cácota, hasta bajar a un valle bordeado de montañas por el que corría un arroyo translúcido que, más abajo, por los cañones, se convertía en un río rugiente. Nadie pudo obtener de la cara barbada y roja del alemán la razón de aquel viaje que los llevó presurosos y hambrientos hasta los samanes de Bochalema y hasta los bosques bellísimos de Chinácota, donde llueven noche y día de sus árboles altos las flores moradas y amarillas. Pero Alfínger no podía responder porque él mismo ignoraba cuál era el designio que lo llevaba a Chinácota: y es que allí lo estaba esperando la muerte. En esos bosques paradisíacos, llenos de guayacanes floridos, la flecha de un indio chitarero le atravesó la garganta, y de nada valieron las plegarias latinas, ni los sanadores de la tropa, ni la amistad distante de los grandes banqueros de Augsburgo, ni el recuerdo final de su hermano, el ostentoso Enrique Alfínger, quien años atrás compró en una tarde todas las especias que trajo de los confines del mundo la arriesgada expedición de Magallanes. Era el año de gracia de 1533, y muy al sur también había otro cuello en tormento, porque el verdugo estaba apretando con el torniquete una cinta de acero en torno a la garganta de caoba de Atahualpa, que había sido bautizado la noche anterior, para que no muriera sin el amparo de Dios.

23.

Esas montañas por donde ahora debía cabalgar Ursúa

Esas montañas por donde ahora debía cabalgar Ur-súa, fueron, pues, en otro tiempo, el camino desesperado de Ambrosio Alfínger. Sobrevivientes de aquella expedición volvieron deshechos a Coro y le contaron al otro hombre de Ulm, Nicolás de Federmán, que el río abandonado por Alfínger tenía de verdad arenas de oro. Federmán nunca pudo buscarlo, pero le habló de él a Gonzalo Jiménez, que lo había recibido amistosamente en la Sabana. Y Jiménez sí era el hombre para ir a buscar esas aguas doradas, porque tenía más sed de oro que muchos otros, pero un conflicto inesperado con Lázaro Bejarano lo retuvo en Santafé, antes de viajar obligado a España, a zanjar la disputa con Federmán y Belalcázar.

Así que la provincia se salvó de varias conquistas, y siguió en manos de chitareros y de guanes, que recordaban con espanto las carnicerías de Alfínger. Después Martín Galeano fundó a Vélez en 1539, junto a los bosques donde blanquean los lisos guayabos, cuyo perfume vuela hasta muy lejos, y Jerónimo Lebrón vino de La Española, remontó el río y la cordillera del Opón, pero esquivó como a un maleficio la cuchilla de Los Cobardes, que se pierde hacia el norte. Traía a la Sabana, llena de hombres solos hastiados de maíz, una legión de mujeres y varios bultos de semillas de cebada, garbanzo, alverjas y habas.

Los indios del norte seguían en paz con los españoles, pero en 1541, ido ya para España Jiménez, su hermano Hernán Pérez de Quesada asumió la gobernación, y estaba resuelto a averiguar en el menor tiempo posible el rumbo de Eldorado. Acorraló indios, quemó sementeras, hizo capturar a los jefes, torturó a quien fuera sospechoso de saber algo, y se ensañó con el gran zaque Aquimín en Tunja, a quien obedecía medio reino. Después de darle en vano tormento para que confesara, llevó la crueldad al extremo, y la cabeza de Aquimín se desprendió de su cuerpo real gastado por el sufrimiento.

Los muiscas sometidos, pero sobre todo los guanes libres y los chitareros rebeldes de las montañas volvieron a sentir la necesidad de castigar a los invasores. Aquimín era amado por muchos pueblos, y cuando Quesada le cortó el aliento hubo una larga asamblea para los funerales, y nació una disputa entre los indios del extremo de la Sabana y los de las sierras nevadas y los cañones para decidir quién conservaría el cadáver, al que era necesario desagraviar y proteger.

Entonces el Iraca Sugamuxi les susurró a los jefes la solución: que Aquimín fuera enterrado en dos tumbas distintas, y que en las dos regiones del reino ambas tumbas guardaran su cuerpo completo. Recogieron por meses el oro del río y las minas, hicieron en secreto moldes del cuerpo del zaque, y un día salieron del lugar del ritual dos caravanas: una llevaba a Aquimín con su cabeza ya embalsamada con humo de maderas preciosas y el cuerpo modelado en oro macizo; la otra llevaba a Aquimín con el cuerpo embalsamado y la cabeza de oro. Fue el último homenaje que pudieron brindarle a su rey las dos provincias, antes de perder del todo sus tierras y sus ritos: el recuerdo de su condición de hombre dorado y de hijo del sol, que fue capaz de morir tragándose la llave, como decía Ursúa que dicen los vascos, para hablar de quien es capaz de morir llevándose a la tumba un secreto. Y así el zaque Aquimín fue enterrado en dos sepulcros distintos, a leguas de distancia uno de otro. Tenía poder sobre la Sabana del norte hasta el cañón del río Chicamocha, que nace por varias fuentes en las tierras altas de Nobsa, de Firavitoba y de la gran laguna de Tota, y por todas las tierras voló la leyenda del rey muerto y de su cuerpo de oro, que los españoles recibieron en tantas versiones distintas que perdían la paciencia sin saber a cuál atender.

Antes de darse al camino, Ursúa habló con Oramín. El indio conocía otras leyendas de las tierras solares de Hunza y de los ríos del norte. Le contó una de esas historias que Ursúa miraba con ojos de espía, tratando de ver en sus intersticios fragmentos de una verdad que le fuera de provecho.

«El sol», dijo Oramín, «nació como un muchacho sabio y manso llamado Sugamuxi, en las tierras de Hunza, pero al salir de la infancia se vio obligado a viajar solo por regiones tan hostiles, llenas de selvas, de serpientes mortales, de tigres carniceros, de guacamayas, de monos saltadores, de lechuzas, de moscas grandes, zancudos y escorpiones, que el muchacho fue perdiendo la paciencia a medida que avanzaba en su canoa por las aguas encajonadas del río. Un día despertó en medio de la corriente, y había tantas criaturas acechándolo, tantos tigres rugiendo, tantas gualas negras de pluma blanca oscureciendo el cielo en espera de su carne, que el joven Sugamuxi se fue poniendo rojo de furia hasta que ardió en una sola llama y se transformó en Chicamocha, el señor de fuego. La canoa ardió con él, el fuego se contagió a las orillas y fue incendiando los bosques, las laderas, las montañas vecinas, de modo que el muchacho en llamas pasó en un incendio tan grande que hacía saltar en brasas a los saltamontes y arrastrarse en brasas a las serpientes, y que redujo a cenizas la selva, los animales y los suelos de la región. A medida que avanzaba, tras él iban quedando tierras muertas, montes negros de carbón y grises de ceniza y de ruina. El señor de fuego siguió bajando en su barca encendida y sólo sintió que se aplacaba su furia al llegar al valle del río Yuma, donde se fue convirtiendo sólo en calor, de modo que volvió a ser Sugamuxi, el joven de la diadema de oro».

Así se explicaba Oramín la existencia de algo de lo que también habían hablado los exploradores extraviados de Alonso Luis de Lugo: una región de cañones siniestros e interminables donde la tierra parecía muerta desde la creación del mundo, donde sólo serpientes y lagartos resecos miraban la inmensidad de las montañas calcinadas por un desastre antiguo.

Z'bali quería que Ursúa la llevara consigo, alegando que podría servirle de intérprete en su contacto con los indios que iba a someter, porque pensaba que si Ursúa iba en la dirección del norte, de donde ella procedía, esos indios hablarían la misma lengua de su pueblo de origen. Era hábil tejedora, sigilosa y furtiva, y sentía un amor dadivoso que para Ursúa era casi un estorbo. No la habría llevado jamás, porque quería sentirse libre, y esa solicitud excesiva le parecía también un encierro, una red de ternuras y obediencias que procuraba crear lazos entre ellos. Se sentía superior a esa india hermosa e ingenua que iba a la iglesia con devoción pero también adoraba a la luna y le ponía en las alforjas ranas secas y hojas rezadas para protegerlo de las flechas y de las serpientes. Le ordenó con sequedad permanecer allí y no insistir en sus peticiones, y casi se olvidó de ella todo el tiempo que duró la campaña.

En Tunja recogió los soldados, las armas, los víveres y los indios que puso a su disposición el Cabildo, y ocho días viajaron hacia el Chicamocha, dejando a las tropas de infantes avanzar a la zaga, acompañados por algunos jinetes. Los de a caballo iban aprisa intentando alcanzar pronto a la retaguardia de Ortún Velasco, pero había que dejar refuerzos por el camino para mantener la comunicación con la Sabana. Diez días tardaron en llevar los caballos sin pérdida a la otra orilla del río Sogamoso, sufrieron los rigores de un páramo, cruzaron los países de paipas, duitamas, cerinzas, sátivas y chitagotos; pasaron la región de postes de piedra de los sarataes; afrontaron las tierras de los cachiras negros y los cacheguas rojos, de ucotomas, rabishas, caníes, bocalemas, xebas y ogamoros, y finalmente atravesaron en guerra las provincias de Servitá, Icotá, Cácota, Chopo, Teguaraguacha y Arcogualí.

Alfínger había muerto dejando un río de oro sin explorar, Pérez de Quesada fue calcinado por el rayo sin revelar la confesión que decía haber arrancado de los labios de Aquimín, y Pérez de Tolosa insistió siempre en que el país del hombre dorado estaba al norte de Tunja. Ahora era el turno de Ursúa. Alcanzado por sus tropas, Ortún Velasco acató con lealtad ejemplar la orden de entregar el mando a ese joven de 22 años con escasa experiencia en campañas de conquista. Ursúa esperaba encontrar a un hombre reticente e indignado por su destitución como jefe de las tropas, y nunca salió del asombro de ver que Ortún siguió siendo leal y cordial, respetuoso sin fijarse en la juventud de su jefe, fiel ejecutor de sus órdenes, prudente consejero y amigo generoso y discreto. Desde el primer momento Ursúa sintió, aunque no sé si se lo dijo, o si sólo me lo confió a mí muchos años más tarde, que la mejor conquista de ese viaje había sido la lealtad de aquel hombre, y que si la ciudad que fundaron nació con tan buenos auspicios era porque había sido hija menos de una guerra que de una gran amistad.

Cabalgaron muchos días por las fronteras de Cúcuta hasta las Lomas del Viento, y de allí se regresaron convencidos de que el mejor paraje que habían visto era el valle que encontró Ortún cinco meses antes, en la víspera de Pentecostés. El primero de noviembre de 1549 fundaron la villa. Ursúa sabía por su tío que al fundar a Pamplona, en la España de quince siglos atrás, Pompeyo había erigido un fuerte para asegurar la conquista de las Galias, y quiso que bajo la tutela de ese nombre también estuviera asegurado su avance hacia las tierras del oro, a las que Pérez de Quesada llamaba La Casa del Sol, pues ése era el nombre que le habían dado los muiscas.

Y Ursúa cumplió con el último ritual de las edades caballerescas: armado con lujo sobre su caballo de pelaje dorado, declaró que fundaba en esas tierras una ciudad en nombre del emperador Carlos V, y de su hijo el rey Felipe de España; desafió ritualmente a desenvainar la espada y enfrentarse con él a quien se opusiera, blandió la espada, dio cortes en el aire como castigando a un enemigo invisible, hizo cimbrar el acero en el viento cruzado por hilos de niebla, golpeó con el filo los árboles y las lianas, sumergió la hoja luminosa en las aguas cristalinas del río, y dio a la ciudad el nombre de Pamplona, en recuerdo de su amado país de Navarra, pensando por un instante, me dijo, en Tristán y en Leonor, sus viejos padres, en la legión de sus mayores de lengua vasca y franca y castellana, y en sus espadas bebedoras de sangre.

Lo primero que alzaron en la plaza mayor fue, por supuesto, la picota: un madero grueso donde debía ejecutarse la ley contra los malhechores. El escribano Juan de Padilla anotaba y protocolizaba todos los movimientos de Ursúa, los solemnes momentos de aquella fundación, y dejó inscritos los nombres de los ocho regidores: Andrés de Acevedo, Juan de Alvear, Hernando de Mezcua, Juan de Tolosa, Sancho de Villanueva, Juan Rodríguez, Pedro Alonso y Juan de Torres; de un procurador, Beltrán de Unzueta, y de dos alcaldes: Alonso de Escobar y Juan Vásquez. Soldados de la tropa convertidos de pronto en autoridades y cabeza de nuevos linajes indianos.

Cuartelaron el espacio: los campos de bosques altos y de matorrales, esfumados por la niebla temprana y restituidos más tarde por el sol color de maíz, se fueron convirtiendo en Plaza Mayor, en casas del Cabildo y en estancias reales: el Consejo, la Aduana y hasta una atarazana para los toneles que ya llegarían. Invocando al Espíritu Santo, en cuyo honor habían bautizado el valle, ascendió a primer párroco el capellán Alonso de Velasco, y la cruz de su bendición fue dividiendo el suelo en treinta y ocho manzanas, y éstas en ciento treinta solares, la mitad de los cuales reservó Ursúa para sí como jefe de la expedición, y en previsión de futuras mercedes o recompensas.

Después la espada señaló hacia todos los rumbos los límites de la provincia: Málaga, por el sur, más allá de los páramos, rumbo al cañón calcinado por Chicamocha; el río Sogamoso, que se vierte al oeste en el gran río, cerca de las barrancas coloradas; la ciénaga del Bachiller y las sierras de Nacuniste; al nordeste el Gran Lago que lleva el mar en su nombre; más allá de la Cuchilla Negra los páramos donde nace el Sarare, y al sureste las Sierras Nevadas donde viven los hijos de las águilas.

Libraron su guerra con destreza y ferocidad, y pronto los chitareros estaban sujetos en encomiendas. A mí me costó creerlo cuando Ursúa me lo dijo, pero después de su muerte muchos me han confirmado que había más de cincuenta mil indios en los valles de Condormenda, de Rabicha, en la región que llamaron de Mizer Ambrosio los veteranos de la incursión de Alfínger, por Chitagá y por el valle de Chinácota, de modo que los méritos guerreros de Ursúa se hicieron famosos en aquella campaña. Unos celebraban su talento, otros su ánimo casi suicida en las batallas de las que siempre salía herido, otros su fuerza a pesar de no tener un cuerpo desproporcionado, otros su pasmosa destreza como jinete, que lo hacía recorrer como un ángel las batallas y prestar auxilio a todo el mundo, y otros la gallardía de su trato, que aficionaba a todos.

De tantos lugares conquistados ninguno recordaban más que el que llamaron el Valle de los Locos. De repente, ante las avanzadas de la tropa, salió un grupo de indios pintados de rojo que hacían gestos extraños, como si todos hubieran perdido el juicio: retorcían sus cuerpos, miraban ferozmente, arrugaban las caras, daban gritos de bestias y parecían querer saltar como tigres y volar como buitres, y detrás de ellos salió de pronto una lluvia de flechas. Unos dijeron que los indios hacían todos aquellos visajes creyendo que espantarían con ellos a sus adversarios, pero Ursúa pensaba que era una danza de guerra, porque escuchó tambores y trompetas antes de que las flechas le impidieran seguir mirando con asombro a los indios.

Repartió las encomiendas en su orden favorito, considerando de elemental justicia reservar las más grandes para su tío y para sí, como representantes de su Majestad. Siguió el curso del río hasta las bellas cascadas, remontó el arroyo cristalino hasta los páramos, cabalgó por las pendientes de Cácota, donde también los indios están cubiertos de lana como las hojas de los arbustos, y visitó las lagunas más altas, donde cada día es el primer día del mundo.

Pero abandonó en cuanto pudo las tareas de gobierno a otros más ávidos de ellas, y dedicó su tiempo a recorrer hacia el sur la provincia, librando combates con los guanes y llegando hasta la mesa de arcillas rojas desde donde se ven las tierras devastadas que habían remontado viniendo de la Sabana. Una cosa es atravesar el cañón, con imágenes parciales de sus laderas muertas y sus eriales sombríos, y otra es ver el prodigio desde las alturas, comprobar toda la muerte que cabe en él. Después de contemplar el cañón y de abarcarlo con su mirada como un águila, aquella noche Ursúa tuvo otro de esos sueños que lo inquietaban al despertar.

Soñó que estaba en el lecho seco del río y que desde las grandes laderas hasta las cumbres lejanísimas se estaba celebrando el juicio universal. Vio las pendientes llenas de seres humanos pululando como murciélagos, millones y millones de rostros que se perdían hacia lo alto, muchedumbres que ocupaban el valle abajo, entre las dos pendientes, y en lo alto un revuelo de buitres o de cóndores que le causaban inquietud. Sólo cuando le pareció que el juez tremendo se estaba instalando en los peñascos más altos, en la vecindad de las nubes, otra vez vio revolotear a los pájaros y comprendió que eran ángeles. Despertó cuando ya comenzaban a sonar las trompetas del fin del mundo.

Habían saqueado a los pueblos indígenas y habían recogido una gran fortuna de piezas de oro, pero, salvo las arenas del río, no habían hallado metales preciosos en la tierra. Estando un día con Ortún y con otros miembros del nuevo gobierno, vieron venir a un mulero, de esos que siguen a veces a la aventura las expediciones, que se acercó y les preguntó dónde era que estaba el oro, pues había oído decir que estas tierras abundaban en él. Por divertirse, Juan de Alvear le dijo al hombre:

«¿Ve usted esa cuchilla, allá, detrás de las pendientes de bosques? Basta llegar allí y escarbar en la tierra, y se encuentra todo el oro que uno necesite». El hombre lo miró con asombro y se fue con la mula. Cuando había desaparecido, todos estallaron en carcajadas por la buena burla que habían hecho de la ingenuidad del viajero. Pero al día siguiente, vieron pasar al hombre con su mula cargada de fardos pesados, y les contó con mucha gratitud que en el lugar que le indicaron había recogido tanto oro que se volvía ya para la Sabana. Fue así como se descubrieron las primeras minas de oro, pero después Ortún Velasco empezó a encontrar minas por toda la región. Descubrieron el páramo rico de Suratá, donde según cuentan los baquianos, a media vara de fondo ya se hallaban las vetas de oro, y donde llegó a ocurrir que quien arrancaba yerbas y espartillos veía en la tierra adherida a sus raíces terrones de oro en bruto. Pero además estaba el río, cuyas arenas doradas requerían de los lavadores toda la destreza imaginable.

Una vez más Ursúa encargó a Ortún la explotación y el manejo de aquellas riquezas, y emprendió su viaje a la región del nordeste, por donde había entrado décadas atrás la tropa de Alfínger. Un antiguo soldado de los alemanes, Nicolás de Palencia, había estado por allí con sus tropas, y oyó hablar a los indios de un relámpago sin trueno que no terminaba jamás. Los nativos, tal vez para compensar esa falta de sonido en un relámpago eterno, le habían dado a la región nombre de trueno y la llamaban Catatumbo. Convencido de que los indios exageraban, Ursúa cabalgó con sus hombres más allá de las tierras de Chinácota y Cúcuta, esperando encontrar un lugar donde cayeran rayos con mucha frecuencia. Pero lo que encontró lo dejó mudo, porque llegados al atardecer, casi en las fronteras con la tierra de los alemanes, vieron palpitar en el cielo un fulgor incesante. Soldados de la compañía dijeron que a lo mejor habría una tormenta sobre el lago de Maracaibo. Pero a medida que se acercaban a la región de los relámpagos, la noche se mostró clara y llena de estrellas, no había indicio alguno de lluvia o tempestad, y el relámpago seguía brillando en la distancia, iluminando las tierras vecinas, hasta que les pareció que en aquella tierra era siempre de día, porque más tardaba en debilitarse el resplandor que en comenzar de nuevo. Ursúa me dijo que a pesar de que algo en él quería con avidez llegar hasta el sitio, ver si estaba bajo ese relámpago una ciudad de plata, los hombres empezaron a hablar de ciudades malditas sobre las cuales florecían los rayos del castigo, y alguno preguntó si no estarían en aquel lugar las bocas del infierno. El temor los paralizó en su camino. Los caballos mismos parecían no querer avanzar, aunque bien pudo ser el temor de los jinetes lo que ponía tan arriscadas a las cabalgaduras. Antes del amanecer Ursúa dio la orden de regresar. Se llevó en la memoria el espasmo de aquellas serpientes de luz en el cielo, el fogonazo interminable que abría cavernas en las lejanas nubes del lago y que revelaba en la noche inmensos países blancos hundiéndose callados en la distancia.

24.
En las afueras de Santafé,
junto al convento de San Diego

En las afueras de Santafé, junto al convento de San Diego, no lejos de la raíz de los cerros del oriente, los jóvenes oidores de la Audiencia Real pusieron sobre una hacanea blanca la gualdrapa de hilos de oro, el cojín recubierto de terciopelo carmesí, y encima el cofre de oro y plata donde iba a la vista de todos el Sello Real confiado a la Audiencia por su augusta Majestad Carlos V, duque de Borgoña, gran maestre de las tres Órdenes militares de Santiago, Alcatrava y Calatrava, rey de los Países Bajos, rey de Castilla y de Aragón, rey de Sicilia y de las Nuevas Indias, archiduque de Austria, emperador romano germánico. Aquella letanía era una formalidad, porque hacía siete años que las Indias y España estaban bajo el poder del príncipe Felipe, y el emperador gotoso y gastado ya acariciaba la idea de abdicar de todo su Imperio. Pero en estas provincias las palabras remplazan a los hechos y el boato sustituye la sustancia del poder verdadero.

Desfiló la jaca llevada de la rienda por un regidor hasta la villa cercana, bajo un palio que sostenían los otros regidores vestidos con camelotes lustrosos y portando con rigidez las varas de la autoridad. Iban a lado y lado los dos oidores a caballo, acompañados en la parte exterior por los dos alcaldes García Zorro y Avellaneda. Era la procesión más solemne que se había visto en la Sabana; ni siquiera la llegada de Cristo tuvo tanta ceremonia como la llegada del Sello, y centenares de españoles se agolparon a lado y lado del cortejo, seguido por funcionarios endomingados y por todas las tropas del reino. También los indios se aglomeraban en las lomas bajas del oriente para ver el desfile, preguntándose qué nuevo diablo estarían adorando sus amos en esa caja que cubrían de la vista del sol, y hasta los muertos se asomaron desde sus árboles en las montañas para mirar con condescendencia las nuevas servidumbres de los vivos.

Los oidores eran de verdad muy jóvenes, aunque no tanto como Ursúa cuando se adueñó de la gobernación, y más ignorantes de las cosas de Indias que el propio Armendáriz cuando llegó a Cartagena. Sus primeras decisiones alarmaron a los encomenderos, pues daban muestra clara de no saber dónde estaban ni quién era quién en el reino. En esa encrucijada Armendáriz logró conservar por un tiempo su influencia, y gastó los últimos aletazos de su poder en favorecer a Ursúa y en lograr que los guardianes del Sello nombraran escribano de cámara y mayor de gobernación a su socio Alonso Téllez, el avispado corredor de haciendas. Se estaba cuidando las espaldas para el día cercano de la justicia. Aconsejó a los oidores no ser demasiado celosos en la aplicación de las Nuevas Leyes, y ellos acogieron con tal avidez el consejo, que contra la prohibición expresa del emperador autorizaron nuevas expediciones de conquista.

Andrés López, hermano del oidor Galarza, obtuvo licencia para poblar en el Valle de las Lanzas, más allá de la margen del río grande, en tierras rebeldes a la autoridad de Tocaima. Años atrás los primeros invasores, perseguidos por los indios, soltaron por allí ciertas reses; aunque otros dicen que fue por no haber hallado cómo cruzar el río para subirlas a la Sabana, lo cierto es que esos ganados cerreros prosperaron al aliento de los herbales, y se han multiplicado tanto en treinta años o más, que ya los españoles no consiguen aprovecharlos. Los indios no se alimentan de esas bestias de cuernos, ni se acostumbran todavía a la leche ni al queso, de modo que no los persiguen, y los españoles que a menudo sacrifican las reses sólo lo hacen por obtener sebo para sus velas, o para un jabón que fabrican con ceniza de guásimo. Dejan en las llanuras las reses desolladas y enteras, que ceban a los buitres, y un infinito hollín de gallinazos apaga el cielo resplandeciente.

López de Galarza, buscando tierras más frescas, remontó las mesas bajas del occidente, al amparo de un cono majestuoso de nieve que según los indios sólo se deja ver de quien quiere, y encontró ese valle templado donde los indios no usan flechas sino jaras que impulsan con ingeniosas lanzaderas. Y antes de fundar su ciudad a la orilla del río fresquísimo al que llaman Coello, en tierras del cacique Ibagué, tuvo que sobrevivir a la guerra contra miles de indios.

Al mismo tiempo los oidores autorizaron a Juan Alonso para fundar una villa en el Valle de las Tristezas, que siguió siempre fiel a su nombre contra Belalcázar, contra Pérez de Quesada y contra el propio Ursúa. Alonso avanzó con valor y cautela, sin olvidar ni un instante que los panches devoran a sus enemigos derrotados, y dedicó varios años de su vida a comprobar que estos indios prefieren la muerte a la servidumbre y sólo cesarán de resistir cuando el último de ellos haya vuelto en forma de pez a los lechos del Yuma.

Porque Panche, el nombre que llevan desde siempre, significa bagre, el pez de barbas laterales que abunda en el río. Y bagres fueron sus antepasados que hace miles de años salieron a la luz de la luna, y se enamoraron de la calidez de la brisa, y se deleitaron tanto mirando las cumbres blancas que ya no quisieron volver a las aguas que corren. Un indio me dijo que a estas tierras centrales los indios las llaman Yulima, atravesando el nombre del hielo en medio de la palabra que nombra al río, y uniendo así la llanura ardiente del Magdalena con las crestas nevadas que cierran el mundo por el occidente. Los conquistadores quemaron en

Ibagué una princesa Yolima, acusándola de rendir culto a los volcanes y de ser la causante de las avalanchas que se llevaron a una parte de las tropas de Galarza en los altos pasos de la montaña. También hacia esas llanuras de hombres peces descendió con sus tropas Francisco Núñez Pedrozo, autorizado primero por Armendáriz y después por los oidores, para explorar las minas y los ríos de oro que se anunciaban al norte del Valle de las Lanzas, en el país de la Tierra Caliente.

Por el mismo camino había bajado Vanegas en los días de Lugo. Descendió por Zipacón y por los guayabales de Xíquima, con caballos y perros, armas y pertrechos, barras, piquetas y azadones. Salieron a su encuentro veinte mil indios bravos con flechas y macanas, y eran altos, robustos y resueltos. Parecían cercarlos por todas partes y los aturdían con gritos que llenaron las montañas. Pero los españoles soltaron a los perros, que habían cebado con indios. (Es ingrato decirlo, pero la razón por la cual los perros son tan diestros en atacar a los indios, y saben bien qué hacerles, es porque sus adiestradores capturan indios en las avanzadas para después utilizarlos en el entrenamiento y la ceba de los perros.) La expedición de Núñez Pedrozo iba repitiendo el mismo camino y utilizando la misma estrategia. Siempre al amanecer veían las cumbres llenas de hileras de indios. Pedrozo envió mensajes, y de pronto apareció un emisario desnudo, sin adornos de oro, sin diadema de plumas, joven y esbelto, totalmente pintado de negro con tinta de tagua, que extendía los brazos a lado y lado para mostrar que no traía engaño alguno, y les comunicó a través de intérpretes que no eran bienvenidos. Lo capturaron como prisionero y ya no enviaron más embajadas a los caciques. Había canoas en el río, y recorrieron al asalto tierras de panches y de panchiguas, de chapaimas y de calomaimas, de bocamenes y de oritáes, por la margen boscosa del Magdalena, y después de ondas

y lumbíes, de onimes y gualíes, remontando la otra cordillera.

Esos pueblos alimentan su valor con guerreros y veían
en el avance de los españoles la oportunidad de conseguir
nuevas fuerzas, maravillosos conocimientos y una audacia
increíble devorando los corazones y las carnes de tan admi-
rables enemigos. Pero el calor de las llanuras merece nombre
infernal cuando uno lo enfrenta sellado en una coraza de acero, y más voraces que los panches son los enjambres de mosquitos que brotan de los montes al atardecer, ávidos de nu-
tritiva sangre española, porque no pican a los indios.

Los soldados de Núñez Pedrozo lo supieron todo de
serpientes pudridoras y alacranes nocturnos, de las ranas que
chisguetean verrugas y de los simuladores caimanes, quie-
tos como troncos del río, que no parecen capaces de ningún
movimiento pero al caer sobre su presa son verdaderas ráfagas. Cruzaron un río al que llamaron Sabandija por una cu-
lebrilla que vieron; y a un poblado de nueve bohíos grandes que los recibió sin recelo (al que no saquearon porque
no tenía oro alguno) lo llamaron Venadillo, por un venadi-
to manso que tenía un niño indio.

Por fin llegaron a la capital de las provincias doradas, al corazón de la Tierra Caliente, y le dieron el nombre
protector de San Sebastián a la villa que fundaron en vegas
de Marquetá, poderoso cacique, y remontaron los ríos fres-
quísimos del Gualí y el Guarinó, donde bajan las aguas del
deshielo de los volcanes nevados, y donde más de treinta mil
indios les dieron guerra mucho tiempo. Pero también hallaron pescadores amigos (ahora sometidos en encomiendas) que sacan cada año, cuando sube contra la corriente
el río de los peces, veinte mil arrobas de carne de bagre que
salan y conservan siguiendo sus costumbres antiguas. Nada más grato que estos ríos que ciñen a San Sebastián de Mariquita, pues por ser frías sus aguas no hay caimanes en ellos.

Los pobladores se bañan en los estanques felices que trazaron los indios; hacen dulces sus días los árboles de anones y aguacates, de guamas y caimitos y guayabas que los indios sembraron; tienen un alimento saludable en todo el pescado que salan los indios; explotan la riqueza de oro y plata de estas minas que fueron de los indios; y han hecho de la Tierra Caliente su región preferida, ahora que están libres de la odiada presencia de los indios, porque los tienen desterrados o sometidos.

Cuando decidí por fin escribir mis recuerdos para contarme a mí mismo la vida de Ursúa, sus guerras y sus viajes, y el modo como la espada y la sangre fueron dañando su alma, comprendí que no habría lugar más adecuado que estas lomas conquistadas primero por Núñez Pedrozo y hace poco reconquistadas por el viejo licenciado Jiménez, al que no derrotaron los indios ni las deudas sino las ocultas plagas que devoran su cuerpo. En la Sabana hay más silencio, sin duda, y el amigo de Ursúa, Castellanos, pasa sus tardes en Tunja escribiendo en estrofas itálicas todo lo que vio en estos años, y dispone en versos de Ariosto la nariz de Pedro de Heredia y las decapitaciones de Alfínger, pero yo soy hijo de los litorales, necesito el clima cálido en mi cuerpo, y no podría escribir nada, y ni siquiera recordar, rodeado por esas lluvias eternas, por esos cielos de pelaje de oso y esas noches glaciales. Pero creo que es hora de volver a la historia.

En Pamplona, Ursúa recibió un mensaje de su tío, llamándolo de regreso a la Sabana para que se enterara de los sucesos del gobierno. Dejó en manos de Ortún Velasco la nueva provincia, y volvió con una fracción de la tropa. Le pareció sentir algo extraño en el llamado de Armendáriz, como si no fuera él quien ordenara el regreso, y se dijo que ya era hora de obtener la licencia para ir a buscar su tesoro, por la vía de los llanos que remontó en andrajos la tropa de Nicolás de Federmán. Hora de volar a la caza del oro escondido.

Pero en el aire mismo se volteó la moneda: al llegar advirtió que algo había cambiado en las álgebras del poder. Aunque el tío era aún un varón poderoso, no era ya el temido gobernador que había dejado al partir, y la sombra del juicio inminente ponía líneas amargas en su cara congestionada y rojiza. Armendáriz lo recibió con más atención que nunca, como si lo estuviera viendo por última vez, pero se mostraba más enfermizo y más indefenso que de costumbre. Viendo que el sobrino venía a insistir sobre el asunto que más habían postergado, le confesó que ya no estaba en sus manos autorizar esas campañas. Ursúa se indignó, porque no ignoraba que poco antes López de Galarza, y Alonso, y Núñez Pedrozo habían recibido sin dificultad sus licencias. Ser un guerrero tan fiel al servicio de la Corona terminaba siendo un obstáculo para buscar fortuna propia, y era evidente que soldados menos sacrificados eran recompensados de manera más pródiga. Había llegado la hora de discutir el asunto hasta el fondo, y soltarle por fin a su tío amado algunas verdades que llevaba en la punta de la lengua.

En el salón principal de la casa del juez, cuyo balcón daba al río y a los cerros que cierran la Sabana por el oriente, hablaron desde la media tarde. «Siempre me pareció que no te agradaba mi plan de ir a buscar el tesoro», le dijo Ursúa, quien no sabía si creer o no que la situación del juez había cambiado. «No es que no me gustara», respondió Armendáriz, «pues si ese tesoro existe, sería el premio de nuestros esfuerzos. Pero estas tierras están apenas sometidas, por todas partes se insinúan rebeliones de indios, cada gobernación hierve de pueblos y de caciques insumisos. Y tú no sólo eres el único capitán en quien puedo confiar plenamente, sino el mejor soldado de este reino: aceptar que emprendieras otra campaña azarosa hacia el sur, mientras los chitareros y los guanes se alzaban en guerra contra nosotros, habría sido una locura».

«Querido tío», le dijo Ursúa con una sonrisa forzada, «en estas tierras prosperarán las guerras como maleza todavía mucho tiempo. Cumplí con lealtad mis deberes: hallaste la Sabana en paz con los indios, y nuestros negocios bien establecidos. Y si estaba también llena de recelos entre los hombres de España, es porque esas discordias venían de antes y no estaba en mis manos impedirlas. Si debiera quedarme hasta que el reino entero esté en paz, me alcanzarán primero la vejez y la muerte».

«Por desgracia, ahora no depende de mí conceder esa licencia», suspiró Armendáriz. «Pero todavía tengo poder suficiente para sostener tus campañas. Sé que los oidores te exigirán primero debelar la insurrección de los muzos, que están a punto de cerrar el camino que lleva a las barrancas bermejas. Acabaron con la tropa de Jerónimo de Aguayo, y no nos dejan entrar a una región que parece llena de riquezas. No deberías desdeñar tesoros que están al alcance de la mano, por ir a buscar a ojos cerrados el oro de los cuentos». «Tengo motivos para creer que el tesoro de Tisquesusa está por la ruta que me trazaron mis informantes», dijo Ursúa con su típica impaciencia, «y no puedo comparar una fortuna de oro acumulado, listo para ser recogido, con una riqueza desconocida que todavía se esconde en los pozos de la tierra, y custodiada por indios feroces».

El diálogo empezó con argumentos dulces, llenos de respeto y de gratitud, pero se fue endureciendo en invocaciones de lealtad y en demandas de libertad, en reclamos impacientes y en exigencias, hasta que llegó el momento difícil, cuando el sobrino elegante y garrido alzó la voz para quejarse de la incomprensión de su pariente. Él era joven y ansiaba fortuna, quería hacerse un destino propio, no se sentía inclinado a echar raíces tan pronto. Y Armendáriz no pudo impedirse recordarle que era el mismo Ursúa quien había fraguado su nombramiento para la Sabana, y que entonces no había sido necesario rogarle. No quería ser ingrato, porque su colaboración había sido invaluable… pero la congestión lo iba transfigurando de amigo en juez, y el nerviosismo por su carrera en peligro lo cambiaba de aliado en tío autoritario, hasta que ya no intentó argumentos de socio sino órdenes de superior. «Me veo obligado a recordarte que tienes jefes y estás sometido a una disciplina. Tu deber es actuar primero en defensa de la Corona, de la Iglesia y de Dios, antes que atender tus asuntos privados».

Ursúa se levantó, pero permaneció inmóvil, con los talones juntos y el cuerpo rígido, esperando que el juez lo autorizara a retirarse. Desvió, como solía hacerlo cuando algo lo contrariaba, el rostro hermoso y ofendido, y no miró ya de frente a su tío, para que no se advirtieran las chispas de indignación que brotaban de sus ojos. Esperaba el permiso, y Armendáriz demoró un poco el gesto para hacerle sentir su autoridad. En ese momento tenso se encontraban cuando oyeron un rumor afuera. Los indios, inquietos, se habían amontonado en la plaza de tierra, cerca del río, y miraban al cielo del atardecer, que poco antes estaba cubierto de nubes, pero que ahora aparecía de un azul hondo y limpio, sobre el verde intenso y amarillo de los cerros.

Armendáriz fingía mirar cartas y documentos sobre un gran escritorio, mientras Ursúa seguía allí, firme y dolido. «Puedes retirarte», le dijo, «si así lo deseas. Pero te ruego que me comprendas». Y cambió de pronto a un tono más débil y suplicante. «Sé que te estoy tratando con aparente ingratitud: vienes de duras campañas a buscar algo que no tenemos, pues ya no soy el gobernador de estas tierras, y un juez envenenado por mis enemigos viene en camino para perdernos a ti y a mí. No estamos en la mejor hora de nuestro poder, pero todavía tienes algo que los oidores necesitan. Me atrevo a decir, sacrificando mi orgullo, que te necesitan más que a mí, pero te juro que ahora me importa menos mi suerte que la tuya. Eres lo único que tengo en estas tierras: verte partir con rumbo propio me haría sentir que nos quedamos solos los dos. Afortunadamente no es posible, porque tu futuro depende de que atiendas los reclamos de los oidores. Es el único camino para obtener la licencia que buscas».

Tenía los ojos enrojecidos por el desvelo, y estaba evitando mirar a Ursúa. «No creo que para mí haya futuro», añadió, «pero me queda el consuelo de verte triunfar en las guerras y ganar tu recompensa». Después sonrió y lo abrazó, como si se hubiera deshecho de una carga opresiva. «Me gustaría que te quedes conmigo un rato más y veamos algo inusual esta noche», le dijo. «Las cartas de Lope de Manrique me recuerdan que tendremos un eclipse de luna, y estos indios idólatras parecen saberlo, porque se ven inquietos en la plaza».

A Ursúa ya no le dolió el desamparo que su tío estaba tratando de sobrellevar con dignidad. Tuvo la nítida sensación de que ahora sólo podía contar con su fuerza. Y, como siempre ocurre cuando perdemos las cosas, vislumbró todo lo que había tenido: su soporte en las Indias, el suelo firme que había sido su tío para sostenerse en estas regiones desconocidas, tan lejos de Navarra y de Dios. Pero algo había terminado. Sintió la doble soledad del momento: tampoco estaba en sus manos salvar al tío de la suerte que lo esperaba y que podía ser más rigurosa de lo que ambos presentían. Viendo que el juez estaba de mejor humor, aceptó su invitación. Era bastante joven todavía para que la noticia del eclipse no le borrara por un rato proyectos más lejanos, así que merendaron juntos y salieron al balcón sobre el río.

Entonces la luna emergió por el cañón, entre los dos grandes cerros, y los bañó de una luz espectral. El espectáculo era hermoso y sobrecogedor: se veían los caminos de los indios en la montaña, se apreciaban con gran nitidez los ramajes de los árboles diminutos en el filo de los cerros, el contraste entre la superficie de barrancos y bosques apretados del cerro del norte y las aristas de los peñascos del cerro del sur, que parecía más antiguo, intemporal, casi muerto, incluso. Y cuando ya volaba la luna sobre el cañón, enorme y blanca, algo mordió su disco, y un rumor de inquietud se alargó sobre la multitud de indios que miraba desde la llanura. La sombra avanzaba sobre el disco. La diosa estaba en lucha con un enemigo incontenible, las nubes de formas precisas se enrojecieron, las estrellas que ardían débiles cerca de la luna crecieron y palpitaron con más fuerza a medida que el globo se oscurecía, la llanura por un instante se hizo más silenciosa, pero después un viento helado y lleno de voces antiguas bajó por el cañón, pasó contando secretos sobre los tejados y a lo largo del río plateado que se desprendía de las montañas negras y avanzaba por la llanura, y encorvó a lo lejos los tallos plateados de los maizales, que vibraron e hicieron resonar la sabana. Una negrura total cubrió los cerros y la planicie, los rostros de Ursúa y de Armendáriz se ensombrecieron en el balcón que miraba al oriente, numerosos graznidos de lechuzas se alzaron desde los gruesos árboles de la llanura, el agua se volvió un cauce tenebroso, y mientras los españoles rezaban en sus salas ante los cristos sangrantes, y gallinas ya nacidas en la sabana cloqueaban en los corrales, los indios empezaron a cantar y a tocar flautas, y permanecieron cantando, pero inmóviles, ante la tremenda oscuridad de los montes y el azul muy oscuro del cielo, viendo en lo alto un fantasma de luna, un casi imperceptible globo rojizo, un espectro teñido por la sangre de los indios sacrificados, salpicada hasta el cielo por los buitres que se alzan de los campos de muerte.

La guerra seguía siendo dura y sangrienta, y muchos nativos todavía preferían arrojarse desde los peñascos de Sutatausa antes que recibir la fe de Cristo, que les parecía temible. No la rechazan sólo por la ferocidad de los guerreros del emperador y por la superioridad de sus armas, sino por la figura misma del dios, suspendido en un árbol, tumefacto y sangrando. Muchas veces les oí decir que no pueden aceptar un dios muerto y martirizado, un muchacho clavado en un árbol, llagado y desgarrado por sus propios hijos. Y alguna vez uno añadió que para ellos es más comprensible el culto de los españoles por la cruz y el modo como la trazan sobre sus cuerpos, porque en ese rito se siente más poderoso el árbol que el hombre.

También por eso los denuncian los clérigos y los escarmientan sus amos. Esas opiniones parecen justificar el tormento, son herejías que la Iglesia no sabe perdonar. Pero en mi corazón siempre pude entenderlas, ya que de un modo secreto yo también formo parte de su bando y toda mi vida he vivido la discordia de ser blanco de piel y de costumbres pero indio de condición. Aunque mi padre logró ocultar mi origen, el hecho de que mi madre fuera una nativa de las islas, aunque me educó como a un cristiano desde la infancia y me llevó al estudio de su amigo Gonzalo Fernández de Oviedo, y nos hizo creer a todos que mi madre había muerto de fiebres, una dama española sepultada con suspiros y campanas en las colinas fúnebres de Curaçao, y que mi madre india era solamente nuestra criada, a partir de cierto momento ya no ignoré que en mi sangre estaban en guerra el dios que sangra en el árbol y el dios que quema el firmamento, que en mi corazón se mezclaban y se confundían la dulce madre blanca, la diosa que es un disco en el cielo y esa otra diosa de caoba que desaparece con la tormenta.

Lo demás lo supe mucho después, cuando ya estaba hecho a la confusión y al silencio. Fue buscando las huellas de mi padre por los callejones de Córdoba donde empecé a comprender que tal vez esa simulación con mi origen ocultaba otra. Que mi padre sabía ocultar la verdad de mi sangre porque ya había tenido que ocultar la verdad de la suya. Vivimos en tiempos malignos, en los que puede ser vergüenza y pecado la sangre que corre por las venas de un hombre. Pienso ahora en la luna que vio Ursúa en vísperas de salir a su campaña contra los muzos, pienso en la luna que gobernaba en secreto la sangre de mi padre, pienso en la luna de tres caras que gobierna mi propia sangre, y me pregunto, después de todo lo que he visto en el mundo, si esta malvada edad que rastrea en las venas de los hombres y maldice los ríos de su origen no se prolongará para siempre.

25.

A orillas del Magdalena, la extensa
sombra que había estado recostada
durante siglos

A orillas del Magdalena, la extensa sombra que había estado recostada durante siglos labró con paciencia en madera las imágenes desconocidas de un hombre y de una mujer, y las puso con calma en el río. Dicen que de allí brotaron los primeros pobladores de la región de los muzos. Después creció la población siglo a siglo, hasta ocupar todas las orillas del río y las vertientes y las sierras. La provincia de llanuras boscosas y de lomas ardientes era poco fértil y parecía pobre, pero ocultaba sus caudales. Fue de los españoles el capitán Lanchero el último que intentó someter esas tierras difíciles para los humanos y casi imposibles para los caballos. Volvió con las tropas diezmadas y un flechazo en el pecho.

Pero años atrás, cuando partió Jiménez de Quesada a comprar en España títulos y trajes, Hernán Pérez, su hermano, el mejor jinete que hubo en el reino antes de Ursúa, quebró los tobillos de sus caballos árabes tratando de entrar en aquel territorio que los nativos protegían con la vida. Cruzó entre los dos montes de Furatena, que según unos pueblos son los pechos de la mujer que dio a luz al mundo, y que según otros son los túmulos de Fura y de Tena, las criaturas talladas en madera por el ser de grandes alas de sombra: los padres de la humanidad. A los dos montes cortados de tajo por el centro los separa un río que los indios llaman Zarbi, y que en tiempos antiguos fue el muchacho de origen desconocido que separó a los amantes.

Hernán Pérez no estaba interesado en historias de amor de los indios, y no quiso escuchar al anciano que le contaba cómo Tena se dio la muerte después de ser traicionado, y Fura lo sostuvo en sus brazos hasta que vino el amante, convertido en río, a separarlos. Si hubiera oído la historia se habría enterado de que los gritos de Fura hicieron volar en forma de grandes mariposas azules a los espíritus de la selva, y que sus lágrimas se convirtieron en piedras verdes. Pero cuando el anciano lo dijo ya Hernán Pérez de Quesada iba lejos en su caballo fino, tratando de invadir el país de los muzos para descubrir qué era lo que ocultaban. Ese es el error de los que no saben escuchar las historias: a menudo los oídos ven mejor que los ojos. Pérez logró entrar unas leguas sangrientas pero al final fracasó también, y eso ocurrió antes de que lo enloqueciera la búsqueda de la Casa del Sol, donde se forja el oro; antes de su expedición suicida orillando los llanos inmensos; antes de cometer la crueldad de cortar la cabeza del zaque Aquimín, como si una cabeza sin cuerpo pudiera confesar dónde estaba el Dorado; antes de que todas esas hazañas malignas recibieran como premio la diadema de un rayo.

Era un guerrero joven, un precursor de Ursúa, apuesto y cruel. Y la señora de las tierras altas, a quien por costumbre los indios llamaban Furatena como a todas las cacicas de su estirpe, lo pretendió para esposo. Pérez la desdeñó, porque no quería gobernar sino avasallar el país de los muzos, pero encontró que éstos eran los guerreros más indomables del reino. Más astutos que los otros nativos, se valían de trampas disimuladas en la tierra y erizadas de púas venenosas, atacaban de pronto, se escondían en fortificaciones, y cuanto más amparaban la tierra, más sospechaban los españoles que algo muy importante estaban protegiendo, y más intentaban penetrar en su mundo.

Después del repliegue de Pérez de Quesada, los cabildos enviaron a Diego Martínez para que descubriera por fin qué ocultaban los muzos detrás de sus empalizadas de lanzas y sus lluvias de flechas. Y Diego Martínez padeció la guerra pertinaz de estos pueblos que atacan por oleadas, de modo que cuando uno cree que ha terminado la batalla, la batalla apenas comienza. De poco sirven los caballos por sus breñales ásperos, y ni siquiera los perros logran mucho entre el monte enmarañado. Los muzos, además de ser ágiles, son innumerables, arrecian sin cesar sobre los invasores y disparan con tal violencia sus flechas que nada les resiste: donde tocan penetran profundamente.

En medio del más duro de los combates, mientras su tropa resistía la carga redoblada de los flecheros indios, un soldado español, esquivando dardos y piedras se refugió en un socavón y descubrió el secreto: junto a la tierra negra y húmeda había cántaros de arcilla con muchas piedras verdes de cristal. Tomó varias de ellas, se las guardó en su alforja, y volvió a unirse a sus compañeros sin comentar el hallazgo. Los españoles habían matado más de quinientos hombres pero llevaban treinta de los suyos muertos por flechas y por lanzas, y muchos más soldados y caballos y perros heridos, de modo que Martínez ordenó retirarse. Contra las tropas que retrocedían arrastrando sus heridos y dejando en el campo los animales agonizantes, los muzos arremetieron con furia, bajo el mando de Itoco, el más poderoso de sus capitanes, que llamaba a hostigarlas y expulsarlas para siempre. Esa altivez de un jefe despertó otra equivalente: Martín de Oñate gritó a las tropas españolas que continuaran el repliegue mientras él les cubría la retirada, y combatió como un león, y murió bañado en sangre y más cubierto de flechas que san Sebastián. Había venido con Federmán de Maracaibo.

De combatir un poco más habrían prevalecido, porque los muzos estaban en el límite de su resistencia, pero regresaron deshechos. Juan de Penagos, que así se llamaba el soldado, sólo al llegar a Vélez reveló el secreto de las piedras, y los conquistadores comprendieron que de verdad los muzos cuidaban un tesoro: las más ricas minas de esmeraldas del Nuevo Mundo, los yacimientos de donde salieron las joyas de los zipas y los zaques y las grandes piedras proféticas del Templo del Sol. Martínez asoció este descubrimiento con un rumor que andaba por las villas desde hacía algún tiempo, y es que los muiscas de la Sabana, intercambiando bienes con las regiones vecinas, habían recibido tiempo atrás en Vélez unas gallinas que al ser sacrificadas traían el buche lleno de piedrecitas verdes. Hubo quien dijo que en algún lugar cercano habría minas de esmeraldas, recordando la gran cantidad que encontraron los primeros saqueadores del reino, y las piedras enormes que adornaban el templo, y que los aventureros alcanzaron a robar cuando empezaba el prolongado incendio. Ahora estaba descubierto el secreto, y el conocimiento de las piedras era ya perdición para los muzos: tarde o temprano la codicia entraría por ellas.

Meses después la región estaba asediada de traficantes que atormentaban a los indios para averiguar en dónde se escondían los yacimientos. Acosados, los muzos empezaron a hostigar a las expediciones. Núñez Pedrozo sostenía que sólo de esas minas pudo haber salido el racimo de piedras del collar de Atahualpa, que arrebataron un día las zarpas de Pizarro dejando líneas de sangre en su pecho, las más grandes y bellas esmeraldas que hubieran enlazado los artesanos incas. Y, según escuchó Ursúa en su campaña, los chamanes de Iraca celebraban esos racimos de luz verde en canciones que se iban desgranando como letanías. No recordaba el canto, pero yo después oí por sierras de Coscuez (y sin contar que había sido amigo de Ursúa, para no despertar la ira de sus víctimas), esos pregones de indios que hablan de destellos de agua y de esponjas de musgo, que nombran en una sola frase la quietud de los montes y de los grandes lagartos, que son oración y amenaza, y llevan el agua hirviente de las profundidades y el ojo rayado de la culebra, y recogen la luna y el cuello de la iguana, las hojas que vuelan y las piedras que caen, en un canto precioso y triste como el ala muerta de un escarabajo.

No sé si los lenguas podrán de verdad traducir esos cantos, que difícilmente pueden decirse en el idioma de España, porque se convierten en frases confusas como cuernos de lluvia o escamas de sueño o semillas de miedo. Oigo decir que dan la misma embriaguez del bejuco sagrado y adormecen la lengua como el verde mambe que mezclan en el norte con cal de conchas y en el sur con ceniza de yarumo; y que los cantores los siguen recitando dormidos, como rezos que cubren con caparazones de tortuga, que muelen largo con colmillos de agua, con voz ronca de árboles que viajan de noche.

Vinieron más expediciones, los muzos retrocedieron, cediendo los primeros yacimientos de la montaña, y los invasores convirtieron a los indios en bestias de carga. Sólo bajo las Nuevas Leyes empezaron a cambiar por mulas a los cargadores, y Vélez creció y prosperó, con recuas de mulas llevando su botín de cristales. Pero crecía el odio de los nativos, al ver cómo se cerraba el cerco español. Su territorio verde iba siendo cortado por todos los costados. Llenos de ira ocuparon los caminos, invadieron los pueblos, arrojaron aludes de piedras sobre las tropas invasoras desde los pasos altos, les dispararon piedras rabiosas que abollaban cascos y morriones, que aplastaban pómulos y quijadas, que rompían un brazo en el aire y hacían caer en los pedregales la espada exquisita. Y en esas campañas alzó su leyenda Saboyá, el jefe de guerra.

Todo se agravó porque el codicioso Jerónimo de Aguayo, el mismo que recibió a Ursúa a su llegada a Vélez, trataba tan mal a los indígenas, exigiéndoles nuevos tributos, que el paciente cacique de guane se rebeló finalmente a la cabeza de tres mil indios. Se hicieron fuertes en los montes, a cada derrota española los indios de alrededor se les unían, y pronto el cacique Chianchión se atrevió a ordenarles bajar a las villas, incendiar las casas de sus verdugos y matar a todo blanco que apareciera en su camino.

Entonces entraron en escena los oidores de la nueva Audiencia Real, y llamaron a Ursúa, porque su consejero Miguel Díaz de Armendáriz los había convencido de enviar a su espada favorita a imponer la justicia por igual sobre los indios y sobre los destructores de los indios. Sería más dañino el remedio que la enfermedad.

Cuando llegó el licenciado Zorita a adelantar su juicio, ya los amigos de Armendáriz estaban predispuestos contra él. Pregonó la residencia con bando solemne, pero nadie parecía hacerle caso; puso avisos en las puertas de las iglesias pero estos amanecían cubiertos de letreros infamantes y obscenos; convocaba a los testigos pero estos encontraban siempre la manera de disculparse para no asistir, unos porque no les convenía, y otros porque al parecer estaban amenazados. Un cerco hostil rodeaba al nuevo juez, quien encontró harto difícil acopiar las pruebas y no hallaba nunca la ayuda necesaria de parte de los oidores. Y era Alonso Téllez, convertido en secretario de la Audiencia Real, quien cumplía así la misión de auxiliar a su socio, liderando todas esas emboscadas contra la ley. Solo y cansado, Zorita reunió los informes que pudo y se fue a Santo Domingo, sintiendo que Santafé era un nido de funcionarios facciosos, y deseando no volver nunca. Armendáriz tomó la decisión de viajar también a Santo Domingo, a defenderse del juez ante la Audiencia de La Española, y no tuvo tiempo de despedirse del sobrino, quien ya había salido a su campaña contra los muzos.

Al comienzo Ursúa no pensó en esmeraldas ni en otra recompensa que derrotar al cacique Chianchión y mos-

trarse como un guerrero poderoso. Su debilidad era la esca-
sez de munición para los arcabuces, faltaba tanto el metal que
en Santafé tuvieron que recoger los tinteros y otros objetos
de plomo para convertirlos en balas, y era obligatorio guardar las municiones para casos desesperados. Llevaba a Juan
de Avellaneda y a su primo Díaz de Arlés, ya templado en
las guerras, a Alonso de Alvarado y a Alonso Gasco, A Be-
navides, Poveda y Suárez Deza, con quienes venció primero a los jefes Atabi y Quiramaca; a Rodrigo de Quiroga y
a Lope de Orozco, a los temerarios gemelos Andrés y Juan
Rubio, a Francisco Hierro, a Diego Romero, a Diego Vela,
a Riaño de Llerena y a Hernán González Hermoso. El cacique se atrincheró en su aldea de los riscos sobre el Saravi-
ta, con el río al frente y los cerros atrás, y desde allí ordenó
enfrentar a las tropas españolas. Ciento cuarenta y cuatro
infantes traía Ursúa, y sólo veinte jinetes. Los infantes soltaron a los perros, que en su primer avance despedazaron
a muchos indios, y empezó una cacería despiadada, porque
Chianchión huyó por los montes, y Ursúa, persiguiéndo-
lo, perdió en emboscadas parte de sus tropas. Unos cayeron en zanjas de estacas puntiagudas, otros cruzaron arboledas donde de lado y lado los acribillaban las flechas, y otros
llegaron a un pedregal movedizo pensado para que las bestias se rompieran las patas. Varias veces Ursúa estuvo a punto de alcanzar al cacique, y éste siempre escapaba. Indios
amigos le explicaron que Chianchión tenía fama de trans-
formarse en animal, de subir corriendo por las paredes de
los riscos, y de hacerse invisible.

Ursúa decidió enviar a treinta de sus hombres al valle de Paima, a buscar alimentos y a controlar el avance de
los indios por aquella región. Cuando ya habían salido, Oramín, que ahora lo acompañaba, le advirtió que los muzos
eran tan numerosos, que esos treinta jinetes morirían, despojados de su ventaja frente a los miles de indios que era

el fuego de los arcabuces. Ursúa llamó de regreso a la tropa, escogió otros cuarenta jinetes para reforzarla, y decidió ir él mismo encabezando la misión. Nada lo excitaba tanto como el peligro. Toda la noche cabalgaron por la tierra quebrada y boscosa, sin dormir un instante, pero entraron al valle de Paima cuando ya había luz plena sobre el mundo, y vieron a lo lejos la multitud de los guerreros indios, bien enterados de su llegada por los espías que caminan y silban en lo alto de los árboles, o quizás por las noticias de los pájaros.

Los setenta jinetes y uno alcanzaron el medio del valle, pero Ursúa se dio cuenta de que la muchedumbre enemiga se había ido abriendo a izquierda y a derecha. Un bullicio de gritos y músicas les reveló que detrás de ellos aparecían también multitudes, y pronto estaban totalmente rodeados. El capitán ordenó a los jinetes disponerse en tres círculos concéntricos, el exterior con los perros y las mejores corazas, el del medio con los arcabuces y el interior con las ballestas. Cuando los indios se acercaban, estridentes pero sin orden guerrero, los españoles soltaron a los perros y dispararon al tiempo los arcabuces, que producían el doble efecto de estallar como truenos y de hacer caer mágicamente a indios que todavía estaban lejos del alcance de lanzas y espadas.

Había que romper el cerco en su costado más débil, aquel por donde los españoles habían llegado en la noche, y Ursúa ordenó avanzar sin separarse en esa dirección, abriendo un boquete en las filas que los encerraban. Si alcanzaban los barrancos, podrían descender de nuevo al bosque que los había amparado en la noche, y emprender el regreso. Los perros, las ballestas y unos cuantos golpes de pólvora les permitieron llegar a la orilla de la cuesta. Ursúa ordenó que las tropas descendieran, pero se quedó con ocho jinetes cuidando la retirada para impedir que los indios lle-

garan a la orilla, a sepultar con rocas a los que descendían.
El momento más duro de la retirada fue cuando los nueve
que resistían iniciaron el descenso, ya con los indios muy
cerca. Los ocho insistieron en que Ursúa, siendo el jefe, y
necesitando de él toda la tropa, bajara primero, a lo que él,
borracho de peligro, se resistía, aunque finalmente acce-
dió. La marejada de indios llegó hasta la orilla, y descargó su
lluvia de flechas y su granizo de piedras contra la pequeña
compañía que bajaba, y sólo amainó cuando desde abajo
las ballestas respondieron al ataque. Ya llegaban Ursúa y sus
jinetes al bosque de abajo donde estaba el grueso de la tropa, cuando el más rezagado de los caballos perdió el equilibrio y el jinete cayó en medio de la pendiente. Los indios
más valerosos se lanzaron veloces cuesta abajo, con lanzas
de cascabeles en las manos, para cobrar al menos aquella pieza de los atrevidos invasores, y en ese momento todos vieron a Ursúa subir por la pendiente, con un arma de fuego
en la mano, y acertar en el pecho del primer indio, que se
desplomó con un grito. Al instante, misteriosamente, cesó
todo ataque por parte de las fuerzas indígenas, los cuerpos
diademados de plumas se retiraron de los barrancos, y el
soldado alcanzó su caballo que relinchaba ileso galopando
hacia el bosque.

Así volvió Ursúa con su tropa, decidido a no dividir
más sus fuerzas en el resto de la campaña, y prosiguió la persecución del gran jefe de los muzos. Fueron muchas las re-
friegas con las tropas del guerrero inasible. Pero en el último asalto, del que salió con una larga herida de lanza en
un muslo, Ursúa acorraló al cacique contra el agua, lo tomó preso con sus mejores combatientes, cercó también las
últimas aldeas de la sierra y capturó a hombres y mujeres y
niños para que presenciaran el castigo de los vencidos. A la
vista de todos hizo decapitar a varios jefes, escogió trece de
ellos para ahorcarlos en un cerco de árboles que había en un

llano, y sometió a Chianchión a crueles tormentos antes de terminar con él la ceremonia de las ejecuciones. Era impresionante para los españoles, y más para los indígenas, ver aquel solemne anillo de árboles, de cada uno de los cuales pendía un jefe guerrero, y en el centro del campo los otros muertos con las cabezas cortadas. Cuando su propio primo Díaz de Arlés le dijo que aquella carnicería era ilegal e innecesaria, Ursúa respondió furioso que después de tantos atrevimientos ese trato era ejemplarizante, y que los muzos aprenderían por fin quién mandaba en las Indias.

Tengo que confesar que de estas campañas casi no me habló Ursúa en nuestros viajes, porque cada quien sabe de qué puede envanecerse, y él íntimamente sabía que habían sido innobles y malignas. Si fueron fruto de la desesperación de un triunfador que empezaba a verse contrariado por el destino, no por ello dejan de ser más crueles de lo que mi amistad puede perdonar, pero al menos todavía son actos de guerra. Más tarde cometió crímenes más atroces contra hombres confiados y desarmados, crímenes dignos más bien de Carvajal o de Pizarro, en los cuales me cuesta reconocer al alegre hombre que fue mi amigo, y que revelan el costado más triste, no sólo de su alma, sino de esta rutina de atrocidades que nos va haciendo a todos insensibles, que imperceptiblemente va endureciendo los corazones.

Sólo el no tener mando hace que los delitos de los soldados sean menos atroces, y si mis manos sólo están manchadas de la sangre que vertí para defenderme, ello apenas significa que nunca tuve el poder suficiente para ser más malo que los otros. Ursúa volvió en triunfo, convertido en el caudillo militar de la Audiencia Real, el hombre de confianza de Galarza y de Góngora, pero en Santafé el licor de los homenajes se tiñó de amargura, porque el secretario Téllez le dio la noticia de que su tío Armendáriz, perdido ya todo el poder y maltratado por el juez Zorita, había huido hacia La Española, a invocar la justicia del Consejo de Indias. Más amargo le resultó saber que al gran juez, de quien poco antes temblaban los reinos, un astuto le había robado en Cartagena seis mil ducados que eran toda su fortuna. Ahora no era más que un proscrito, lento y asfixiado, que había tenido que solicitar un préstamo para pagar su pasaje a Santo Domingo, mientras el sobrino, con su yelmo de plumas de avestruz, recibía los aplausos de los encomenderos ante la llovizna gris de los cerros. No todo lo que le contaban a Ursúa era verdad, pero era cierto que su tío había perdido el poder, y también que después de vender sus haciendas había dado a guardar sus caudales en Cartagena a alguien casi desconocido, quien al parecer se había esfumado con ellos.

Y para colmo, la lección malvada de Ursúa no había sido eficaz: los muzos reaccionaron con mayor violencia, y pronto se cortó la comunicación con el río. Góngora y Galarza, en una sola voz, le exigieron completar su tarea, y él reunió nuevas tropas y salió como un diablo, resuelto a una verdadera guerra de exterminio. Puso como condición a los oidores, si obtenía la victoria, concederle enseguida su licencia para ir a buscar el tesoro; convocó a los guerreros que había en la Sabana, y tanto lo querían que todos quisieron ir con él. Cien caballeros expertos, doscientos sesenta infantes seguidos por perros feroces, y cantidad de indios de compañía, avanzaron al norte, orillaron la inmensa laguna de Fúquene, pasaron las tierras del gran Saboyá, y procuraron seducir a los primeros pueblos con regalos y halagos. Después Ursúa fue venciendo implacablemente a los muzos, día tras día y pueblo tras pueblo, sin darles tiempo para reagruparse. Había aprendido la táctica de sus enemigos, que no dan tregua en los combates, y para responderles exigió de sus propios hombres un esfuerzo inaudito. Fue tan feroz su avance que los indios indomables por primera vez le ofrecieron la paz a cambio de garantías para jefes y pueblos. Ursúa lo prometió todo, les habló con dulzura, logró que confiaran en su palabra, y les impuso el deber de hacer grandes sementeras y dedicar buena parte de su trabajo a producir alimentos para los españoles, cosa que hicieron cumplidamente.

Entonces convocó a una feria para celebrar los acuerdos de paz con los muzos, y enseguida organizaron los grandes festejos. Pero en las propias tropas de Ursúa, hombres de Jerónimo de Aguayo que codiciaban las tierras de los muzos y sus riquísimas minas de esmeraldas, hicieron correr el rumor de que los jefes indios iban a aprovechar la feria para traicionar a los españoles. Ello no era posible, porque los hombres del Imperio habían vencido, y los indios trabajaban bajo una vigilancia feroz de perros y soldados. Pero el rumor de que los indios, sin saberse cómo, iban a apresar a todos los españoles, como en una red a los peces del lago, creció y despertó malestar en la tropa.

Y así llegó la hora de la gran vileza, porque Ursúa, sin permitirse averiguar más sobre la supuesta traición que se gestaba, convocó a todos los caciques a su presencia, con el pretexto de agasajarlos. No sólo acudieron, sino que llegaron con sus hermosos trajes de ceremonia: en medio de la fiesta, aquello era un incendio de mantas y de plumas, los tejidos más bellos de los hilanderos, las esmeraldas más preciosas que sólo los jefes podían ahora llevar, y hasta los pocos adornos de oro que les habían dejado los españoles, todo se fundía con la música y las flores que abundaban en la celebración, y con los frutos de los huertos y las piñas traídas de las tierras cálidas, lo mismo que muchas variedades de maíz, y quinua en abundancia bajo las lonjas asadas de carne de venados y de borugos.

Y sé que Ursúa dio la orden a sus guardias de ir apuñalando a los caciques a medida que entraban en la barraca. Uno tras otro los jefes acudieron con sus adornos ceremoniales, y cuando desaparecían de la vista de sus gentes, en la propia casa del jefe de las tropas se fue consumando la matanza que todavía lloran los indios de aquellas regiones. Un cacique sobre otro caían, sorprendidos por los esbirros, y caían las diademas de plumas sobre el charco de sangre. Al recibir más tarde la noticia, como un viento de luto, la fiesta se eclipsó de repente, todos los nativos que trabajaban en los campos de labranza, y todas sus familias, se replegaron en silencio, sin que los vigilantes se atrevieran a detenerlos, hacia las montañas, y desaparecieron de la vista de los españoles, que se felicitaban de tener de pronto todas las tierras de los muzos, sembradas de piedras preciosas, para repartirse entre ellos.

Sin dar muestras de conmoverse por su crimen, Ursúa celebró la segunda fundación. Una vez más saltó sobre el caballo dorado, con la armadura lujosa y la espada al viento, y proclamó, casi sobre el charco de sangre, que en aquella avanzada guerrera, en aquel fuerte conquistado en la guerra, fundaba para los siglos a Tudela, la ciudad de las esmeraldas, en nombre de Carlos y de Felipe y de Galarza y de Cristo y del Papa y de Góngora, y tomó posesión de los suelos y los ríos, y ordenó los cuarteles, y sembró la base de las casas, y repartió los predios, y estuvo todo un año organizando la ciudad que debía llevar su nombre a los siglos futuros. Estaba con él Juan Cabañas, su fiel amigo desde Arizcún, y nadie compartió como él el orgullo de que los nombres de Navarra resonaran en estas tierras pródigas. Sólo que en torno había una extraña quietud, un silencio, como si, en vez de haber matado a los jefes, Ursúa hubiera exterminado a los miles de habitantes de aquellas regiones.

Una nube muy densa cubrió las tierras hasta los cerros tajados de Tena y de Fura, y la venganza de los muzos se cumplió: porque mientras Ursúa volvía con sus tropas, dejando en Tudela a su amigo Cabañas y a los alcaldes y regidores, mientras volvía demorándose en Vélez y en Tunja para celebrar con solemnes oficios religiosos y grandes desfiles y fiestas la conquista de los muzos, y mientras hacía su entrada en Santafé convertido en el gran capitán del Nuevo Reino, una lanza solitaria asomó allá lejos por las sierras sobre la ciudad recién fundada, y después otra lanza, y otra, y otra, y millares de indios bajaron por las laderas con la decisión de vengarse hasta la muerte, y exterminaron a todos los españoles que hallaron a su paso, y arrasaron a Tudela, la Ciudad de las Esmeraldas, y la redujeron a cenizas para siempre.

26.
Todos recuerdan la entrada triunfal de Ursúa en Santafé

Todos recuerdan la entrada triunfal de Ursúa en Santafé, entre pendones del Imperio y de la Iglesia, precedido por clérigos que predicaban el sometimiento de los indios y soldados que argumentaban, sin que se les preguntara, cuán bárbaros eran los muzos y cuán necesario había sido exterminar a sus jefes. Góngora y Galarza esperaron al guerrero en jacas lujosamente ensilladas, al lado del alguacil mayor Julián Roldán de Frenegal. Junto a ellos Alonso Téllez era un surtidor de amenidades, que reía y formulaba planes audaces para unificar el territorio, halagando al uno, adulando al otro, y mandando a los guardias apartar ese avispero de niños indios que se metían curiosos entre el cortejo, para ver venir a la distancia la cabalgata de guerreros del norte.

Esta vez Ursúa venía sin heridas, después de meses de estar fundando y administrando una ciudad prometida a lo eterno. A lo largo de las semanas siguientes hubo músicas y banquetes, misas y procesiones, informes ceremoniosos y actos de agradecimiento. Ursúa, con ojos más intensos y risa más radiante, reclamó sin demora su recompensa, sintiendo el tesoro más cercano que nunca. Ya estaban los oidores a punto de firmar el documento tan ansiado cuando un jinete que venía creciendo por el camino del norte casi cayó del caballo al llegar a la plaza mayor: venía herido y con fiebre, y congeló la fiesta, y congeló la risa de Ursúa en los labios, al contar que los muzos no sólo estaban aniquilando todo a su paso como langostas, sino que habían arrasado la reciente ciudad de Tudela sin dejar un español en ella.

El jinete había escapado con otros por milagro, y vino a dar la alarma sin demorarse en Vélez ni en Tunja, porque esas tierras estaban aterrorizadas, y por todo el camino crecía cada vez peor la amenaza.

Al comienzo nadie supo qué decir ni qué hacer. Los oidores mandaron que una tropa, de la que no formaría parte Ursúa, fuera a explorar la situación y a informarse con los vecinos de Tunja y de Vélez. Volvieron alarmados por la ruina de la ciudad y el exterminio de sus pobladores, pero también por la desaparición de los indios, que al parecer se habían replegado hacia montes espesos, dejando abandonado su país de esmeraldas. La avanzada no había sido una recuperación de tierras sino una retaliación implacable, y ahora optaban por convertirse en un clima de amenaza. Había camino libre hacia las barrancas bermejas, pero era aconsejable sólo avanzar en contingentes numerosos: se desconocían las intenciones de los muzos, y era de presumir que a falta de jefes expertos estaban gobernados ahora por dolientes impulsivos y enfurecidos.

Góngora y Galarza no sabían qué hacer con Ursúa. Éste no estaba en condiciones de exigir nada mientras la pacificación de los muzos siguiera en entredicho. Su fundación había sido un fracaso, su amigo Juan Cabañas, compañero de infancia a quien él había arrastrado a las Indias, había muerto en aquella marejada furiosa, pero la región estaba por lo pronto libre de indios, porque todos se habían replegado lejos después de brindarse el consuelo de la venganza. Téllez aprovechó ese momento de duda para favorecer al sobrino de su socio. No se podía dudar de las virtudes militares de Ursúa, de su talento como fundador y como instrumento de la justicia, ni podía confundirse su rigor con la ferocidad de sus enemigos. Aunque habría que esperar para conocer las verdaderas consecuencias de la avanzada de los muzos, ésta seguramente no era más que el coletazo bárbaro de un pueblo vencido.

Había que defenderse atacando: Téllez no sólo recomendó no dejarse abatir y no ver en ese accidente un hecho definitivo, sino que los instó a rendir a Ursúa el homenaje que merecía. Sin aconsejar que le dieran el premio grande, la licencia para ir en busca del tesoro, pero fraguando una coartada, sugirió que antes se le encargara una misión digna de un capitán que seguía mereciendo toda su confianza: la pacificación de los Tayronas que, alrededor de la Sierra Nevada de Santa Marta y por sus embravecidos litorales, amenazaban más que los muzos la comunicación entre el mar y las tierras interiores.

Para los oidores fue un consejo feliz: Ursúa estaría lejos de la Sabana hasta cuando se supiera con claridad qué había pasado con los muzos y cuáles serían las consecuencias de la guerra que había librado contra ellos. Téllez fue aún más lejos: para no traslucir inseguridad alguna, ni producir la impresión de que el revés los había intimidado, nada más elocuente que enviar a Ursúa como general de las tropas, y añadió que la decisión sería más convincente, frente a indios y españoles, si se nombraba a Ursúa Justicia Mayor de Santa Marta, para que llegara allí precedido por su fama de guerrero temible e investido de todo el poder.

Ni siquiera Ursúa podía creer que Téllez fuera tan ingenioso y que estuviera sacándole frutos positivos a su más evidente fracaso. Me dijo que sólo en ese momento aprendió a admirarlo, porque ni siquiera su tío había dado muestras de una elocuencia así de sinuosa para tejer una red de astucias tan fina. Armendáriz era capaz de trampas bienintencionadas pero no de mentir con descaro, porque su conciencia culpable, como su cirujano, no lo abandonaba un instante, y en cambio Téllez sabía sacar partido sin escrúpulos de toda situación y sólo trabajaba para su propio provecho.

Con todo, se juzgó prudente que las tropas no cruzaran el territorio de los muzos, sino que fueran a Santa Marta por la ruta de Tocaima. Allí se embarcaron río abajo los guerreros de Ursúa. Se diría que a éste lo seguía iluminando su estrella, porque no hallaron obstáculo alguno en el descenso a La Tora. El río amurallado de selvas no hizo asomar ejércitos nativos en ninguna región, pero esa paz momentánea no se debía a la suerte del general sino a que los panches feroces estaban fraccionados combatiendo contra Alonso en la región de Neyva, contra López de Galarza ante las mesas de Ibagué, contra Núñez Pedrozo en el aire de fuego de Mariquita; los muzos estaban replegados en los montes del medio Magdalena; los chitareros oprimidos en las encomiendas de Pamplona; los yariguíes agrupándose arriba del río de Oro para combatir a las tropas que buscaban minas nuevas desde Ocaña; y en la otra margen del río los pueblos empezaban a sentir la diferencia entre las campañas cautelosas de Robledo y las brutalidades de Belalcázar. Por un momento todo un sistema de guerras simultáneas producía una apariencia de paz en las orillas del Magdalena. Llegando a Mompox, el barco de Ursúa se cruzó con un bergantín que ascendía por el río, y el muchacho descubrió en aquella nave la compañía más inesperada: la corte de María de Carvajal, forrada en luto.

La dama había recibido junto al mar la noticia imposible de que a su marido Jorge Robledo no sólo le arrebataron la gobernación sino la vida misma. El odiado Belalcázar había sido capaz de sacrificar a su amigo, casi su hijo, por hacer lo que todos hacían: ir a buscar títulos sobre unas conquistas legítimas. La hermosa mujer afrontó la tragedia con la dignidad de una dama romana, derramó algunas lágrimas en silencio, pero después procuró que el amor verdadero y profundo que sentía por Robledo se convirtiera dentro de ella en odio al verdugo y en sed de venganza, y ahora tenía el corazón de una furia. En Cartagena le recomendaron volver a la corte, de la que nunca había debido

salir, y escapar a las guerras malignas de estas tierras apenas
conquistadas: ella había crecido al amparo de triples murallas y de bosques de espadas, ella había vivido entre sedas y
mieles, no era justo que padeciera aquí las desgracias de la
viudez y la pobreza. Pero la dama bella y pálida quería exactamente lo contrario: afrontar dificultades y sufrir el rigor
de las Indias, tener más y más motivos para odiar a Belalcázar y buscar su perdición. Había incluido en su vasto rope-
ro (cofres y baúles de madera con enchapes de hierro y candados heráldicos, que cargaban desde Cartagena los indios)
varios trajes de luto para asistir a las jornadas de la Semana
Santa en las ciudades de su marido, sin saber que con ellos
se vestiría todos los días de dos años, exhibiendo su duelo a
caballo por las llanuras boscosas, en barcos por los ríos en-
cendidos y en las alturas de la cordillera, donde casi oprimen
las cabezas los nubarrones pesados y grises

Escribió desde Cartagena una carta a Pedro La Gasca, el poder de las Indias, exigiéndole una indemnización.
Su marido había muerto sirviendo a la Corona, después de
haber recibido títulos y reconocimientos, había sido despojado ilegalmente de riquezas y tierras por un gobernador,
y le había dejado deudas por 14.000 castellanos. No ignoraba que La Gasca estaba ahora aliado con el asesino, pero
el obispo tampoco podía ignorar que instancias muy poderosas de la corte estaban con ella, que el propio emperador
nunca tardaba en conceder audiencia a sus parientes. Le contó que estaba en las Indias con su hermana Dolores, con su
joven sobrina Teresa de Peñalver, cuatro damas de compañía y su servidumbre, y que la Corona, que no había sido
capaz de impedir la muerte de Robledo, no podía desam-
pararla después de aquella ofensa violenta. Y al final no
dejó de reclamar al enviado imperial justicia inmediata,
verdadera y severa. Sólo le faltó decirle que quería sangre,
pero estuvo tentada a hacerlo, porque el clima de la conquista empezaba a gotear en su espíritu.

La Gasca respondió con la prontitud acostumbrada. Le habló con delicadeza, con respeto, con la voz consoladora de un prelado que teniendo el poder material en sus manos recomienda confiar más en Dios y en los tribunales más altos. No habló de Belalcázar, porque había cosas que no estaba dispuesto a negociar con nadie, pero le concedió enseguida una partida de 1.200 pesos de oro, que le serían entregados en el Nuevo Reino de Granada por el tesorero Pedro Briceño. Y sólo añadió que sus reclamos serían tenidos en cuenta y que todas las providencias eran informadas enseguida a la Corona. También le aconsejó viajar a España, ante el clima de inestabilidad que vivían las gobernaciones de Tierra Firme.

Más tardó en recibir esta carta María de Carvajal que en tomar la decisión contraria: viajar a la Sabana de los muiscas, cobrar allí a Pedro Briceño la partida, y exigir al juez Armendáriz la mayor severidad en el juicio de Belalcázar. Y, como una ayuda para sus propósitos, a la altura de Mompox vio aparecer en un barco, dirigiendo tropas de guerra, al propio sobrino del juez, el más importante general en esta región de las Indias. Ursúa la hizo hospedar en la mejor casa de la villa, recorrió con las mujeres las orillas del río cerca al embarcadero, le recordó de mil maneras a María el inmenso afecto que su tío había sentido por Robledo, y hasta se permitió contarle que Armendáriz desde Cartagena le ordenó estar alerta por si Robledo necesitaba su ayuda. No podían imaginar, le dijo, que Belalcázar sería tan salvaje y tan despiadado con su amigo de tantos años, y le juró con ese rostro suyo lleno de convicción y con los ojos húmedos, que habría dado su vida por defender a un caballero al que admiraba desde el primer momento. No sé si también a ella le habrá dado a entender que había conocido a Robledo, pero lo cierto es que María de Carvajal quedó con la certeza de que Ursúa era parte de su bando.

Para éste, en cambio, lo más importante de aquel encuentro no fue tanto el diálogo sobre el mariscal, que ciertamente lo conmovió, sino el encuentro con un regalo inesperado: la bella y tentadora Teresa de Peñalver, sobrina de María, que no era una virgen de mármol como su tía sino una castellana enérgica de labios ardientes, dos años menor que él y decidida a acompañar a su tía a la Sabana y no volver a España sin ella. El joven general demoró varios días su partida, descubriendo pretextos para verlas de nuevo, llenarlas de recomendaciones, enterarlas de los menudos asuntos de la Sabana, darles cartas suyas para Pedro Briceño y para los oidores, y ofrecerles alguna ayuda económica mientras recibían la partida ordenada por La Gasca. Eran nerviosas astucias para ver a Teresa, y consiguió encontrarse a solas con ella, bajo la cómplice distracción de la viuda, que miraba con ojos complacidos y párpados oportunos ese vínculo con un guerrero apuesto y poderoso. No sé cuánta intimidad habrán alcanzado a tener en esos días de Mompox, pero allí volverían a verse unos meses después, cuando Ursúa abandonó por varias semanas sus preparativos de guerra contra los Tayronas, y consiguió que ella viajara desde Santafé, a pesar de que las campañas de conquista y pacificación no parecían dejar un respiro para treguas amorosas.

Lo que más mortificó a María de Carvajal fue la noticia de que Armendáriz no era ya el encargado de juzgar a Belalcázar, y ni siquiera se encontraba en la Sabana. Con mayor razón era prudente estrechar los lazos con Ursúa. Ostentó su luto por todas las calles del puerto, procuró que nadie ignorara que la viuda de Jorge Robledo tenía deudas qué cobrar en las gobernaciones, fue allí donde las gentes empezaron a llamarla la Mariscala, y era algo digno de ver, me dijo Ursúa, en el calor de las orillas del río, en la aldea de casas contadas y espaciosas junto a las ceibas desmesuradas, bajo un sol impío, aquellas mujeres altivas y lujosas vestidas de negro y morado, que pasaban como apariciones, como efigies de iglesia, bajo el vuelo de los loros y el saltar de los monos en los ramajes. Muy a su pesar se despidió de las mujeres, dejando una pequeña compañía de soldados para escoltarlas, y se embarcó de nuevo con sus tropas hacia los pantanos de la guerra.

En el atardecer del primer día sólo vieron canoas de indios que se perdieron velozmente por los caños laterales, y un vuelo de murciélagos en la luz rojísima del atardecer que encendía la selva y que ponía hogueras en el agua. Navegando de noche, bajo la luna llena, oyeron tierra adentro los cascabeles, las flautas y los cantos de lejanos festejos de indios en las aldeas del monte. Cuando todo era silencio, les parecía sentir cosas que se extendían en la orilla, como si las plantas desdoblaran sus hojas enormes o como si diablos escondidos plegaran y desplegaran sus alas membranosas.

Después empezó a soplar un viento recio sobre el río, justo frente a la llanura boscosa, y arrimaron los barcos a la orilla para acampar allí, y protegerse de la lluvia, si llegaba. Pero no fue una lluvia, fue una borrasca que creció con las horas, y de repente comenzaron los rayos. Primero eran relámpagos remotos, palpitaciones de luz en las nubes muy altas, después parecían convulsionar las nubes, los relámpagos aumentaron, el río crecía, y bajo la lluvia que a veces arreciaba y a veces parecía menguar, el viento desprendía las tiendas de sus estacas clavadas en el suelo, traía fango de las orillas del río, y Ursúa dejó de contar los rayos, cada vez más cercanos, hasta cuando uno de ellos cayó sobre una palmera y le incendió la copa. Entre las oraciones a gritos de sus soldados, a Ursúa le parecía imposible aquella escena de relámpagos blancos en el cielo, de lluvia iluminada por ellos, y de una gran palmera en llamas enrojeciendo la bóveda de los árboles alrededor, y la superficie turbulenta del río.

Casi al amanecer terminó la lluvia, y unos hombres pudieron dormir a rachas mientras los otros velaban. Sin embargo estaban empapados, y cuando Ursúa despertó tenía mojadas todas sus ropas bajo la rota tienda de campaña. Pero hacía calor desde temprano, todos los pájaros del mundo cantaban por la selva hasta muy lejos, los caballos relinchaban como renaciendo, la playa estaba llena de troncos y piedras recién traídas por la corriente, y el campamento de los soldados parecía el despojo de una batalla. Los barcos habían resistido en la orilla, sin ser arrastrados por la creciente, y Pero Ruiz cazó varios patos con la ballesta, de modo que a media mañana los patos asados mejoraron más aún el ánimo de los guerreros, y ni siquiera les preocupó que las hogueras delataran su presencia ante los pueblos de indios de la comarca.

Sólo después de retomar el viaje en el tramo final, se enteraron de que las expediciones por el río empezaban ser asediadas por un extraño enemigo, un indio de quince años, criado por españoles en Santa Marta, que después de comprobar las crueldades de sus amos con la servidumbre indígena y con los esclavos decidió abandonar la casa donde había crecido y regresar a su pueblo nativo. Se había convertido rápidamente en jefe guerrero, no sólo por su talento natural, que era mucho, sino por su conocimiento de los españoles, de la lengua castellana, de los barcos, y hasta del uso de las armas europeas. Los españoles lo llamaban Francisquillo, que era el nombre que había tenido en la costa, aunque al parecer al retornar a su mundo tomó un nombre de yariguíes o de guanes, o sea, muy posiblemente, un nombre chibcha. La expedición de Ursúa no encontró al niño guerrero, pero se asombró al saber que la costumbre de Francisquillo era enviar alimentos a los barcos anclados a la orilla del río: bultos de maíz, pescado seco, papas de páramo y frutos. Las primeras expediciones se negaron a probar esos alimentos, temiendo que fueran venenosos, pero las siguientes los pusieron a prueba y pudieron comprobar que eran frescos y escogidos. Lo que no entendían es que Francisquillo, con sus tropas indias, después de halagar durante varios días a los viajeros, cuando éstos retomaban el viaje los atacaba con furia con flechas, lanzas y lluvias de piedras, no sin antes anunciar con ruido de cornetas y griterío que se disponía al asalto. Un día el capitán Melchor Valdés envió en una canoa indios de compañía a interrogar a los agresores por qué esa conducta absurda de enviarles alimentos excelentes y tratarlos con generosa hospitalidad y de pronto romper en asaltos crueles e incluso mortales, a lo que Francisquillo le respondió por los emisarios que odiaba a los españoles, pero que no consideraba decente y digno pelear con enemigos que se encontraran en malas condiciones, débiles o hambreados. Por ello procuraba alimentarlos bien, para que estuvieran en condiciones de pelear con vigor, y para que fuera verdaderamente honroso derrotarlos.

Fuera de Oramín, Francisquillo, a quien nunca conoció, fue el único indio del que Ursúa me habló con admiración. Compartía su bravura, su entusiasmo por la guerra, su orgullo de enfrentar a enemigos poderosos, su menosprecio por las victorias fáciles. Pero ¿cómo olvidar que Ursúa descuidaba esas reglas de honor, traicionaba los acuerdos, asesinaba enemigos desarmados? Francisquillo era lo que Ursúa soñó ser y no pudo, un guerrero que le debía todo a su valor y a su audacia. Tal vez si lo hubiera logrado, la guerra a su vez lo habría respetado. Pero esos vacíos, esas caídas, esas violaciones a su propio sueño, explican por qué Ursúa no sólo fue odiado por sus enemigos, sino que acabó por despertar el odio entre sus propios hombres. Su estrella brillante tenía en el cielo una compañía secreta, una estrella negra capaz de suscitar hechos atroces y malignos. La energía vital que despertaba a su paso amor y casi adoración, era capaz de levantar también un viento oscuro de odios y de aniquilaciones.

27.
Dicen los indios que al lado de la sierra
más alta está el más hondo abismo

Dicen los indios que al lado de la sierra más alta está el más hondo abismo del mar. Que hay tres mil pies de distancia entre el profundo lecho marino y el hielo luminoso que toca el trueno. Y dicen que el pueblo que construyó las ciudades de piedra en la altura también construyó terrazas en las honduras del mar, sondeó las distancias marinas y modificó los arrecifes. Lo cierto es que aquellos pueblos que parecen habituados sólo a las montañas, sus bosques y sus nieblas, recuerdan haber brotado del mar, de la gran madre, de sus honduras de silencio y de luz. Por los tiempos en que Ursúa viajó desde la Sabana hacia el norte, reinaba en las montañas el gran señor Tayrona, caudillo de las bahías y de las ensenadas, protector de las tumas y de los pagamentos, y guardián del caudal de los cuarenta ríos que descienden de las cumbres nevadas por las tres caras de la Sierra: la que mira al mar resplandeciente, la que mira al desierto de mujeres de rostros negros, y la que mira al tiempo muerto de las ciénagas sin sonido.

Y Ursúa volvió a la tierra donde había dejado años atrás a su tío el juez. Ahora era teniente de gobernación de Santa Marta, tenía veinticinco años, y poco quedaba ya del muchacho que por las noches, en sus sueños, llevaba tesoros y niños desnudos a los brazos de su madre en los castillos de Aquitania. Lo habían endurecido los caminos, las batallas y las esperas. Es verdad que seguía siendo, y lo fue hasta su muerte, respetuoso de la Corona, pero había en él una vocación inextinguible de crueldad y violencia, y sólo la guerra creaba ese espacio donde su corazón podía ser fiel a unos linajes brutales, a la temperatura de su sangre, sin sentirse profanando las leyes. Por eso amaba tanto la guerra, porque sentía que en sus vórtices era posible ser brutal sin dejar de ser un caballero, y tal vez por eso lo tentaban más las guerras contra infieles, contra indios y esclavos, porque su dios lo autorizaba a toda crueldad mientras no estuviera atentando contra sus semejantes.

Tengo que declarar que eso es algo que siempre me atormentó de Ursúa. Fue sin cesar leal conmigo todos los días de nuestra amistad, y sin embargo nunca estuve seguro de que me quisiera. Y si bien yo lo amaba, había en mí un indio y un moro que él desconocía, testigos de las discordias de su personalidad que no dejaban de ver ese costado monstruoso y de deplorarlo. Tal vez yo no era más que un instrumento necesario para su aventura, y por eso no había vacilación en él a la hora de asegurar mi cercanía. Los mismos nativos que padecían sus brutalidades en la batalla merecían su atención y hasta su compasión fuera de ella. Pero la batalla, el campo sin ley, la selva de las transgresiones, el crimen bendecido por Dios, lo enardecía. En medio de los conflictos era capaz de destrozar la materia viviente, de azuzar perros carniceros contra los desnudos hijos de la tierra, y hasta creo que habría sido capaz de beber sangre humana. Una vez salido de aquel trance, volvía a ser el muchacho elegante de barba florida y mirada de halcón, que hacía bromas y encantaba a sus contertulios en las posadas de los puertos, que casi enamoraba a las tropas con su buen trato, su distinción y su belleza. Hace poco uno de sus soldados de aquel tiempo me dijo: «Uno sentía como si hubiera dos Ursúas distintos en el mundo, el varón despiadado que aplastaba enemigos como hormigas en el corazón de las batallas, que mentía en las negociaciones, que era capaz de traicionar hasta el último momento los acuerdos, como si lo gobernara el infierno; y el capitán impecable que estaba dispuesto a dar su vida por la Corona, que aplicaba la ley con todo el rigor posible en la paz, que se preocupaba por el bienestar de los enemigos reducidos en las encomiendas, y que nunca dejaba de soñar con ese tesoro que un día lo redimiría de la guerra y de sus crueldades, que le permitiría ser un hidalgo opulento y feliz, viviendo en las Indias pero bien casado con una dama de su tierra, y discretamente satisfecho en sus apetitos por unas cuantas muchachas de piel oscura».

Sus tropas desembarcaron en Tenerife, y allí mismo Ursúa se enteró de que los guerreros de Tayrona habían deshecho varios campamentos españoles, hostilizaban a los viajeros, impedían la navegación, y parecían dispuestos a expulsar a los invasores de todos sus fuertes desde el Valle de Upar, en el pie de la sierra, pero también por el extenso litoral donde se vierten los ríos del deshielo y donde saltan peces brillantes al pico inesperado de los pelícanos, hasta la extensa región de las ciénagas, en la puerta de la fertilidad.

Ursúa avanzó, librando crueles combates, hasta Santa Marta, y no tuvo tiempo de pasearse en paz junto al agua sosegada de la bahía porque de todas las regiones, desde el desierto de la Guajira hasta las ciénagas, llegaban reclamos de los pobladores españoles temerosos de los Tayronas.

Al Cabo de la Vela habían llegado tiempo atrás muchos sobrevivientes de la isla de Cubagua, frente a las costas de Cumaná, donde los indios fueron diezmados por la peste de las perlas y donde un huracán justiciero desbarató en un día a Nueva Cádiz, con sus palacios de piedra y sus balcones de marfil, con sus templos tejidos en roca marina y sus altares de coral y de oro, y devolvió el islote en ruinas a los lagartos y a los cardos sonoros. Algunos fugitivos abandonaron el tráfico de perlas y se internaron en busca de oro en las gargantas de la sierra.

Yendo las tropas por esos parajes oyeron cierto día una voz que hablaba en latín en medio de los bosques. El general Ursúa avanzó solo, dejando atrás a su caballo, para descifrar ese enigma inexplicable en tierras tan rudas, y halló a un andaluz de treinta años, menudo y sonriente, de ojos enormes y barba escasa, que cavaba con su pala en una ladera, lejos del campamento de sus amigos mineros, y que se distraía repitiendo en su trabajo solitario fragmentos de Virgilio y de Horacio. Era Juan de Castellanos, un letrado que llevaba doce años peregrinando por las Indias, comerciando en La Española, navegando de isla en isla, sufriendo meses de penuria en Trinidad y semanas de prosperidad en los mesones cariñosos de Margarita, combatiendo a los indios en Coro con los alemanes, explorando las selvas de Maracaibo, y traficando con perlas en Nueva Cádiz hasta el día en que el mundo se volvió al revés. Contaba que ese día el cielo se desplomó bajo la ciudad y el mar se levantó sobre ella, y desde el barco del capitán Niebla, que vino a rescatarlo en el último instante, el joven vio la fantástica ciudad desmenuzándose y muriendo como un castillo de arena.

Ursúa y Castellanos hablaron hasta que la noche azul llena de estrellas cubrió las tierras bajas de la sierra. Todavía a medianoche, cuando en el campamento buena parte de los soldados dormían y sólo los guardias vigilaban en los pasos altos, seguía junto a la fogata el rumor inacabable de ese diálogo, como de dos náufragos que acabaran de llegar otra vez al mundo, porque no hay gran amistad que no comience por un largo intercambio de historias. Ursúa había vivido muchas, pero Castellanos las sabía todas, y durante la campaña Castellanos le habló de los viajes de Colón, de las navegaciones de Ojeda, de los desvelos de Balboa en el Darién, de las indias bellas de Fernandina, de las batallas embrujadas de Trinidad, de los avances de Ponce de León sobre Borinquen, del hule de mil lianas que crece en las islas, de ceibas grandes como un cielo, de lluvias interminables sobre los litorales, de iguanas de cuello tornasolado, de caballos que hallaron a sus dueños perdidos, de una india que fue arrebatada de la cubierta del barco por una ola y traída de regreso por otra sin que hubiera soltado de los brazos al hijo pequeño que por fortuna seguía llorando.

Ursúa me dijo que nunca había disfrutado tanto las campañas como desde el momento en que Castellanos empezó a acompañarlo. Cuando decidió ir a Santa Marta le rogó a Castellanos que fuera con él, y ya no se desprendieron, ni en los viajes a Riohacha, por el resplandor del salitre, ni en las bajadas hasta el Magdalena, ni en las pesquerías en bote mar adentro, ni en las misas de muerto presente cuando las plagas asolaron a Cartagena. El hombre había viajado a las Indias cuatro años antes que Ursúa. Me alegra poder contar que conoció en Santo Domingo a mi maestro Oviedo, quien quedó fascinado por su curiosidad y su cultura, pues no abunda en las Indias quien conozca a Aristóteles y a Bernardo de Siena, ni las sabias palabras de Agustín sobre el lenguaje, ni los tratados de Tomás de Aquino sobre las jerarquías de los ángeles, ni los versos maravillosos de Bernardo Silvestre.

Ya llevaban muchos días de amigos cuando Castellanos lo convenció de que enviara en busca de Teresa de Peñalver y se encontrara con ella en Mompox. Había advertido que Ursúa hablaba mucho de ella, siempre de un modo aparentemente casual, y sintió que el muchacho estaba necesitando su compañía. Pretextos había muchos, pero lo más importante es que comprendió por los relatos de Ursúa que la Mariscala no veía con malos ojos esa relación, de modo que accedería con facilidad a que la muchacha viniera bien acompañada desde Santafé. Y pronto se supo cuál sería la compañía ideal para su viaje: Pedro Briceño había decidido participar en la campaña contra los Tayronas, y estaba a punto de embarcarse en Tocaima. Ursúa dedicó el tiempo de la espera a leer los viejos papeles de su tío, a investigar la disposición de los pueblos sujetos al Tayrona, y después de dar órdenes para la campaña militar contra los nativos, emprendió con Castellanos y una parte de la tropa su regreso a Mompox, mientras Teresa descendía por el río, que estaba luminoso y lleno de promesas.

No sé si fueron los días más felices de Ursúa desde su primera llegada a Cartagena (nadie puede afirmar que por fuera de la guerra sintiera emociones verdaderamente felices) pero eran los que más recordaba tiempo después, en nuestras cabalgatas por las sierras peruanas. Pedro Briceño bajó con Teresa en los muelles de Mompox, la entregó a las manos ansiosas de Ursúa, y se fue a resolver asuntos de ganados y de pendencias entre el nuevo reino y la gobernación de Cartagena. Ursúa y Teresa viajaron por los bosques de los alrededores, seguidos de cerca por las tropas, le oyeron contar a Castellanos historias sorprendentes en las tardes tranquilas frente al río, vieron cazar manatíes que parecían llorar como humanos, y Teresa no resistió ver el modo como los sacrificaban. Los habitantes de la región usan las pieles gruesas de esas bestias del río para hacer corazas, y se alimentan con la carne. Y una noche, antes de que la pareja se entregara a sus ritos de amor, en una larga cena conversada a la luz de las velas y al rumor de la mandolina del boticario, Castellanos les contó la historia de Juan Martín de Albújar, un español que fue prisionero de un pueblo indígena durante diez años, al punto de que llegó a formar parte de la tribu por sus rudimentarios pero útiles conocimientos de medicina, y que era el único europeo que había podido llegar a la ciudad de Manoa.

«Manoa» dijo el letrado, «es una ciudad labrada en oro puro en medio de las selvas, y tan grande, que Martín de Albújar tardó dos días cruzándola a pie de un extremo al otro». Castellanos abundó en descripciones de los palacios y los templos, de las barcas con maderas preciosas y los remos con remate de oro que cruzaban sus canales, de las tiendas rojas que era preciso poner en las plazas para que el calor del sol en el verano no fuera insufrible, y de las grandes efigies de pájaros, de serpientes y de monos en oro macizo que asomaban por los salientes de las edificaciones. Era una lástima que Albújar, al escapar de sus captores, hubiera tomado una canoa a la orilla de un río, en la noche, y se hubiera dejado llevar por el agua, derivando a veces por caños para evitar que alguien pudiera perseguirlo, de modo que cuando por fin pudo llegar a tierras de españoles ya no consiguió nunca reconstruir el camino perdido.

Ursúa y Teresa no querían separarse, pero a él lo llamaba la guerra y a ella la esperaban en Santafé su tía y sus deberes. Se prometieron amor de muchos modos distintos, y Ursúa le dio las llaves de su casa, con instrucciones de su puño y letra para los criados, entre los cuales olvidó mencionar a la hermosa Z'bali, a quien la española venía a desplazar de su corazón y de todo poder sobre su casa de la Sabana. O a lo mejor no la olvidó sino que se entregó al alivio de tener en sus brazos a una española, y de ponerse a salvo de los embrujos y los aromas selváticos de la india enamorada. Y por fin se embarcaron con caminos opuestos por el río de caimanes, Teresa hacia el reino de rumores de la Sabana, y Ursúa hacia las sierras de Santa Marta, a iniciar su campaña implacable.

También allí, como en otras regiones, no se trataba de un solo pueblo. A la manera de Timaná, en las tierras del sur, donde una madre ofendida conjuntó millares de lanzas que emergían entre el oro y la bija y las plumas de tribus hermanadas por el odio y el miedo, en el norte el señor de Tayrona reunió muchos pueblos dispuestos a defender sus territorios sagrados: guerreros de Kunchiaku, en la puerta de las enfermedades, y muchachos pintados de rojo de Bunkwanariwa, la tierra madre de los animales y el agua; guerreros danzantes de Imakámuke, la puerta de los relámpagos y de los movimientos de la tierra, y flecheros peligrosos de Alancia, la madre de la sal del desierto; altos señores de Mama Lujwa, la región de las tinajas y los vasos de barro, y flautistas rojos de Mixtendwe Lwen, la madre que propicia los bailes. Vinieron a su ejército los canoeros de Jate Teluama, en las puertas del gran mar azul, la madre del oro, y hombres embijados, con lanzas talladas en fémures, que avanzaron desde Java Nakúmake, madre de los lechos de sal; y vinieron remeros de Lúdula, en el espejo inmóvil, la madre de los peces de muchos colores y formas, y de la desembocadura del río Tucurinca, en Java Katakaiwman, madre de todo lo que existe en el mundo; tropas empenachadas de plumas de Kwarewmun, la madre del barro, y guardianes del Ñui de Aracataca, que detienen con rezos a las fuerzas malignas, y mantienen con ofrendas el equilibrio. Vinieron señores de Mama Nemuyun, a donde baja el Ariguaní, y de Kwriwa, la puerta que controla a los animales feroces, y de Caraime, y de Urupar, y de Talame, y del señor de las salamandras de Taganga, y del señor de los animales de cuatro patas junto a las aguas del Guachaca, que se entregan mansamente a la furia del mar. Y, como mandan los ritos guerreros, por último llegaron los señores vestidos de blanco de Ati Selo Mina, donde se pagan los daños a la tierra oscura y a los árboles silenciosos y a las iguanas de cuello brillante, y detrás, mudos ante lo inevitable, los ancianos de Ugeka, con los poporos de metal y las tumas negadas para evitar la guerra, envueltas ya en sus redes blancas.

Y Tayrona planeó con sus capitanes no sólo hostilizar a las pequeñas partidas que exploraban la sierra, a los mineros que llevaban sus esclavos negros y sometían a los indios a servidumbre en los socavones y los ríos, sino que los llevó a asaltar los conventos sembrados en la base de las pendientes como hongos junto a las raíces de las bongas gigantes. Los enfrentamientos fueron muchos, y hablar de ellos será una vez más menudear en las atrocidades que ya todos conocen. Ursúa llegó a la muerte con el joven cuerpo lleno de cicatrices, porque en cada batalla obtuvo una herida, en cada guerra un anticipo de la muerte, y prodigó la muerte que asumía también para sí. Pero el hecho más importante de su campaña contra el Tayrona, y contra los muchos pueblos que se confederaban a la sombra del señor de la Sierra, fue su ascenso por las pendientes sin sospechar que allá, en las alturas, estaban las ciudades.

Nadie sabe cuándo fueron construidas. Lo más probable es que los señores Tayronas hayan durado mucho tiempo tendiendo sus redes de piedra sobre las pendientes de la cordillera, enlazando un poblado con otro mediante un arte de asombrosa precisión, uniendo laja de piedra tras laja de piedra con tanto rigor, que puede decirse que la ciudad es un tejido sensible. Dicen los indios que los árboles sienten venir a la gente a gran distancia. Yo he podido advertir que cuando un indio acaricia los musgos en la base de los grandes árboles, es frecuente que en lo alto comiencen a sonar las chicharras, como si hubiera una continuidad sensitiva entre el tronco y sus huéspedes. Del mismo modo los pájaros en el nido sienten lo que ocurre en el árbol. Y así los constructores de aquel tejido de piedra hicieron una ciudad viva, una ciudad que siente venir a los viajeros, y que sabe distinguir entre los pasos de sus habitantes y los pasos de los desconocidos. En la parte más alta de la ciudad se oyen los pasos de quienes apenas van llegando a la base, pero también en ciertos sitios de la ciudad de las alturas se puede escuchar con nitidez lo que hablan quienes vienen todavía a leguas de distancia, sólo porque la ciudad tiene una extraña resonancia de caracola, y conoce las curvas del viento, como la caracola sabe sacar del viento los sonidos del mar distante.

Así que la ciudad oyó a Ursúa, lo oyó venir a la distancia, sintió los cascos de su caballo galopando resueltos por la base de la montaña, oyó sin duda sus gritos cuando ordenaba a las tropas avanzar o replegarse, atacar a las gentes de las aldeas o recogerse alrededor de las hogueras en los primeros recodos de la sierra. Y la ciudad supo que aquél era un gran enemigo, un hombre que no sabía del silencio pensativo de Aluna ni del rigor de los pagamentos, que no sabía, en el lenguaje de los montes sagrados, de consejos ni de conocimientos, de aseguranzas ni adivinanzas ni confesiones, que no respondía a la voluntad del mar ni de la montaña, que no obedecía a los hábitos de los árboles ni a la lengua de los pájaros, sino al poder de un rey distante al que ni siquiera conocía, y de un dios ensangrentado que tenía como él el cuerpo lleno de heridas.

Y la ciudad le envió sus emisarios: primero la niebla, que entorpece los pasos y que enceguece los ojos; después, la sed y el hambre; después el vuelo vigilante de los grandes cóndores; y después los hermosos ejércitos erizados de formas de oro y de plumas de colores, hombres de barro con diademas resplandecientes, tesoros que se mueven por los barrancos con lanzas de chonta y con cerbatanas pintadas de muerte. Y la ciudad preparó para él el trance del paso de Origua, donde Ursúa se halló de pronto separado de sus tropas y acompañado por sólo doce hombres en una garganta reseca, resistiendo el asedio de tres mil indios.

Ursúa, con Luis de Manjarrés, Bartolomé Dalba, su primo Díaz de Arlés, Lorenzo Jiménez, Juan de Castellanos, Pedro Briceño, y seis hombre más cuyos nombres olvido, habían salido a explorar, dejando en la llanada el resto del ejército, cuando de pronto Briceño advirtió que entre ellos y el lugar donde estaban las tropas se interponía una legión de guerreros indios, que brillaban de oro. Venían rastreando sus huellas, y aunque intentaron esconderse, los indios los ventearon enseguida. Estaban prácticamente arrinconados, sin perros y sin armas de fuego, sólo tenían dos ballestas, sus lanzas y sus espadas, y aquella noche acamparon sin encender el fuego en una cornisa de la sierra, sintiendo que el silencio estaba todo hecho de hombres armados, porque sobre ellos se tendía como una noche la multitud de los guerreros tayronas. Al amanecer, comenzó de pronto el estruendo de las cornetas y las caracolas, un mar de gritos ascendió por los cañones de la sierra, y Castellanos siempre recordaría que el asalto fue tan súbito que Ursúa tuvo que salir de su tienda con un pie calzado y el otro desnudo y dio la orden de emprender un ascenso sin freno hasta una garganta de la sierra que entonces llamaban el paso de Origua y que ahora llaman el paso de Rodrigo. Una vez en la garganta empezaron a resistir el asedio de los indios. Eran más de tres mil y llovían sobre ellos, pero todos los españoles combatieron desde el comienzo del día hasta mediar la tarde, y sus espadas dieron cuenta de muchos indios, y sus lanzas repelieron el avance de muchos otros, y las ballestas mataron algunos a distancia, y como de costumbre Ursúa estaba en todas partes, despeñando enemigos, exponiendo su cuerpo a las flechas, y de todas las que recibió tres lo hirieron, pero sobre todo una penetró por una ranura de su hombro y quedó clavada allí de tal modo que Ursúa no podía ni arrancarla, ni maniobrar igual con la espada, estorbado por la flecha que le causaba un dolor vivísimo al removerla en la carne. Estaban en una cornisa de piedra, con la pared del peñón a un lado y la hondonada al otro, y todos se asombraron del equilibrio de Ursúa, que saltaba combatiendo donde los otros se amparaban contra el peñón por el vértigo del abismo. Horas después de comenzada la batalla, rojo de su propia sangre, Ursúa cargaba todavía como si el combate estuviera empezando, y luchó de tal manera que los tropeles indios finalmente retrocedieron dejando a los trece españoles vivos pero maltrechos, y a Ursúa, a Briceño y a Manjarrés heridos malamente. A Briceño un dardo se le clavó profundamente en el pulmón, y al sacarle la punta al día siguiente arrojó un chorro de sangre negra y agria que no auguraba nada bueno. A Ursúa la flecha le dejó un dolor a lo largo de todo el brazo izquierdo y lo obligó a gobernar más tarde su caballo sólo con la muñeca y avisparlo con sus espuelas rojas.

Ese día la ciudad lejana y pensativa comprendió que aquel enemigo podía ser cruel y traicionero, pero que era valiente y que se alimentaba de peligro y de miedo. Desde cuando Ursúa y sus doce compañeros lograron resistir el asedio y escaparon, la ciudad apartó sus pueblos del camino de los españoles, los tayronas se replegaron hacia la ciudad y se refugiaron en la invisibilidad y en la bruma, y Ursúa, con una fiebre suave pero continua, avanzando con sus tropas ya sin encontrar un solo indio en su camino, remontó la cordillera y vio después aparecer en la distancia la ciudad increíble. Y ella le envió la fatiga y después el asombro, y Ursúa recorrió, sin encontrar a nadie, los escalones de piedra en medio de la gran selva, y vio que era una ciudad inmensa, dilatada, siguiendo los pliegues de la montaña, llena de respeto y silencio. No pudo explicarme qué sintió, pero evidentemente no fue miedo, no, al menos, el miedo que producen la enfermedad, ni la muerte, ni el miedo, que a él lo excitaba, que producen los enjambres de guerreros con su estruendo de gritos y de cornetas, sus cañas que se quejan y sus cantos salvajes, sino algo distinto. Un viejo de la orilla me dijo después que es el temor que producen Llántana y Kallallíntana, de quienes nació Mulbatá, jefe de todos los males del cuerpo y del alma, el silencio interior que produce lo que no podemos conocer, la sensación de que esa ciudad estaba viva, de que allí el árbol hablaba y la piedra sentía, como si la ciudad fuera la forma acabada de un pensamiento.

Lo cierto es que no avanzó más. Aunque su misión aniquiladora no estaba concluida, Ursúa se detuvo ante la ciudad sin pensar siquiera en saquearla, sin pensar que podía estar llena de ofrendas de oro, de pectorales con jaguares en fila y cóndores bicéfalos, de poporos brillantes llenos de polvo vegetal mezclado con cal de conchas marinas, y volvió al litoral. La fiebre se iba y volvía. Una vez atravesaron a pie los palmares, por la región del Guachaca. La noche parecía oscura por lo cercanas que están una de otra las palmeras, pero entre los follajes se veía la claridad de un cielo azul intenso y parecían suspendidos de los follajes altos los grandes luceros. Cuando emergieron del bosque a la orilla del mar, que es amenazante y ruge en blanco la noche entera, y no perdona a nadie que se atreva con sus aguas, vieron el cielo tan cuajado de estrellas, que Castellanos silbó suavemente, describiendo su asombro.

Llegaron a la desembocadura del río, que oscuramente desciende de la sierra, frío todavía en la vecindad del mar, donde las aguas que resbalan parecen quietas comparadas con la espumosa tromba marina. Todo era inmenso y solemne, y cuando la compañía se detuvo, pasmada por la enormidad de los cielos llenos de hogueras diminutas, de repente una raya de fuego cruzó el firmamento, una punta incandescente que dejaba una estela a su paso, y partió en dos la bóveda, y se oyó como un soplo el sonido de la estrella fugaz rasgando el aire con su cola de fuego. Todos quedaron mudos sin saber cómo interpretar aquella señal del firmamento, y mucho rato todavía miraron temerosos hacia lo alto, al mismo tiempo deseando y temiendo que el anuncio terrible se repitiera.

28.
Después, en Santa Marta,
a Ursúa lo envolvieron las fiebres

Después, en Santa Marta, a Ursúa lo envolvieron las fiebres, y hasta sus cicatrices más antiguas volvieron a doler como si fueran formas de la memoria. Ardido en fiebre lo encontró Miguel Díaz de Armendáriz, que volvía de La Española rumbo a Santafé porque le ordenaron que fuera juzgado en el mismo lugar donde había cumplido su gobierno. Y se embarcaron por el río los dos, acompañados por sus tropas menguadas, por Pedro Briceño, también enfermo todavía, y por Castellanos, el joven andaluz que lo mismo ayudaba en las maniobras, cocinaba o cantaba, al ritmo de la necesidad. Dejaban apenas abierto un paso para las expediciones, para los barcos que unen a la Sabana con el mar. Ursúa iba pensando, como siempre al final de sus campañas, que había llegado por fin la hora de buscar el tesoro postergado. Las batallas del Tayrona habían sido duras y sangrientas, y él mismo volvía con nuevas heridas que mostrar ante los miembros de la Real Audiencia y ante los jueces de su tío.

Estaba aletargado por la fiebre pero un hecho del viaje acabó por convencerlo de que tenía la clave para encontrar el tesoro. Y es que, en el bergantín que los llevaba hacia el sur, tuvo otro de sus sueños, y éste le pareció el más revelador de todos. Dormido al atardecer, mecido por el rumor del agua y por el sorbo de miel de los remos, se encontró caminando por riscos del sur de la Sabana, y vio con precisión el sitio donde los hombres de Tisquesusa habían guardado el tesoro. Primero le pareció que se alzaba sobre las tierras y que veía como un águila todo el camino, desde los fuertes de Bogotá, dejando los cerros del oriente, y avanzando más allá de los páramos. Vio la región inmensa y después minuciosamente los valles y los montes hasta llegar a una pradera alta cerrada por montañas.

Al final de aquella pradera se alzaba un gran peñasco, y a espaldas del peñasco estaba el abismo. Vio volar en un círculo grandes pájaros de collares blancos, y vio un camino de piedras que bordeaba el peñasco, sobre el vértigo del abismo, hasta una gruta que no era visible desde las tierras bajas. La gruta se ramificó en una serie de túneles, y en el sueño Ursúa sintió que era un lugar sagrado de peregrinación de los zipas, y supo, como se saben esas cosas en los sueños, que en tiempos antiguos lo utilizaban para encerrar por meses al heredero del reino, al que alimentaban solamente los pájaros. Se internó por el segundo túnel de la izquierda, que cesó de pronto en una pared maciza. Pero a sus pies se acumulaban piedras grandes, y detrás de una de ellas había una galería más estrecha, en declive, muy breve y oscura. Deslizándose por el declive de piedra, desembocó en una caverna espaciosa, en la que entraba la luz a raudales por grietas altas que daban al abismo, y allí vio las ofrendas del sol.

Eran innumerables piezas de oro superpuestas, con formas de pájaros, de balsas y de seres feroces, pero la mayor parte eran bultos envueltos en mantas. En la penumbra alguien repetía con voz grave y monótona palabras incomprensibles. Al despertar, Ursúa sintió que recordaba perfectamente el camino, sintió que volvían sus fuerzas, y tuvo la nítida sensación de que le había sido revelado un secreto. Nunca se había sentido tan cerca del tesoro, ni tan convencido de que su destino inmediato era encontrarlo.

Urgió a los marinos para que apresuraran el regreso, consoló como pudo al juez caído en desgracia, en su incómoda situación ante otros jueces, y ni siquiera se permitieron descansar en Tocaima, sino que emprendieron una cabalgata extenuante hacia las tierras altas. Nadie entendió que pasaran tan ajenos y tan silenciosos, concentrados cada uno en sus pensamientos, y que no respondieran a los homenajes y reclamos que tenían para hacerles en las pendientes de la Sabana los encomenderos y los funcionarios. Sólo llegando a Santafé Ursúa le contó a su tío el sueño que había tenido, y el juez comprendió que a Ursúa la fiebre lo estaba haciendo delirar. Pero ese sueño fortaleció la decisión del guerrero, y agravó, si ello era posible, su obsesión por el tesoro. Ya descansando del viaje al comenzar la noche, se empeñó en describirle a Armendáriz el camino con la misma precisión con que lo había soñado.

Lamentaba no poder convocar enseguida a los oidores para rendirles el informe de las guerras del Tayrona. Cumplidas sus duras condiciones, la Real Audiencia no podía posponer por más tiempo su autorización para emprender la búsqueda del tesoro, porque los hechos valerosos que cumplió con sus hombres en Santa Marta, su guerra contra las huestes del Tayrona, la noticia de las laboriosas ciudades de piedra en lo alto de la montaña, y el relato, honroso en audacia y en heridas, de la batalla del Paso de Origua, eran blasón suficiente incluso para reconocimientos más altos. Ahora no aceptaría ninguna otra misión: después de cuatro guerras había hecho los méritos necesarios, tenía la experiencia, y hasta le parecía que su sueño era una suerte de mapa del tesoro.

Lo primero que hizo en Santafé fue llamar a Oramín. Le contó su visión, y mencionó por casualidad que había escuchado en el sueño unas palabras. El indio le pidió que las repitiera, y Ursúa recordó sólo las que sonaban con más insistencia. Oramín entendió dos de ellas. Le dijo que eran palabras de los reinos del sur y que significaban el país de los cóndores. Esa nueva evidencia de que el sueño tenía sentido le pareció a Ursúa la señal definitiva de su nuevo destino.

Recorrió la casa y, de repente, por primera vez en muchos meses sintió la ausencia de Z'bali. La sintió no sólo en su cuerpo, como una evidencia de que había estado lejos de ella, sino en las habitaciones, porque la hermosa muchacha india no estaba allí como de costumbre. En realidad había desaparecido desde el momento en que la mujer española, como la llamaba, llegó a disponer de los criados y a ordenar las cosas, dando pruebas excesivas de que Ursúa había escogido nueva compañía. ¿Qué podía una muchacha nativa ante el poder de aquellas damas forradas de negro, que los vecinos de la ciudad veían admirados pasar con sus anchas faldas que se mecían como navíos? En ausencia de Ursúa nadie iba a extrañarla, y Z'bali había buscado nido en alguna casa indígena, mientras se aclaraba la decisión de su hombre.

Pero no sólo Z'bali se había alejado de él, también la estrella de la suerte de Ursúa estaba a punto de apagarse. Aquella misma noche, justo cuando pensaba que todo iba a suceder como se lo anunciaron sus sueños, llegó a su destino la hora de las tinieblas.

En el silencio de la medianoche, alguien llamó a la puerta. Era Teresa. Venía irreconocible de inquietud y de miedo, no lo besó siquiera sino que le dijo con urgencia: «Tienes que irte enseguida, no puedes estar un minuto más en la Sabana». «Pero si acabo de llegar», le respondió Ursúa con una risa débil, «y además vengo herido y con fiebres». «Entonces ven ahora mismo conmigo» dijo ella. «Te esconderás en nuestra casa mientras se aclaran las cosas, pero debes hacer que tus hombres declaren que te has ido esta noche misma por la llanura o que no llegaste con las tropas. El secretario Téllez me habló de una casa suya donde más tarde podrás refugiarte, y cuando sea oportuno cabalgaremos rumbo a Tocaima».

«Pero Teresa, amor» dijo él, débilmente, creyendo que era un juego, «mañana tengo que rendir ante los oidores el informe de las guerras contra el Tayrona, y hay mil cosas importantes que resolver…». «Ya no hay nada importante», le respondió Teresa en serio, «tu tío está destituido, y vino a la Sabana para ser juzgado, pero contra ti mismo hay una orden de captura dictada por Montaño, el nuevo oidor. Es posible que a esta hora las tropas del capitán Lanchero estén viniendo a buscarte».

Ursúa sintió la fiebre. Nueve años de luchas a favor de la Corona y en busca del futuro parecían desplomarse de pronto. Teresa le explicó que con la llegada de Montaño habían llegado las demandas contra él, acusándolo de irregularidades en el manejo de las encomiendas, del saqueo de tumbas en la Sabana, y sobre todo de numerosas crueldades con los indios: le iban a cobrar no sólo las guerras del sur y las de Pamplona, sino la muerte a cuchillo de los caciques muzos y hasta sus recientes combates contra el Tayrona. De acuerdo con un bando clavado en la puerta de las iglesias, iba a ser juzgado por violar gravemente las Nuevas Leyes de Indias que era su deber implantar en la Sabana. El juez estaba acusado incluso de nombrar ilegalmente a su sobrino como teniente de gobernador en Santafé, pero corría menos peligro que Ursúa, según mandaba decir Alonso Téllez, quien recurrió a Teresa porque sabía ya de sus encuentros en Mompox. El escribano vivía bien informado de lo que pasaba en todas partes por sus amigos dispersos en las provincias y a lo largo del Magdalena. Y Teresa añadió que ante el tamaño de las acusaciones Ursúa corría el riesgo de ser ejecutado.

El licenciado Balanza, uno de los fieles navarros, fue a buscar en las habitaciones del fondo a Juan de Castellanos, quien se había retirado enseguida a dormir y a quien Ursúa consideraba ahora el más confiable y el más fiel de sus amigos. Teresa se alegró de verlo de nuevo, los dos le explicaron la difícil situación que encontraban en la Sabana, y le pidieron ser su escudo, ayudándoles a distraer a los enviados de la justicia, mientras se descubría cómo defender a Ursúa o cómo ayudarlo a escapar.

Al amparo de las sombras salieron Teresa y Ursúa, a refugiarse en casa de la Mariscala, quien se alegraba de poder retribuirle sus ayudas de Mompox meses atrás. Había recibido la partida que le concedió La Gasca, y encontró algo mejor que sin duda no andaba buscando: el tesorero Briceño. Desde el día en que se conocieron no se habían separado hasta la partida del tesorero para la sierra, y estaban comprometidos. Así que esa misma noche María de Carvajal empezó a cuidar a Briceño, cuyo estado era grave, mientras Teresa y las otras mujeres se ocupaban de Ursúa.

En los días siguientes Castellanos iba y venía de una casa a la otra. Recorrió los despachos de los oidores y del licenciado Téllez, se enteraba de todo para informar a su vez al cautivo. Y así se fue tejiendo la red de cómplices que le ayudó al capitán a permanecer en la ciudad sin que se enteraran de ello el nuevo oidor ni sus esbirros. Incluso Góngora y Galarza formaron parte de la silenciosa conspiración que le permitió a Ursúa pasar varios meses en Santafé, al amparo de una casa privilegiada de inviolabilidad por la influencia de María de Carvajal en la corte, de algún modo descansando de años de guerras y escaramuzas, y refugiado en el abrazo nocturno de Teresa, aunque reducido a la condición de prisionero, que para un hombre de fuego como él era la peor situación existente. «Hay otra más mala», le dijo Teresa, «y es la de ahorcado». Ursúa le respondió que no estaba seguro, y la joven lo tomó como un desaire.

Pasaron muchas semanas antes de que María de Carvajal, ya casada con Pedro Briceño, se animara a pedir al oidor Montaño que permitiera al juez Armendáriz visitarla en su casa, para hablar de su difunto marido Jorge Robledo. El juez no tuvo nada que objetar a la petición, y autorizó la visita sin saber que estaba permitiendo al juez visitar a su sobrino escondido. Y fue harto conmovedor aquel encuentro entre Ursúa y su tío Miguel Díaz de Armendáriz, que estaba más viejo y más delgado, con las mejillas colgando sobre la barbilla, con la papada cubierta de descuidada barba blanca porque ya hacía meses que había licenciado a su barbero, pero muy aliviado de sus dolencias desde cuando licenció también al cirujano, que ahora tenía farmacia en la otra orilla del río. Ursúa no era ya el muchacho radiante que diez años atrás arrebataba como en juego las varas de la autoridad a poderosos señores, sino un hombre endurecido y oscuro, casi siniestro en la penumbra de su encierro, que anudaba sin cesar los dedos de sus manos y se paseaba por el sótano mal iluminado como una pantera en su jaula.

Más se habrían conmovido si supieran que aquel encuentro era el último. Cuando se abrazaron finalmente, después de conversar varias horas, el viejo derramó algunas lágrimas, creyendo que eran de tristeza por el vuelco que habían dado sus destinos, pero eran en realidad el vino secreto de la despedida, porque aquella tarde el tío, que había encarnado la ley, siempre solemne pero torpe y sinuosa, en la Sabana de los muiscas, y el sobrino, que había sido en sus manos la espada inquieta y cruel, se estaban mirando por última vez sobre la tierra. Pronto el tío sería enviado de nuevo a la península, envejecería en un convento dedicado a la oración y el arrepentimiento, y alcanzaría a contarle una tarde a la anciana Leonor Díaz de Armendáriz, su hermana, cómo fue ese encuentro final en la penumbra de una casa de Santafé, con el hijo que ella nunca vio volver a sus brazos. Pero cuando eso ocurrió, ya Ursúa no era un prisionero, ni el jefe de unas tropas bestiales, ni el guerrero rendido en el abrazo de una mestiza de rostro hermosísimo, sino un atado de huesos sin epitafio bajo las selvas impasibles.

Con todo, la larga visita del juez no pasó inadvertida para las autoridades. Montaño no sospechó que Ursúa estuviera en la ciudad, aunque ya lo habían buscado en sus muchas encomiendas y en toda la extensión de la Sabana, pero fue informado por un mensaje anónimo de que Ursúa había sido visto en Mompox tiempo atrás con la exquisita Teresa de Peñalver, y ojos vigilantes empezaron a espiar la casa de las mujeres, esperando la salida de algún mensaje cuyo rumbo los llevara hasta el fugitivo. El juicio de Armendáriz avanzaba, y como ya no había nada qué embargarle, un día le embargaron los cofres con sus trajes, y también la casa de Ursúa, de modo que no conservó siquiera una capa para protegerse del frío de la noche en la Sabana. Alonso Téllez procuraba mantenerse alejado de su viejo socio, para que no le contagiara la mala suerte, y no puedo olvidar que fue precisamente Luis Lanchero, la primera víctima de Ursúa, y víctima también de tormentos por orden de Armendáriz, quien se le acercó al juez juzgado cuando nadie estuvo allí para ayudarlo, y le dijo con voz grave pero sin odio: «Parece que ya no hay quien se acuerde de sus favores, amigo Armendáriz». A lo cual el juez le respondió con amargura: «Ay, señor Lanchero, pocos amigos tienen los que han caído en desgracia». Y Lanchero, con gesto generoso y gran respeto, le dijo: «Permítame entonces ofrecerle esta capa», y se desprendió de una capa lujosa que llevaba, para que Armendáriz pudiera abrigarse con ella.

Las mujeres organizaron la fuga de Ursúa, quien redactó un mensaje presuroso para Armendáriz, cuya suerte le dolía más que la propia, sin saber que ya había visto a su tío por última vez. Pedro Briceño no había dejado de trabajar en su molino, sus haciendas y sus inventos, pero respiraba con dificultad como consecuencia de su herida en la sierra, y decidió viajar a Santa Marta, para hacerse curar en tierras más cálidas. Se decidió que las mujeres lo acompañarían unas leguas por el camino de Tocaima, y que era la ocasión perfecta para que Ursúa emprendiera la fuga. Nadie sabría que Castellanos, quien iba en ese viaje con ellos, desembarcaría en La Tora acompañado de Ursúa, para buscar refugio en Pamplona, más allá de los páramos.

Para otro oficio sirvió entonces uno de los grandes baúles de la Mariscala. Donde antes iban sus trajes lujosos de gran dama de la corte, salió Ursúa encerrado, bajo candados heráldicos, y llevado por cuatro esclavos negros de Pedro Briceño, pasando por las barbas mismas del hombre que vigilaba la casa y que no podía sospechar que ese baúl pudiera contener una mercancía tan valiosa. Ursúa fue llevado por el cortejo de las mujeres hasta las afueras de la Sabana, donde los negros descargaron el baúl en una casa de encomiendas por el camino de Tocaima. Allí se despidió Ursúa de Teresa, quien había guardado hasta el último momento una noticia inesperada, que no fue una promesa alegre, porque estaban separándose, y tampoco una noticia triste, porque establecía un vínculo poderoso entre ellos: la hermosa muchacha esperaba un hijo suyo.

Se separaron en la noche sin saber que no se verían nunca más, y no podían dejar de pensar graves cosas que nadie sabrá nunca. Si Ursúa soñó volver a verla, la vida no le dejó sosiego para intentarlo siquiera; si ella quiso seguirlo, su posición social le exigía una vida que la que podía ofrecerle su amante, y el hijo que venía en camino era un motivo más para no abandonarse a los caminos azarosos de Ursúa. Pedro Briceño, quien acababa de construir el primer molino que hubo en Santafé, llevó al fugitivo siempre oculto hasta Tocaima, viajó en su propio barco con él y con Castellanos hasta las barrancas coloradas, y los dejó en una orilla antes del embarcadero, con unos cuantos jinetes de guardia, provisiones para el camino, y caballos que los llevaran por los páramos rumbo a Pamplona, donde sin duda encontrarían refugio, a la sombra del caballero Ortún Velasco, el amigo impasible.

Fue así como el hombre más poderoso del reino se convirtió en un prófugo. Pedro de Ursúa, que poco antes lo tenía todo, se descubrió de pronto con nada en las manos, y comprendió por fin que lo que prometía su futuro no era ya el tesoro fabuloso que había soñado poco antes y que sintió tan cerca en sus recientes días de triunfo, sino, en una plaza de Indias, la severa silueta de una horca española.

29.
Al cabo de ese año, María de Carvajal
enviudó por segunda vez

Al cabo de ese año, María de Carvajal enviudó por segunda vez, heredando las propiedades, el molino, las encomiendas y los muchos esclavos de Pedro Briceño. Fue entonces cuando apareció Francisco Briceño, pariente lejano del difunto, nombrado, como por un conjuro mágico, definitivo juez de residencia de Belalcázar, y la Mariscala, que sabía tanto de amor como de política, se convirtió casi en seguida en la amante del nuevo juez. Mientras éste investigaba todas las acciones del gobernador de Popayán, para nadie era un secreto que Briceño vivía con la viuda de Jorge Robledo, y no causó sorpresa que las acusaciones más graves de ese juicio tuvieran que ver con la muerte del mariscal y con el modo como aquél había sido despojado de sus fundaciones. El juez no habrá sido imparcial, pero fue implacable. Sacó a la luz todas las mujeres y niños de Quioche en el reino de Quito que Belalcázar había pasado a cuchillo en una de sus incursiones, y desenterró la memoria de los trescientos indios de Riobamba que el gobernador había sepultado vivos como castigo varios años atrás. Después de someter al viejo Belalcázar a interrogatorios y prisiones mortificantes lo condenó a muerte por muchos cargos, siendo el principal la muerte de Robledo.

Belalcázar no podía creerlo: la suerte, que había comido en sus manos, le volvía la espalda. Entonces era cierto que en el mundo no había gratitud ni respeto, los méritos de una vida entera de sacrificios y de lealtades podían ser borrados por una sola intriga... y no sabía sobre qué volcar su amargura. Se dijo todavía con más rencor que lo que no habían podido Rumiñahui, el general de los incas, ni Pete, el cacique feroz del Valle de Lilí, ni el ingrato Robledo, ni ninguno de sus incontables enemigos a lo largo de medio siglo, lo estaba logrando con sábanas y con intrigas una puta vengativa. Más con furia que con pena apeló la sentencia ante el Consejo de Indias, y le ordenaron viajar a España, encadenado, para que allá se resolviera su situación.

Fue esa la gota que acabó de ensombrecer su alma. Arrastró los grilletes hasta Cartagena, pero la sentencia humillante pesaba más sobre su cuerpo que las cadenas mismas, y la melancolía se fue apoderando de él. Ya no hablaba con nadie, ya no quería probar bocado. Acostumbrado a la soberbia y al mando, su ancianidad se amargó con esas vejaciones que le parecían casi blasfemias. El viejo arrogante se mordía de indignación los propios labios, y después de llegar a Cartagena, donde lo acogió con compasión su antiguo rival Pedro de Heredia, se empozó en su corazón la derrota. No estaba dispuesto a llegar a España convertido en un prisionero… no les daría el placer de verlo caer ejecutado como un perro. Entonces se encorvó sobre sí mismo, negro escorpión rodeado por el fuego, y se dejó morir.

Mientras tanto, un año entero se acomodaron Ursúa y Castellanos a la hospitalidad de sus amigos de Pamplona. Como no había sido juzgado, y por ello todavía no lo habían privado de sus derechos, Ursúa asumió la propiedad de los predios reservados para sí en los momentos triunfales de la fundación, y entregó algunos de ellos a cambio de recursos, de caballos y de oro para sostener a las tropas. Buena prueba de que sabía cuán frágiles eran aquellas ficciones de normalidad es que firmó los documentos con la fecha de la fundación, cinco años atrás, para que más tarde no desconocieran su validez los jueces del reino. Disponía de varias casas para ocultarse; Castellanos fue todo el tiempo el proveedor, el fiel vigilante y la fuente más segura y copiosa de información sobre todo lo que pasaba en el reino; y dispersaron por la región una guardia de mercenarios para informar de cualquier movimiento sospechoso. Ya Ursúa había dejado de mandar sobre tropas regulares, y empezaba a acostumbrarse a los matones a sueldo y a los salteadores de caminos. Tarde o temprano las autoridades de Santafé sospecharían que se ocultaba en la ciudad que él mismo había fundado, aunque a todos les sonaba más lógico que se refugiara en lugares donde era menos conocido. Pero Ursúa despertaba tanta admiración entre sus viejas huestes, que decenas de hombres estaban dispuestos a transgredir la ley para protegerlo.

Fue el capitán Lanchero quien primero adivinó que estaría en Pamplona, y así se lo sugirió al bravo juez Montaño, que siempre tenía un gesto de repulsión en su rostro. Era un hombre monumental y soberbio, para quien todo había estado mal en el mundo antes de su llegada, que tomaba cada decisión como si fuera el comienzo de una reparación cósmica, y que atribuía a cada delito y a cada culpa, por pequeños que fueran, consecuencias desmesuradas. «Ahí va el juez Montaño con su cara de juicio final» decía Teresa de Peñalver a su tía, cerrando la ventana. Y le escribía cartas a Ursúa hablándole de cómo crecía en su vientre el hijo de sus amores, mientras terminaba el juicio de Armendáriz, quien iba a ser remitido a España para que respondiera allí por sus actos. Los esbirros de Lanchero habían allanado varias casas buscando a Ursúa, y confiscaron sus encomiendas, poniéndolas a nombre del nuevo juez. La soldadesca implantaba un régimen de zozobra, ya nadie en la Sabana parecía favorecido por el gobierno, todas las semanas se rumoraba que habían capturado a Ursúa en un lugar distinto.

Las escasas cartas de Teresa, siempre dirigidas a Castellanos, amargaban a Ursúa con la evidencia de que ahora lo estaban volviendo responsable de cada uno de los males del reino. Todo levantamiento de indios se debía a sus campañas violentas, los desfalcos de los funcionarios se hacían para favorecerlo, todas las violaciones de las Nuevas Leyes se realizaban siguiendo su ejemplo. Hasta de los motines que hacían hombres como Álvaro de Hoyón lo acusaban, y esto lo enfurecía, porque si de algo no podía dudarse era de su lealtad a la Corona, y siempre fue enemigo de los enemigos del emperador. Tal vez ya fuera parte de su castigo: los nuevos gobernantes hacían de él el modelo de la mala administración, de la brutalidad militar, de la violencia innecesaria. Y allí comprobó que nada es más útil para los gobernantes que tener un demonio al cual atribuir los desórdenes del reino, a quien señalar como el origen secreto de todos los fracasos de su administración.

Un día, al final de aquel año de escondites, Ursúa vio venir a Castellanos a caballo y comprendió, por su prisa inusual entre los árboles y por su rostro de presidio, que algo grave ocurría. Indios de la sierra habían visto venir por las florestas tropas españolas y esto sólo podía significar que el capitán Luis Lanchero se acercaba en plan de venganza, enviado por el oidor, quien se convenció finalmente que en ninguna parte se sentiría Ursúa más seguro que en la ciudad que él mismo había fundado.

Pamplona era un refugio pero también era un consuelo para su mente, recuerdo piadoso del país nativo cada vez más guardado en la memoria. Dormido bajo un cielo de santos e invocaciones, había vuelto a soñarse al amparo de las murallas de Tristán, en colinas de ovejas, defendido por un invencible ejército de muertos: sus abuelos franceses y navarros, y los Orsubas que alzaron las costillas de piedra del imperio romano.

Pero ahora, despierto, y con enemigos pisando sus talones, tuvo que salir de prisa con su guardia y perderse por las arboledas, bajo el viento con rachas de niebla que en realidad venía más a protegerlo que a entorpecer sus pasos. De mucho les sirvió conocer esos páramos como los conocían. No era aconsejable bajar a La Tora, porque allí estaría la retaguardia de las tropas venidas de la Sabana, pero Ursúa conocía otro embarcadero, leguas al norte, en la orilla donde escaparon años atrás los esclavos negros del gobernador Lugo, y hacia allá enderezaron las cabezas de los caballos.

Mientras tanto Lanchero avanzó hacia Pamplona, entró con estruendo en la villa, allanó con tropas violentas una tras otra las casas de los fundadores, y amenazó con prisiones a quienes se negaran a informar el paradero del prófugo.

«Todos niegan haberlo visto, pero los indios nos confirman que hace dos o tres días estaba todavía aquí, y que todos éstos conversaron con él», le dijo a su sargento Rodríguez. «Los indios, que lo odian, pueden decir la verdad», dijo el otro, «pero estos funcionarios son sus amigos de hace años». «El odio siempre ve mejor», contestó Lanchero, «y hay cosas que nunca suelta una lengua cómplice. Hay que averiguar qué camino tomaron él y sus hombres. Ursúa es sagaz y sabe bien que no puede bajar a La Tora, porque habrá soldados del reino esperándolo».

«Sin grandes tropas, capitán, sólo le quedan dos caminos: cruzar el Magdalena por alguna parte de la llanura y subir hacia Neyva buscando la ruta de Belalcázar, o navegar al norte». «No puede cruzar las tierras de los muzos, porque allí estará perdido, lo mismo con nosotros que con los indios. No puede tomar un barco grande sin que lo descubran hombres de la gobernación, ni pequeño, porque lo van a masacrar los nativos». «No tiene cómo embarcarse por el río hacia el norte», dijo Rodríguez, «y es difícil que se arriesgue por la orilla del río. Buena pieza tendrían los caimanes y los indios de estas selvas».

«Pero más peligroso es viajar con pocos hombres por las montañas» dijo Lanchero. «Muchos indígenas estarán felices de encontrarlo y yo de ellos le cobraría sus acciones dedo por dedo y oreja por oreja». «Dicen que quemó vivos a varios jefes de los panches», dijo uno de los soldados. «Y que apuñaló a los caciques muzos en el banquete de paz después de las negociaciones».

La estela de sus crueldades seguía ahora a Ursúa como la plaga de los tigres seguía en otro tiempo el cortejo de Ambrosio Alfínger por su rastro de cadáveres. Los soldados siguieron hablando de todo lo que Ursúa había dejado a su paso, y después decidieron volver a las barrancas bermejas, a calcular allí, con los hombres que cuidaban los barcos, cuál podría ser su rumbo.

Mientras tanto Ursúa, Castellanos y los otros siete hombres descendían a tientas los barrancos de Urama, frente a la negra cuchilla de los Cobardes. Durmieron la primera noche en una gruta que parecía al amparo de las miradas y los sorprendió al amanecer descubrir que estaban expuestos a todos los vientos. El sol disipó la niebla; se encontraban en una región de árboles altísimos, por los cuales corrían y saltaban monos diminutos, y como siempre un bullicio de pájaros alegraba el aire. Abajo, muy lejos, se abría el valle, y pudieron ver el río Magdalena como un espejo separando la enorme llanura. Se ahondaba como un milagro hacia el norte, entre selvas cerradas, y a una distancia inverosímil lo borraba la niebla suave. Al otro lado del llano era visible la cordillera azul, de cumbres superpuestas, y bajo el cielo diáfano los nevados sucesivos, uno de cresta plana e inclinada, otro de forma irregular, y el tercero formando un cono blanco y perfecto.

«Lo peor de los bosques es que no hay manera de saber qué se oculta en ellos. Por lo menos tenemos buen clima, pero también eso nos hará más visibles», dijo Ursúa. Miró a Castellanos y comprendió que llevaba un buen rato escribiendo en esos cuadernos pequeños que parecían ser su único equipaje.

«Nunca descansas de escribir», le dijo. «Un día voy a hacer un libro con todo esto», respondió el otro. «O un río se va a llevar tus cuadernos» dijo Ursúa riendo, «o un tigre se va a alimentar de cuentos». «O un caimán se va a indigestar con ellos», añadió Castellanos, «pero no me preocupa: no los escribo para conservarlos en el papel sino para guardarlos mejor en la memoria. Si no los escribiera, los olvidaría, porque sólo soy capaz de recordar lo que se convierte en palabras».

«Será por eso que yo olvido tanto», respondió Ursúa. «Recuerdo los hechos, pero ninguno de esos detalles menudos que a ti se te graban siempre. Ayer me sorprendió que recordaras, cuando tuvimos que escapar a toda prisa, que me habías visto en el Paso de Origua peleando con los indios del Tayrona con un pie calzado y el otro desnudo. Eso ya lo había olvidado».

«No necesitas recordar», dijo Castellanos, «porque tu vida está en los actos, pero la mía está en los cuentos. A veces pienso que las cosas sólo existen si las nombro, y me parece triste el olvido. Sería una lástima que un día nadie supiera de tu vida, de tus fundaciones y tus guerras». «Por ahora habrá que hablar de mis fugas» añadió Ursúa. «Porque aquí voy, sin más colchón que la hierba ni más rumbo que el monte». «Pero vivo y casi contento», le respondió Castellanos. «El ser más difícil de vencer que he conocido».

Así hablaban, avanzando a buen trote por las lomas, buscando en el paisaje un brillo de armaduras españolas o humaredas de pueblos indios. Porque ahora tenían enemigos por todas partes, sin olvidar a la naturaleza, que los bendecía con sol y claridad, pero que en cualquier momento podía suspender sobre ellos nubes amenazantes, o descargar aguaceros y rayos. Y así siguieron dos jornadas más, durmiendo en lugares discretos, sin encender hogueras, y dejando siempre a alguien que velara en la oscuridad.

Después una brisa vino de lejos a buscarlos y a darles noticias. «Es el olor del río», dijo Ursúa, «ya estamos llegando a la llanura y al embarcadero».

Habían comido poco en tres días de viaje. Repartieron las hogazas de pan, un trozo de jamón que les habían dado sus amigos, porque ya en Tunja y en Pamplona se hacían jamones tan buenos como en España. Llevaban un poco de alcohol de caña, sólo para animarse cuando desfallecieran; trataron de conservar el agua buena que traían en las bolsas de cuero, y se privaron de cazar pájaros, venados que hallaban a su paso, o más pequeños animales del monte, e incluso de pescar en los arroyos limpios que a veces mostraban buenos peces en sus remansos, porque esas piezas los obligarían a delatarse con fuego y humaredas.

Habrían preferido robar una de las barcas grandes del embarcadero, pero ello significaba aumentar en cinco o seis el número de sus enemigos y perseguidores, de modo que tuvieron que mostrarse y comprarla. Ursúa permaneció escondido, y fueron Soto, el jugador, y Lorenzo Corral, quienes negociaron un rato con el dueño, un mestizo de unos treinta y cinco años que pasaba gentes de un lado al otro del río, y que tenía su mujer india y unos niños desnudos. La mitad del alto precio fue por la barca, y la otra mitad por el silencio, aunque todos sabían que bastaría otro tanto para que se convirtiera en delación.

Se embarcaron enseguida, y remaron fuerte para aumentar la ventaja que les daba ir corriente abajo. La barca los hacía presa fácil para los nativos, pero al mismo tiempo los hacía presa poco codiciable, salvo para indios vengativos que hubieran sufrido una agresión penosa. Pero llevaban los caballos en ella, en una especie de corral improvisado en el centro, y ello amenazaba la estabilidad. Más peligrosos se veían los caimanes que en las orillas, a lado y lado, se eternizaban al sol, entre el vuelo de las garzas y el resplandor de las mariposas.

Una noche, Ursúa y Castellanos estaban en silencio viendo el fulgor errante de las luciérnagas entre las ramas de la orilla, y oyendo las quejas de los pájaros desolados, cuando el letrado dijo: «Esta barca deforme me recuerda una que vi llegar hace años a las islas». Ursúa se acomodó entre sus fardos, porque ya sabía que en ese tono comenzaba Castellanos sus cuentos. Se dispuso a escuchar una buena historia, y le preguntó dónde vivía entonces, para dar pie al relato del otro.

Y Castellanos empezó a contarle que diez años antes, en Margarita, la isla de las perlas, oyó una mañana la noticia de que había llegado a la playa un barco de hombres tuertos. «¿Todos?», preguntó Ursúa asombrado. «En realidad sólo a los tres primeros que bajaron del barco les faltaba un ojo», contestó Castellanos, «pero fue algo tan extraño y tan casual que les hizo pensar a los isleños que los vieron, y después por los rumores a mucha gente de la isla, que todos los marinos eran tuertos. Incluso después, cuando se vio que todos los otros tenían los ojos en su sitio, la gente siguió hablando del barco de hombres tuertos, y hubo quien me lo aseguró a mí mismo. Pensamos que esos hombres venían de otro mundo y hasta creímos que estaban volviendo los barcos fantasmas de la expedición de Ordaz, donde tantos amigos nuestros habían desaparecido. Pero en realidad eran los barcos del capitán Francisco de Orellana: venían de descubrir el río más grande del mundo, y la selva inmensa que lo rodea. Nos contaron que habían descendido durante ocho meses, arrastrados por la corriente de un río que crecía y se ensanchaba, y que no desembocaba nunca en el mar».

«Yo he oído hablar de ese río y de esa expedición», dijo Ursúa inquietándose de pronto, «pero no tenía idea de que tú habías sido testigo de su llegada. ¿Por qué no me lo habías contado?» «Nunca tuvimos ocasión de hablar de estas cosas», dijo Castellanos: «Ellos mismos habían construido el primer barco, con buenos planos y buenos instrumentos, cuando encontraron el río y ya no pudieron avanzar por tierra. Un bergantín español capaz de llevar a veinte hombres y en el que se embarcaron sesenta. Eso fue cuando fracasó la expedición de Gonzalo Pizarro en busca de la canela».

«Cuando llegué al Perú», dijo Ursúa, «se hablaba mucho de ese viaje. Pizarro había vuelto de la expedición con muy pocos hombres, y contó que Orellana le había robado un barco y huyó con muchos soldados, jurando que iba a buscar provisiones, cuando en realidad pensaba escaparse».

«Ah, no», dijo Castellanos, «yo hablé con Orellana, y él me contó que la corriente los había arrastrado. Nadie sabía cómo maniobrar un bergantín español de esas dimensiones por los ríos de la cordillera, después un río más grande se unió con aquel en que iban, y ya no pudieron gobernar su rumbo. No podían desembarcar en ninguna parte, porque de las orillas los atacaban las flechas, y descubrieron que la selva estaba toda poblada, porque se veían humaredas sobre los árboles, en la distancia, y en la noche se oía el rumor de los pueblos rezando y tocando tambores y flautas».

Ursúa se quedó de pronto silencioso, como cuando oyó, en el último día de su infancia, al viejísimo Díez de Aux contando en su casa paterna las historias de sus viajes y sus aventuras. Después de cuatro guerras inútiles tratando de alcanzar un tesoro cada día más tentador y más irreal, ahora, justo ahora, cuando iba perseguido y derrotado por un río de caimanes, mirando a cada instante hacia atrás para ver si aparecían en la tiniebla las tropas de sus enemigos, ahora, de repente, le llegaba la verdadera revelación de su destino.

Y una vez más empezó a encenderse en su alma ese fuego incontrolable que le daba su fuerza y que despertaba su ingenio. ¿Tenía que haber pasado por todas esas pruebas de sangre, por esas fugas y estas persecuciones, para entender que lo que en verdad quería era ser el gobernador de las selvas que Orellana había descubierto? Ese era un reto digno de él, un río de ocho lunas y una selva más grande que el mundo, llena de pueblos qué vencer y de riquezas qué descubrir. Una selva poblada de amazonas, el reino más misterioso y más tentador para un hombre como él.

Pero ni él ni Castellanos sabían qué río y qué selva eran aquéllos. Hubiera estado yo presente para contarles, espanto por espanto y milagro por milagro, cómo fue nuestra travesía, cómo hicimos un segundo barco en una isla en medio de la corriente, para impedir que los sesenta hombres zozobráramos en un barco hábil sólo para veinte.

Aquella noche, descendiendo por el Magdalena, Ursúa comprendió de pronto que había perdido años preciosos buscando en la gobernación de su tío un espejismo. Lo vio todo tan claro que maldijo la hora en que recibió en el Perú la carta de Miguel Díaz de Armendáriz invitándolo a viajar a Cartagena de Indias, y la hora en que un rayo cayó sobre el barco de los gobernadores en el Cabo de la Vela, y la hora de su gloriosa ascensión a gobernador adolescente. Y abominó de las tórtolas del sur y de las ranas del este, de los caimanes y de los cangrejos; vio su vida en las Indias como un infierno de postergaciones, y las estrellas como una conjura de escorpiones y toros contra su destino, y no pudo entender cómo ni cuándo se le había torcido la suerte.

«Pero si yo llegué al Perú», decía lleno de rabia, «algo en mí adivinó que era allí donde estaba el destino. Si hubiera permanecido un poco más me habría dado cuenta de que mi rumbo era el de Orellana, de que el reino por conquistar era ese donde él buscó por error sus bosques de canela. Leí al revés todos los signos, y ahora tengo que empezar de nuevo».

Y lleno de un repentino entusiasmo que era como la soflama de sus batallas, de su encierro y su fuga, al pasar ante los embarcaderos de Mompox tomó la decisión de viajar al Perú, y emprender por fin la gran expedición de su vida.

¡Pobre Ursúa! Era verdad que su destino estaba allá, aguardándolo. Era verdad que Miguel Díaz de Armendáriz lo había desviado del río que lo esperaba, de la selva que lo recibiría, de la aventura que pondría su nombre en los labios de la leyenda. Y era verdad que las cuatro guerras salvajes donde había perdido su inocencia, donde había oscurecido su alma, eran una postergación de su verdadero destino. En todo eso tenía razón. Sólo se equivocaba en una cosa: ese destino verdadero que era el suyo, ese destino que quería seguir por fin, no sería el del triunfo: lo que lo esperaba con impaciencia en las selvas del río de las amazonas era su estrella negra, su desgracia y su eclipse: una maldita y rencorosa noche de espadas.

30.
Como si todo caminara a su fin, entonces arreciaron los hechos

Como si todo caminara a su fin, entonces arreciaron los hechos. Muerto Belalcázar, Francisco Briceño asumió la gobernación de Popayán, y por un breve tiempo, suficiente para el alivio y para la venganza, ocurrió lo increíble: la Mariscala María de Carvajal terminó gobernando no sólo las comarcas de Robledo sino los reinos de Belalcázar, el cañón del Cauca, las llanuras de Cali, los abismos misteriosos del Patía y los valles que llevan a Quito. Cada noche a solas hablaba con Robledo y le contaba las cosas que habían ocurrido. Soñaba que volvía a San Sebastián, a la orilla del mar, y que Robledo venía cabalgando hasta ella diciéndole: «Yo tenía un reino para ti pero lo perdí en el camino». Ella le decía: «No, no lo perdiste». Y al volverse a mirar a la tierra desde la playa, veían ante ellos un país inmenso que comenzaba en las ciénagas y se ahondaba por las montañas y terminaba a una distancia infinita, en las primeras ciudades de piedra del Inca. Entonces ella, sola en una cumbre y vestida de luto, veía aparecer el cráneo de Robledo alto en su vara de guadua, y le decía: «Ya puedes descansar en paz, porque el reino que me prometiste ahora está finalmente en mis manos».

Francisco Briceño ordenó a Alonso de Fuenmayor fundar un poblado siete leguas al sur de Popayán y de cara al Patía, y sus hombres fundaron la ciudad de Almaguer, sobre sierras de oro, en la región de las montañas más bellas, llanuras verdes y amarillas que miran a montes de formas caprichosas. Serviría de tránsito entre Pasto y Popayán, en una luz de inmensidades; muy hondo estaba el hilo de música del río, y después una región de bosques felices donde pronto crecieron trigales, legumbres y granadas, y donde el día está tan embrujado como la noche misma.

Todo terminaba para que todo empezara de nuevo. En Panamá se habían agrupado los tropeleros y los vagabundos que expulsó La Gasca del Perú, y algunos de ellos seguían soñando con rebeliones. Una de esas chispas fue Álvaro de Hoyón, quien estuvo primero en la revuelta de Gonzalo Pizarro, después se unió a los nietos salvajes de Pedrarias Dávila en el istmo, y finalmente llegó a Cartagena a seducir a todos los inconformes para que se alzaran contra la Corona. Pero si Pizarro se rebelaba porque le robaban el reino que su familia les había robado a los incas, estos nuevos rebeldes ya eran sólo ladrones de caminos. Del robo recompensado por la ley y bendecido por la Iglesia ahora se pasaba al vulgar robo sin mentira y sin mancha. Por los tiempos en que Ursúa se escondía en los páramos, Hoyón se hizo amigo de muchos renegados, entre ellos dos frailes bandidos que vinieron con él a Cartagena, y un día conspiraron una masacre. Pensaban aprovechar la misa solemne, y ya con los vecinos en la iglesia cerrar las puertas de golpe y matarlos a todos, para ir a saquear después sus casas. Un mozo al que intentaron convencer de que los apoyara terminó delatándolos; los frailes malignos fueron apresados por Heredia y ahorcados a la orilla del mar, pero Álvaro de Hoyón se escapó a Santafé, donde sin dejar traslucir sus planes compró municiones y arcabuces. Asaltó con sus cómplices a San Sebastián del Plata, a Timaná y a Neyva, matando muchos vecinos y robando lo que encontraban a su paso.

Después tomó el camino de Popayán, donde María de Carvajal se refugió en la iglesia con todas las mujeres y los niños, sin saber que ése era el sitio preferido de los amotinados, mientras curas y frailes se apostaban en las puertas con espadas temblorosas para defender a los vivos y a los muertos. Los rebeldes cargaron sobre la ciudad, estorbados apenas por Briceño, con unos cuantos hombres a caballo y una tropa de indios fieles. Y ya de noche hubo combates en las esquinas, sangre en las casas y miedo en los patios, porque las tropas de pillaje se regaron de tal manera por la sombra que nadie sabía quién era quién en las encrucijadas. Los asaltantes habían acordado converger a cierta hora en una casa grande cerca de la iglesia, y en los salones penumbrosos hubo nuevos combates, donde las alabardas cortaron dedos y los arcabuces sacaron ojos, manteniendo a la ciudad espantada la noche entera, hasta que los vecinos, más por terror que por valentía, fueron rodeando a los conjurados, y pusieron a los indios de la región a disparar contra ellos sus flechas desde todos los flancos. Los rebeldes, exhaustos, encendieron un fuego delator en el patio donde se habían refugiado para tratar de atender sus heridas, y fueron capturados al fin.

Entonces la ferocidad cambió de bando: los plácidos vecinos les cortaron a muchos rebeldes los pies y las manos, a otros los condenaron a centenares de azotes y a remar en galeras, pero los principales fueron ahorcados y descuartizados, para repartir sus cuerpos por los caminos como enseñanza y advertencia. Y se dice que mientras todos los otros, cargados de cadenas, lloraban y suplicaban clemencia, Hoyón fue tan indiferente a su propia muerte que, justo antes de ser ahorcado, pidió de comer y de beber como si estuviera de fiesta en una taberna. Sólo cuando estaban haciendo cuartos su cuerpo descubrieron que tenía sexo de animal.

El juez Montaño fue a tomar posesión de la gobernación de Popayán, después de enviar a Armendáriz, innecesariamente cargado de cadenas, a embarcarse en Cartagena rumbo a España. En ese extraño juego de mutaciones, ahora era Heredia lo escoltaba hasta el barco.

Armendáriz alcanzó a decir en el último instante la frase que después lo hizo célebre: «Estas tierras reciben a los jueces con arcos y los despiden con flechas», y subió fatigado a la nave para no volver nunca.

Ya había zarpado el juez en el bergantín hacia su destino final de presidiario y de clérigo, cuando Ursúa llegó a Santa Marta. Fue una llegada triste y azarosa, porque allí era conocido de todo el mundo, pero sólo como amo y señor. Llegar vencido y perseguido, a esconderse como un delincuente, sin saber quién lo denunciaría ante sus perseguidores, le oscurecía el rostro y le amargaba las entrañas. No permanecería en la ciudad, aunque había quien lo hospedara con gusto y con verdadero afecto. La condición de prófugo le era aborrecible, se veía de pronto con las manos vacías temiendo un barco pesado de enemigos que bajaba hacia él por las aguas amarillas del río, y procuró embarcarse enseguida hacia Castilla de Oro.

Ahora por lo menos sabía que su destino era repetir el viaje de Orellana. Según su costumbre, había empezado a pensar en la conquista del río y de la selva como el hecho definitivo de su existencia. Esperaba que Castellanos lo acompañaría. Aquel soldado menudo e inteligente, de ojazos brillantes y memoria asombrosa, que parecía saberlo todo de todas las cosas y siempre estaba conversando con todo el mundo, interrogando a jóvenes y a viejos, a los negros que perdieron su tierra y a los indios que perdieron su cielo, aprendiendo los nombres de los árboles y observando a los animales con una avidez que sólo podría compararse a la de mi maestro Oviedo, le profesaba tal afecto y lo acompañaba de una manera tan plena, que en aquel momento era el único consuelo del solitario Ursúa, el cántaro de sus quejas y el paño de sus lágrimas de ira. El destino de Ursúa se había colmado de poder y de esplendor, de sueño y de riquezas, sólo para trocarse de pronto en un castillo de humo que dispersaban los vientos.

Pero una nueva contrariedad lo esperaba: Castellanos encontró en Santa Marta un envío de su madre, Juana, procedente de la pequeña villa de Alanís, en los altos de Sevilla, de donde el muchacho había salido doce años atrás. En él le enviaba testimonios de sus conocidos, certificaciones de su maestro Miguel de Heredia de haber cursado en Sevilla todas las disciplinas del letrado: latín, preceptiva, oratoria, y hasta los rudimentos del derecho canónico, con todos los demás documentos que él le había reclamado para presentar la solicitud de lo que por entonces más deseaba en el mundo: hacerse clérigo. Sabía suficiente gramática latina, conocía los dogmas y los misterios, los ritos y las doctrinas de la Iglesia, podía demostrar que su linaje reciente no estaba manchado de judíos ni de moros, no carecía de voz bien timbrada para los oficios, y no se requería más para ser aceptado en el clero, en una región donde siempre había trabajo para religiosos y misioneros. Castellanos vacilaba en decírselo a Ursúa: para ser clérigo tenía que permanecer en Santa Marta y no podría seguirlo a sus nuevas conquistas.

El letrado era el más extraño de los conquistadores, no pedía más riqueza que darle nombre al mundo nuevo que hormigueaba en sus ojos. No quería errar más: a sus treinta y tres años, la santa edad de Cristo, necesitaba asumir la misión que le habían deparado las Indias. Ya había sido tesorero y marino, comerciante de perlas y buscador de minas, expedicionario y soldado, era un sobreviviente de la mordedura de las flechas y del vuelo de las víboras, se había salvado de la locura que dan las yucas bravas y del naufragio de toda una ciudad, había escapado a caballo del hambre de un tigre y de la creciente de un río, y su exclusivo deseo era contar todo lo que había visto, sentarse a relatar el resto de su vida las historias de las que fue testigo o que oyó de labios de quienes las vivieron, y para ello necesitaba la paz fortificada de un claustro, un escritorio, una pluma, un mar

de tinta, y muros firmes que protegieran su vigilia y sus infolios, de modo que vio en la carta de su madre la revelación súbita de su destino, y con dolor inmenso le dijo a su
amigo en desgracia que se quedaría en el Nuevo Reino, y ya
no iría con él al Perú.

Como un último vestigio de su mundo perdido, antes de que Ursúa se embarcara rumbo a Panamá, apareció
un día Oramín ante él en su refugio de Santa Marta. Había viajado con Alonso Téllez, quien iba a embarcarse para
España, acompañando a los oidores Góngora y Galarza, porque estaba seguro de que se encontraría con Ursúa, aunque
no podía tener idea de dónde se hallaba el fugitivo. Fue Castellanos quien lo encontró en el puerto y lo trajo, creyendo
que a Ursúa le agradaría verlo, pero su aparición no le produjo a Ursúa ninguna alegría. Parecía venido para recordarle todos sus sueños frustrados, sus aventuras postergadas,
el tesoro que no había podido ser suyo. Sabía que él mismo, y no el indio, era el responsable de su suerte, y si no podía sentir alegría todavía podía sentir afecto. Oramín le traía
una pequeña bolsa tejida que tenía dentro semillas y hojas,
y le dijo que se la enviaba Z'bali, quien no lamentaba que
Ursúa se hubiera ido sin verla de nuevo, porque según decía, le había dejado un consuelo.

Ursúa siempre creyó que ello significaba que Z'bali
había tenido también un hijo suyo, pero a lo mejor sólo
mezcló en uno el recuerdo de Teresa y el de la muchacha
india. Algo que se parecía a la necesidad de que las dos fueran una sola empezó a germinar en su carne, y por eso no
me extraña que tiempo después Inés de Atienza, que era
una princesa india y una dama española a la vez, llenara por
completo su vida. Cuando vine rehaciendo los pasos de Ursúa, busqué mucho a Z'bali y no pude encontrarla, ni a nadie que supiera de ella. Eso no significa que Z'bali no haya
existido, ni que haya dejado de existir. Los indios suelen

cambiar sus nombres después de los acontecimientos importantes y no entienden que un español pueda tener un mismo nombre de niño, antes de toda experiencia, y de viejo, cuando ya la vida le ha cubierto de rayas el rostro y de brumas el espíritu. Oramín estaba dispuesto a seguir con él al Perú, pero Ursúa no era ya más que un vagabundo, y le pidió al indio volver a la Sabana, y guardar un buen recuerdo de él.

Viajó prácticamente solo, porque los hombres que lo seguían no alcanzaban a llenar el espacio de su alma, y algunos de ellos no eran más que mercenarios. Iba lleno de proyectos deshilvanados y de odios difusos. Los fieles navarros habían ido quedando por el camino. Alguno tenía encomiendas en la Sabana, tres eran vecinos de Pamplona y habían recibido solares del fundador, su amigo Juan Cabañas había muerto en el avance de los muzos. El licenciado Balanza seguía a su lado, y su primo Díaz de Arlés ya estaba en Panamá, buscando fortuna. Dos volvieron a España con el tío Armendáriz, y reclamaron en su nombre y en vano los dos mil ducados que le debía la Corona. Fueron ellos los que contaron su historia en los patios de Arizcún, y arrancaron lágrimas de los ojos envejecidos de Leonor Díaz de Armendáriz, y le hicieron saber a Navarra que había una nueva Pamplona en las Indias. Otros dos formaban parte de la guardia de la Mariscala, y tiempo después le enviaron a Ursúa noticias del nacimiento de la hija de Teresa de Peñalver, que seguía viviendo en la Sabana.

Su corazón fluctuaba entre el abatimiento y la cólera. Por momentos se sentía derrotado, volcado el cántaro de sus ambiciones, desgarrado el tejido de sus sueños, entonces venía en su auxilio el orgullo de ser descendiente de guerreros y reyes, un capitán ambicioso que no se podía dejar abrumar por unas gotas de adversidad. Esta repentina desgracia bien podía ser sólo el último escollo antes de una fortuna deslumbrante. En el viaje, sobre las aguas turbulentas del Caribe, volvió a contarse en la proa del barco las aventuras de Pizarro y Cortés, repasando sobre todo los momentos difíciles, la quema de los barcos, la pérdida de hombres y de sueños, los meses pestilentes en la isla del Gallo, todo lo que había escuchado en las islas y todo lo que le había narrado Castellanos en sus cabalgatas por valles y serranías, hechos que podían haber derrotado a esos titanes de conquista y que no habían vulnerado sin embargo su carácter ni mellado el filo de sus aceros. Entonces fruncía el ceño, apretaba los labios, oprimía el pomo de su espada con la mano colérica, y se proponía mostrar por fin quién era Pedro de Ursúa, qué reinos sacaría a la luz del corazón de las selvas cerradas.

No podía saber lo que estaba ocurriendo mientras él abandonaba los reinos. No sabía que Heredia zarpaba una vez más rumbo a España en la flota de veinte naves que iba a Cádiz; que el hombre de la nariz remendada se estaba embarcando en la misma nave que llevaba a los oidores Góngora y Galarza, deseosos de mejorar su situación visitando personalmente la corte, y que por casualidad Alonso Téllez, el socio de su tío, su valedor en los días de encierro de la Sabana, el astuto funcionario de la Real Audiencia, iba también en el galeón. Así como a su llegada el destino reunió a los viejos gobernadores de la Sabana y los fulminó con un rayo súbito, ahora extrañamente el destino reunía de nuevo a los hombres poderosos del reino y los llevaba en un barco sobre un mar que lentamente se iba embraveciendo. Una tormenta se condensó sobre los barcos y se fue persiguiéndolos entre las aguas oscuras. Días después era tan fuerte la tempestad que antes de llegar al puerto de Matanzas ya varios pasajeros habían sido arrebatados por las olas. Descansaron unos días en el puerto y se embarcaron de nuevo, pero la tormenta volvió a aparecer ante ellos, y el mar ente-

ro hirvió de olas violentas y de espuma, y los vientos combatieron en los velámenes de tal manera que la flota se dispersó y algunos barcos terminaron en las costas de la Florida.
A lo largo de la tempestad oceánica muchos otros murieron
en sucesivos bandazos e inmersiones de los barcos. La nave
capitana estaba a punto de zozobrar, y frente a las costas de
África toda la gente ilustre que llevaba tuvo que trasbordar
a otra nave huyendo del galeón maltratado. Entonces terminó la tempestad que había durado incomprensiblemen-
te un mar entero, y vieron aparecer con gritos de júbilo la
costa española. Allí ocurrió lo impensable: después de sobrevivir a todo, el barco encalló de repente y empezó a hundirse en el mar en calma. Góngora y Galarza intentaron nadar hasta la orilla pero rápidamente se hundieron en las olas
amargas; Pedro de Heredia, viejo pero todavía vigoroso, nadó y alcanzó las playas, pero en el momento en que se er-
guía sobre la arena, una última ola del mar increíble cayó
sobre él, lo retrajo de nuevo a las aguas hondas y lo ahogó
sin misericordia. Alonso Téllez estaba todavía en la cubierta que zozobraba, y le pidió a un marino que se disponía a
saltar que lo llevara a su hombro hasta la orilla. Para convencerlo, le ofreció una caja de plata que llevaba llena de piedras preciosas. Ese fue su error, porque obligó al hombre,
que estaba dispuesto a llevarlo sin hablar de la recompensa,
a tomar en un brazo al náufrago, mientras empuñaba en la
otra mano la valiosa caja. Así avanzaron un tiempo y se acer-
caron a la orilla. Pero llegó el momento en que las aguas
estuvieron más difíciles, y el hombre se vio obligado a escoger entre el hombre que llevaba en su brazo derecho y la
caja que llevaba en su mano izquierda, y la mano triunfó.
El hombre se sacudió de Alonso Téllez, y lo envió a reunirse con sus compañeros en el fondo del mar.

Todo eso ocurría mientras Ursúa iba alejándose de
la tierra que había sido suya. Me dijo que vio un fulgor a

su izquierda, en el cielo nocturno: era el resplandor del incendio que estaba consumiendo a Cartagena de Indias. El fuego había comenzado por las cabañas con techo de paja de las orillas, y el viento lo fue llevando en un giro caprichoso por los bordes de la ciudad. Después se fue cerrando hacia el centro, y las gentes creyeron que el fuego sacrílego iba buscando cerrarse sobre el altar de la catedral y sobre las reliquias que allí se conservaban. Pero no fue el altar lo último que se quemó, sino extrañamente la casa de Pedro de Heredia, y en ella todas las riquezas que el fundador había guardado. Ursúa pasó así entre el agua enfurecida que devoraba a los oidores y los gobernadores, y el fuego enardecido que devoraba las riquezas robadas a los indios. Cuando me lo contó me pareció demasiado coincidente para ser verdadero, pero después he averiguado que las dos cosas ocurrieron: tanto el naufragio increíble después de sobrevivir a una tormenta de tamaño oceánico, como el incendio que devoró completa a la ciudad y los tesoros del gobernador en ella. Tal vez Ursúa sólo inventó la coincidencia de los dos hechos, porque el incendio fue primero, y muchos días después el naufragio. Pero visto desde lejos importa poco que los dos hechos tremendos estuvieran separados por unas semanas o unos meses, y que él los recordara ocurriendo en el mismo momento. Porque la verdad es que Ursúa sólo supo de las dos cosas tiempo después, en Panamá, y si las guardó en su memoria simultáneamente, como los dos hechos que lo despedían de esta tierra donde gastó su juventud, donde aprendió a amar y a matar, donde surgieron a la luz todas las fuerzas que había en su carne, es tal vez porque en su viaje vio el resplandor de un fuego y la agitación de las aguas, y asoció después esas cosas con los hechos que le contaron. O tal vez recordó juntas esas dos destrucciones porque en su nombre estaban desde siempre unidos, inseparablemente, el agua y el fuego.

En un vaivén de abatimiento y de entusiasmo pasó ante el golfo donde cuarenta años atrás otros viajeros fundaron a Santa María la Antigua, y pensó que esa ciudad, tan joven y ya invadida por la selva, estrangulada de serpientes y sepultada bajo gritos de guacamayas era como su espíritu, donde todo parecía terminado cuando apenas acababa de comenzar. Y así se fue alejando de la tierra donde había sido gobernador en su adolescencia, viendo la confusión en las nubes de su futuro, y dejando atrás para siempre los alcaravanes del Cauca sobre el cráneo de Jorge Robledo, los cormoranes de la Hoya del Gato, los lagartos de la Barranca de Malambo, las iguanas de Tenerife que ven pasar canoas silenciosas, los tigres de Tamalameque, que vuelven feroces a las selvas, los monos diminutos del Carare, las ranas cantoras del Catatumbo, resplandecientes bajo el rayo perenne, los azulejos del Guarinó, que no están nunca solos, los sinsontes del Gualí, que a esta hora cantan por las colinas, las garzas grises de Mompox que lo vieron caminar con Teresa junto al río dichoso de aguas pardas, los periquitos de Cantagallo, que vuelven verde el cielo, las urracas del Opón, que ensordecen los hondos cañones, los armadillos de Buritaca, que se ovillan ante el peligro, y las águilas tijeretas del Cocuy, de las que salieron los pueblos de la Sierra Nevada, y las iguanas de Magangué, en las que se demora la tarde, y los gatos salvajes de Porce, y los cóndores reales de Cundinamarca, y las tatabras de Cipagual, y los bagres grandes del Yarí, que suben en legión por los ríos, y las comadrejas de Guarumo, y más allá, decreciendo en el fondo de su memoria, las ranas bermejas de Nóvita, los zancudos sonoros de Zapayán, las salamandras de Yondó, que corren sobre el agua, y los venados ariscos de Bogotá, que no volverían nunca, y las babillas fieras del Nare, quietas en el légamo oscuro, y los guatinajos moteados de Guayacanal, y los caimanes dormidos de Ambalema, en cuyas fauces abiertas vuelan alegremente las mariposas.

31.

Un mes después, Ursúa era nadie
por los muelles de Nombre de Dios

Un mes después, Ursúa era nadie por los muelles de Nombre de Dios. Apenas recordaba en su desgracia, recorriendo a solas las rancherías de la costa, que había nacido príncipe, que había destrozado numerosos pueblos, que había alanceado y degollado y ahorcado a muchos hombres. Le parecían ajenas las cicatrices en su pecho sobre el que había pendido alguna vez un collar con una cruz de zafiros, y un día se sorprendió de encontrar en sus alforjas, casi deshecho ya por la intemperie de los últimos viajes, un documento que para él estuvo lleno de promesas cuando pasaba por el istmo la primera vez: la carta que debía abrir la puerta de las Indias a su adolescencia, escrita por ceremoniosos secretarios y abrumada por un lacre imperial. Apenas pensaba que en una ciudad alta y perdida crecía en un vientre el hijo de su sangre que no le sería dado conocer; los sueños de la Sabana se habían roto, y Armendáriz, su tío protector y la piedra sobre la que fundara su confianza, había desembarcado en España con cadenas y bajo escolta, sujeto a la peor acusación que pueda recibir un juez, la de haber sido injusto e indigno de sus códigos, y la peor que pueda recibir un gobernante: haber sido insensible al sufrimiento de aquellos que era su deber proteger.

De cuanto había encontrado al llegar a estas tierras nada quedaba ya. Heredia, el gran señor de Cartagena, se había hundido en el mar, después de atravesar todo el océano y a vista de la tierra española, y en ese mismo trance habían rendido el alma los oidores Góngora y Galarza, y el secretario Téllez, derrotado por su propia astucia. Robledo, estrangulado por el garrote infame, era una calavera que aparecía y volvía a perderse en la neblina lenta de las montañas. Belalcázar, el prepotente señor de Popayán y de Cali, amo de leguas y destinos, había muerto de pena y de rabia antes de hacer su último viaje a España cargado de cadenas. Otras manos gobernaban y oprimían los reinos que por un breve instante fueron suyos. Los fieles navarros habían quedado dispersos por los caminos. Miguel Díaz de Armendáriz, el primero que unió las gobernaciones en la ilusión de un país, ahora sería un fantasma en la corte de Felipe II, el joven rey engendrado en la Alhambra. Y al sur estaban muertos Francisco Pizarro y Almagro, Antonio de Carvajal y Gonzalo Pizarro, con buena parte de sus huestes. Medio siglo de guerras habían disuelto en polvo y sangre a millones de nativos, pero también habían convertido en polvo de las Indias a los grandes conquistadores. Por ahí andaban sus fantasmas perdidos entre infinitos fantasmas de indios: Balboa sin cabeza, recorriendo las selvas, Juan de la Cosa erizado de flechas, Bastidas perforado de puñales, Pérez de Quesada renegrido como un tronco bajo la furia del rayo, fray Vicente de Valverde acribillado y devorado, Blasco Núñez de Vela durmiendo sin escolta bajo las piedras. Fantasmas vagabundos entre los indios empalados y los guerreros ahorcados, entre manos crispadas y cráneos dispersos, entre los espectros de los caballos despeñados y los fantasmas de los perros de presa atravesados de lanzas y de flechas. En pocos años aquellos poderes habían revelado su carácter ilusorio; y el oro parecía más fantasmal que el amarillo de los atardeceres, y la sangre misma, seca apenas, parecía ser sólo uno de los colores de la tierra insensible.

Pero después de largos días de abatimiento, de lentas jornadas de deploración y de pesadumbre, Ursúa despertó una mañana con un designio terrible en su alma. El guerrero que había en él pareció decirle que aunque todo lo demás declinara y muriera, su furia y su poder de destrucción no morirían. Estaba dispuesto a dejar expirar todo en su corazón, menos la pasión de la guerra, y aquel hombre curtido y sombrío, que no había cumplido los treinta años, juró sobre su espada, y sobre el viento irreparable de los guerreros muertos, a solas, en la playa de Nombre de Dios y ante el golfo resplandeciente sobre el que se balanceaban los bergantines, que la sangre de sus antepasados no se rendiría, que tal vez ya no habría en su vida ni amor ni poder ni riqueza, pero que su mano, hábil desde siempre con el puñal y con la espada, su mano implacable, todavía era capaz de matar y de someter, y que él sabría extraer savia vital de la sangre que regaran sus manos.

Volvió con ojos ensombrecidos a las tabernas que había visitado en triunfo cuando iba a encontrarse con su tío, y en ellas recomenzó su cíclico destino de bebedor de leyendas. Lo sabía todo de las hazañas de La Gasca en el Perú, pero sus viajes y sus guerras contra chitareros y muzos y tayronas lo habían hecho perder el hilo de los asuntos en las tierras vecinas, y sólo allí vino a enterarse de lo que había ocurrido en Panamá al regreso del enviado imperial. El viejo tabernero Cayetano Beltrán, antiguo soldado de Pedrarias Dávila en Nicaragua, mientras llevaba y traía el licor de caña antillano al ritmo ágil y asimétrico de su pata de roble, le contó que, derrotados los rebeldes, varios años había permanecido La Gasca en Lima, remendando el reino que puso en sus manos Carlos V, endulzando con encomiendas y minas a los conquistadores recelosos para que nunca más se alzaran contra la Corona, y amasando un tesoro para poner a los pies del emperador. Se había propuesto no sólo llevar a España la noticia de que la integridad del Imperio estaba a salvo, sino llevar al rey de los reyes la prueba de que los países de ultramar eran un don de Cristo, un río de oro para que la Corona no flaqueara en su misión sobrenatural: asegurar con hogueras, espadas y fortalezas el poder ilimitado de la cruz.

El tesoro era grande, pero el rumor que corría por los reinos no dejó de acrecentarlo como un nuevo delirio. Diez millones de pesos de oro había amasado el hombre de las piernas largas en los reinos facciosos: quintos de la Corona acumulados durante los años de las guerras peruanas; 98.000 libras en barras de plata, producto de los socavones del Potosí; el primer oro de Buriticá aportado por Belalcázar; cofres de perlas y de piedras luminosas, y joyas santas labradas por orfebres indígenas en Popayán y en Quito. Ursúa recordó como en sueños que ese tesoro incluiría también el botín de los chitareros y las esmeraldas grandes de Muzo y de Coscuez, que él mismo había entregado a su tío para que Armendáriz hiciera llegar todo aquello al enviado imperial.

Encadenado de nuevo el destino de las Indias al trono de Carlos V y de su hijo Felipe, La Gasca sólo anhelaba perderse en el olvido de un monasterio sin nombre, sin pedir a nadie el menor reconocimiento, pero todavía lo esperaban discordias en su camino, y una de ellas fue causada por él mismo. Entre los españoles, terminada la edad de los rebeldes, comenzaba el tiempo de los ladrones. En sus primeros movimientos contra Pizarro, La Gasca había desterrado del Perú a varios intrigantes y pendencieros que no parecían merecer una condena mayor. Dos de ellos, Juan Bermejo, un hombre de ojos azules y de rostro exangüe, y Rodrigo Salguero, soldado resentido y sarmentoso, se instalaron en Nicaragua pero mantenían correspondencia con las sierras peruanas. Así se enteraron de que el obispo volvía a Panamá con doce millones de pesos en oro, plata y joyas, y compartieron esa jugosa noticia con los hermanos Hernando y Pedro Contreras, nietos y copias fieles de Pedrarias Dávila, el envidioso. Los Contreras estaban en guerra con la

Iglesia, porque su padre, un hacendado que maceraba indios como ajos en su mortero, había sido despojado por la Corona de todos sus bienes, a instancias del obispo de León, Antonio Valdivieso Álvarez, a quien le dolían como en carne propia las llagas de los enfermos, las cadenas de los esclavos, los tormentos del sol en las espaldas de los siervos, los latigazos que arrancaban la piel y los eructos de vino de los hacendados sobre el hambre del indio.

Los dos hermanos afilaron en el infierno sus hierros y le cobraron a puñaladas al santo eclesiástico cada ducado de su herencia perdida, pero como la sangre, por mucha que sea, no paga las deudas, saquearon después sin restricciones a Granada y a Nicoya, y allí les confirmaron que La Gasca llevaba para el rey un tesoro que ya en el rumor iba por quince millones de pesos de oro. Ese caudal recogido por un obispo enemigo de los encomenderos sería la verdadera compensación por sus pérdidas, de modo que los hermanos, acompañados por Salguero y Bermejo, a la cabeza de unas tropas bestiales, pusieron rumbo al istmo panameño.

Juzgaron que para apoderarse del tesoro sería útil tomarse previamente la ciudad. Qué pésima noticia para La Gasca, quien ya había licenciado a sus tropas, saber que los Contreras avanzaban con trescientos hombres en armas sobre el istmo, no sólo con el propósito de robar el tesoro de la Corona y de aumentar a mil hombres su ejército reclutando seiscientos negros rebeldes del río Chagres, sino con la intención de coronar al mayor de los dos hermanos, Hernando de Contreras, como rey de Castilla de Oro. El germen de la rebeldía seguía vivo en la vasta extensión de las Indias, y la tentación de coronar aventureros era la peste que la conquista del nuevo mundo traía a la historia, después de tantos siglos en que nadie se atrevió, en asuntos de sienes y coronas, a contrariar la voluntad de Dios.

Ignorante feliz de esa conjura, La Gasca estaba enviando por el camino de Nombre de Dios, agobiadas de oro y plata, 1.800 mulas que se perdían de vista, remontando las sierras lluviosas, cruzando las llanuras de barro donde el peso del oro volvía un martirio el avance de mulas y peones, y siguiendo después por la orilla del Chagres hacia el resplandor de los litorales del norte. No amparó aquel tesoro de más escolta que los arrieros armados del capitán Sancho Clavijo, porque creía pacificada la totalidad de las Indias. Era tanta su confianza en el triunfo absoluto que había asegurado en el Perú, que por primera vez no tuvo idea del peligro que se encapotaba como un nubarrón sobre su cabeza y que habría convertido su entera misión en una derrota increíble si la suerte no hubiera terciado a su favor.

Y es que los dos hermanos rebeldes que todo lo habían hecho juntos desde niños, que todo lo habían profanado juntos, no sabían que su suerte dependía de seguir siempre y siempre uno al lado del otro. Tras invadir y saquear con tres centenares de hombres la ciudad de Panamá, fieles a su rencor contra la Iglesia ataron al obispo Pablo Torres a un poste en la plaza principal, dejándolo expuesto al escarnio, y por primera vez se separaron, de modo que mientras Pedro custodiaba la costa en su navío armado dejando la mitad de las tropas en la ciudad para mantener el orden, Hernando emprendió con la otra mitad la persecución del tesoro de La Gasca y Clavijo, que iba avanzando por las selvas entre ciénagas humeantes y mariposas que brillaban como metales.

Pero después de tomar una tras otra las ciudades del istmo, de repente la suerte abandonó a los hermanos. Pedro y Hernando Contreras empezaron a sentirse extrañamente solos, los días les producían una sed incurable, las noches helaban sus cuerpos, incesantes insectos los desvelaban, a leguas de distancia uno de otro, empezaron a mostrar signos que los testigos después compararon y advirtieron idénticos, y gradualmente fueron perdiendo la noción de lo que hacían hasta el punto de no poder ya mantener la influencia sobre sus soldados.

Enfurecido por la humillación del obispo, el pueblo de Panamá se levantó contra los invasores, y a la misma hora en que Hernando, el hermano mayor, tratando de cruzar un río era arrastrado por las aguas, Pedro vio desde la cubierta del barco cómo llegaban armados los habitantes de la ciudad a la playa y hacían retroceder a sus tropas, y comprendiendo que la derrota era inevitable saltó con Bermejo y Salguero del barco, nadó hasta las costas boscosas del oeste, se internó en las montañas y desapareció para siempre.

Fue así como La Gasca ganó sin darse cuenta su última guerra a favor del emperador en las Indias. Gracias a la lealtad de los habitantes del istmo y a su propia suerte de administrador y de caudillo, salvó el tesoro más grande que había recibido el Imperio, y navegando sobre la derrota de unos enemigos que ni siquiera alcanzó a ver, volvió con velas desplegadas e informes minuciosos a España, dejando atrás un mundo que nadie llegó a conocer como él.

El emperador, después de aquellas jornadas de riesgo, recuperó su sueño perdido, se felicitó en su corazón por haber escogido al hombre preciso para la misión adecuada, y confió más que nunca en su propio criterio para resolver los asuntos de Estado. Contra la voluntad del hombre de las piernas largas, que sólo quería ayunar y rezar, y ni siquiera quería volver a sus tareas como inquisidor porque le había quedado un resabio con el olor de la carne quemada, Carlos V le impuso un obispado en Palencia, y más de una vez volvió a sacarlo de sus oraciones para que lo siguiera como una sombra consejera en las campañas de Alemania.

Ursúa supo que desde la partida de La Gasca con el fabuloso tesoro, que ahora el rumor avaluaba en veinte millones de pesos de oro, los señores de Panamá sólo tenían un desvelo: la fuga continua de los esclavos negros hacia los palenques rebeldes.

En las tierras difíciles de Castilla de Oro todo el trabajo reposa sobre los negros. Los tratantes de esclavos incendian en África los bosques para que pueblos acorralados por las llamas corran en desbandada hacia la costa tratando de salvarse, sin saber que allí están emboscados los genoveses y los españoles, que los aprisionan en masa. Viene después la selección, que no tiene distingos de sexo ni de edad ni de raza, sino que identifica los más sanos, fuertes y resistentes, ya que no sólo tendrán que trabajar duro en las Indias sino primero sobrevivir a la travesía, apretados como termitas en barcos en los que hay que aprovechar todo el espacio para que el negocio sea rentable. Inmóviles y encadenados, tendidos varias semanas en el suelo de las bodegas y en varios niveles, una tercera parte muere en el trayecto, y sólo se abren los grilletes de la libertad para que el cuerpo abandonado por la vida se convierta en alimento de las profundas bestias del mar.

A partir del momento en que son capturados ya no tienen familias ni parientes, ni pueblos ni dioses ni costumbres: son mercaderías en manos de los traficantes, y sólo les dan algo en la medida en que sea una inversión razonable y ventajosa. Sus destinos sobre el mar de Tierra Firme fueron al principio sólo Cartagena y Nombre de Dios, aunque ahora comienzan a llevarlos a la vecina ciudad de Portobelo, donde los embarcaderos son más seguros ante la acechanza de piratas de Francia y de Inglaterra. Mareados todavía, los hacinan en barracas a donde les arrojan como a monos su ración diaria de ñames, yucas y guineos sancochados, mientras llega la hora de llevarlos al mercado donde los venden en subasta, y los marcan con hierros florecidos de rojo.

Balboa trajo los primeros, por cuenta propia, antes que la Corona reglamentara el negocio, pero ésta advirtió pronto la buena fuente de ingresos que representarían las franquicias para la importación de negros africanos. Beltrán recordaba que en 1518 la Corona dio la primera licencia para introducir a las Indias cuatro mil negros, lo que multiplicó los incendios en las costas occidentales de África. Esa fue la licencia que más tarde sus dueños traspasaron a los hombres de Génova, y la empresa más fuerte desde entonces ha sido La Casa de los Genoveses, los mayores cazadores de negros y los más hábiles negociantes de esclavos de todos los tiempos.

Para cavar y extraer metales en las minas, para talar los bosques gigantescos y aserrar su madera en los galpones, para manejar ganados en las crecientes haciendas, para cortar cañas en las primeras plantaciones del Caribe y en los valles de Tierra Firme, para bogar llevando viajeros y cargas por los ríos, para construir casas en las ciudades, para cargar las grandes piedras y empedrar plazas y caminos, para servir en las casonas y cargar fardos en las expediciones, para combatir a las órdenes de los conquistadores y hasta para pescar perlas cuando se extenúan los pulmones de los indios, los negros han sido el principal instrumento, carne de flecha en las batallas, suelo para caminar sobre las ciénagas, paño del sudor y punta de lanza de las expediciones más riesgosas, alimento de tigres y caimanes en las exploraciones a lo desconocido.

Andagoya obtuvo temprano permiso para introducir cincuenta esclavos libres de impuestos a Castilla de Oro, con la intención de construir la senda que uniera al río Chagres con el río Grande; desde entonces el camino entre los dos mares ha estado abonado con sangre de negros, y a veces fueron sus huesos astillados lo que le dio firmeza a ciertos tramos del camino. Pero Beltrán me dijo con ironía que hubo otros dedicados a tareas más espirituales, porque el obispo obtuvo licencia para llevar ciento veinte negros que trabajaron en la construcción de la catedral. A partir del momento en que las Nuevas Leyes prohibieron la esclavitud de los indios y los trabajos demasiado pesados para el personal de las encomiendas, de quinientas a seiscientas mulas trajinaron sin descanso de un mar a otro llevando mercancías, aparejos, armas y conservas, surtiendo los reinos del sur que sólo podían aprovisionarse a través del istmo, y ello requiere un esclavo por cada mula cargada.

Hubo desde el comienzo negros ladinos, esclavos cristianizados con el español en la lengua, que son los sirvientes más cercanos de los conquistadores, y negros mogollones, esclavos de servicio y en armas, envilecidos muchas veces en esbirros contra los indios y los otros esclavos. Pero también hubo desde temprano cimarrones rebeldes y prófugos, que no surgían propiamente de la masa de negros bozales de rudas costumbres, sino de sectores más cultivados que venían confundidos en los barcos negreros, esclavos procedentes de altas culturas de África, contadores de historias, músicos y letrados, sacerdotes y príncipes despojados hasta de sus collares y sus reliquias, que son sólo carne contable para los mercaderes, pero que trajeron aquí sus relatos y sus mitologías, leyendas de sus pueblos pescadores a la orilla de los grandes ríos, recuerdos de animales altísimos que ramonean en los altos follajes, de bestias que no volvieron más a las pupilas, de leones dorados cuyos rugidos vuelven apenas como caricias en las siestas balsámicas del cautiverio, y oscuros dioses tutelares viviendo de nuevo en las maderas talladas y las semillas rezadas de otro mundo.

Y Beltrán le contó a Ursúa que en 1549 un esclavo crecido desde niño entre españoles, al que llamaban Felipillo, huyó del archipiélago de Las Perlas con varios negros de las pesquerías y estableció un Palenque en San Miguel. Enterados de la existencia de aquel refugio de libertad, y hastiados de maltratos, los negros empezaron a huir de las ciudades y las haciendas porque sabían que Felipillo y sus hombres los recibirían en el Palenque. Cultivaban yucales y pescaban en el litoral, pero los amos desairados custodiaron las playas para impedirles el sustento, y los forzaron a refugiarse más adentro en las selvas. Esto los fue obligando a asaltar haciendas en busca de comida y de herramientas, a armarse para el saqueo y la defensa. Las juntas de hacendados enviaron contra ellos a Francisco Carreño, quien arremetió con sus tropas, quemó las sementeras y los bohíos, hizo treinta prisioneros cimarrones, y en presencia de los cautivos, con gran aparato de crueldad y de sangre, descuartizó a uno de ellos para escarmiento de todos.

Sin embargo, el tránsito a través del istmo se hizo más inseguro: los cimarrones no sólo empezaron a atacar por costumbre a los viajeros para robarles sus mercaderías sino que se aplicaron a liberar en los asaltos a todo el que viajaba como esclavo e invitarlo y sumarlo a la rebelión y a los palenques. En 1553, el gobernador Álvaro de Sosa decidió exterminar a esos rebeldes peligrosos, ya transformados a sus ojos en plaga, y tuvo que enviar varias expediciones sucesivas, porque el nuevo jefe militar de los esclavos, Bayano, humilló una tras otra a las cuadrillas de españoles, cada vez con más daño. Enfurecido, De Sosa envió una expedición aún más temible, dirigida por el sanguinario Gil Sánchez de Morcillo, quien regresó desbaratado y con cuatro hombres. Así creció el clamor de que Panamá estaba a merced de los cimarrones, y ello animó día tras día a nuevos esclavos para sumarse a los rebeldes. Finalmente los curas de Nombre de Dios y Panamá revelaron desde los púlpitos la mayor abominación concebible: los palenques no sólo habían coronado a Bayano rey de los cimarrones, habían llegado al sacrilegio de nombrar a uno de esos esclavos desnudos como obispo. Esto llevó el miedo y la ira de los españoles a su límite. Un nuevo ejército de Carreño devastó las selvas, venció en combate a Felipillo y logró apresar a Bayano y llevarlo cautivo hasta Nombre de Dios. Dado que los palenques seguían existiendo, firmaron un pacto de convivencia, pero los dueños de esclavos no lo respetaron y Bayano se lanzó de nuevo a la sublevación.

El poder de los negros crecía, los asaltos se multiplicaron, y ya los españoles sólo podían cruzar en tropas de más de veinte los caminos de Castilla de Oro por los días en que Ursúa escuchó esas noticias en las tabernas cenagosas de Nombre de Dios, donde las gentes se aprestaban para recibir los galeones solemnes que traían al nuevo virrey del Perú, Andrés Hurtado de Mendoza, marqués de Cañete, quien venía a administrar la paz que había sembrado La Gasca, sin saber que las Indias Occidentales lo esperaban larvadas de conflictos como la vieja Europa, esa tierra de nunca más que había visto perderse detrás del horizonte marino.

Y es allí donde aparezco yo en esta historia, porque después de años de combatir al servicio del emperador en Italia y en Flandes, había entrado como escribano en la corte del marqués de Cañete, con quien me recomendó antes de morir el cardenal Pietro Bembo, y había sido por varios años secretario del marqués cuando nos llegó la noticia de que Felipe II lo designaba como nuevo virrey del Perú. Nada más alejado de mis expectativas y de mis esperanzas que volver al país de los incas, de donde salí con Pizarro a buscar la canela. Yo pensaba envejecer en Europa, seguir mi vida de letrado en los despachos del Imperio, olvidar hasta el fin esa selva que se cerró en torno de nosotros y ese río que arrastró nuestro barco por meses enteros hasta arrojarnos llenos de miedo y de fiebre contra la ola espumosa.

La noche de la designación del virrey volví a tener pesadillas como las que llenaron mis primeros años después de salvarme del río. La selva me envolvía, el río me hablaba, la serpiente enroscaba su cuerpo en torno al mío, un clima ardiente lleno de silbos y de gritos de pájaros soplaba contra mi rostro y me ahogaba. Por eso lo primero que hice ante el marqués fue renunciar al cargo de secretario, disponerme a buscar un nuevo oficio en alguna ciudad española, aunque estaba dispuesto a viajar donde fuera, en los países del Imperio, para seguir mi camino de letras y de infolios.

Pero el marqués de Cañete no sólo se negó a aceptar mi renuncia, sino que me aseguró que era la certeza de tener a su lado a un veterano de Indias, alguien nacido en las islas, que conocía por igual el Perú y los entreveros de la corte, alguien que descubrió con Orellana el río de las amazonas y alternó con Pietro Bembo en los palacios de Italia, lo que lo había decidido a aceptar la designación como virrey, y no tuve más remedio que prometer acompañarlo en sus primeros tiempos, mientras tomaba posesión del reino, y volver luego a mi oficio y a mi destino. Le debía al marqués tantos favores, había vivido a su sombra los únicos años tranquilos de mi existencia: no tuve el valor de negarle mi apoyo en el momento en que lo necesitaba. Mi trabajo sería exactamente el mismo, dijo don Andrés Hurtado de Mendoza, y en una ciudad que prosperaba bajo la paz imperial recién conquistada. En el virreinato del Perú bien podía estarme esperando una fortuna.

Lentamente me hice a la idea, pensé en la tumba de mi padre, pensé en tantos guerreros de los que me hablaba en sus cartas mi maestro Oviedo, que ahora eran polvo del Imperio (¡quién me hubiera dicho que por esos días Ursúa en Panamá les daba vuelta a los mismos pensamientos!), pensé que de algún modo yo me debía a ese mundo y que un virrey era suficiente protección contra los peligros de la memoria y de la conquista. Lo cierto es que sin saber muy bien cómo, ya estaba yo en la cubierta del galeón solemne que salía de Cádiz, ya estaba en medio de una corte lujosa que iba vestida de gala hacia el abismo, zarpando con los vientos del nordeste de vuelta a un mundo en el que me esperaban los días más difíciles y los años más reveladores de mi vida.

32.

A trechos he contado que,
catorce años atrás

A trechos he contado que, catorce años atrás, yo era uno de los sesenta tripulantes del barco que Gonzalo Pizarro envió a buscar provisiones, al mando de Francisco de Orellana, cuando su expedición desfallecía de hambre en las selvas al este de Quito. El río nos arrastró, nunca supimos cómo maniobrar corriente arriba para volver donde ciento ochenta hombres nos esperaban, y navegamos meses por un río que crecía y crecía, hasta que la providencia nos arrojó enloquecidos y enfermos a la espuma del mar. Jamás tuvimos la intención de abandonar a Pizarro y al resto de los hombres, pero ellos no tenían por qué saberlo: pensaron que había sido una traición despreciable. Y la dura verdad es que ese accidente nos salvó la vida, pues muy pocos de los que quedaron en la selva sobrevivieron.

Una noche, cumplidas tres semanas de nuestra llegada a Nombre de Dios, mientras caminaba solo entre las palmeras, después de comer en una de las fondas del puerto, vi venir una sombra de la que no desconfié. Sólo al verla muy cerca advertí que yo estaba en peligro. Algo me golpeó de pronto: el hombre en la oscuridad tenía una daga, y ya me había lanzado una estocada que no logré esquivar, cuando otra sombra cayó sobre él y rodaron luchando confusamente por el suelo arenoso. Tres cosas pasaron al tiempo: sentí el calor de la sangre sobre mi vientre, vi huir a una de las sombras, que debía ser el hombre de la daga, acaso herido también, y sentí que el hombre que me había defendido venía a mi lado y me llevaba casi a rastras hasta el rancho del cirujano. Allí vi su rostro por primera vez, y no conseguí agradecerle antes de perder el sentido, más por la pérdida de sangre que por la gravedad de la herida.

Ursúa apareció en mi vida así, como brotado de las sombras, y me salvó de aquel asalto antes de que yo hubiera visto su rostro. A veces me pregunto si fue por gratitud que ese desconocido se convirtió en adelante en el viento de mis aventuras, el compañero de mis largas vigilias, causa de muchas alegrías y angustias, y huésped duradero de mis pensamientos, hasta el punto de que hoy, quince años después de aquel encuentro, sigo hablando de él como si fuera el único ser que he conocido en mi vida.

Se las había ingeniado para descubrir quiénes venían con el virrey, y, sin que esto me envanezca, nada le causó más alegría que la noticia de que uno de los secretarios era un veterano del viaje de Orellana. Para mi desgracia, hombres salvados de esa expedición vagaban por los muelles de Nombre de Dios, y alguno debió reconocerme entre los corrillos del puerto. Anónimo entre ellos, Ursúa los oyó hablar de aquella supuesta traición, oyó que me acusaban, con un rencor que resistía los años, de haber secundado a Orellana en el robo del barco, dejando a los hombres hambrientos abandonados en la selva. Estos veteranos de Gonzalo Pizarro, habían sobrevivido también a la derrota de su jefe a manos de La Gasca, y uno de ellos: Cristóbal de Ovalle, vio con resentimiento que en vez de ser castigado por mi traición, yo fuera ahora un funcionario bien situado en el poder virreinal. Supongo que quiso vengar en mí las ofensas de quienes bajamos por el río. Ursúa sintió que algo ocurriría, aunque después me dijo que no sospechó un asalto como ése, y llegó tarde para advertirme el peligro. Pero andaba buscándome precisamente a mí, porque en aquel momento, más que su campaña al país de las amazonas, le importaba entrar en contacto con el virrey.

Dio aviso de mi estado a algún miembro de la corte virreinal, sin insinuar siquiera que era él quien me había salvado. Sé que pasó a preguntar por mí en la cabaña del cirujano mientras duró mi recuperación, y un día se me presentó por las calles cuando ya había salido yo de mis cuatro semanas de cuidados. Reconocí ese rostro que había visto a la luz de las velas la noche del asalto. Me invitó a navegar en una chalupa por las aguas tranquilas del golfo, y sin prestar atención a mis expresiones de gratitud, empezó a hablar de esa travesía nuestra de años atrás como si él mismo la hubiera vivido. La relataba con exaltación, parecía ver de nuevo los hechos, pero también se notaba que quería impresionarme.

Yo sé que muchos saben de ese viaje, no sólo en el Perú, en Santafé y en Popayán, sino en Margarita, en La Habana, y en lugares más lejanos aún como Sevilla o Toledo. Pero pocos saben que el primer lugar de Europa donde se supo de las amazonas fue en las salas de mármol del Vaticano, pues yo mismo puse en las manos del Cardenal Bembo una carta de treinta y cuatro pliegos de su amigo Gonzalo Fernández de Oviedo contándole el hallazgo del río. Rumores intranquilos de ciudades en la selva llenaron muchos días los pasillos lujosos de los palacios romanos. Una noche, años después, en una posada de Italia, confundido entre soldados borrachos, oí a un hombre presumir de haber estado en nuestro barco, lo oí inventando cosas increíbles, describiendo ciudades de bronce, hablando de las amazonas. Y yo, que estuve en esa expedición, yo que sentí sobre mi carne el poder de la selva, y sobre mi mente la voluntad del río, me di el lujo extraño y un poco triste de no desenmascarar al impostor. En las brumas del vino, me descubrí diciéndole al río en mí mismo: «Tú y yo sabemos lo que sabemos; y nadie más merece esa verdad».

No habían pasado tres meses desde que salimos, todos enfermos pero todos vivos, al mar del norte, y nuestros barcos tocaron las costas frente a Cumaná, cuando ya Gonzalo Fernández de Oviedo había escrito en Santo Domingo la crónica del viaje y sus hallazgos. Pero Ursúa, el hombre de la chalupa, conocía detalles que sólo podíamos recordar quienes estuvimos allí, y mencionaba cosas que yo mismo había olvidado. «El segundo barco», me dijo «lo construyeron con los restos de las dieciséis piraguas que se habían llevado de una aldea de indios. Convirtieron en clavos un montón de herraduras oxidadas, y carenaron el casco con aceite fétido de animales del río». «Me impresiona», le dije, «oír a alguien que no estuvo presente, recordando detalles tan nítidos». «Parecía más bien un pedazo de selva flotante», continuó como sin oírme, «y formaba un contraste demasiado vistoso con el bergantín en que iban la mayor parte de los marinos».

Yo estaba confundido. «¿Qué quieres demostrarme?», le dije. «¿Cómo lo supiste? Eso no lo cuentan siquiera las memorias del capitán Orellana». «Es que podían advertirlo mejor los hombres que los vieron llegar a las islas», dijo sonriendo, y se inclinó hacia mí para precisar: «un barco dos días después del otro». «Ya veo» le grité «viviste en la isla de las perlas y ahí te contaron todo eso». «Nunca estuve allí», dijo mirándome fijamente, «pero conocí a alguien que sí estuvo, que habló con Orellana y con fray Gaspar de Carvajal y a lo mejor contigo. Debía tener tu misma edad por el tiempo en que se encontraron».

«Cuando uno viene de Europa», le dije con sorpresa sincera, «tiene la convicción de que la memoria está allá. Aquí todo surge y se disuelve como una niebla. Las ciudades desaparecen, la gente muere totalmente, las tempestades pasan y se borran, y donde se pudren los hombres no quedan inscripciones ni piedras. Me impresiona que alguien recuerde detalles que yo mismo me esfuerzo por olvidar».

«Ya hablaremos del río» dijo, cambiando bruscamente de tema. «¿Es verdad que eres escribano del nuevo virrey?»

Así que era eso. Comprendí que la historia de mi viaje por el río no le interesaba, que era sólo un pretexto para buscar otra cosa. Yo le debía la vida, me agradaban su rostro y su lenguaje, pero sentí una especie de desilusión. Si me hubiera buscado por el viaje, al menos le importaba mi experiencia, pero si me buscaba para acercarse a la corte, yo no era más que un recurso.

«Debo conseguir una audiencia con el marqués» dijo con brusquedad. «Lo cierto es que yo lo necesito: pero él ahora necesita de mí». «¿Puedo saber por qué?», le dije. «Pregúntale a cualquiera en la ciudad y sabrás que sólo yo puedo someter a los cimarrones rebeldes. He librado cuatro guerras contra los indios de la Nueva Granada y de Santa Marta, y los he vencido a todos». «No quiero dudarlo», le dije, «y puedo hablar con el virrey. Pero debes conocer a gente mucho más influyente: soy apenas un subalterno sin poder en la corte virreinal». «No quiero que sientas que me debes nada» me dijo, «pero si me ayudas a llegar al marqués, me habré abierto camino por mí mismo, y tú habrás ganado un amigo».

«Te portaste como amigo desde antes de conocerme» le dije con sinceridad: «soy yo quien tengo que merecer tu amistad». «Necesito de ti mucho más de lo que imaginas», añadió alegremente. «Eres uno de los hombres del río. Pero ni siquiera podremos hablar de eso si yo no ayudo ahora al virrey».

La conversación me dejó confuso. Sus argumentos eran extraños, su urgencia sospechosa, pero creo que habría despertado mi confianza aunque no le debiera gratitud. Parecía saber que el marqués me haría caso. Y la verdad es que, desde el día en que el cardenal Bembo le dijo en Roma, exagerando con toda intención, que yo conocía los secretos de las Indias, el virrey, no sé si por ingenuo o por piadoso, se lo había creído, y siempre prestó atención a mis sugerencias. Le era muy útil contar con un veterano de los descubrimientos, y tenerme como asistente le ayudaba a puntuar con detalles dramáticos sus conversaciones con el joven rey y con los secretarios.

Don Andrés Hurtado ya sabía de Ursúa: de su leyenda de capitán joven que había librado en los años anteriores las guerras del Nuevo Reino de Granada. Como miembro de la nobleza castellana, sabía de los obispos de Pamplona y de Tudela, conocía historias de la casa de Ursúa, y había sido bien informado por Pedro La Gasca, su antecesor en las tierras del Inca, de la lealtad de Miguel Díaz de Armendáriz y del valor inverosímil de su sobrino. Sólo ignoraba, pero yo también, que Ursúa había caído en desgracia y que ahora en el nuevo reino se lo buscaba como a un malhechor. Ursúa parecía ser un hombre en dificultades, pero el virrey me quedó agradecido por haber encontrado a alguien que parecía capaz de ayudarle a pacificar el istmo antes de tomar posesión del virreinato, y yo empecé a entender que la estrella de Ursúa sólo se apagaba para brillar enseguida más poderosa.

Le bastó una conversación con el virrey para salir nombrado jefe de la expedición contra los cimarrones; le bastó una semana de consultas, corrillos y tumultos, para hacerse a un ejército poderoso, excesivo y brutal. Armó doscientos hombres entre lo más peligroso e indeseable que se hallaba en los antros del istmo. Parece imposible, pero cinco años después de la campaña de La Gasca, otra vez las Indias de occidente estaban llenas de bandidos, prófugos de prisiones, sicarios y contrabandistas, escoria de los reinos que se daba cita en las encrucijadas: y muchos que no tenían rumbo fijo terminaban buscando los puertos, o aquel brazo de selvas de donde salen sin fin los barcos hacia el norte y el sur.

Ursúa ya conocía la táctica de los cimarrones, su hábito de asaltar las caravanas y después replegarse hacia la selva espesa. Se embarcó con parte de las tropas en Nombre de Dios y llegó hasta las costas vecinas del primer palenque, pero éste estaba a quince leguas del mar. Libró muchos combates, en los que lo asombró la temeridad de los negros, su decisión de morir antes que volver a los rigores de la esclavitud. Un año entero gastó sus fuerzas enfrentando en todos los escenarios del litoral y de las sierras a esos rebeldes fuertes e irreductibles; y enfrentando también los calores malsanos que un cimarrón resiste mucho mejor que un español calcinado en su coraza, las lluvias largas que entristecen el monte y el mar, las plagas que dan fiebre y dan vómito, y la ponzoña voladora y rastrera de infinitos insectos.

Comprobó que de verdad en las costas ardientes los traficantes escogen a los mejores, los más vigorosos, los más ágiles, los más ariscos hijos de las razas de África. Acostumbrado a aprovecharse de la fragilidad de los indios y de la desventaja de sus armas y costumbres, no hallaba cómo vencer a los negros, que habían vivido entre españoles, que manejaban sus mismas astucias, que sabían usar espadas y lanzas de acero, y que una vez incluso destrozaron la cabeza de un caballo mal acorazado con un disparo de arcabuz. Ésta no era una de las habituales guerras con ventaja sobre enemigos ingenuos y mal armados, y Ursúa descubrió por fin qué se siente cuando las armas poderosas están también en el bando contrario. Entonces, cansado de escaramuzas sin futuro, diseñó una estrategia maligna y suicida: entrar con pocos hombres, lleno de regalos y baratijas, y prácticamente entregarse a los cimarrones, declarando que iba autorizado para hacerles una propuesta que pondría fin para siempre a la guerra.

«Los esclavos fugados hace tiempo», les dijo, «serán en adelante libres con cédula real; pero los que escapen a partir del momento de los acuerdos serán devueltos a sus amos, quienes se comprometen a mandarlos con humanidad y no someterlos a maltrato alguno. Traigo autorización del virrey y del rey Felipe para que todo esclavo maltratado pueda liberarse a sí mismo, pagando el valor del rescate».

Bayano, el rey de los cimarrones, y Juan de Mozambique, su primer obispo, y Pedro Caranga, y Juan Angola, y Antón Sosa, y Lorenzo Biáfara, y Jacinto Paila, y Cabrero y Barquillo y Ambrosio Guineo, y Eufrasio Morado, y Lanzarote Telembí, y Juan Viejo y Juan Rizo y Juan Campanero, y Petronila Barca, y Amílcar Barbasco, y Cachamo, y Tomasa Carabalí, y Dominga Senegal, y Alférez Tambo, y Damiana Cervantes, y Roque Mandinga, todos los cimarrones empezaron a debatir si aceptaban las condiciones del capitán Valiente, como lo llamaban, al que sólo le había faltado desnudarse para hacerles sentir cuán plenamente se les entregaba, sin doble intención, sin dobleces ni engaños, sólo para lograr que por fin hubiera paz en ciudades y caminos.

Llegaron por fin a un acuerdo. Y Ursúa fue con los jefes, con Felipillo y Bayano y Angola, y otros más, hasta una villa cercana de Nombre de Dios, donde los recibieron con fiestas y regalos, y brindaron a Bayano honores de príncipe. Lo único que no hicieron fue dar trato de prelado a Juan de Mozambique, porque el obispo y los clérigos de Nombre de Dios se habían encerrado en su convento, no sé si para expresar su repudio a las negociaciones, o porque ya sabían cuál iba a ser el desenlace de los acuerdos. Más de dos semanas duraron las fiestas y los regocijos. Emisarios de los negociadores iban a los palenques, les contaban a los cimarrones cómo avanzaban los tratos, y les llevaban provisiones y ofrendas enviadas por los hombres de las ciudades.

Entonces se celebró el banquete de la alianza, en el que Ursúa dispuso que se trajeran grandes cantidades de vino, nuevos regalos para obsequiar a los jefes, y un licor especial para el brindis de la reconciliación. Se bebió vino en abundancia, mientras las tropas de Ursúa emprendían un viaje inesperado por los litorales. Y terminado el banquete, uno a uno desfilaron los jefes por la residencia de Ursúa, donde recibían no sólo los abrazos del general y valiosas mercaderías de España, sino la copa especial que los nuevos amigos les habían preparado.

Y uno tras otro salieron borrachos, padeciendo la acción lenta del licor último, que al comienzo parecía una mera embriaguez, pero cuyo efecto final sólo fue revelándose cuando ya iban de regreso a los palenques. Y al mismo tiempo que entraban en la casa de Ursúa los grandes jefes, que habían quedado para el final, Bayano el rey, Felipillo el gran capitán, y Mozambique y Angola y Caranga, y eran hechos prisioneros; al mismo tiempo que los otros jefes y negociadores se desplomaban por los caminos bajo el efecto del veneno, tropas del virreinato cayeron sobre los palenques rebeldes, y todos los cimarrones fueron cargados de cadenas y llevados de nuevo a Nombre de Dios, donde los embarcaron para venderlos de nuevo por todos los rumbos de las islas, para que no quedaran ni rastros de su imperdonable aventura.

Estas cosas malvadas sólo se revelaron después, pero no puedo decir que yo ignorara lo que ocurría. Supe que Ursúa había derrotado a los cimarrones, pues era su misión y su propósito, aunque sólo tiempo después me enteré de cuál había sido el método que utilizaron él y sus tropas para someter a los esclavos rebeldes. Yo estaba satisfecho por la satisfacción de virrey: vi que recibió a Bayano con honores y cortesía, aunque no le permitieron saber qué estaba ocurriendo con sus huestes en los palenques lejanos. Bayano y Felipillo fueron llevados como prisioneros de honor hasta la corte de Lima, y luego el jefe fue enviado rumbo a España, donde dicen que la Corona lo hospedó con respeto. Eso bastó para que muchos en la corte virreinal creyéramos que el desenlace de aquella historia había sido menos infame de lo que fue realmente.

Como todo el que tiene un propósito ciego, Ursúa no vacilaba ante nada con tal de conseguirlo, y eso, unido a la violencia de su sangre, lo llevó a los peores extremos. No habían transcurrido tres meses desde nuestra llegada, y ya se había convertido en el hombre de confianza del virrey y en la espada de su majestad en estas tierras que nunca han visto los señores del trono. Sólo después de haberse convertido por su propio impulso en un personaje indispensable en la nueva corte virreinal, nos llegaron noticias de su pasado, y empezamos a comprender lentamente quién era.

Pero fue así como Pedro de Ursúa, desde las sombras de su caída, volvió a ser príncipe y caudillo guerrero, y se dispuso a viajar a la ciudad de los Reyes de Lima convertido en el capitán favorito de don Andrés Hurtado de Mendoza y Bovadilla, marqués de Cañete, y nuevo virrey del Perú. Los vecinos, los mercaderes, los propietarios y los funcionarios de Nombre de Dios, de Portobelo y de Panamá tuvieron torneos en las arenas ardientes del litoral, juegos de cañas, oficios de victoria, rosarios solemnes y misas doradas, exposiciones del Santísimo y nubes de incienso, y nombraron a Ursúa «Salvador del país».

Yo imaginé que aquel hombre estaba librando una guerra salvaje, pero jugué al mismo tiempo a no enterarme de sus métodos. Aunque no podía impedir nada de lo que hizo, no dejé de sentir que en cierto modo yo era el responsable: era yo quien lo había llevado ante el virrey y lo había ayudado a convertirse en su jefe de tropas. He tenido después muchos años para arrepentirme. No sólo por los indómitos negros sacrificados, por las mujeres y los niños encadenados y otra vez diseminados por las islas, sino por mí mismo y por el propio Ursúa. Muchos pueden dudar de que haya justicia en el mundo, pero sé que Ursúa y yo recibimos nuestro castigo. Si yo no lo hubiera ayudado tal vez el marqués y la corte habrían partido hacia el Perú sin llevarlo consigo, y Ursúa se habría salvado del tremendo destino que lo esperaba, y yo me habría salvado de bajar por segunda vez al infierno.

33.
Cuando los horizontes se entristecen

Cuando los horizontes se entristecen, como le oí decir un día a Castellanos, miro al pasado y siento vértigo. Recorro en tardes mansas las colinas de Santa Águeda del Gualí, la aldea que fundó con sus últimas fuerzas el licenciado Gonzalo Jiménez, quien ahora se consume devorado por un fuego interior. Veo allá abajo las llanuras de Tierra Caliente, manchadas de bosques, en cuyo centro se yerguen unas sierras aisladas y escalonadas como si ocultaran pirámides. ¿Cómo logré llegar a estas tierras felices? ¿Cómo sobreviví a los ríos y a los años? Acaso sólo porque el dios de los cuentos necesita una voz que los relate, escapé a los peligros, indemne, mientras en cada episodio iban siendo sacrificados quienes parecían ser los triunfadores.

Al final no triunfamos los humanos, al final sólo triunfa el relato, que nos recoge a todos y a todos nos levanta en su vuelo, para después brindarnos un pasto tan amargo, que recibimos como una limosna última la declinación y la muerte. Veo mi isla perdida como una ostra abierta en el mar; veo el Perú de huesos incas y de piel cristiana que visité en mi adolescencia; veo los bosques de caneleros que al tocarlos eran de viento; veo el río que nos llevó en su lomo como a una hoja seca arrancada del árbol; veo los muelles de Sevilla llenos de lágrimas y los palacios de Roma llenos de favoritos; veo los cuerpos podridos goteando en las ruedas de Flandes y veo las mezquitas blancas detrás de las aguas azules de Argel; veo los galeones altísimos, los frágiles palacios flotantes con pendones de Cristo y mascarones en forma de arcángeles; y en los barrizales de Panamá veo a Ursúa como lo vi por primera vez, los cabellos dorados y la barba rizada, el rostro ya feroz iluminado por una sonrisa desafiante, a la luz de las velas en la casa de un cirujano, en una noche de hace más de quince años, la noche en que recibí al mismo tiempo un doble don de tiniebla y de luz, una herida en el vientre que pudo ser mortal, y una amistad que desde entonces llenó mis años.

Mi vida me da vértigo, y no quisiera ver lo que siguió, lo que tal vez un día, cuando me sienta fuerte y a salvo, intentaré poner en estas páginas hechas contra el olvido, que no cruzarán el mar para pedir licencia en los estrados de la corte, ni pasarán la prueba de los celosos lectores del rey, y que por ello no llegarán jamás a las imprentas de Madrid o Sevilla.

Tal vez no había manera de evitar las crueldades que ha producido esta conquista, pero sé que hubo, entre tantos varones que llegaron de España, muchos seres distintos, y a menudo los mejores son los que menos oportunidad tuvieron de moderar el horror y de impedir los crímenes. Inhábil para juzgar la labor valerosa y maligna de los grandes capitanes, he intercambiado largas cartas con el prefecto Mancio Lejesema, un hombre generoso y recto, que tiene su parroquia en el Cuzco, y él me instruyó hace poco en cosas que mi corazón se negaba a entender: «Yo sólo sé honrar a quienes convierten los esclavos en hombres libres», me dijo, «y la labor de Cortés, de Pizarro, de Belalcázar, de Jiménez o de tu amigo Ursúa, sólo ha consistido en convertir a los hombres libres en esclavos».

Miro las vueltas de mi vida, y sólo les hallo semejanza con un cuento que le oí relatar a uno de los esclavos negros de Gonzalo Jiménez, el viejo licenciado al que carcome la lepra. Los esclavos tienen una manera muy curiosa de contar esos cuentos, a los que llaman adivinanzas, no porque esperen que alguien, a partir de la pregunta inicial, pueda adivinar de qué trata la historia, sino para mostrar cuán imposible es deducir por unos datos sueltos la unidad de un destino. El negro estaba en el centro de un grupo, junto a la gran hoguera del sábado en la plaza de Santa Águeda, y anunció una adivinanza, lo cual hizo que todos los presentes estuvieran atentos. Era la siguiente: «Primero tuve cuatro patas y dos orejas largas, después fui pescado entre la espuma, más tarde fui cóndor alzando vuelo entre los riscos, luego serpiente entre colinas de oro, y un día fui con los hombres en un barco, volví a ser burro bajo el peso de un fraile, y fui lagarto revolcado en el fango, y finalmente me convertí en obispo. Adivina adivinador quién soy». El esclavo miró a todos los presentes para asegurarse por sus caras de que nadie sabría responder, y anunció con un aire triunfal la respuesta: «El primer asno que llegó al Nuevo Reino». Allí impuso una nueva pausa, para saborear el asombro de los contertulios, y cuando todo el mundo empezaba a reclamar una explicación, contó ritualmente su historia.

«Este era un asno que fue traído de España en un barco, y era el primero que llegaba a estas tierras, por eso al comienzo tuvo cuatro patas y dos orejas largas. Pero llegando a las costas de Santa Marta, el barco se hundió, y el burrito fue enlazado por hombres que se salvaban en un bote, y llevado a rastras hasta la orilla, de modo que llegó a tierra firme pescado entre la espuma. Pero los hombres murieron en la playa a manos de los indios, y éstos quedaron pasmados de asombro ante aquel animal que no habían visto nunca. El burrito se hizo querer, pero causó espanto cuando empezó a rebuznar, porque a los indios les pareció que tenía cuerpo de venado pero grito de monstruo. Dos caciques hermanos, Murubara y Arobare se quedaron con él, y lo tuvieron unos días en su aldea, alimentándolo con maíz y con hierbas. Pero fue entonces cuando vino el malvado Alonso

Luis de Lugo a arrasar las aldeas, por encargo de su padre, el adelantado, y los caciques Murubara y Arobare fueron a refugiarse con sus tesoros y sus gentes, escondiéndose en los peñascos altos de la sierra. Hasta allá sabían subir los indios por los peñoles, pero al burro, que no querían dejar, lo tuvieron que alzar con lianas en unas angarillas que inventaron para él, lograron llevarlo vivo hasta lo más alto de los riscos, y lo guardaron como a una cosa sagrada junto a los grandes tesoros que los caciques habían salvado. Por eso fue como un cóndor volando por los riscos, pues no subió al trote por ellos sino suspendido en el viento. El burro hizo su nido entre los muchos tesoros, porque su grito potente era la mejor alarma para custodiarlos, y así fue como la serpiente de los cuentos viejos, que anidaba entre el oro. Sólo que hasta allá llegaron al fin los españoles, y cuando ya estaban cerca, hostigados por los indios que les arrojaban piedras desde lo alto, oyeron el ruido del animal y quedaron asustados, porque a lo único que se parecía era al rebuzno de un burro, y era imposible que hubiera un animal de España en aquellos riscos inaccesibles, de modo que creyeron que había monstruos en las alturas. Al cabo vencieron a los indios, capturaron a los príncipes Murubara y Arobare y se los trajeron como esclavos, recogieron veinte mil pesos de oro, y decidieron llevar el burro también, como símbolo de su buena suerte, después de averiguar cómo lo habían levantado hasta aquellas alturas. Por el mismo sistema lo bajaron, y el asno terminó en poder de Gonzalo Jiménez de Quesada, que lo trajo como bestia de carga por las orillas del río, en su viaje de sufrimientos hacia el interior. Había soportado tantas pruebas que por el camino empezaron a llamarlo Conquistador, y con ese nombre se quedó el resto de su vida. Varias veces, para pasar las tierras inundadas por los muchos ríos que caen en el Magdalena, Conquistador fue llevado por los bergantines, y por eso se dijo que un día fue con los hombres en un barco. Y con las tropas de Gonzalo Jiménez aquel veterano fue el primer burro en entrar a la Sabana de Bogotá, donde dicen los brujos que un día le harán un monumento. En la Sabana estuvo en poder de un clérigo muchos meses, de modo que es verdad que volvió a ser asno bajo el peso de un fraile. Pero aconteció que el hermano de Gonzalo Jiménez, el Hernán Pérez de Quesada, se fue a buscar el Dorado por la orilla de la cordillera, frente a los llanos inmensos del oriente, y con sus tropas y sus jinetes y sus indios llevó también al burro para que cargara fardos y provisiones. Esa es la desgracia de ser el único burro entre tantos caballos. Y bajo esos pesos tan grandes el pobre Conquistador padeció como un indio o como un negro los inviernos del llano, donde los ríos se desbordan y las tierras se vuelven lagunas, y fue igual que un lagarto revolcado en el fango, en una expedición a la que fueron centenares de hombres y de caballos y volvieron sólo unos cuantos. Ya de regreso, era la montura de fray Vicente de Requeseda, de la orden de los agustinos, que había sido nombrado obispo. Y fueron tantos los trabajos del regreso, que llegó el día en que los pocos sobrevivientes se vieron desbaratados y a punto de morir de hambre, y entonces el santo fraile prefirió seguir a pie el resto del camino, y ordenó a los hombres sacrificar al asno. Con la sangre y las tripas hicieron morcillas, asaron la asadura, se alimentaron de los lomos y las piernas trabajadas por los caminos, y hasta los cueros se comieron bien hervidos. Y como quien más comió fue el obispo, bien puede decirse que el pobre burrito se convirtió finalmente en obispo, pues lo que comemos se convierte en nosotros. Con lo cual está contada la adivinanza del primer asno que llegó al Nuevo Reino».

Mientras todos celebraban el cuento, pensé en mí, y en Ursúa, y en tantos que vivieron las transformaciones que obran estos caminos, y vi en el relato una imagen de nuestras aventuras fatigosas y de sus tristes desenlaces. Todos vivimos prodigios y espantos, pero siempre he pensado que Ursúa es mejor imagen que los otros de lo que ha sido esta conquista. Su valentía, su belleza, su furia, esa manera de oscilar entre la codicia de las nuevas tierras y el odio por ellas, su crueldad ante los guerreros desnudos y su excitación ante las muchachas de cobre, su doble sed de oro y de sangre, su imposibilidad de descansar, pero también su incapacidad de triunfar, que lo hacía buscar siempre más lejos, no poder detenerse en la satisfacción y en el goce, sino despertar cada día para nuevos delirios, todas esas cosas son como letras de una oscura desesperación.

Tres veces se había atravesado Panamá en su camino, y cada una de ellas le dio un vuelco a su suerte. La primera fue casi imperceptible: el muchacho arrebatado por los barcos cruzó las selvas como sin verlas, soñando con los tesoros fabulosos del Perú, y reviviendo la aventura de Balboa, la inminencia de un mar dilatado en leyenda y misterio, el asombro elemental de que algo tan inmenso hubiera podido estar tanto tiempo escondido. Esas eran las aventuras que soñaba: apartar los ramajes para descubrir un océano, ser el primero a las puertas de una ciudad incomprensible, destrenzar las serpientes enormes para llegar al tesoro escondido, ver los dragones o los gigantes de un mundo nuevo, someter pueblos feroces o dominar a los reyes del río y del trueno.

La segunda vez, de vuelta del Perú, era el joven pariente de un juez poderoso, y ya iluminaba su rostro el destino que lo esperaba. No podía imaginar que la tercera vez llegaría al istmo en condición de nadie, cansado y perseguido, mintiéndose, para poder vivir, proyectos cada vez más fantásticos. Y menos que en Panamá se convertiría en el jefe brutal de una banda de proscritos, para salir convertido en un general poderoso y sombrío, al encuentro de su jornada

final, donde le fue concedida toda la belleza que un hombre pueda codiciar y la más dura muerte que alguien pudiera imaginar. (Y por esta manera desbocada de adelantarme
a los hechos podrá advertir quien lea estos cuadernos, si es que
alguien llega a leerlos, qué difícil es contar las cosas en orden y en secuencia, cuando todo el pasado se acumula si-
multáneo en la mente.)

Fue entonces cuando comenzamos a hablar. En cuanto se despojó de su coraza de guerra y de su condición de jefe de tropas, alentado por su triunfo y devuelto a su propia
estimación por la adoración de la corte virreinal, se convirtió casi en un muchacho de rostro inocente. Yo no lo había
visto jamás en la guerra, pero su sonrisa, su manera de hablar, sus modales, su elegancia al comer y su buen humor
obraban un efecto casi mágico sobre todos. El virrey no ce-
lebraba reuniones sin él, y le hacía contar sus historias del
Nuevo Reino de Granada, pero Ursúa siempre prefería contar aventuras de viajes, hablar de caimanes y tigres, de tempestades por el río, historias de rayos y de naufragios, de dioses bestiales de piedra, de ciudades increíbles en las montañas
y de un relámpago que no cesa jamás. Y yo empecé a verme
envuelto por la magia de su discurso, que era como una caverna llena de objetos de oro, por sus historias fascinantes,
y por las leyendas del pasado que le había contado Oramín.

Todo, en labios de Ursúa, era tan asombroso, que
yo sólo quería oírlo otra vez, y no me di cuenta a qué horas
él empezó a hacerme hablar de mi vida. Así como había ase-
diado a Oramín para que lo guiara hacia el tesoro de Tisquesusa, como había bebido los relatos interminables de
Castellanos, así empezó a sacar de mí los recuerdos que yo
más ocultaba, los que no quería dejar salir desde hacía mucho, huellas dolorosas de las guerras y los años. Sus palabras
extraían esos recuerdos de mi alma, me hacían volver por
los caminos de mi juventud, salir otra vez de La Española,

dejando a mi madre india con un rostro que la pena hacía de piedra, volver a los mesones borrascosos de Lima, volver a los riscos helados de Quito, avanzar por una selva cerrada entre el ladrido enloquecedor de los perros de presa, y subir a aquel barco que nos llevó más allá de la luna y del miedo.

Cabalgando hasta la otra orilla del istmo, me hizo prometer que le contaría cómo fue nuestro viaje, desde cuando Gonzalo Pizarro oyó decir en el Cuzco que había tras las montañas un país de canela, hasta cuando encontramos, perdidos en el río, el país de las amazonas. Lo que yo no esperaba es que contarle aquellas cosas a Ursúa las volvería nuevas para mí, me llenaría de curiosidad ante ellas como si las estuviera viendo por primera vez. Y sé que aquel día algo se decidió en mi vida, una barrera silenciosa cedió, y la selva, con sus misterios y sus propósitos, volvió a apoderarse de mi destino.

Estuvimos hablando la tarde entera, mientras el sol se ponía detrás del manto de las selvas, bajo un revolar de alcatraces. Por primera vez en mi vida tuve la nítida sensación de haber encontrado un amigo. Alguien con quien podía hablar de todas las cosas. Él tenía una historia qué contar que yo quería oír siempre, yo escondía una historia que él siempre quería oír. Tal vez hablaba sólo para hacerme hablar, pero yo viví en sus palabras sus aventuras. Y preferí su vida a la mía, porque yo me sentía víctima de mis circunstancias y él parecía el amo de las suyas. Me engañó su pasión, seguramente, aunque ya por entonces la pasión de Ursúa, que fue fantasía y fue embriaguez y fue casi inocencia, se había ido convirtiendo en una mezcla de terquedad y de rencor. ¡Qué efecto no habría obrado sobre mí de conocerlo algunos años antes! El reino fantástico que soñó conquistar con heroísmo al salir de su casa ahora era una promesa de su resentimiento. Yo me vi en el espejo de sus viajes, porque me parecieron voluntarios y heroicos, él se asomaba al espejo del mío para buscar la puerta de su gran aventura. Y ambos veíamos lo que necesitábamos ver. Pero Ursúa me atrajo como un hechicero, y tiempo después comprendí que su voz era el soplo de la serpiente que me llamaba otra vez a su lomo. En Europa aprendí que todos los caminos llevan a Roma: aquí todas las aguas buscan el río. Y el agua de la sangre, y el agua de las lágrimas, y el agua que corría por mi espalda bajo el fogaje de la selva, buscaban esas aguas inmensas o eran llamadas desde lejos por ellas.

Me quedé mirando el atardecer. Allí estábamos los dos, en el puerto de Panamá, ante la mole de las aguas ardidas y entre el bullicio de las aves marinas. Estábamos en el final y en el comienzo, en el lugar de donde todos partieron a buscar la riqueza o la muerte. En el lugar de donde salió mi padre, de donde salió Pizarro con sus ojos ávidos, de donde salió Almagro con su rostro excesivo. Y el sol hundiéndose en el mar era como esa montaña de oro que todos persiguieron, que algunos hallaron, y que a ninguno le ayudó a vivir. Ahora éramos dos, un mundo verdadero, y en el sol yo veía tardes y reinos muertos, y él veía tal vez el fuego de su sangre y la raíz de sus montañas de infancia. Después hubo un silencio, en el que cabían todas las derrotas pasadas, y sopló un viento sobre las palmeras rojísimas, y entonces una sombra cubrió el sol a nuestra derecha, una sombra alta y solemne: el barco negro que nos llevaría al futuro.

Nota

Los hechos que se cuentan son reales y casi todos los personajes lo son también. *Ursúa*, y las dos novelas sucesivas *El país de la Canela* y *La serpiente sin ojos*, son recuentos de hechos históricos narrados por un personaje de ficción, que conjuga la experiencia de varios veteranos de la expedición de Orellana, que volvieron después con Ursúa al Amazonas, y la personalidad de Juan de Castellanos. Algunos datos sobre el linaje de Ursúa han sido alterados para efectos de la historia. Miguel Díez de Aux existió, aunque su visita a Arizcún es ficción. La amistad del protagonista con Lorenzo, el hermano de Teresa de Jesús, es imaginaria pero posible. Si los compañeros de Ursúa son fantasmales es porque así quedaron en la historia real. La intervención de Ladrilleros en la bahía de Buenaventura sólo habla del carácter aventurero de aquel cosmógrafo. Hay quien afirma que Armendáriz viajó con Robledo a las Indias. El naufragio de Calatayud y el rayo del Cabo de la Vela constan en varias crónicas. La lista de las fechorías de Alonso Luis de Lugo es incompleta. El encuentro personal entre el emperador y La Gasca no ocurrió como se lo cuenta pero es necesario para la historia. La carta de Armendáriz a La Gasca es apócrifa, pero los hechos que refiere son verdaderos. La primera campaña de Ursúa hacia la región de los panches es conjetural. Oramín existió, aunque seguramente no tuvo ese nombre. Z'bali es una ficción autorizada por el temperamento sensual de Ursúa. La increíble historia de la Mariscala es verdadera. Teresa de Peñalver es el nombre y la identidad imaginaria de la española que convivió con Ursúa en la Sabana, lo protegió, y tuvo una hija que él no pudo conocer. Los encuentros de Ursúa con las efigies de piedra del sur y con el Faro del Catatumbo son imaginarios; su encuentro con las ciudades de la Sierra Nevada es posible, ya que Castellanos, su compañero inseparable de aquellos días, estuvo allí y alcanzó a describirlas. El encierro de Ursúa en Santafé, su fuga hacia Pamplona y su viaje final por el Magdalena son conjeturales. No figura en las crónicas, pero sólo Castellanos puede haber despertado a Ursúa su fiebre final de conquistar el Amazonas. El lector encontrará comprensible que la geografía del narrador sea imprecisa, pues nace más de la experiencia que de los mapas; que a veces no conozca bien el nombre de las regiones, pues entre los nativos éstas solían depender del nombre de los jefes de pueblos, y que de vez en cuando su narración se atenga más a rumores que a certezas.

No habría podido contar esta historia verdadera sin la ayuda de muchos cronistas e historiadores, y sin el diálogo con muchos amigos. Sin los poemas de Juan de Castellanos, compañero éntrañable de Ursúa, sin las crónicas de fray Pedro Simón, de Lucas Fernández Piedrahita, de Gonzalo Fernández de Oviedo, de Pedro Cieza de León; sin el aplicado libro *Pedro de Ursúa, conquistador español del siglo XVI*, de Luis del Campo, el mayor homenaje de sus paisanos a Ursúa; sin algunas novelas históricas sobre la época; sin la *Historia de la conquista del Perú* de Prescott; sin el libro de Karl Brandi sobre Carlos V, sin los libros de Henri Kamen y de Hugh Thomas sobre la época imperial; sin las conjeturas de Raúl Aguilar sobre la muerte de Robledo; sin las biografías de Soledad Acosta de Samper y sin la *Historia de la Nueva Granada* de su padre, el general Joaquín Acosta.

Contenido

Este libro se terminó de imprimir en
los talleres gráficos de Editorial Nomos S.A.,
en el mes de octubre de 2005,
Bogotá, Colombia.